新☆ハヤカワ・SF・シリーズ

5011

夢幻諸島から

THE ISLANDERS

BY

CHRISTOPHER PRIEST

クリストファー・プリースト

古沢嘉通訳

TOKYO HAYAKAWA BOOKS

A HAYAKAWA SCIENCE FICTION SERIES

THE ISLANDERS
by
CHRISTOPHER PRIEST

Translated by
YOSHIMICHI FURUSAWA
First published 2013 in Japan by
HAYAKAWA PUBLISHING, INC.
This book is published in Japan by
arrangement with
INTERCONTINENTAL LITERARY AGENCY LTD.
acting in conjunction with
UNITED AGENTS
through TUTTLE-MORI AGENCY, INC., TOKYO.

カバーイラスト　引地 渉
カバーデザイン　渡邊民人（TYPEFACE）

エズラに

夢幻諸島から

序文

チェスター・カムストン

本書に前置きとなる言葉を少々書きつらねるよう依頼を受けたのは、主題について、ろくすっぽ知らないと自分でわかっているだけに、皮肉なものだ。しかしながら、なにを知っているかということより、どう感じるかのほうが重要だという考えを常日頃支持してきたがゆえに、はじめるとしよう。

本書は、島と島の住民に関する本である。情報や事実が満載され、わたしの知らないことがたっぷり載っている。わたしが薄っぺらな意見を持っていることはさらにたくさん載っている。人についてもそうだ――個人的に知り合いであったり、噂に聞いたことがある人間も一部含まれているが、いまではその人となりについて学ぶには遅きに失した人々についても記されている。あまりにもたくさんのものがあり、発見すべきあまりに多くの島があるが、わたしが詳しく知っているのは、そのうちのごく一部にすぎない。わたしは、いま住んでいて、現にいまこの文章を綴っている島で生まれた。この島を出たことは一度もなく、死ぬまえに島を出ることはけっしてあるまい。もし本書がわが故郷の島についてのみ書かれたものであれば、わたしこそその本を紹介するのに適任であろうが、その場合は、まったく異なる理由から、そんなことを引き受けはしないだろう。

わたしにとって、満足して暮らしている、この諸島の視界は、自宅付近を歩いていたり、近場に旅に出ていたりするときに沖合に見える一握りの近くの島々に限られている。近場の島の名前はだいたい知っており

——小さすぎて、あるいは取るに足りないため名前のついていない島も三つ四つある——それらの島の様子は鮮明に心のなかに映像となって浮かんでいる。雨の日も天気の良い日も凪の日も、近隣の島々はつねにそばから離れず、わたしの人生の背景となっている。それらの島は見ていて美しく、興味をそそる。いつだって多種多様で予想のつかぬ気分をわたしに吹きこんでくれ、島を見ていて飽きるということがない。島の生活の息吹を吹きこみ、そうすることでわたしがこれまで著したありとあらゆる言葉を吹きこんでくれている。

とはいえ、わたしは島に無関心である。わたしが住んでいる島を訪れる人々の多くは、近隣の島のいずれからか来たのであり、まちがいなく、そこに戻っていくはずだと思っている。本書の校正刷りを読んで、こうした近隣の島のひとつについて、はじめて知る事実をたまさか知ることはあったものの、総じて、わたしは夢幻諸島《ドリーム・アーキペラゴ》の自分の周辺の島について、以前同様、無知なままでいる。そういうものだし、その事情は今後も変わらないだろう。

わたし自身が島について知っていることはなにひとつ述べることができないものの、それでもこの場で島について記すよう依頼を受けている。ならば、比較的あまねく受け入れられており、知られていることをまとめさせていただきたい。その大半は、参考文献からかき集めたものである。

夢幻諸島《ドリーム・アーキペラゴ》は、われわれの世界で最大の地理上の特徴である。この諸島は、惑星の全周に点在し、赤道を南北からはさみ、熱帯、亜熱帯、温帯の緯度に広がっている。諸島は、この星で唯一の大洋に散らばっている——海は、ミッドウェー海と呼ばれていて、やはり惑星をぐるりと取り巻いている。諸島のあるミッドウェー海は、惑星の地表の七十パーセント以上を占めており、惑星の全水面の八十パーセント以上がそこにある。

ミッドウェー海は、大半が幅の広い海だが、比較的狭い海峡がふたつあり、潮の満ち引きに応じて、局地的で厄介な海流や気象擾乱を引き起こしている。この海は、南北にあるそれぞれひとつの大陸塊に接している。

そのふたつの大陸塊のうち、北側のものには名前がない。なぜかというと、およそ六十の連邦や独立国があり、その多くが内陸国家であるからだ。いずれの国も、独自の言語と慣習を持ち、広大な大陸に峻烈かつ論争を巻き起こす所有権の主張をしていた。いずれの国も、北の大陸を指す言葉を持っているが、それらの名前はさまざまな言語で語られており、多くの文化的かつ歴史的かつ民俗学的ルーツから派生したものであり、北の大陸をなんと呼べばいいのかについて共通した同意を得ることはだれもできない。

いくつかの地図では、北の大陸のことを〝北大陸《ノードマイアー》〟と記しているが、それは地図制作者たちが地図上に名前のない場所が存在するのを好まないという事実にもっぱら関係している。〝北大陸《ノードマイアー》〟という言葉には、政治的あるいは文化的意味合いはまったくない。そこの好戦的な国の大半は、大陸中央の地域あるいは南の平野沿いにある。なぜなら、七十度線以北は、すべて永久凍土になっており、それゆえに大なり小なり居住しがたい土地だからである。

北の大陸よりも面積の小さな南の大陸には名前がある――〝南大陸《スドマイアー》〟と呼ばれており(北の大陸の地図上の仮名がなぜああいうものになったかは、これでおわかりだろう)、そこもまた酷寒というほぼおなじ理由から、いまのところはまだ九割がた人が住んでいない。〝南大陸《スドマイアー》〟は、極地に近い寒冷な不毛の地で、温帯地帯や熱帯地帯を含んでいない。大陸の多くが永久凍土あるいは深い氷原の下に沈んでいる。ミッドウェー海の南岸と接している外縁では、季節的な雪解けが訪れるところが一部にあり、そこには若干の入植地がある。

そのなかには〝南大陸《スドマイアー》〟に興味を抱いているさまざまな軍閥が設置した一時的な露営地があり、あるいは科学的調査隊や漁業や鉱業に関係しているものもある。

　われわれのこの世界の政治的な不安定さは、やっかいなものである。北の大陸にある国の多くがたがいに戦争状態にある――わたしが生まれてこのかたずっと戦争をつづけており、わたしが生まれるまえも、少なくとも三世紀は戦争をつづけており、あと何世紀か戦いつづける気満々でいる。彼らが激しく意見を異にしている問題や、優勢に立とうとして結んだ同盟関係について、こちらの新聞やTVでよく報道されていたが、諸島の住民はあまり注意を払っていないようである。

　主にその理由は、非凡で、無比と言ってもいいくらいの先見の明に基づいて、夢幻諸島《ドリーム・アーキペラゴ》の長老たちがはるか昔に作成し、合意を結んだ〝中立盟約〟という名の文書にあった。この盟約は、過去現在を通じて諸島のさまざまな人々が合意した唯一の事柄に関するものである。その適用範囲は、大小、有人無人に関係なく、すべての島に及び、北の交戦国が、諸島住民に影響を与えてはならないことを保証するものだった。

　過去にこの盟約を破ろうとする試みが何度となくおこなわれ、盟約そのものもけっして瑕瑾のない文書ではないにもかかわらず、奇跡的に守られてきた。遠い昔に打ち立てられた中立は、こんにちでもどうにか維持されている。たんなる条約や協定事項ではない――中立は諸島の生活の一部であり、必ず優先する事柄であり、精神的な態度であり、習性なのだ。

　われわれの中立は、日々試されている。なぜならば、きわめてもっともな理由から、交戦国は独自の協定を結んできたからである。その協定は個々の国の既得権益を反映している。諸島住民のそれではなく。そのせいで諸島の〝盟約〟が必要なものでありつづけている。

　独自の協定により、北の交戦国同士は、たがいに侵略したり、相手の都市を爆撃したり、相手国の産業や貴重な鉱物資源や燃料に被害をもたらしたりしないようにして、そのかわりに戦闘行為を〝南大陸《スドマイアー》〟の戦場に限定するよう取り決めている。彼らは軍を〝南大陸《スドマイアー》〟の石ころだらけの荒野や厳寒の氷原に送りこみ、そこで相手国の若い兵士たちを殺したり、傷つけたりし、相手に向かって銃弾やミサイルや砲弾を放ち、盛大に殴り、叩き、叫び、軍旗を振り、進軍ラッパを吹き鳴らし、山ほどのやかましい音を立てながら、必ずや混乱を残して行軍する。こうした行動はすべて、当事者以外には総じてなんの被害をもたらさず、また当事者を満足させているようだ。

しかしながら、〝南大陸《スドマイアー》〟にたどりつくためには、軍およびそのすべての関係者は、諸島を通過しなければならず、そのため、われわれの島は兵員輸送船や海軍戦艦や補助艦艇に頻繁に横切られている。島の上空には軍の航空機が飛び交っている。たまたま、わが家から、兵員輸送船が定期的に利用している海峡のひとつが見え、書斎の窓から、灰色の船舶がゆっくりと巡行していくのを見ることができる。わたしは船のなかの状況を想像しないように努めている。戦地に赴く若い命を積み荷にしている、そうした船の光景が、生涯を通じて、わたしにつきまとっており、わたしがこれまで著したすべての本に実体を与えるのに間接的に役立ってきた。

夢幻諸島《ドリーム・アーキペラゴ》の自然科学的事実についても触れるよう、まえまえから頼まれている。

本序文執筆のため、諸島のなかにはたして全部でいくつ島があるのか突きとめようとした。その手の数値が本書のような本を編む人たちにとって大切なことのように思えるからだ。編者は地名案内の一応正確なはずの表記に基づいて、ときおり島の数に触れている。なぜなら本書には島の名前の長いリストが載っているからだ。

ところが、本書は地名案内としては不完全なものなのである。そのことは本書の編者がまっさきに認めるだろう。論理的に言って、夢幻諸島《ドリーム・アーキペラゴ》のすべての島を一冊の本に島名ごとに並べるとしたら、途方もない大きさの本になってしまい、些末な情報に満ちあふれ、実用性がまずなくなってしまうと理解するのは容易であろう。

もちろん、有用性に対するおなじ議論が、不完全なリストにも当てはめられると言ってもいいかもしれない。なにかの不完全なリストというのは、そこで選択がなされたことをあらわにし、どんな選択行為も政治的なものであるという議論の余地のない事実によって有用性がいっそう損なわれるのだという。つまり、ここで、些末さに加え、えこ贔屓の問題も出てくるのだが、編者たちは、一般に地名案内というものは政治的なものではないという意見を主張している。

これは本書を編んだ間違いなく勤勉な地名辞典編者に解決を提案したりはしない難問であるが、おもしろ半分にせよ、われわれのこの世界に全部でいくら島が存在しているのか突き止めてみたい気持ちになった。夢幻諸島《ドリーム・アーキペラゴ》に関する参考文献は多種多様あり、筆者の書棚にも数多く収まっている。いずれの文献も、島数について推察を述べているが、どの推察もたがいに異なっている。数百の島があるとする専門家がいるが、その数字は大きな島や重要な島だけ数えたものだ。数千の島があるとする専門家もいるけれど、島をどのように定義したのか曖昧で、個々の島と島群を混同している。そうした専門家のなかには、なかば水没した岩場や礁の一部を含めて集計し、数十万の島があり、それ以上存在する可能性をほのめかすものもいる。

数多くの文献に目を通したのち、専門家たちが唯一合意しているのは、「とてもたくさんの島がある」という一点のみだという結論に筆者は達した。

およそ二万の島に島名がついているようだが、これとて不確かである。島のなかには、より大きな行政単位に組みこまれて、共同の名前で知られていたり、序数詞のみで区別されているところもある。名前のついていない島群に入っているが、その名無しの島群のなかの島には、あるいはその一部の島には個々の島名がついているところもある。島群に入っていない独立した島のうち、島名がついているところは数多いものの、そうした島のさらに多くに島名がついていないようだ。

　また、島独自の方言がおそろしく多いという問題もある。

　ほぼすべての島に、地図に載る際の「公式の」名前以外に、地元独自の名前がついている。（あるいは、地図があれば、かならず地元名も併記される。この点については、このあとすぐに触れる）ときには、ふたつないしそれ以上の異なる独自島名がある場合があり、島の物理的な特徴に基づいた名前の場合もあるが、たいていの場合は、そうではない。命名法を標準化しようという試みは過去になされてきたものの、さらなる混乱を生んだだけだった。残念ながら、島名の名付け方は、混沌としているのが標準であり、普通である。

　たとえば、トークイルの島々《トークイルズ》、あるいはトークイル群島、あるいは（たまに）トークイル島嶼《とうしょ》と呼ばれている島群がある。これらの島は、およそ東経四十五度の赤道南の広範な亜熱帯に位置している。トークイルズは、砂浜と礁湖でよく知られ、大勢の観光客が訪れているそうだ。トークイルの主要な島々は、いずれもフェリーの発着場を持ち、最大の島には民間飛行場がある。直近の人口調査によれば、全体の人口は五十万人を超えている。これらの島々が存在しており、住民以外にも多くの人に知られているのはまちがいない。本書の本文では、可能なかぎり多くの情報と詳細を提供するよう配慮したうえで、これらの島々に何度も言及している。したがって、トークイルズは、現実のもののように思える。あるいは、少なくともそこに存在しているように思える。

　しかしながら、この一連の島々にはべつの名前が存在している可能性がある。すなわち、トーキーの島々《トーキーズ》あるいは、トーキー群島という名が。不出来な編集作業に対処することに慣れているもので、最初、わたしは島名の相違を誤字かもしれないと思った。ところが、トークィルズは、「夕暮れの風」を意味する方言名を持つと言われており、一方、トーキーズには、「澄んだ深海」という意味の方言名を持つと言われている。どれほどの変化系が派生することか！　ひとつの方言をべつの方言に翻訳することで、あるいは、島のあまたの伝説の礎になっている口承のなかで、失われるものがどれほど多くあるだろうか？

　わたしのような、トークィルズあるいはトーキーズを一度も訪れたことがなく、そのつもりもない人間にとって、両者の違いを判断する材料は、あまり多くないように思える。両者はだいたいおなじ場所に存在しているようにさえ見える。少なくとも座標は似通っている。多くの人間が、両者はひとつのものであり、おなじものだと推定するだろう。

　わたしも同様の推定をする気になっていたが、驚いたことに、トークィンの島々《トークィンズ》と呼ばれている、さらにべつの群島が存在していることを見つけて、気が変わった。もっとも、もちろんそれもあらたな誤記である可能性はある。

　手元にある文献は、多少の違いこそあれ、トークィンズには百十五の名前のついた島があり、トークィルズには七十二の名前のついた島と二十三の名前のついていない島があり、トーキーズには五十八の確認された島があることで一致している。しかしながら、それぞれ別個のものであるとされている島群のなかに、おなじ名前を持つ島が少なくとも五つは入っている。そのうち、一部はスペルがわずかに異なっており、また繁栄しているという他所の噂に乗じようとして最近改名されたと思しき島も二、三ある。

そうしたおなじ名前あるいは似通った名前を持つ島のなかには、まったくおなじか、ほぼおなじ経度と緯度を持つものがあり、だからこそ両者がまったく同一の島である客観的証拠に思えるのだが、少なくともトークインズとトーキーズは、たがいにこの世界の真裏にあり、また、トーキーズとトークインズが北半球に明白に位置する一方、トークイルズは南半球にはっきり位置していることを知って驚く。

これを読んで読者が困惑し、あるいはまごついたとしても、安心していただきたい。筆者もおなじ状態なのだ。それに、参考文献を執筆したいわゆる専門家たちの多くが、おなじようにそのことに困惑し、ほかのだれかが明白な回答をもたらしてくれることを期待して、この複雑な問題を看過してきたのではないかとわたしは疑っている。

本書の編者たちはこの種の問題を解決しようとあっぱれな努力を払っている。もっとも、わたしとしては、この問題にもうこれ以上の時間をかけたくはない。

それゆえ、学者たちの一般的な統一見解に快く賛同し、夢幻諸島《ドリーム・アーキペラゴ》には「とてもたくさんの島がある」と認め、あるいはそう言い切って、この問題をそこでとどめておくことにする。

とはいえ、島の正確な位置はどこにあり、ほかの島との位置関係はどうなっているのだろう？

夢幻諸島《ドリーム・アーキペラゴ》には、地図や海図は存在していない。少なくとも、信頼できる地図あるいは広範囲の地図はなく、また全世界を包括した全体図すらない。

局所的に作成された海図は何千とある。主として漁船や島と島を結ぶ連絡船の航行用に描かれたものだが、その大半が大ざっぱに描かれ、地理的に不完全なものである。そこに記されているのは、海峡の深さや、海中の岩場や平頂火山、満潮時に通れる水路、礁、安全な避難所、入り江、灯台、砂洲などだ。局所的に知られている卓越風も記されている。これらはすべて、もともとその土地固有のもので、地元住民の航海上の経験に基づくものであり、それはそれでちゃんとしたものであるが、全夢幻諸島《ドリーム・アーキペラゴ》規模の役にはまったく立たないものである。

夢幻諸島《ドリーム・アーキペラゴ》の地図を作成する際の問題は、ひろく知られている。高度空撮による地図作成は、時間勾配によって生じる歪みのせいでまず不可能なのだ。この勾配は、ここで説明するのはわたしには無理なのだが（あとで、本文のなかで、試みられている）、磁極付近を除いて、世界のいたるところに存在している。磁極から数度しか離れていないところですら、もちろんそこは永久凍土に覆われている地域なのだが、観測または写真撮影の際に生じる変化のせいで、一貫した信頼性の高い地図作成をおこなえず、それゆえに地図作成が不可能になっている。

唯一の解決方法は、科学的な根拠に基づき、あるいは一貫した基準に基づいて、局所や特定地域に絞り、地上や極端に低い高度から観測した地図を作り、そのうえでいくつかの中央機関が協力して、包括的世界地図を作りだすというものになるだろう。つい最近まで、そのような大規模な企てが試みられることはなかった。本地名辞典のなかで現代における地図作成の奮闘について目にすることができよう。ことによると、そうした奮闘を読んで読者が啓発されるかもしれない。わたしが啓発されたように。もっとも、わたしの場合は、たいして蒙を啓かれたわけではなかったけれど。

こんにちの地図製作者は高解像度の低空空撮写真を利用しているが、ここでも重力異常のため、空撮用の無人飛行機を予定通りに、あるいはむらなく飛ばすのは不可能だと証明された。空撮結果は、行き当たりばったりで、われわれの世界の決定的な地図に似たものが作り出されるまで多年を要するだろう。それまでは、全体像は不鮮明なままで、いかにも諸島住人らしく、みなあてもなくさまよいつづける。

このアーキペラゴの夢幻状態は、われわれ諸島の住人がもっとも好反応を示し、また変わることをこれっぽちも見たくないと思っているものであり、これからも長いあいだ、邪魔されずにつづいていきそうである。

われわれは紛争を抱えていないので、戦争状態にない。われわれは人を信じやすい性質で、他人に無関心なため、たがいを監視したりしない。われわれが近場の旅行をするのは、自分たちの住んでいるところから行き先の島が見えるからであり、そこにいくことで満足するからだ。総じておなじ理由から、われわれは滅多に遠出しない。われわれは、気の利いた小型装置《ガジェット》やレクリエーションや娯楽を目的もなく発明する。たんにそうするのが好きだからだ。われわれは絵を描き、彫刻を彫る。冒険小説や幻想小説を書く。隠喩で話し、シンボルを示し、先祖の生みだした芝居を実演する。過去の栄光を得意げに話題にし、よりよき人生が待ち受けていることを期待する。われわれが好きなのは、会話や車座での団欒、おいしい食事や情熱的な情事、砂浜で佇むこと、温暖な海で泳ぐこと、満ち足りた気分での一人酒盛り、座って星を眺めることだ。われわれはなにかをはじめては、それを完成させるのを忘れてしまう。われわれはしっかり物を言い、話し好きだが、口論するのは、わくわくしたいがためだけだ。われわれは、勝手気ままにふるまい、ばかげた行動をし、筋の通らない議論をおこない、時たま物ぐさな態度を取り、考えごとをしてぼうっとしてしまうという欠点がある。

われわれの感情の色合いを並べたパレットは、諸島そのものと、島と島とのあいだで激しく波立つ神秘的な海峡である。われわれは、海からのそよ風や季節風を好み、海の景色を引き立たせる入道雲の堤や突然のスコール、まばゆい海面から照り返す光、気だるい暑熱、海流や潮の満ち引き、原因不明の強風を好むのだが、それらがどこから来て、どこへ向かうのか、総じて知りたがらない。

本書に関して言うなら、害は及ぼさないと断言していい。

それどころか、称賛すべきものである。もっとも、諸島にありがちな企画ではある——未完成で、若干筋が通っておらず、それでも好感を期待している。本書に収められた短い小品《スケッチ》の書き手である単独あるいは複数の人物は、ある目的を持っているが、それはわたしの目的とは異なる。しかしながら、それに反対はしない。

本書を書いたのはわたしではない。著者はわたしだという噂がすでに流布しているのだけれども。そんな噂には一片の真実もないことをこの機会を利用して断言する。それどころか、この企画全体に疑いの目を向けているのである。その一方で、たいへん気に入ってもいるのだが。

本書の各項目は、アルファベット順に並べられており、その順で読まれることを意図されている。しかしながら、おそらくたいていの人は、本書を参考書あるいは旅行ガイドとして利用するだろうから、各項目のアルファベット順という並べ方は、まったく不適切である。とはいえ、意図されていたように本書を「利用できる」人は、まずいないだろうから、アルファベット順は、とっかかりとしては良いものであると主張しておきたい。

有用性に欠けている理由のひとつをあらかじめ読者に警告しておくべきであろう。本書に書かれている事柄はどれひとつをとっても厳密な意味では事実に基づいていない。驚いたのだが、いくつかの場合では、島は物理的な特徴によって描かれているのではなく、そこで起こった出来事を扱った物語あるいはそこにいるあいだになんらかの行動を起こした登場人物を扱った物語によって描かれていることに気づいた。メタファーとして、間接的な真実には利点がつねにたくさんあるが、部屋を予約したくなるようなホテルを探しているときにホテル経営者の伝記を読みたくはなかろう。その手のことがあまりにも多すぎるのだが、それがなぜかこのガイドブック執筆者たちが選んだ方法なのである。その方法をわたしはなかなか面白いと思っており、また旅行好きではないため、つねづね部屋のことよりもホテル経営者の生活のほうにはるかに興味を抱いている。

最後に、できるだけはやくとても多くの場所に旅行するよう促すのは、無害かつ魅力的でさえ思えるものの、その勧めに応じる読者はほとんどいないであろうから、実際には無意味なことである。

隣の島への渡船以外に、夢幻諸島《ドリーム・アーキペラゴ》のなかでいかなる方向に進もうとも、どんな旅行計画を立てようとも、普通は、推測あるいは偶然のなせるわざになるのが関の山である。前述の地図作成上の問題から、本ガイドブック執筆者の推薦に従って、いずれかの島に上陸しようとしても、まずまちがいなくどこかべつの場所に姿を現すことになる。さらに言えば、もし来た場所に戻ろうとした場合、その難易度は倍増する。

われわれの歴史は、求めた島とは異なるところに到着した冒険家や起業家によっておおかた築かれてきた。目的地に到着した人々も、期待していたのと事情が異なっているのに気づく場合が往々にしてあった。われわれの歴史は、出かけていっては途方に暮れ、戻ってきたか、どこかほかのところに迷いこんだ人々の物語がぎっしり詰まっている。

とはいえ、偶然、そうした魅力的な場所をいくつかでも発見することは（それがその場所を十全に味わう唯一の方法である）、それ自体が褒美であろう。それゆえ私見では、本ガイドブック執筆者たちがとても熱心に伝えようとしている事前の情報は必ず的外れなものになるだろう。

必ずや気が狂いそうになる不合理な現地通貨にぜひとも覚悟し、ときには不可解な現地法律に用心し、大聖堂や山や托鉢芸術家団を観察できる絶好の場所を事前に把握し、散策を予定している森につけられた現地名を発見し、古代の論争やうち捨てられた発掘物に関する知識を見直すがいい。なぜなら、どんなことが起ころうと対処する用意をしておかねばならないからである。

もっとも、なにひとつ現実ではない。現実は、異なる、とてもはかない領域に属しているのだから。本書に登場するのは、夢の多島海《アーキペラゴ》のなかにあるいくつかの地名にすぎない。真の現実は、あなたのまわりであなたが関知するものである。あるいは、幸運にもあなたが自分で思い描けるものなのである。

島名索引

アイ　風の島

アイは、大南海嶺によって形成された弧状に並ぶ火山性列島のなかで最大の島である。列島は、海嶺が赤道を横切る地点に近いところにある。夢幻諸島《ドリーム・アーキペラゴ》じゅうに「風の島」を意味する方言名で知られている。

アイは、赤道より数度北にあり、弧状列島のなかでいちばん端に位置している。アイの内部は、いずれも現在は活動を休止している三つの火山峰とそれにつづく山麓地帯で占められている。土壌はきわめて肥沃だ。島全体が森林で覆われており、南部と西部の内陸は、人間の手が入っていないところがまだある。二本の大きな川が高地から東に向かって流れており、このアイアー川とプラーヴ川は島の東部の沿岸平野に灌漑用水を供給している。さまざまな農作物が耕され、さまざまな家畜が飼育されている。この島最大の町はアイ・ポートと呼ばれており、東側の入江になった場所にある。風光明媚な土地で、一年中観光客が島を賑わしている——西から南にかけて、礁にかこまれた広大な浅い潟があり、ひらけた海に面している北側には、高い寄せ波がやってくる砂浜がいくつもある。熱帯気候は貿易風によって心地よく和らげられている。

そうした、観光客を引き寄せるものがいくつもあるにせよ、アイが本当の意味で有名なのは、二世紀半まえに芸術家にして哲学者であるエスフォーヴン・モイが設立した「四つの風のアカデミー」の所在地だからなのだ。

若いころ、モイは熱心な旅行者だった。彼女は〈アーキペラゴ〉を広範囲に旅し、亜熱帯無風帯と赤道無風帯のあいだに横たわる数多くの島と島のあいだを小型船で移動し、目にしたものをスケッチしたり写真に撮ったりし、日記に詳細に記録した。当初、モイの動機は、もっぱらレクリエーションや美しいものの観賞だったが、旅を重ねるにつれ、さまざまなことを結びつけて考えはじめた――霊感に関することや、事物の描写に関することや、社会的なことや人類学的なこと、神話学的なことを。しばらくのあいだ、彼女は民間伝承や民謡の録音をおこない、実際に使われている多種多様な島の方言に関する詳細な記録をとりつづけた。

モイは、のちに、自身のメモとスケッチに基づいて、『夢のなかの島々――多島海中立地帯での暮らしにひそかに隠された底流』という二巻からなる本を上梓した。この本は研究者向けに書かれたものだったが、数年後に出た簡略版がヒットし、何年ものあいだよく売れた。この本が彼女の名声を轟かせ、その後の半生における確実な収入源となった。

この本がとてもよく売れているころに、モイはアイ島に移り住んだ。最初の十二ヵ月を費やして、ほかの場所でしたのとおなじように、島の惑星物理学的性質を観察し、測定し、記録した。アイに関して彼女が発見したのは、この島の特異な位置と海中の地形が島をふたつの主立った大洋海流に近接させていることだった。それが島の特徴的な小気候を形成していた。

島の北と西には北ファイアンド吹送流《ドリフト》という名で知られている暖流が流れる一方、南と東には南振動流という寒流が流れていると、モイは記している。

このふたつの海流は、両方とも惑星全体を取り巻いている"コンベヤー・ベルト"の一部である。ファイアンド・ドリフトのほうは、ミッドウェー海の熱帯と亜熱帯海域を通る長く曲がりくねった道筋から温暖な熱を得ている。アイの弧状列島を通ったのち、この暖流はふたつに分かれ、細いほうはミッドウェー海の熱帯海域にひきつづき流れていくが、太くて流れの遅い支流のほうは北に方向を変え、北の大陸にある多くの国の南部地域に温暖な気候をもたらしている。

　このふたつの支流は最終的に南ミッドウェー海の深海で再合流し、温かさの残滓が強烈な嵐の発生源で解放される。そこでこの海流は南振動流として知られているものになり、〝南大陸《スドマイアー》〟を取り巻く氷で覆われた海を通る。そこでは氷河から分離して海に流れこむ大量の新鮮な水のせいで海水の塩分濃度が平均よりかなり低くなっている。

　塩分濃度を取り戻しながら、南振動流は、この惑星の反対側に向かってゆっくりと移動する。徐々に深海の海底に向かってもぐっていき、ふたつの温かい支流の小さなほうの流れのはるか下を通過して、ある環流に乗って北に方向を変え、アーキペラゴ・ミッドウェー海の比較的水深の浅い区域に向かう。その海流がアイ弧状列島の近くを通過するときには、まだ周囲の海水よりかなり低い温度のままだ。アイを越えると、海流は東に向かい、大集結島群のあいだを蛇行しながら抜けていき、熱帯緯度帯の極端な高温層を冷やしながら、自身に熱を取り戻しはじめる。

　このようにして、アイ島は北と南からふたつの海流の非常に強い影響を受けている。一方は暖流で、もう一方は寒流の。

　この海流は、当然ながら、モイが調査を実施するまえから、地元の人間には知られていた——モイが産まれる何世紀もまえに漁猟用海図に大ざっぱに記されていた——だが、海流と、一年じゅう島を吹き渡るさまざまな風とを関連づけたのはモイだった。

　北東および南東からつねに吹いてくる穏やかな貿易風にくわえて、アイには四半期ごとに変則的な風が吹く。そのうち二種類の風がよく吹いており、ともに下層海流のエネルギーによって動かされている。温かい北東海流から発生する雨を含んだ微風は、大地に水を撒き、森を潤し、湖や川を充たす。南西海流から発生する比較的温度の低く、さわやかな風は、北部の砂浜に高い寄せ波を打ち寄せ、作物を実らせ、空から積雲を追い払い、夏の街路やリゾート地から湿気を取り去る。

たいていは夜によく起こることなのだが、このふたつの風が出あうと、雷をともなう激しくも壮観な嵐が島中央部の山の頂上周辺で吹き荒れる。そんな時期には、大竜巻《トルネード》が沿岸の平地を横切っていく。だが、こうしたきっとやってくるはずの風にくわえて、ほかにも多数の間欠的な予期しない風が吹く。熱い平らな島々から上昇し、アイの北部に吹きつける風もあれば、浅瀬の潟から発生し、アイの南東部に吹く風もある。松や樹脂のつんとくる臭いを含んだ風が北の大陸からゆっくりと吹き降りてくる。

気温の低い月によく吹くフェーン現象の風が山頂から吹き下ろしてきて、高い谷を抜け、街や河口を横切り、島一帯に季節的な倦怠感と無気力をもたらす。自殺発生率が上昇し、人々はほかの場所をわが家にしようとアイを離れ、旅行者は突然なんの説明もなく島を出ていく。

フェーン風ほどは日常生活を破壊しない風として、秋の強風よりまえに東から吹く彼岸の風があり、埃っぽい空気と、通りや屋根に積もる細かな砂を運んでくることから、秋の強風の一部とは思われていない。

エスフォーヴン・モイ以前には、だれもそうした風の発生源を探ろうとはせず、そうした風がほかのどの島を通るのかを突き止めようとするほどの興味を抱いた者もいなかったが、モイは風を研究し、個々の風を区別しようとした。しばらくすると、モイはいつどの風が訪れ、それが気温や降雨などにどんな影響をもたらすかを充分正確に予測できるようになった。

アイに住み、働いている人々は、モイの予報に頼るようになりだした。モイの仕事について学んだほかの気象学者たちが彼女に会って、ともに研究し、彼女の助言を求め、アイデアをわかちあうため島にやってきた。かくして、「四つの風のアカデミー」が設立された。もっとも、最初の数年は、実態のある建物ではなく、名前だけが存在していた研究施設にすぎなかった。アイ・ポートにあるモイの自宅周辺に拠点を置く内輪だけの存在だったのが、のちに町外れの仮設の建物に移った。こんにち、アカデミーは港の中心に近いところに広大なキャンパスを構えている。アーキペラゴではじめて設置された風力タービンが島の周囲に目立たぬように散らばって配置され、島での需要に足るだけの電力を供給している。

いったんアイ島に吹く風が特定され、名付けられると、アカデミーはアーキペラゴ全体で体験されたほかの風に関するデータ収集に取り組んだ。まもなくするとアカデミーは自らが発表する気象予報で運営費を賄うようになり、こんにちでは、製造業や農業共同体、掘削会社、葡萄園、旅行会社、スポーツ・プロモーター、その他季節的なものであれほかのものであれ、風の到来予測で恩恵を得る何百もの機関と高額な契約を結んでいる。加えて、アカデミーは、比較的透明性の薄い収入源を得ている。ミッドウェー海を利用あるいは横断する多くの陸海軍部隊からの収入を、喧伝はしていないものも、けっして否定はしていない。

しかしながら、天気予報は、けっしてモイのいちばん興味を抱いているものではなかった。彼女はアカデミーにひとつの目的を課していた――風の構造や風の識別、風の社会および神話との関連性の研究である。

アカデミーはいくつかの学科にわかれている。

「**天文および神話学科**」神々の名前や行動、英雄や冒険者たちの名前や行動、勇敢な気高い行為の名前や内容、果たされた勇壮な任務の名前や中身、授けられた祝福や至福の名前や内容の研究。例を挙げるなら、南《スド》大陸《マイアー》の西山塞の険しい、未踏の谷を吹き抜ける冷たい極風は、大陸の沖合いの島に住む住民には、コンラートンの名で知られている。吐く息で生け贄を凍え死にさせるといわれている南部の古代の神、コンラートにちなんだ名前だ。（夢幻諸島に吹く風の大半に共通していることだが、コンラートンもまた、ほかの文脈ではほかの名前で知られており、いくつもの方言名を有している）

［**自然界学科**］動植物や鳥類や昆虫類等に与える穏やかなあるいはそれ以外の影響にちなんで名付けられた風の研究。例——レンフェンは、フェレンシュトル島に吹くそよ風だが、毎年春になると、夢幻諸島のさまざまな場所に若い飛行蜘蛛を運ぶ。WOTON《ウォトン》は、鳥の南から北への渡りを速め、あるいは容易にすると言われている風である。その数カ月後に吹く、ウォトンと対になっている、反対方向の風は、地元の言葉でNOTOW《ノタウ》と呼ばれている。

［**擬人化学科**］人間の性格を持つと表現されている風の研究——優しさ、嫉妬深さ、いたずら好き、怒りっぽさ、陽気さ、苦しみ、愛、復讐心など。こうした風の多くが、民間伝承あるいは口承に端を発しており、さまざまな方言名の迷宮のなかに存在している。黒魔術と関連している風もある（次項参照）。ここでの研究の一分野は、主観的擬人観と呼ばれているもので、風が人間の精神に及ぼす影響に関するデータを集めている——フェーン風が鬱病を引き起こしたり、海のそよ風が楽天主義や、富裕感、恋人たちの浮き立つ心を誘発するといったことなど。

［**黒魔術学科**］邪悪な産物であり、魔女の秘薬や呪文をつむぐための破壊的な行為により生じ、悪魔と取引をするための不運なあるいは失敗に終わった試みの産物であると言われている風の研究。そのなかでも悪名高いのは、五年かそこらおきにヘッタ群島で発生する、冷たい北東向きの強風である。この風は降雪量が異常に多いときに毎回のようにファイアンドランド山脈に端を発するものなのだが、ヘッタ群島の住民は、彼ら

がグールナックと呼ぶ呪いの風だと信じつづけている。ヘッタ群島の島グールンで魔女の嫌疑をかけられ拷問を受けていた女が、息を引き取る際に長々と呪いの言葉を吐いたという。断末魔の声は、憎しみの呻きだった。その呻き声が凍りつく風となって女から立ち上り、女の訴追人たち全員を凍死させ、北に向かい、ヘッタ群島最大の島にある山脈にたどりつくと、そこで永遠に身を潜めていると信じられている。こんにちでも、グールンの住民は呪いの風が吹くときには外出しようとしないと言われている。アカデミーでは、これまでに、アーキペラゴ内に百以上の異なる呪いの風を発見し、記録してきた。当然ながら、この手の風の大半は、アーキペラゴの比較的開発の進んでいない地域の住民によって確認されており、それらを本格的に研究するには、民俗学的な事柄に踏みこんだ詳しい調査が必要とされている。もっとも奇妙かつ喚起的な風の名前の多くが、黒魔術に端を発している——曰く、化合者《コンバイナー》、毒殺者、妖婦、飲んべえ、地の底、と。こうした風はすべて、科学的な名前を有している——たとえば、グールナックは、より正確には、ファイアンドランド春寒風《ビーズ》として知られている。

「**科学的観測学科**」風の通過によって生じる嵐やブリザードや霧、重力の影響、砂や埃の動きの研究、および砂漠の研究や海流の影響の研究。砂嵐はアーキペラゴではめったに起こらないが、大渦巻きでは発生している。一風変わっていることだが、大渦巻き群島は、南大陸《スドマイアー》の唯一、乾燥帯気候に入る地域であるカターリ半島に隣接している。冬季のブリザードは、大陸塊に近い島々にときおり影響を与えている。学科横断研究によって、ほかの種類の風を調べることができる。アーキペラゴの島々のいたるところで、〝希望の息吹〟として知られている夏の風が歓迎されている。その風に乗って蝶とテントウムシの大群が運ばれてくる。パネロンの住民にあまり歓迎されていないのは、窒息風である。最寄りの人の住んでいない島々からアレルギーを引き起こす果木の花粉を運んでくる湿った風なのだ。

[**軍事史学科**] 戦時に大きな影響をもたらしたとして称えられている風の研究。攻撃艦隊を追い散らした疾風、べつの攻撃艦隊の足止めをした、いつも吹いているのに突然凪いだ西風、襲ってくる船団を暗礁に乗り上げさせた神風、侵略者の上陸をはばんだ予期せぬ嵐。多くの海図が風向きを示す図案化された絵柄を組みこむことで常に吹いている風の向きを微に入り細をうがって描いている。そうしたシンボルの大半が、古くからの陸海軍で使われているものの形をしていた――波をものともせずに進むスクーナー船、狙いを定めている射手、銛を手にした鯨漁師などなど。この素材を表にまとめ、いまだに機密扱いであることが往々にしてあったり、北の大陸の公文書館に厳重に保管されていたりする軍事記録と相互参照する作業は、いまのところまだはじまっていない。

[**航海学科**] 人が住んでいる島あるいは群島は、いずれも独自の航海図や、周辺海域のなかの可航水路、最高水面、湾や浅瀬の場所を記したものを作成してきた。そうした海図や航海暦にはどれも、当該区域に吹く特徴的な風について、不正確あるいは歪曲された情報もしくは推測に基づいた情報が含まれていることが往々にしてある。しかしながら、そうした海図や航海暦や航海日誌には、貿易風や反対貿易風、赤道近辺の無風帯、スコール、向かい風に関する数多くの文書記録だけではなく、その土地固有の大きな風や突然の凪、激しい嵐に関する、じかに得た説明が豊富に含まれている。

[**地理と地形学科**] ここで研究されているのは、赤道地帯の熱がもたらす影響、地域的な烈風の発生、数多くの崖や峡谷が存在している山の多い島、コリオリの力、極地の冷却作用、高気圧と低気圧が産む温帯の天

候システム、海水温の差、太陽と月の重力の影響。

エスフォーヴン・モイは、生きているうちにアカデミーの発展を見ることはなかった。というのも、たいへん長命ではあったものの、明らかにされていない事情からアイを離れ、二度と戻らなかったからだ。

ドリッド・バーサーストがアイにやってきて、アイ・ポートのアーティストたちの住む区画にアトリエをかまえたとき、モイは三十七歳だった。そのときはアカデミーはまだモイの自宅周辺に拠点を置いていた。町の記録では、バーサーストが島に住んでいたのは一年足らずだったが、その間にもっとも著名な絵を三枚描いている。

そのうち二枚は巨大なキャンバスに描かれている。最初の一枚は、バーサーストの初期の代表作だとおおぜいの人が認めている『絶望的な死の復活』だ。この絵は、世界の終わりを迎えた山の景色を描いている——バーサーストがこの絵を描いているときにアイにいたことを知っていさえすれば、絵のなかの不気味な頂がアイの中央山脈に聳えているものだと一目瞭然だろう。この絵では、山々が激しい雷雨に崩れゆく様子が描かれている。滝のように水が流れ、岩や水を含んだ泥が山の斜面をなだれ落ち、逃げようとしている人々を呑みこもうとしている。

二枚目の絵は、派手さでは劣るものの、二枚のなかでは、こちらの絵のほうが優れていると評価している評論家も一部にはいる。『救命船の最後の刻』は、海の嵐を描いている。航行中の船舶がとてつもなく巨大な波に襲われて沈没しかけている。帆は千々に破れ、マストが二本折れている。ばかでかい大海蛇が、甲板から海に飛びこもうとしている乗客と乗組員たちをいまにも呑みこもうとしている様子だ。この二枚の大作は、両方ともムリセイ島にある盟約記念海洋美術館の永久収蔵品である。

バーサーストのアイ滞在期に描かれた三枚目の絵は、

エスフォーヴン・モイの肖像画であり、その所在はこんにちでは不明になっている。

原画はアイで一度も展示されたことはなかったものの、バーサースト自身が作った原板に基づくカラー複製画がよく知られている。その絵は、バーサーストが販売用に通常ストックしている巨大な油絵よりも著しく小さなものだった。モイの絵はテンペラで描かれており、精妙な色遣いがモデルを息を呑むほど魅力的な女性に仕立て上げるのに役立っていた。明るい色の服が挑発的に乱れており、からかうような風がモイの髪の毛を逆立てている。モイの笑みと、目に浮かんでいる表情が、絵を見るものの心にモデルと画家の関係についていっさいの疑念を抱かせない。その絵、『E・M　空気の歌い手』は、バーサーストの画業のなかでほかに類を見ないものである——彼の作品のなかで、さまで親密で、さまで官能的で、さまでおのれの愛情と情熱をあらわにしたものはほかにない。

エスフォーヴン・モイは、バーサーストがアイを立ち去ったのとほぼ同時期に島を離れたと考えられている。バーサーストのあとを追ったのだと世間では思われ、それゆえに彼女の不在はみじかいものになるだろうと予想されていた。

このとき、バーサーストのキャリアのなかでまだ初期のころだったとはいえ、彼は島々への気まぐれな愛着だけではなく、女性への愛着でも気まぐれなことですでに有名だった。アカデミーでの研究は継続していたが、モイが出立してから二、三年経つと、方向性を失ったかに見えた。そののち、研究機関の幹部たちはあらたな管理組織を創設し、そこから現代的な形でのアカデミーが形を取りはじめた。

しかしながら、モイ自身は、アイに二度と姿を現すことはなく、アカデミーともいっさい接触を持たなかった。

モイは五十年後に亡くなった。彼女の遺体はピケイ島の人里離れた場所の永年暮らしていた小さな小屋のなかで発見された。モイの近くで暮らしていた人々は、べつの名前で彼女のことを知っていたが、当局がモイの住居を片づけたとき、たくさんの書類と書籍を発見し、それが身元確認の決め手になった。ピケイで暮らしているあいだずっとモイは日記をつけていた。その内容の大半は、これまでに一度も発表されていないものの、日記自体は、現在、アイ島のアカデミー図書館のなかの閉架に保存されている。

モイの日記のなかで唯一公刊されている箇所は、ピケイ島に到着してから十年経ったおよそ一年間の期間にわたるもので、自宅のなかで発見され、アカデミーで現在閲覧可能になっているほかの書類に加え、自宅地所で見つかった工芸品から、彼女が自ら課した隠遁生活の一端がかいま見えるようになった。

日記には、モイが自宅裏の丘の斜面に木を植える決意をしたことが述べられている。今年の大半は、その計画に集中するのだとモイは記している。すべての木がピケイの土壌で成育に適しているとはかぎらず、モイがその斜面を選んだのは、そこが風にさらされている場所だからであり、そのことがいっそう木の選択肢を狭めさせた。しかしながら、植樹は日記の当該期間を通して続けられ、その後もしばらくのあいだ続けられたのは極めて明白だった。こんにちでは、木々はおおかた生長し、モイの暮らしていたピケイの岬で一大森林公園になっている。公園は、「四つの風のアカデミー」に代わって、ピケイ島主庁が管理する保護地域になった。

モイは、木が種ごとにそれぞれ独特な形で風圧に対応すると信じていた。すなわち、樹皮の厚みと木目、枝の数とその広がり、落葉樹の葉の形、幹自体の共鳴の質、蕾の芽吹く時期あるいは落葉のはじまる時期、常緑樹の針状葉の細さや長さ、木々に巣を構えようと引き寄せられてくる野生動物の種類——こうしたものすべてが風の受け止め方と個々の木の反応に影響しているのである、と。モイは木々が風を受けて立てるざわめきを耳にするだけで、数多くの木を識別できると信じていた。

イトスギのざわめきは、ハープの奏でる穏やかなハーモニーに似ているとモイは表現した。針葉をたわわに茂らせた背の高い松のざわめきは、うっとりさせるクラリネットのソロ、開花期のリンゴの木のざわめきは、軽快なダンスよろしくシンバルを打ち鳴らす音、オークはバリトンの声、疾風を受けて曲がる細いポプラはコロラトゥーラ歌手の高い声である、と。

モイの小屋の裏庭もまた、岬を吹き渡る強風を利用するようにしつらえられていた。裏庭の一端に風鈴を吊るした――木製やガラス製、クリスタル製、プラスチック製、金属製の風鈴。それらが鳴らないことはめったになかった。より科学的な方法として、モイは、風の測量装置を数多く設置した。裏庭の上手の端にさまざまな高さの柱を五本立て、それぞれにさまざまなタイプの風速計と風圧計を備えつけた。特別に建てた小屋のなかで、モイは、データ記録装置の結果を、雨量、湿度、温度計の数値と合わせ、分析した。背の高い避雷針がほかのなによりも高いところに聳えていた。

この研究施設はずいぶんまえに取り壊されて久しいが、アイ・ポートにあるアカデミーの博物館に復元されているため、見学者は風についての比類なき専心の一部を体験できよう。博物館の通常開館時間中に見学可能。

公開されている日記の終わり近くで、モイは、生粋のピケイっ子になりたいと明言している。島の伝統に従って、二度とふたたび島を離れるつもりはないと書いている。彼女はその意思を最後まで貫いた。

エスフォーヴン・モイの人生で、かかる長きにわたったピケイ島での滞在時期においてドリッド・バーサーストの果たした役割は、科学的な発見の観点からすると、ささいなものでしかない。しかしながら、モイはバーサーストの心の謎の虜になったように思われる。ドリッド・バーサーストは、ピケイで働いたことも、アトリエをひらいたこともなかったものの、アイを離れてまもなくピケイを訪れ、そのあとすぐに島を離れたことが知られている。そのときバーサーストに同行していた者はいないと思われているが、島を出入りした日付はモイの来島時期とおおよそ一致していた。

チェスター・カムストンが著した、この芸術家の権威ある伝記である『ドリッド・バーサーストの壮麗なキャンバス』では、バーサーストが関係を持ったとして知られている、あるいはそう思われている女性の数として驚くべき数字を掲げている。エスフォーヴン・モイの名前もそのなかにあるが、カムストンは細部には立ち入っていない。

モイはみずからの人生の多くをピケイで暮らし、働いたが、つねに強く結びつけられるのはアイとである。


アイ島に暮らし、働いていた年月にモイがたびたび気がついていた春のそよ風には、いまでは彼女の名がついている。ヴェント・モイオは、軽やかな温かい西風で、アイ・ポートの南にある背の低い崖に生えている野草の香りを乗せて吹く。

アイには島々を結ぶフェリーが定期的に運航しているが、大陸と直結する船はない。島内の料理と観光施設の水準は、すばらしいと報じられている。とびきりなのは海鮮料理。アカデミーのガイドツアーが毎日おこなわれている。訪問者にはビザと通常のすべての予防接種が求められる——旅行まえにかかりつけ医の診察が必要。適用条件の緩い脱走兵保護法があるが、不動産価格は高い。フェーン風がたびたび吹く可能性が高くなるため、来島者は晩春の数週間を避けるべきである。

通貨——アーキペラゴ・ドル、ムリセイ・ターラー。

アナダック　静謐の地

大渦巻き群島のなかのもっとも遠方にある島のひとつ、アナダックは、数百万年まえに大渦巻きを形成するもとになった潮位偏差に近いところに位置している。南大陸《スドマイアー》の大半は、雪に閉じこめられた凍える荒地で、海と隣接している沿岸の細長い土地だけが、一年の一時期に雪解けが見られる。その大陸塊から細長い一本の半島が北に向かって突き出ている。半島の内陸は火山活動により形成された険しい山が連なる。この半島がカターリ半島で、その最寒冷部には何本もの氷河が走っており、東側で氷河から分離した氷塊が荒れたミッドウェー海南部に流れ落ちるようになっている。南振動流の温かく塩分の多い海水と、漂う氷山から流れでる冷たい新鮮な氷解け水が激しくまじりあったうえで、何層ものさまざまな海流と出くわすことで、渦巻く危険な一帯が大海原に出現する。この海の動きが、数千年に及ぶ火山活動とあいまって、数百の小さな島々からなる大渦巻き群島を作りだした。アナダックはその大渦巻き群島のひとつであり、一群の最南端に位置し、大陸塊のそばにある。

春の訪れとともに、毎日二回、アナダック南部の海に巨大な潮のかたまりが形成される。このかたまりが島の周囲を速い速度で移動する。何世紀にもわたって、この現象が沿岸部の深刻な浸食と予想不可能な気象パターンを形成してきた。アナダック島民は、我慢強く、禁欲的な性質で名高い。

おそらく同時代のもっとも有名なアナダック島民は、ジョーデン・ヨーという名のコンセプチュアル&インスタレーション・アーティストだ。

芸術家としての初期の時代から、ヨーは、潮汐運動と強風によって島の全周に作り出された岩や海岸の形に魅了されていた。ヨーは、この島が本質的に透水性の存在であり、自然の天候に対応するよう形作ることができると信じるにいたった。彼女はその考えに魅了され、のちに取り憑かれた。

ヨーの最初のインスタレーション作品の一部は、むきだしになった山腹に築いた石塚あるいは卓石《ドルメン》で、一般的にいちばん利用されている道路から見た際に、日没または日の出の光をつかむよう、あるいは空にシルエットがみごとに浮かびあがるよう入念に配置されていた。

そうした石塚の多くは、現在でもまだ立っており、アナダック島主庁が管理している。とくに三つの石塚が見学者の興味を惹いている。なぜならヨーは、風圧と風向を加減して、埃に充ちたつむじ風がまわりの平らな土地で次々と起こるような配置で石塚を設置していたからだ。

その設置場所は通年公開されているが、石塚を訪れるのにいちばん良い時期は、初秋である。その時期には、南西から吹いてきて、その突発性と突然方向を変えることとで有名なチョウスター風がおよそ七日間昼夜にわたって、つぎつぎとつむじ風を生む風の漏斗を作りだすからだ。ほかの時期にもつむじ風は現れるのだが、ランダムな発生で、ゆえに、たまさかの見学者がかならずつむじ風を目撃できるとはかぎらない。

いまと同様当時も、アナダックの多くの若者がトンネルくぐりのスポーツを楽しんでおり、ヨーはそのなかのひとりだった。トンネルくぐりは多くの島で禁止されていたが、アナダックはその娯楽活動にまだ寛容だった。やがてヨーは、トンネルくぐりが真剣な芸術活動に変えうる娯楽だと悟った。石塚がきっかけになって、ムリセイ盟約財団から作品への関心を寄せられ、ヨーは数本の実験的トンネルを掘削するための助成金を獲得することができた。

最初にヨーが完成させたトンネルは、島の南側から北側に抜けるもので、中間地点で浅くカーブし、入り口がもっとも広くて次第に狭くなっていた。南側の入り口は、潮汐点より下に築かれた。トンネルが完成すると、バッファー・ダムがひらかれ、潮汐水が一日に二回流れはじめた。トンネルが真夏に開通すると、当初、潮汐効果は、たいしたものではなく、ヨーは現場に居残り、流れ方のテストを実行し、適切な調整と改善をおこなった。数カ月後、春の潮が嵐のように激しく上昇すると、アナダックは、いまではヨー急流の名で知られているみごとな水流をはじめて経験した。

急流はおそるべき速度でトンネルを流れ、島のたいていのところで聞こえる轟音を発した。北側では、流水が岩だらけのひらけた海に勢いよく流れこみ、氷水に巨大な泡を立たせた。

二年と経たぬうちに、アナダックは、スリルを求める人々の格好の選択地となり、それはこんにちでも変わらない。毎年、潮がもっとも高くなる三カ月間、そうした人々は筏に乗ったり、救命ジャケットを身につけたりして、危険をものともせずにわくわくしながら急流に押し流されにくる。アナダック島主は、いくつもの安全規制を課していたが、毎年、避けがたい死亡事故が発生している。

ヨー自身は急流下りをしたとは知られていない。最初の春の高潮がやってきたあとほどなくして、彼女はアナダックを離れ、その後たった一度だけ、父親の葬儀に出席するため島に戻ってきたと思われている。

閑散期のアナダックは静かな島である。農業と漁業が主たる産業で、ふらっと訪れた観光客のための施設はまずない。南大陸《スドマイアー》に近いことから、脱走兵となった若い兵士たちの多くが、北に向かう途中でこの島を通過する。しかしながら、厳格な難民収容法があり、大半の兵士は長くとどまらない。島への通常の来訪者は、脱走兵のことを気づきもしないだろう。

　急流下りのためアナダックを訪れようと考えている人向けの参考として、繁忙期は料金がもっとも高く、通常は、常連客によって予約満杯になっている。しかしながら、いい急流は、夏の最初の二週間にもやってきて、天候は繁忙期よりも温かく、料金は低い。急流下り目的の来島者は、保険をフルにかけ、葬儀が必要になった場合にそなえて預託金を現金で前払いするよう、当局によって定められている。ワクチン接種は不要だが、急流下り参加者はだれにでも、無作為な健康診断がおこなわれる可能性がある。全部を含んだツアーを売りだしている旅行業者もある。

　通貨――オーブラック・タラント、ムリセイ・ターラー。

大オーブラック
あるいはオーブラック群島

ジェイム・オーブラック

オーブラック群島は、夢幻諸島《ドリーム・アーキペラゴ》のなかでは、異例な存在で、はっきりとした固有の方言名を持たず、群島の本当の実体を発見した科学者にちなんで名付けられている。その科学者の名前は、ジェイム・オーブラック、ツモ大学の昆虫学者で、具合が悪くなった同僚の代わりに群島の現地調査に出かけた。オーブラックは、それまで取り組んでいた研究所での研究プロジェクトを途中で切り上げて調査にでかけ、二、三週間もしたら戻ってこられる程度の調査になるだろうと信じていた。

オーブラックと四人の若い助手からなるチームが三十五の島からなる群島に到着すると、彼らと実務スタッフは、群島のひとつ（当時はまだ名前のなかった）に仮設のベースキャンプを設置した。その島がまったく無人であるのがわかりかけてきたのはしばらく経ってからだった。

オーブラックの日誌は、のちに彼が一般に知らしめた無人の理由を考慮すると、現在の視点から見れば、あまり昂奮していない様子でその発見について記している。最初、チームの面々は、どこかに集落があるだろうと推測した。仮にこの島になくとも、ほかの三十四の島のいくつかにはあるだろう、と。彼らは、また、現地住民があらたな来訪者を怖がって、なるべく近づかないようにしていた離島での過去の経験を心に留めていた。ところが、アーキペラゴのまさしくだれも住んでいない場所に出くわしたにちがいないことをチームの面々は徐々に了解した。

後年の探索によって、この巨大な群島のどこにも、近年入植された形跡がないことが立証された。

オーブラックにとって、このあらたな島々は、昆虫学者の夢の実現の場だった。到着後少しして、オーブラックは、大学の学部長に、自分の生涯をかけるべき仕事《ライフワーク》が目のまえに広がっているんです、と連絡している。オーブラックは二度とふたたびこの群島を離れることはなかったため、これは文字通り真実となった。

オーブラックが分類した新種の昆虫数は、それはもう膨大なものだった――彼が仕事をはじめて一年も経たぬうちに識別された昆虫は千以上にもおよんだ。比較的若年で亡くなることになったのだが、オーブラックは彼の専攻分野におけるトップクラスの動物学者とみなされている。その業績に対して、インクレア栄誉賞を遺贈された。現代のオーブラック群島の首都であるグランド・オーブラック・タウンには、オーブラックを顕彰する記念碑が建っている。

オーブラックの名は、ある特別な昆虫とともに永遠に認識されるだろう。その昆虫を発見したからではなく、ほぼその後おこなわれた詳細な研究のせいである。オーブラックの研究がはじまるきっかけになった出来事は、助手のひとり、ハディマ・スライムという名の爬虫類学者による不幸な接触事故だった。彼女は偶然、その昆虫の一匹に汚染されたのだ。オーブラックは、その女性の身に起こったことを日誌に記していた。

宵の口にハディマは、もう一度、木登り蛇を観察したがったが、ほかにだれも手が空いてなくて同行できなかった。木登り蛇は致死的な毒を持っていたが、ハディマは自分がなにをするつもりか心得ており、血清を持参しているので、わたしは単独ででかける許可を与えた。木登り蛇たちは夜にはいつも不活発になるんですよ、とハディマは言った。でかけて三十分もしないうちに、ハディマから緊急警報が入った。わたしはGP車《ジープ》に乗り、デイク（デイク・レイ博士。オーブラックのチームの毒物学者）とわたしは現場に超特急で駆けつけた。われわれは、もちろん、木登り蛇の一匹がハディマに嚙みついたのだと推測していた。

われわれが発見したとき、ハディマはかろうじて意識があり、あきらかに激しい痛みに苦しんでいた。われわれはすばやくハディマの体を調べたが、どこにも咬み痕を見つけられなかった。ハディマは体をふたつに折って、右の足首を強くつかんでいたが、そこにも咬み痕はなかった。デイク・レイが、大半の血液毒あるいは溶血性蛇毒に有効な二ccの抗ガラガラ蛇族毒血清を注射した。それからハディマを車のなかに運び、できるだけ急いでベースキャンプに連れ戻した。

われわれは緊急医療措置をはじめた。アンタリア（A・ベンガー医師、チームの主治医）がその任にあたり、デイクとわたしが補助にまわった。

このときには、ハディマはなかば意識を失っていたものの、咬傷は絶対に足首にあるとなんとかわれわれに伝えた。それでもわれわれはどこにも咬まれた痕を見つけられずにいた。皮膚はわずかに赤くなっていたが、ハディマがきつくつかんでいたせいもあるだろう、とわれわれは推定した。念のため、アンタリアはその箇所を切開し、残っている毒を吸い取ろうとして吸引器を押し当てた。ひざから上の箇所に止血帯を巻いた。アンタリアは、さらに血清を打った。今回は抗ヤジリハブ属毒血清も含めた。ハディマは繰り返し意識を恢復して、苦痛に泣き叫んだ。体の左半身が痛いと訴えた。電子モニターはハディマの血圧と心拍数が危険なほど高いことを示した。うしろからナイフの刃を突き入れられたかのように脳天が痛むとハディマは言った。右前脚が腫れ上がり、どす黒く変色した。これは溶血現象の徴候だった。血液中のヘモグロビンが遊離をはじめていた。アンタリアはそれを止めようとして蛇毒血清を注射した。

腫れは広がりつづけた。足首の切開部分から血液が勢いよく流れだし、酸素を供給されているにもかかわらず、ハディマは息をするのが難しいと訴えた。理性が恢復した一瞬、ハディマは、蛇に咬まれたんじゃない、と言った。地面にあった大きな黒い球体をかすったことを思い出した。なにかの莢だと考えたそうだ。チクチクする短い毛で覆われていたという。

見覚えがあった。わたしは急いで自分のオフィスにいき、数日まえに撮影した何枚かの写真を取ってきた。それをハディマに見せたところ、明らかに意識朦朧としかけていたものの、即座に自分が触れたのはその一匹だと断言した。

そのとき、丸まって防御姿勢を取っている一匹の虫の毒にハディマがやられたのがわかった。まだ暇がなくて、その大型の節足動物の存在についてメモを取り、写真を撮る以上のことができていなかった。丸まって防御姿勢を取るところは何度か目にしていた。その昆虫はわれわれの周囲のいたるところにおり、昆虫学者の嗅覚からすれば、とても魅力的なものだったものの、見て嫌悪感を覚える姿形をしており、咬まれるか刺されるかすると、最低でも不快な思いをし、おそらくは危険なことになりかねないという勘がしていた。わたしがきちんと調べる機会を持つまで、われわれは全員、その昆虫から安全な距離を取るようにしていた。わたしは、近い将来、二、三匹捕獲して、きちんと吟味する計画でいた。幸いなことに、その昆虫は、こちらが連中に対して感じているのと同様に、われわれのことを警戒しているようで、不意をつくと、そそくさと逃げていった。ハディマは連中の一匹にうっかり触れてしまったにちがいない、とわたしはいまでは確信している。

ハディマの心拍数は激しく上下しはじめた。一分間に五十回を下回る場合から百三十回を上回る場合まで幅広かった。自分では抑制できずに膀胱を空にするようになり、流れ出る液体は血の色が濃く出ていた。またしても痛みを訴え、いまにも昏睡しかけているように見えた。死んだように血の気が失せ、体全体が汗に覆われた。アンタリアは、さらに強心剤と凝血剤と蛇毒血清をハディマに注射した。強い腫れを治めようとして、ハディマの腕と脚の数カ所を小さく切開した。その切開部分から、血液とリンパ液と色の薄い液体がだらだらと流れ出した。ハディマの右脚は全体にわたってどす黒く変色した。一瞬、心拍が触れなくなり、われわれは救急蘇生措置を実施した。さらなる強心剤と凝血剤が投与され、そのせいで物理的な苦痛が増したものの、ハディマの意識を恢復させた。皮膚の変色はさらに広がっていった——両腕、腹部、首。両方の目が血走っていた。ハディマは繰り返し嘔吐し、血を吐いた。アンタリアはさらなる蛇毒血清を打った。首と喉が腫れ上がり、ハディマはしゃべることができなくなり、酸素マスクをつけていようといまいと、かろうじて呼吸している程度になった。

十五分間、苦しい状態がつづいたが、とつぜん、ハディマに深い沈静が訪れ、われわれは最悪の事態を怖れた。アンタリアが処置をしている様子を見てわかった——生命維持の対処方法になっている。最初、ハディマの心拍数がはねあがり、また落ち着いた数に低下した。ハディマは痙攣をはじめた。最初は両手と両脚だけだったのだが、つぎに体全体が震顫をはじめた。酸素マスクが外れ、ディクが全力でマスクをハディマの口と鼻に押しあてていなければならなかった。われわれはみな、彼女を失おうとしているのだと感じた。だが、そのとき、ハディマが目を開けた。ディクが水を渡すと、彼女はそれを口に含んで、飲みこんだ。次第に痙攣が治まっていった。四肢の変色と腫れは残った。われわれが体のどこかに触れると、ハディマは痛いと叫んだ。

刺されるか咬まれるかした箇所には、大きな水疱が連続して現れていた。それに触るのは難しかったが、患者はそこになんの痛みも感じておらず、アンタリアが試しにそのひとつにメスを入れた。小さな黒い粒子が詰まった色の薄い液体がこぼれ出た。ディクがさっそくその粒子を顕微鏡で調べ、彼の切迫した助言に従って、アンタリアは残りの水ぶくれを全部切開した。こぼれ出た液体は慎重に回収され、ガラスのフラスコに蓄えられた。

それから三十分としないうちに、ハディマ・スライムは装置をつけずに呼吸できるようになった。三日間、絶えず経過観察され、軽い鎮静剤を与えられ、静注で栄養補給を受けながらも、ハディマは眠れるようになった。腫れは次第に治まったが、鋭い痛みはつづいていた。

アンタリアはツモに救急船の派遣を要請し、ハディマは島を脱出して、大学病院に入院することになった。数週間後、島に残っているチームの面々は、ハディマが中毒から恢復し、毒素のすべての痕跡が体から消えたと聞かされて安堵した。しばらくリハビリを経たのち、ハディマはもう探検隊には戻りたくない旨表明した。ムリセイ・タウンの総合動物園に勤務していた爬虫類学者のフラン・ヘアカーが後任に決まり、ハディマが襲われてから数週間後、ベースキャンプに着任した。

ハディマが島を出てから、オーブラックは蝶や甲虫や蜂などの楽しい調査を棚上げにして、ハディマを刺した昆虫の研究にほぼ専念した。

まず最初に、新種だとわかっていたので、昆虫をハディマにちなんで名付け、ブタカス・スライメイイという学名をつけた。キョクトウサソリ科ブタカス属という属名はまだ仮のものだった。おおよその姿形と獰猛さから、スライムはサソリに近く、頭の横に二本の大きくて筋肉質のはさみを持ち、胴の上にカーブした尾をもたげ、その尖った先端には毒針がついている。だが、サソリは、八本の脚を持つクモ綱であるのに、スライムには六本しか脚がない。また、どのサソリよりもかなり大きい――オーブラックがやっとのことでとらえたスライムの成虫の大半は、全長十五センチから二十センチだったが、野生の場で目撃し、オーブラックを巧みにかわして逃げていったほかのスライムは、全長三十センチないし四十センチあるようだった。ジェイム・オーブラックの日誌から――

数週間の危険と挫折を経て、われわれはやっと三体のスライムを捕獲した。試行錯誤と、わたし自身とディクの身をずいぶん危険にさらしたあげくの成果だ。当然ながら、われわれは防御服を着ていたが、この島の昼間の気温は息苦しいほど高い。スライムがもっとも活発に活動するのは、毎日の午後三時間ほどつづく雨が降っているときだとわれわれは突き止めた。雨のあいだも気温は低くならず、ぬかるんだ地面で体を動かすのは体力を消耗させる行為だ。

スライムを捕獲しようとする際によく直面する問題は(スライムの成虫がわたしがこれまで出会ったなかでもっとも強い毒を持つ昆虫であるという事実を脇に置いても)、まず連中が短距離を驚くべきスピードで走れるということだ。走る人間よりも速い。地面がぬかるんでいたり、水浸しになったりしているときでもだ。第二に、仰天するほどの敏捷さで地面の下の隠れ家に姿を消してしまう。われわれのだれも、連中の巣を見つけようとして地面を掘りだそうという気がしなかった。

結局、連中をつかまえられる唯一の方法は、突然あるいは驚かせる騒音や動きをすることだった。そうすると近くにいるこの昆虫たちの大半は、身を丸めてしまう。少なくともそれで彼らはじっとしていることになる。もっとも、驚くほどのすばやさで体を開き、毒針を掲げ、咬みつこうと大顎を広げるのだ。しかし、こちらもすばやく動くことで、狙っていたやつを掬いあげ、つかまえることができた。

丸まっているとき、この昆虫がいかに危険であるのかをわれわれは突き止めた——針毛は髪の毛ほどの細さだが、硬くて中空になっており、体のなかで生成する毒の皮下注射針として機能している。わたしが拾い上げようとした最初のスライムたちのうち一匹の針毛は、着用していた危険物取り扱い用長手袋の外層を易々と貫いた。内側の層がかろうじて針毛を防いでくれた。ディクが拾い上げた昆虫は、彼の手のなかで体を開き、毒を彼の目にまっすぐ吐き飛ばした――言うまでもなく、ディクはヴァイザーを装着して予防しており、それによって命が助かった。

昆虫を研究所のなかに安全に封じこめることができると、オーブラックは密閉した区画でその詳しい調査を開始した。チームのだれもスライムから攻撃を受けていなかったが、昆虫たちは明らかに獰猛だった。オーブラックの最初の調査は、この生き物の攻撃的性質、あるいはその恐怖の武器システムがたんに防御の目的のためなのかどうかを調べるというものだった――

わたしは三つの試験環境をこしらえた。いずれも逃亡防止用のガラス容器でできており、底には湿った土と腐葉土を敷き詰めていた。そのなかにさまざまな種類の天敵あるいは捕食者候補を入れて、スライムがどのように行動するか確かめようとした。陰惨な結果は、次のとおりである――

一．上空を舞って、地上にいる小動物やおそらくは昆虫目がけて急降下する、鷹に似た捕食鳥。このテスト用にわれわれが捕獲した鳥は、容器におさめた最大のスライムよりおよそ三倍の大きさがあった。テスト用小部屋に押しこむと、鳥はパニックに陥り、四秒もせずに死んだ。われわれはこの実験を繰り返さなかった。

二．少なくとも全長三メートルはあるマムシ科毒蛇――四十八秒生き延びた。

三．ネズミ。十九秒以内に殺された。そんなに長く生きたのは、ひとえにすばやく逃げようとしたからだった。

四．巨大な毒ムカデ。分厚い鎧然とした甲殻を持ち、デイクが言うには、これまで分析したことがあるなかでもっとも致命的な毒を持つという。活発にスライムとの戦いに挑むも、わずか三十三秒しか生き延びなかった。

五．大型のクモ。鳥の巣を襲い、「狩人」特有の攻撃的行動を取る性質を示したところが目撃され、非常に効果的な毒嚢を二つ備えている。四秒も経たずに死亡。

六．巨大なサソリ。わたしがこれまでに出くわしたなかで最大のサソリの一匹。たちどころに嬉々としてスライムに襲いかかったが、八秒も経たずに死亡。

いっそう不安を抱かせたのは、毒を相手に注入するスライムのシステムについてレイ博士が発見した内容だった。スライムは二種類の毒嚢を持っている。ひとつは尾にあり、もうひとつは大顎内の小嚢にある。顎から、咬むことと、ときには吐きつけることで、毒を注入することができる。これはきわめて伝統的な装置だった。スライムの毒は、タンパク質とアミノ酸と抗凝固剤からなる独特の強力なカクテルだった。この化合物のレイ博士の分析は、個々のスライム標本ごとにその性質が変わり、一年の時期ごとに成分が変化するらしいという発見によって、かなり期待外れのものになった。

人間が咬まれたり刺された場合の影響は、防御姿勢を取っているスライムの細い毛の一本が軽くかすっただけでハディマ・スライムの身になにがあったのかすでに見てきたように、神経だけでなく、血液と細胞への大規模な攻撃だった。もしすばやく処置されれば、標準的な抗毒素血清が症状の多くを緩和するものの、スライムの毒は非常に強力で、効果的な解毒方法が可能なのかどうか知るのは、ほぼ不可能だった。少なくとも出先で働いている小規模のチームしかいない場合には。

しかしながら、さらなる脅威が存在していた。オーブラックが次のように書き綴ったように――

ほんとうに危険なスライムは雌のスライムであることをわれわれは証明した。外見からだけでは、雄と雌の違いはあまりない。雌は雄より若干大きい。とはいえ、ごく少ない標本で調べなければならなかったため、それが確実というのは難しい。雌は節足の外皮に余分の関節があり、胸部は雄のそれより幅広かった。しかしながら、黒い色をしたすばやく動き回る存在に屋外で出くわした場合、そんなごく微妙な外見から雌雄の違いを見分けることなどできないだろう。明白なルールが生き残っている――スライムを見たら、充分離れろ！

雌は大顎のなかの育児嚢に自分の子どもを入れている――その時点では、赤ん坊は顕微鏡的な大きさの虫けらであるか、受精卵である場合もある。雌に咬まれた場合、毒を注ぎこむ咬傷、または寄生幼虫の注入、または両者の混交のいずれかだった。

ハディマに毒を注入したのが雌なのかどうか、急いで知りたくなった。ディクが、捕獲したスライムの針毛の内部に受精卵の痕跡が見つかったというのだから。ツモからの知らせでは、ハディマはすっかり恢復したという。そうであればいいと願いたい。

日誌に右の記入をしてから数週間後、オーブラックのもとにツモの大学から連絡があり、ハディマの具合が突然悪くなり、またしても恐ろしい中毒症状を発症したという。病院の医療スタッフは、彼女を救うことができなかった。最初に苦痛のうずきを覚えてから、二時間と経たぬうちにハディマは死んだ。毒に侵された形跡はどこにも見つからなかった。検屍がはじまり、ハディマの内臓が寄生性の蛆に大量にたかられていたのが証明された。彼女の体内の主要器官はそんな形で破壊されていた。オーブラックは、それ以上彼女の体の検屍調査をしてはならず、遺体は密閉して封印した棺に入れて隔離せよ、とただちに命じた。そのうえでアンタリア・ベンガーがツモに赴いてハディマの死を確認できるよう手配した。その確認ののち、ハディマの遺体は安置所から移され、火葬された。

体内に侵入した卵の孵化期間が少なくとも数ヵ月であることがわかったので、オーブラックは研究ステーションで大がかりな焼却プログラムを実施した。ラボのなかに一度でも入れたことのあるすべてのスライム、ラボのスライムと戦わせた動物の残存物一切、捕獲したスライムの保管ケースのなかで使った土壌類一切、スライムと接触のあったすべての有機物一切……すべてが焼却された。ガラスケースは酸で処置のうえ、砕かれて、埋められた。

ハディマが死んだ病院のスタッフは、体内侵入が陰性であると診断できるまで隔離病棟に移された。さいわいにして、主要なスタッフへの寄生的侵入は発生していなかった。

オーブラックがハディマ・スライムの死を知ってまもなく、予想外の天候変化が起こった。ふたたびオーブラックの日誌から――

われわれは毎日のスコールに慣れてきていたが、およそ三週間まえにそれは過去のことになった。いまは東から絶えず吹いてくる風に苦しめられている。熱く、乾燥していて、止むことがない。その風には、しつこい風によくあるマイナスの効果があった。われわれはみんな気が短くなり、気分が沈み、なかなか寝付けなくなっているのに気づき、気分を変えてくれるものがたまらなく欲しくなっている。いまでは、毎日がおなじ一日の繰り返しだった。

　この群島の気候に関して大学からなんらかの情報を得ようとやっきになってきたが、わが探検隊がここにくるまえには事実上なんの知識もなかったという。彼らが言えたのは、赤道からほんの数度北にあり、西と北をひらけた海に囲まれているという位置関係のせいで、われわれはシャマールの名で知られている常に吹く風にさらされているということだ。われわれのいる島の風上には、たくさんの荒れた島や砂漠化した島がある。パネロンがもっとも知られている島だ。

　終わりのない泥と湿気からの解放は、もちろん、当初は歓迎したが、われわれ五人とも突然の日照りがスライムに与える影響を警戒している。つい最近までスライムを毎日見かけることはあったものの、連中は臆病でこそこそしていた。乾燥した天気が彼らの行動を劇的に変化させた。

　たとえば、連中は腹を空かせているようだ。生きているものであればどんなものにでも激しく攻撃をしかけている――二日まえ、一羽のカモメがわれわれのベースキャンプの近くにうっかりと着陸した。ほぼ瞬時に、スライムの群れがわれわれの目のまえで押し寄せてきた。われわれのまわりに連中はいまや数百匹、おそらくは数千匹いるだろう。むろん、完全な予防措置を講じずに外に出ていくのは不可能だったが、防御服の使いにくい重さと熱い風、照りつける日光のせいで、われわれは屋外の移動を最小限にしている。

　今朝、ユート（ユータダル・トレリン、チームの調停役科学者）が薬品とほかの資財を取りに倉庫までいかねばならなかった。

戻ってくると、彼の防御服の背中に三匹のスライムが張り付いており、はさみが防御素材に深く食いこんでいた。ディクとわたしで、どうにか虫を取り除き、このような緊急事態に備えて常にそばに置いていた櫂状棒で叩いて殺し、死骸を焼却し、ユートが着ていた防御服を破壊し、穴のどれかがユートの皮膚に達していたかどうかを確認するため、彼に医学的な検査をした。どこにも問題はなかった。だれよりもほっとしたのはユートだろう！

つづく数日で事態は悪化した。スライムの大群がベースキャンプ周辺で目撃され、オーブラックはだれも外に出てはならないと命じた。このころ、オーブラックは日誌をつけるのをやめている。レイ博士によれば、フィールドワークが不可能になったのをチーム全員が認識したからだという。ベースキャンプから避難しなければならなくなるだろうし、それも問題になるのは、その時期だけだろうとみなわかっていた。従って、彼らは研究設備の撤去を開始し、文書に作成したメモをすべてツモ大学に送信した。そのなかにはオーブラックの日誌も含まれており、そのおかげでこんにちまで彼の記録が生き延びたのだった。

避難は深刻なロジスティック上の問題に直面した。あらゆる動きがスライムの関心を惹くからだ。母屋のそばに封印して停めているジープは、安全に確保されていたが、そこに移って、荷物を積むのは、危険をはらんでいた。チームが避難準備をつづける一方で、彼らを救助するため、一隻の小型船がツモから派遣された。

大学に宛てたオーブラックの最後のメッセージを要約すると、この時期、彼がはっきりと感じていたのは、チームが見つけた唯一重要な発見のことだった——

「この群島は人の住める場所ではない」とオーブラックは記している。「いまだかつてだれもここに暮らした者はいないし、まともな人間なら今後も暮らそうとしないだろう」

彼らは避難を実行に移したが、壊滅的な惨事に終わった。フラン・ヘアカーはジープに乗ろうとして二匹のスライムに襲われ——防御服を着ているにもかかわらず——ほぼ即死した。チームの面々は、ほかに選択肢がないと感じて、彼女の死体をベースキャンプ建物のそばの地面に置き去りにした。脱出に際してのストレスと不安から、彼女の死体を埋葬あるいは火葬する余裕などなかった。それから一時間としないうちに、まだ海岸に向かって移動中のジープのなかで、オーブラック自身が一匹のスライムに襲われた。その虫はどうにかして車のなかに潜りこんでいたのだ。オーブラックは苦しみ悶え、恐るべきはやさで死んだ。残る三名は、科学的興味の観点から、オーブラックの死体を検屍のため持ち帰ろうと少なくとも努力はしてみるべきだと感じたが、すぐに危険が大きすぎると判断した。オーブラックの死体もまた、捨てられた。

デイク・レイ、ユータダル・トレリン、アンタリア・ベンガーは、生き延びて海岸にたどり着き、救出にやってきた船に無事拾い上げられた。数カ月後、ユータダル・トレリンは突然死し、死体は寄生性幼虫に侵入されているのがわかった。

これがオーブラック群島の背景にある物語である。未完に終わった探険の結末から五十年後、この三十五の島からなる群島は、最大の島である、大オーブラック島同様、オーブラックにちなんで名づけられた。レイ、ベンガー、トレリン、ヘアカーの名をつけられた島もある。アーキペラゴ関係当局は、この群島を自然および野生動物保護区に指定し、無制限な群島への上陸を禁じた。

ふたつの予見せざる出来事がなければ、オーブラック群島はこんにちまでそのままの状態にとどまっていたかもしれない。

まず第一に、オーブラック群島より南にあるセルクの島の一部でスライムのいくつかの群生地《コロニー》が発見されたことがある。そのときまで、この虫はオーブラック群島でのみ見つかり、自然の過程によってそこにとじこめられているだろうと信じられていた。いかにして一部のスライムが移住したのか、あるいは海を渡ったのか、だれもわからなかったが、この虫がアーキペラゴじゅうに広がっていくという戦慄の不安が掻きたてられた。数百万人の生活に容易に想像しうる強烈な衝撃が走った。

セルクのコロニーは根絶されたものの、さらに遠方の島の一部でスライムに遭遇する事態が起こった。より広い範囲に蔓延する懸念に関して言えば、セルクでの発見以降、スライムのコロニーがほかの島でも発見されており、この昆虫はいまや大半の熱帯地帯一帯で見慣れたものになっていた。徹底した駆除とそのほかの予防策により、スライムのコロニーは効果的に封じこめられ、管理されてきた。島のなかには、この虫を完全に根絶することに成功したところもあったが、ほとんどの場所では、最小限のレベルでスライムは生き延びている。

一般的に、スライムは実際に出くわす可能性以上に恐れられている。たいていの人は、スライムの外見とすばしっこさ、機敏な足取り、長い脚の動きのせいで嫌悪感を覚えているのは確かだ。もちろん、攻撃されたときの結果に対する現実的な恐怖は、まったく別問題である。この虫は容易に識別でき、もし見つかれば、人々は近寄らないようにしている。

各地の島主庁は、根絶部隊を設けており、公共の建物の大半は、定期的に駆除がおこなわれている。公開市場で販売されている不動産は、法律によってスライム不在証明取得が義務づけられている。スライム毒への効果的な血清が現在では存在している。充分はやくに処置されればの話だが。

オーブラック群島はスライムの自然生息地である。群島の島々が人間の入植者に利用されていないあいだは、スライムがおそらく支配種であった。すなわち、科学調査のためオーブラックが過ごした数カ月のあいだとそれ以前は。だが、夢幻諸島《ドリーム・アーキペラゴ》の人口は急速に増加し、生活と仕事のためのさらなるスペースがますます必要になりつつあった。植物が瑞々しく生い茂り、きわめて豊かな鉱床がある広大な未開発の島の土地が手に入るというのは、あまりに大きな誘惑だった。

ニュー・テクノロジー企業がオーブラックをゲートウェイ・ハブを置く理想的なロケーションだと認識し、必要な取り決めを島主庁と結び、建設と線引き作業にとりかかった。

開発の最初から、オーブラック群島の環境は、環境汚染物がない前提で計画された。すなわち、既存のあらゆる動植物の生息地は、分類処理され、移転させられる。スライムの脅威はすべてほかのものと同様、取り除かれる。手つかずの熱帯雨林は、森林公園に改造され、砂漠には水が引かれ、耕作に適した土地にされ、岩の多い海岸やひらけた平野は、レジャーとスポーツ用の複合施設に変貌を遂げる。野生生物は自然公園に移し替えられる。もともと野生生物が生息していなくともだ。新しい都市が建設される。あらたな産業がいっきに生み出される。繁栄は保証されている。

現代では、開発の進んだオーブラック群島は、アーキペラゴの急発展を遂げているシリコン経済の中心になっていた。いまや群島を取り仕切っている、さまざまな巨大IT企業がその繁栄の機関庫であり、オペレーティング・システムやネットワーキング・システムのクリエーターやインベンターたちに牛耳られていた。きらきら輝くタワーやキャンパスや開発施設からなる森は、すべてが景観整備された風致地区のなかに包みこまれ、現代世界の秘密のインフラが、高品位光ケーブルとデジタルリンクのシステムを通じて確実につながっている。

　オーブラックからあらゆるＩＴサービスとサポート手段が生まれている。さらに統合通信設備や、テレプレゼンスによるビジネス機会、コンテンツデリバリ・ファシリテーター、トラブルシューティング専門のゲリラ部隊、ウェブエクスチェンジの活動家、ボーダレスのオプティカル・ネットワーキング、アプリケーション・マネジメント、企業パートナーシップのコンサルタント会社、ビデオ会議用スイートルーム、高度データセンター稼働率向上システム、没入型コンピュータの操作性向上と非効率化、ゲームのインターフェース、共同開発の経験とフェイスダウン型実装が生まれた。

　三十五のオーブラック群島の島の多くは、ＩＴ企業による計画通り、体系的に環境保護がなされ、企業の損にならぬよう管理されてきたが、比較的小さな島のいくつかは、中小企業によって住居として、小さく区分分けされた。大企業水準のインフラはそうした居住用島でも保たれており、通信ハブやデジタル・ホーリズム、娯楽用ゲートウェイへの完全なアクセスが可能だった。

　オーブラック群島最大の島のひとつ、トレリンは、観光客や旅人を引き寄せる場所として設計しなおされた。自生する熱帯雨林の壮大な広がり（ただし完全に管理され、大自然の営みと触れあうエリアとして再構成された）と、ミッドウェー海を見下ろす見事な崖を呼び物にした。トレリンでは、建築規制や都市計画はなにもない。はるか遠くの島プラチョースのおおぜいの企業家の投入資本のせいである。影響力のあるプラチョイト一族が、オーブラック群島の沸き返る経済発展の背後に控えるもっとも重要な企業家グループである。もちろん、彼らの豪勢な邸宅は、一般人が入ることを許されていないが、なかには遠くからかいま見ることができる家もある。群島を訪れようとしている者は、一定の事前準備が必要である。

まず第一に、両替可能な通貨のオーブラック群島への持ち込みは最小限に制限されており、現地で使い切らなければならない。当然ながら、現地の通貨は、オーブラック・タラントである。アーキペラゴ・ドルとの公式の為替相場はないため、家を発つまえに現地通貨と交換しておくべきである。

全額保証の旅行医療保険をかけることが義務になっており、これには葬儀と火葬費用負担、それに親戚やほかの旅行同伴者のための帰還費用負担も含まれている必要がある。何歳であろうと旅行者全員がそのように保険で保証されていなければならない。適用条件の厳しい脱走兵保護法があり、労働許可は事前に取得しておかねばならず、何人たりとも認可済み往復旅行証明書または里帰り証明書を持たずにオーブラック群島への上陸は認められない。客引き行為規制は夢幻諸《ドリーム・アーキ》島《ペラゴ》のなかでもっとも厳しい。不特定多数との恋愛は、事前に許可が必要だが、地元での価値観のすべてがオーブラックで受け入れられるわけではない——来島者は出発まえにそれぞれの地元の島主庁に確認すべきである。

最後に、オーブラック群島の歴史を知って、スライムに刺されるかもしれない危険性について消しがたい恐怖を抱いているやもしれない来島者全員に、かなり非公式な助言を述べよう。

『公式オーブラック観光案内』からの情報を利用する。この本は、営業許可を得ている観光旅行業者から、アーキペラゴ全土で入手可能である。『観光案内』は、オーブラック群島での生活について、詳細にわたって記しているが、特定の事柄に関しては、われわれの目からすると、ずいぶん曖昧に表現されている。次に記すのは、言葉にされずにいることのわれわれの非公式な解釈である。二、三の事実について、われわれの意見を記すものである。

オーブラック・シリコン・ラグーン周辺に働く労働者は、世界でもっと高い給料と好待遇を受けている。しかしながら、彼らの死亡率は、いちじるしく高く、たいていの場合、若死の原因は明らかにされない。いついかなるときも解毒用血清のストックを持たずにいることは、オーブラックの法規に反している。

致死性の昆虫の描写あるいは記述あるいは口にすることさえも法律で禁止されている。〝スライム〟という単語は用いてはならない（『観光案内』では使われていない）。この禁止令は書籍や雑誌、新聞、公的掲示、警告標識、公的印刷物に及んでいる。大型の昆虫の絵や写真やデジタルイメージ・ファイルは、作成、所持、配布してはならない。〝スライム〟という単語は、会話で用いてはならず、〝昆虫〟という単語は、かならず厳密な科学的意味として、あるいは、蝶や蜂などを指す場合にのみ用いなければならない。

オーブラック群島のどこでも死体は埋葬されない——人間であれ、動物であれ、すべての死体は、必ず火葬にされる。有機廃物は焼却される。下水は高度再処理されることになっている。

徹底的な健康診断（試験的外科処置を含む場合もある）が来島者全員に義務となっており、上陸の際だけでなく離島の際にもおこなわれなければならない。

オーブラック滞在中に体の不調を生じた場合、たとえどんなに軽微なものであれ、慢性のものであれ、医学的に原因がはっきりしているものであれ、すべて当局からの退去命令が出され、必ず執行される。

読者は自前の結論を導き出すであろうが、それでもなおオーブラック群島がわがアーキペラゴのなかで、もっとも魅力のある興味深い観光目的地のひとつであることに変わりはない、と公正を期すため付け加える。

水泳には最高の場所で、海水は透明で、諸島のなかでここよりも美味しい料理を出すところはなく、すべてのホテルが最高の国際基準で運営されており、途切れないウェブ・アクセスが保証されている……それにゴルフ場は、われわれの調査員の報告によれば、比類なきものである。しかしながら、パットが入ったあと、ビジターたちは手でゴルフボールを掴み上げることを認められていない。ゴルフボール自動回収装置、または熟練したスタッフがつねにそばに控えていて、その任に当たるのである。

チェーナー　雨の影

チェーナー地方人民裁判所刑事記録局ファイル・ナンバーKS49284116より

ぼくの名前はケリス・シントン。チェーナー島のなかのおなじ名前を持つ町で生まれました。二十七歳です。背が高く、がっしりした体つきで、黒髪、青い瞳、外《ひ》在性の顔面体毛《げ》を生やしていないという人相書きに一致しています。片脚を軽くひきずって歩きますが、ほかに不自由なところはありません。

この聴取は、チェーナー・タウンの島主警察《ポリシア・シニョラル》の取調室でおこなわれています。A巡査部長が聴取担当官です。B巡査長が中立の警察証人として同席しています。この聴取は記録され、調書がA巡査部長によって作成されることになっています。

逮捕以来、警察の待遇に不満はありません。

ぼくには法的代理人がいませんが、チェーナー・タウンにある代訴人協会の一員から無料奉仕《プロボノ》の弁護の申し出を受け、それをぼくは断りました。ぼくは健全な精神と肉体を持ち、自由に、自発的に、いかなる強要も受けずにこの供述をおこなっています。

自分が殺人の容疑をかけられていること、そしてこの供述が法廷で証拠として採用される可能性のあることをぼくは理解しています。

逮捕されるまえに自分の経歴を話すよう頼まれましたので、話します。

ぼくは〝雨の影〟〔チェーナー〕で生まれました。兄弟がふたり、姉妹がひとりいますが、兄弟のひとりはぼくがまだ幼いころに亡くなりました。ぼくは〝雨の影〟にある大都市〔チェーナー・タウン〕の学校に通いました。学校ではとても幸せで、勉強はよくできたと思います。学校の男友だちといつも仲良くしていました。先生たちはみなぼくのことをほめてくださっていましたし、ぼくのために進んで法廷にきて証言してくださるはずです。

ぼくは年上の学友たちと何度かもめたことがあります。連中がいつもぼくをいじめたからです。問題を起こしたことを否定します。三人の生徒と教師のひとりから盗みをしたと責められたことを否定します。べつの生徒が入院しなければならなかった事件に関わったことを否定します。学校を中途退学せざるをえなかったことを否定します。

母と父はいつもぼくを愛してくれました。父さんが〝赤いジャングル〟〔ムリセイ〕で暮らすようになってからは、ほとんど会っていないんですが。

学校を出たあと、職探しにずいぶん時間をかけたんですが、だれもぼくを雇ってくれようとはしませんでした。結局、〝雨の影〟と〝赤いジャングル〟のあいだを行き交う連絡船の甲板員の仕事を手に入れました。その仕事は好きだったんですが、給料はよくなかったです。よぶんの金を稼ごうとアルバイトをしてました。犯罪に関わったことを否定します。ときどき、ほかの人のために伝言を受け取ったり、荷物を調べられたくない連絡船乗客のため物資を運んだことは認めます。そういうことをして金を稼いだことを否定します。詳しく話したくないやり方で、余分の現金を稼いだことを肯定します。

［留置中の容疑者（KS）は、ムリセイ島主警察から届いたプリントアウトを示されたが、A巡査部長が読み上げてやらねばならなかった］

ぼくに前科があることは肯定しますが、どれも軽犯罪で、実際にはほかの人がやった事件か、ぼくが現場にいなかったときに犯行をおこなった人たちに巻きこまれたかのどちらかであると誓って言えます。そのうち一、二件を除いて、どれも暴力犯罪ではありません。警察官を物理的に襲ったことがこれまでにあったことを否定します。ぼくは一本のナイフもほかの凶器も持ち歩きません。自動拳銃所持の容疑をかけられたことを肯定しますが、それにはしかるべき理由があり、ぼくは釈放されました。ぼくの拳銃であったことを否定します。

警察がぼくに罪を着せようとしたり、脅迫しようとしたりしているとは思っていません。きちんと扱われており、毎日三度食べ物と飲み物を与えられており、中庭で運動することを認められ、この署にいる警官たちからいっさい罰を受けてはいません。

〝遅い潮〟［ネルキー］と〝凍える風〟［グールン］にいったことを肯定しますが、どちらの島にも長居はしませんでした。いずれにせよ、ぼくは連絡船で働いており、ということはたくさんの島を訪れるわけで、島の名前をいちいち覚えてはいられません。〝遅い潮〟で友だちをこしらえたことを否定します。〝凍える風〟で地元警察に職務質問されたことを肯定します。

ぼくには旅人の友だちがいます。路上飲酒者として警察に知られている友人もいます。ぼく自身は旅人や路上飲酒者であったことはけっしてありません。ぼくの友人たちはあちこちの島を旅してまわっており、何度かぼくが彼らといっしょにいるところを見られたことはありました。そうした友人たちが麻酔性薬物を常用する人間として知られており、彼ら全員が服役した過去があることを肯定します。友人たちの名前をお話しすることはできません。なぜならそもそも名前を知らないか、とっくに忘れてしまったかのどちらかだからです。ひとりはマックと呼ばれていました。ぼく自身は刑務所に入れられたことは一度もありません。

〔留置中の容疑者（KS）に、ムリセイ第四種刑務所が発行した拘置記録を提示したが、自分の記録であることを拒否。A巡査部長が内容を読み上げたところ、留置中の容疑者（KS）は、同姓同名の他人に違いないと主張〕

〝赤いジャングル〟から離れているけれど、本業の連絡船の仕事で向かうルート上にある〝凍える風〟〔グールンはヘッタ群島のひとつ〕と呼ばれている島にいったとき、ぼくはだれかを殺すつもりはありませんでした。お金を切らしていて、友だちのひとりに多少融通してもらいました。その金は食事と、逮捕されたとき着ていた服を買うのに使いました。服は盗んだものであることを否定します。ぼくが身につけていたお金はぼくのものです。その金は友だちがくれた金じゃなく、べつの金です。

友人たちが持っていた薬を少し試してみたのは肯定しますが、頭痛用の薬だったんです。ぼくは頭痛と意識喪失でたいへん苦しんでいます。友人たちがよく痛み止めの薬をくれて、助けてくれています。ぼくらは大酒をくらいましたが、ぼく自身はほんの少ししか飲んでいません。愉快な時を過ごし、大いに笑いました。だれかに腹を立てたりしていません。あの日あるいは犯行がおこなわれた時にあらたな意識喪失に陥っていません。なにが起こったのかはっきり思い出すことができますし、真実を話していると誓えます。

逮捕されるまで、アカル・ドレスター・コミサーという名の男のことを聞いた覚えはありません。一度もアカル・ドレスター・コミサーに会ってません。コミサーがぼくになにかをしたことはありません。その男といかなる関わりも持ってません。なにかで彼に腹を立てたことはありません。彼にお金を借りていません。あの夜よりまえに彼に会ったことはありません。いまではあの男のことを少しは知っています。コミサーがある種の芸人であると教えられました。役者じゃないのかなと思っていますが、だれも正解を教えてくれません。舞台に立っているとき〝コミス〟という芸名を使っているんですね。

彼が死んだとき、ぼくが劇場にいたのは肯定します。料金を払わずになかに入ったのを否定します。友だちのひとりが払ってくれたはずです。彼は劇場で働いていたと思っています。ぼくが舞台裏にいったのは肯定します。

どうやってガラス板を見つけたのかわかりません。友だちのひとりがぼくに渡したにちがいありません。友だち三人がそのガラス板を運ぶ手助けをしてくれました。どこに運ぶのか三人に告げたのはぼくです。最初からぼくの考えでした。起こった事態に対してぼくに全面的に責任があります。

ぼくはコミサーさんに腹を立てていましたが、その理由はもう思い出せません。ぼくにからんできたのかもしれませんが、なぜなのかわかりません。いえ、ひとりでは、あのガラス板を運べっこなかったです。大きいガラス板でした。とてもひとりでは運べないくらい大きかった。ええ、ぼくは力が強いですけど、そこまでじゃない。ぼくがひとりで運んだというのは本当じゃないですけど、手伝ってくれたほかの人にどこに運ぶのか伝えました。ぼくらはかなりの物音を立てたんですが、観客が笑っていて、音楽が演奏されていたので、だれもぼくらがいることに気づいていなかったんです。レコードじゃなく、オーケストラの生演奏でした。

　いえ、演奏されていたのがなんの曲だったのか思い出せません。はい、なんの曲だったのか思い出せます。「流れゆく海」という曲でした。好きな曲なので知っているんです。いま録音を流されてわかりました。思い出させてもらってやっと思い出すことができました。

　ほかの連中にガラスをコミサーさんの上に落とすよう命じたのはぼくです。はい、音楽の大音量はあったんですが、ぼくの声は彼らに聞こえました。実際に言ったのは、「さあ、あん畜生を殺《や》っちまおうぜ」でした。それが正確な言葉だったと確信しています。〝あん畜生〟じゃなくて、〝くそったれ野郎〟と言ったかもしれないことを肯定します。ええ、それは確かです。はい、好きじゃない人を指すときにその両方の言葉を使います。よく使ってはいけない言葉を使うことがあるんです。

　ぼくらは舞台の上の、たくさんロープやほかのものがある場所にいました。どうやってそこにあがったのか思い出せません。ぼくらはのぼったんだと思います。ぼくが最初にのぼり、友人たちがあとにつづきました。どうやってガラス板を運んだのか思い出せません。最初から上にあったんだろうと思います。なぜそこにあったのかわかりません。はい、劇場裏の荷物置き場に置かれていた可能性があります。ぼくらがそれを上に運んだんです。ロープをつたってのぼったんでしょう。はしごがあったんですか、それならはしごをのぼったことを覚えています。友人たちにつづいてぼくははしごをのぼりました。

はっきり覚えているのは、ぼくが上にたどりついたとき、友人たちはガラス板といっしょにそこにもういたということです。ええ、ぼくは手袋をはめていました。だから、ガラスにぼくの指紋が残っていないんです。ええ、友だちといっしょに外出するときはいつも手袋をはめています。理由はわかりません。いえ、そのときの手袋はもう持っていません。

なぜ自分がコミサーさんを殺したかったのか思い出せないんです。殺すつもりだったとは思いません。ぼくらは楽しく過ごしていたんです。ある種の冗談でした。観客は笑っていました。ぼくらはガラスを抱えていると、コミサーさんが真下に来ました。それから、さっき言った言葉をぼくは口にして、ぼくらはガラス板を落としたんです。

どうやって劇場から逃げたのか思い出せません。ぼくの知る限りでは、だれもぼくを見ていません。道路を走って逃げていったことを覚えています。だれも追いかけてこなかったです。どこに走っていったのか思い出せません。たぶんぼくが働いていた船に駆け戻ったんじゃないかな。そのときの友人たちと二度と会うことはなく、彼らの名前を思い出せないんです。彼らは〝凍える風〟から来たんじゃないかな。〝赤いジャングル〟出身の人もいたように思いますが、もう定かではありません。ええ、〝遅い潮〟から来た連中もいました。みんなぼくと同い年か、年上でした。みな、島に暮らす人間のようで、観光客ではないようでした。

いえ、ぼくは〝凍える風〟の方言を話しません。いえ、一度も〝凍える風〟にいったことはありません。ええ、オムフーヴの町にいったことは一度もないです。ええ、ぼくが働いていた連絡船はときおりオムフーヴに寄港していました。ええ、テアター・ショーキャプタインという言葉は覚えていますが、それがどういう意味なのかわかりません。ええ、〝大提督劇場〟という意味です。そこがぼくの向かった劇場であり、ぼくがコミスさんを殺害した劇場です。ぼくは断固として真実をあなたにお話しています。

ぼくは自分のやったことに昂奮していましたが、そのことをほかのだれかに話したことはありません。テレビで事件のことが取り上げられたのを見ました。そのころには、だれもが事件のことをよく知っていました。ぼくは自分の生活をつづけ、逮捕されるまで事件のことをすっかり忘れていたんです。自分がやったことをとても申し訳なく思っています。そんなつもりじゃなかったんです。

本供述は、チェーナー島主警察のふたりの警察官の同席のもと、留置中の容疑者（KS）が口頭で述べ、同人物を逮捕した警官であるA巡査部長が筆記した。供述調書は中身を留置中の容疑者、ケリス・シントンに読み上げられ、同人の指示に基づいて必要な訂正および修正がなされた。同人はこの供述調書のすべてのページに自分の頭文字を記入し、自署不能につき署名代わりにX印を以下に記した。

ケリス・シントン――×

七七年一三月三四日付けチェーナー・クロニクル紙より――

パントマイム・アーティスト、コミスの殺人犯、ケリス・シントンの死刑が、本日午前六時、チェーナー第一種刑務所にてギロチンを使って執行された。シントンの処刑は十二名の志願陪審が立ち会い、午前六時二分に刑務所付き医師によってその死亡が確認された。すべての減刑および上訴手続きが誠実に処理され、判断が下されていた。シントンは犯行を完全自供しており、公判中、証人たちがシントンの自供した内容を裏付けた。島主への最後の助命嘆願は却下された。

グーデン・ヘア刑務所長は、刑務所の門外に待機していた報道陣に次のように語った――「この忌むべき若者の処刑により、全夢幻諸島は、恐怖を取り去ることができました。処刑は人道的な環境のもと、粛々と執行され、ほかの犯罪者への抑止力になるでしょう」

シントンはチェーナーに生まれ、チェーナー実業中学で教育を受けた。両親はシントンがまだ子どものころ離婚している。彼がまだティーンエイジャーのころに犯罪人生がはじまり、数多くのさまざまな罪を犯した。詐欺行為が若干あったが、大半は粗暴行為の罪で、たいてい他のものといっしょになっての犯行だった。矯正施設に何度も収容されたが、ムリセイ海運に就職してからは、犯罪行為は減少していくかに見えた。

シントンによる著名なパントマイム・アーティストであるコミス氏殺害は、コミス氏がヘッタ群島のグールン島にあるショーキャプタイン劇場の舞台に立っているときに遂行された。ケリス・シントンは、ほかの三人の共犯者とその犯行をおこなったのだが、その三人の身元はこれまでに明らかになっていない。シントンは彼らのリーダーであったと知られている。四人全員が麻薬常習者で、事件当夜、いずれも過剰にアルコールを摂取していた。舞台を見ていた観客の何人かが、事件後劇場から逃げていくシントンを目撃したと法廷で証言した。

警察は現在もシントンの仲間を捜索している。彼らはグールンあるいはヘッタ群島のほかの島あるいはムリセイの出身と目されている。またネルキーとも関係が見つかっているが、警察は現在ネルキーでの捜査はおこなっていないと言っている。

ムリセイ最高検事プータル・テンパー島主によるアカル・ドレスター・コミサー殺害事件の司法調査報告書からの抜粋

アカル・ドレスター・コミサー殺害とそれにつづく犯人ケリス・シントンの自白、有罪確定、最終的な死刑は、いまも疑惑を集めつづけている。この疑惑は、司法や報道の一部特定関係者だけではなく、一般大衆のかなりの部分が感じているものである。この事件に関して独自の調査に基づく書籍が何冊も出版されており、当時の担当判事や陪審には手に入らなかった証拠を売り物にしている。いままでは、シントンの背景と精神の健康状態について、当時知られていたよりも理解が進んでいる。シントンの自白の信憑性に関する重大な疑惑も持ち上がってきている。

上席裁判官として、わたしは現存するすべての書類と証拠を見直し、生存している証人をどこであろうと可能な限り追跡して再聴取する権限を委託されてきた。

四十年以上まえに起こった出来事であることから、まだ生きていていて、信頼に値する証言をする能力のある証人をだれも探しだすことはできず、そのため、裁判記録とそのほかの検察側証拠の束に頼ることになった。弁護側の書類にはいっさい手をつけていない。本件の悪名高さから、書類は整然と保存されており、結審以降逸脱したり、入れ替えられたものがあるようには見えなかった。

殺された男性、コミサー氏は、無辜の被害者と思しく、有罪判決を受けた男といっさい関係がなかった。氏がとった行為のせいで攻撃を誘発したようには見えない。氏は尊敬と称賛に値する人物で、こんにちでも入手可能な二、三の映像記録は、あらゆる年齢の人にひろく楽しまれている。

つぎにわたしはシントンの背景と性格を検討してみる。本件に関する懸念の多くはそこに起因するからだ。

ケリス・シントンは、チェーナー・タウンの貧困地区に生まれた。父親のラッド・シントンは、小悪党で飲んだくれの麻薬中毒者で、近所の住人を含め、おおぜいの人間から、妻に家庭内暴力をふるっていたと証言されている。ケリスの母親であり、ラッドの妻であるメイ・シントンもまた、アル中で、パートタイムの娼婦として働いていた。

ケリスが育った家は、いつも手入れがいきとどいておらず、部屋のなかは不衛生で、食べかすや動物の排泄物で汚れていた。子ども時代を通じて、ケリスは、ネグレクトと虐待と暴力にさらされていたが、それらのいずれも当時の地元関係機関が状況を把握するにはいたっていなかった。

シントンは成長して、並外れて体の大きい若者になった。長い手と大きな顔が特徴だった。同世代の子どものなかではつねに背が高いほうだった。他と異なる体つきと控えめな性格から、学校ではいじめられた。留置中におこなわれた健康診断で、シントンは片方の耳がまったく聞こえず、軽い発話障害があり、少年時の事故で片脚をわずかにひきずっていることが明らかになった。視力は劣っているのに、眼鏡をかけていなかった。何人もの専門の心理学者が報告しているところでは、シントンの態度は、従順で、おとなしく、容易に影響を受け、威しに弱いというものだった。酔っていると、シントンは声が大きくなり、自信にあふれ、攻撃的になり、突然怒りを爆発させやすくなると知られていた。自傷癖があると記録にあり、両方の前腕は傷だらけだったという。

シントンは小悪党であり、頻繁に出廷するはめに陥っていた。裁判所がさまざまな非拘束判決を出そうとしたあげく、ケリス・シントンは二度、短期間の懲役を科せられた。どちらも暴行行為によるもので、ほかの仲間といっしょにいた場合のことだった。

シントンの行動は、ムリセイ海運の船員としてフルタイムの仕事についてから飛躍的に改善した。同社で彼は島間連絡船の甲板員として働いた。影響を受けやすく、他人に依存する性格は変わらなかった。ともに航海した少なくとも二隻の船の上級船員たちは、彼らの懸念を宣誓証言している。二十四時間より長い上陸許可をもらうと、シントンはほかの同僚たちと出かけがちだった。たびたび、酒に酔うか麻薬にらりった状態で船に戻り、数時間は正常な作業をできずにいることがあった。しかしながら、少なくともふたりの上級船員は、そういうのが定期船乗組員にはよくある問題で、上陸許可後に甲板員チームを当番制で働かせる方法があるのだと証言した。シントンは船や乗客にとって特別な危険がある存在だとは考えられていなかった。それどころか、甲板での作業へのひたむきな働きでたびたび褒められてすらいた。そのあとまもなくして起こったことから見ると、その信頼は、見当違いだったとわかった。

シントンに関する重大だが、殺人事件には無関係な出来事が、コミサー氏殺害の少しまえに起こっている。検察側の意に反して、担当判事がその出来事は証拠として認められるものではないと判断したため、陪審はそれについて耳にすることはなかった。わたしの考えでは、その出来事がシントンに重大な衝撃を与えたのだと思う。

コミサー氏殺害の二週間まえ、シントンが甲板員として働いていた島間連絡船の蒸気船ガラトン号が、ムリセイ・タウンの港外壁の外で衝突事故に巻きこまれた。二隻の船が喫水線の下に穴があき、その結果、浸水して沈んだ。両方の船で死者が出た——ガラトン号では十五人が亡くなり、もうひとつの船、ムリセイ港の外に停泊している浚渫船、ルーパー号ではふたりの乗組員が死んだ。ガラトン号の船長のすばやい行動で、それ以上の死者は出ずにすんだが、一日のその時刻にムリセイ港を利用する船舶の交通量を考慮した場合、多くの疑問が生じる深刻な大事故だった。

衝突時、シントンは甲板の見張り役についており、のちに警報を発さなかったことに関して、事情聴取を受けることになった。

調書によれば、事故後、シントンは悲嘆に暮れ、繰り返し自身や（事故で溺れ死んだ）他の乗組員のひとりを責めていたが、事故は主に自分の不注意によるものであることをおおまかに認めた。コミサー事件の容疑者として逮捕されたとき、シントンは過失致死の容疑で取り調べられていたが、訴状は作成されることも執行されることもなかった。

誤審であったと高らかに宣言して、多くのフリージャーナリストや犯罪学者が永年にわたりコミス事件の謎を解き明かそうとしてきた。おそらくもっとも名高いものは、『シントン――まちがった死？』という題名の本で、かかる疑問を最初に提起した本だった。著者は高名な社会思想家カウラーである。カウラーおよび彼女のあとにつづいたほかのジャーナリストたちの一様に示している関心は、その海難事故にまつわるいっさいの詳細がコミス殺人事件のシントン裁判で陪審にまったく示されなかった点にある。

シントンを逮捕勾留し、衝突事件で彼が果たした役割について訊問したガラトン号事件の担当捜査員が、ほかならぬ〝A巡査部長〟の名でしか知られていない警察官であることを暴いたのは、カウラーだった。衝突事故発生時、シントンがほかのなんらかの違法行為に関わっていたと、この警察官は確信していた模様だが、シントンはがんとしてそれを認めようとしなかった。シントンがコミス事件の容疑者になったとき、この警察官は本来すべきではなかった予断を抱き、コミス事件でおこなったと疑いを抱かれている行為についてシントンの自白を得た。

いったいどうして、シントンは海難事故の過失を否定したのに（たしかに重大な事件ではあったが）、べつの犯行の責任を認めたのか（おなじように重大事件であるだけではなく、シントン自身に深刻な結果をもたらす）、それを考えると警察による脅迫の疑いが浮上し、証拠とするにはあまりに信憑性が乏しくなる。だからこそ、裁判担当判事がこの件を証拠として認めなかったのだろう。

人に感化されやすく、ときには自信過剰になるシントンの性格を考慮に入れた場合、この不幸な若者がひとつの事件の罪を認めることがべつの事件の刑の減刑になると考えていた可能性がますます高くなってきたとカウラーは主張し、わたしも彼女の意見に全面的に賛同する。

加えて、ガラトン号とルーパー号のひどい衝突事故に関する警察あるいは裁判所の記録の所在がまったくわからなかったことが気にかかっている。唯一の公文書は、聴取報告書だが、その中身は当然ながら、被害者の亡くなり方を主に取り上げていた。なぜかかる重要な記録が失われたのか、あるいは取り除かれたのか、あるいはなんらかの方法で手に入れられなくなっていたのか？

いまわたしはシントンの自供に関心を向けている。

生粋の島民に共通していることだが、シントンも事実上ふたつの言語で話していた。表向きシントンが日常用いている言語は、民衆アーキペラゴ語だった。共通言語だ。裁判の反訳記録から、シントンは言語の運用能力がいたって高くないと推測できる。あきらかに、民衆アーキペラゴ語で話しかけられた内容を理解するのに苦労しているだけでなく、自分の考えをきちんと表明することができずにいた。おなじ学業記録から、シントンが学校を辞めたとき、民衆アーキペラゴ語の読み書きができないこともわれわれは知っている。学校を離れたあとでシントンが読み書きを学んだ証拠も、あるいは常識で考えてわかるのだが、学ぶ機会もまったくなかった。

実際にシントンが話していた言語はチェーナー都市部の方言だった。そのことを学業記録から証拠としてつかんでいる。方言は、むろん、下町の日常語である。方言は純粋に口頭のみの言語で、書き文字の伝統はない。

　シントンが警察官にしたと目されている自供は、方言で書かれたものではありえない。もしシントンが方言で話していたなら、録音があるはずで、あとで警察官のだれかが解釈して、翻訳し、民衆アーキペラゴ語で文字にしたはずだった。ところが、法廷で認められた自供は、シントン自身の発言として提示された。彼が口で言ったことを誠実に文字に起こしたのである、と。この自供が彼の有罪確定に大きく役立った。

　それゆえシントンが話したと言われる内容を文字にした供述書に関し、いくつもの批判的な考察を下すことができる。いずれも司法上の懸念を惹起するものだ。

　まず第一に、この自供は、ふたりの警察官との取り調べで得られたものである点。少なくともそのひとりは、シントンにはあずかり知らぬことだが、すでにコミスの殺人犯たちの捜索だけでなく、船舶衝突事故の捜査にも関わっていた。この取り調べの録音がおこなわれ、なんらかの形で、おそらくは〝A巡査部長〟によって書き起こされたことをわれわれは知っている。そののち、シントンに読み上げられたのだろうか？　シントンがほとんど理解できない民衆アーキペラゴ語で？

　自供のなかの「はい」あるいは「いいえ」ではじまる文は、直接の質問あるいはそのまえに訊かれた質問に対する回答のようだ。自供のほかの箇所で、シントンが誘導された証拠もある。たとえば、警察官たちが録音を聴かせ、曲名を教えるまで、シントンはコミスが死んだときに劇場で演奏されていたとされる音楽を思い出すことができなかった。

　自供したあと、裁判がはじまるまえに実施された認識力のスクリーニングで、シントンはいくつかの言葉の理解力をテストされた。シントンは次に述べる言葉をいずれも理解していなかった——いずれも自供のなかで、適切に用いられていた言葉である。「外在性」

「代訴人」「強要」「自発的」「罪を着せる」「麻酔性」。

より気がかりなのは、「否定する」と「肯定する」という言葉の違いを理解していないのが判明したことだ。どうやら言い換え可能な言葉として使っていたらしい。

シントンは平均的知能より十パーセント低いと測定され、精神年齢は十歳ないし十二歳児のそれであると見積もられた。

これらの検査の結果は、裁判では証拠として認められず、それゆえ陪審には知らされることがなかった。

最後に、コミサー氏の死につながった実際起きた出来事を検討してみる。裁判で詳細に吟味されたものの、それでも実際になにが起こったかについて不確実なものが残っている。

確実だとわかっているのは、コミサー氏が〝コミス〟という芸名を用いているプロのパントマイム芸人であり、ヘッタ群島のグールン島の町オムフーヴにある大提督《ショーキャプタイン》劇場の舞台に立っていたということだ。この事件が起こった時期、大提督劇場は夏季休暇で島にやってきた観光客向けの劇場として使われていた。パントマイムを実演中に、コミス氏は舞台上の道具置き場《ロフト》から突然落ちてきた一枚の大きなガラス板に当たって死んだ。ガラス板は氏を直撃し、即死させた。

事件の前日、劇場周辺で、数名の労働者が目撃されている。彼らは事件当日に劇場内でも目撃され、おそらくケリス・シントンを含む、そのうち何人かが直後に逃げ去っていくところを目撃されている。観客の数名および劇場スタッフならびに経営者側の代理人たちのいずれも、そのことを裏付ける証言を法廷でおこなっている。どんな動機があったのかけっして明らかにはならなかった。ガラス板（とてつもなく重たいものだった）をロフトに運び上げることができた方法も不明だった。そして、どのようにしてガラス板を落としたのか、あるいは、下にいる被害者に狙いを定めたのかもけっして明らかにならなかった。

　結局、たとえどれほど歪められ、矛盾しているように見えたとしても、自供の存在が、有罪を立証する有力な証拠と目され、判事は陪審の義務として、それなりの重視をするよう指示した。

　裁判で一時期証拠として上がってきたが、決定的な証人がいないことで、しかるべく追及がなされなかった案件のひとつとして、コミスの死ぬ少しまえに起こった出来事がある。

　シントンが働いていた船会社——ムリセイ海運——の船が、オムフーヴの外にあるフィヨルドで停泊し、定期的な補修作業をおこなっていたらしい。シントンはガラトン号が失われたあと、その船に配置転換になったと検察側は断言した。乗組員（もしシントンが乗組員の一員になっていたなら、シントンを含む）全員に上陸許可が与えられた。

　そのとき、いつものように、シントンはほかの船員たちといっしょに行動したと検察側は主張した。若者たちは、臨時雇いの力仕事を大提督劇場からもらったようである。ゴミを片づけたり、不必要な場面の道具を移動させたり、出演者の機材を駅から運んだり、届けたりなどなど。彼らはオンボロのトラックを利用していた。その仕事を得て、彼らは劇場に出入りし、何度か確実に建物の周囲で目撃されていた。

　致命的な出来事が起こった日、その若者たちはトラックの荷台に平材を放り投げて、やかましい音を立てていた。それは何人かの通行人に目撃されており、のちにそのうちふたりが法廷で証言した。ひとりの証人は、男たちがみんな酔っ払っているか、麻薬でハイになっているのは確かだったと証言した。そんなとき、三人目の通行人が、叫び声と物が叩きつけられる音がつづくのにいらだって、男たちにもっと静かに作業するようにと呼びかけた。一団の男たちは、通行人に怒鳴り返し、汚い言葉を投げつけて、からかった。

もうひとりの証人は、そのあと起こった喧嘩騒ぎに巻きこまれなかったのだが、なにがあったのかはっきり記憶していた。

三人目の通行人は、エキセントリックとは言わないまでも、めだつ格好をしていた。短軀でずんぐりとした体型で(ひとりの証人は、男がすごい筋肉質だったと話した)、大量のひげを生やし、初春の天候には合わない明るい色合いのレジャーウェアを着ていた。法廷で証言した証人はふたりとも、男の目立つ服装スタイルが状況を悪化させたのはほぼ確実だと感じた。聞こえてきた嘲罵の多くが、男の着こなしに関するものだった。いずれにせよ、たちまち喧嘩がはじまり、四人の若者はみな——シントンがその一員だったと言われている——トラックのまわりの往来でパンチをふるい、つかみかかった。第三の通行人は激しく効果的に戦い、少なくともふたりの攻撃者を地面に叩きつけ、ほかのふたりを一時的に息切れさせた。ある時点で、第三の通行人も地面に倒されたが、目撃者曰く、「恐ろしいような激しさ」で、起き上がった。何発もパンチが当たったが、目撃者のひとりが警察が来るぞと叫んだため、喧嘩は止まった。それを聞いて、四人の若者はトラックに乗りこんで、すばやく走り去った。

三人目の通行人は落ち着いて、持っていたバッグを拾いあげると、片手で服の汚れを払い、道を進みつづけた。男の人相は明白で、曖昧ではなく、何人もの町の人間が、その奇妙な服装をした男をべつの機会で見かけたことをはっきり認めているにもかかわらず、だれも男の正体をつきとめることができず、行方をたどることができなかった。男は町では知られていなかった。目撃者を求める呼びかけに応えようと姿を現すことはなかった。最終的に、男は町に外からやってきた来訪者あるいは旅行客にちがいないと推定された。オムフーヴとなんの結びつきもなく、往来での悶着のあと、旅をつづけたのだろう、と。

重要なのは、この男が証言をするために法廷にやって来ることはなかったということだ。そのため、検察側も弁護側も、往来での喧嘩を事件容疑者の事件に先立つ状況として利用することができなかった。

しかしながら、出来事の時系列にアクセスしてみて、いまだからわかることだが、この喧嘩はメインの出来事のほんの数分まえに起こったことだった。若者たちは喧嘩の現場から車で逃げ去ったものの、Uターンして、劇場に戻ってきたのだ。彼らは劇場内に入った。ひとりの芸人が出番直前で、スタッフたちが若者たちに立ち去るよう命じた。四人はなにか生意気なセリフを口にすると、大半の客が着席してショーの開始を待っていた客席を通り抜けていった。彼らはしばらくのあいだ、ひどく目立ち、じゃまになっていた。そのうち、四人はステージ裏に向かった。二日間劇場のなかで働いていたことで、彼らは劇場の構造に明るくなっていた。

そのあと若者たちの姿は見えなくなり、次に目撃されたのは、ガラス板が舞台に落ちて砕けた直後だった。客席にいた大半の観客が逃げていく彼らの姿を見た。

往来での喧嘩がこれら四人の若者の行動に直接影響を与えたようにわたしには思える。検察側は、その喧嘩がケリス・シントンを殺意のある憤怒に駆り立てたと言ったものの、シントンが四人の若者のひとりであると決めてかかる信用に足りない証言に依拠していた。シントンがそのひとりであったという証拠は断じて存在していない。たとえ彼がそのひとりだったとしても、シントンの生育背景、精神的状態、一般的な知能レベルがわかっている現在となると、その喧嘩はたんに彼に恐怖を植えつけた可能性が高い。下された判断の信憑性はどうであれ、当日劇場にシントンがいたことは、合理的な疑いを越えていると証明されなかった。

四人の若者が事故後走り去ったという事実は、総じて四人全体の有罪を、とりわけシントンの有罪を示唆する方法として強調されているが、身の毛もよだつ出来事がいままさに起こったため逃げ出したという可能性があるに過ぎない。おおぜいの一般客が事故直後劇場から逃げ出したという事実は注目に値する。

さて、数々の事柄をすべて考慮に入れると、わたしが導いた必然的な結論は、ケリス・シントンは、コミサー氏への攻撃に加わっていたかもしれないし、加わっていなかったかもしれないが、彼の有罪を示唆する証拠はなにもなく、彼に不利な証拠の多くは、不備があり、くつがえされる可能性があるというものである。証拠をすべて提示され、しかるべく指示されれば、陪審は確実にシントンの無罪評決を出したはずである。

最初に逮捕されたとき、シントンは、コミス殺害当日のアリバイを主張した。その日は、ムリセイ島にいて、ガラトン号沈没に関して島主警察の聴取を受けていた、と。その時期、グールンあるはオムフーヴのそばにはいなかったと訴えた。のちにシントンは、そのアリバイを未知の理由から取り下げたが、そのことが彼に関して言われたほかのなによりも真実に近いようにいまでは思える。

それゆえに、ケリス・シントン氏は、もっとも深刻な類の司法判断ミスの故意ではない犠牲者であると判明し、わたしは、ここにその判断を下すとともに、すみやかなる死後恩赦を与えるようにとの勧告を添え、チェーナー島主庁に一連のファイルを委ねるものとする。

コラゴ　沈黙の雨

ミッドウェー海南の温帯地帯にある中程度の大きさの島。元々は、酪農で知られていたコラゴは、雨食作用で削られた低い山並みと、温かい夏、風の強い冬の島である。岩の多い沿岸線には、船の着岸できる入り江や湾がいくつもあり、主に瑞々しい広葉樹の森と豊富な夏季の野花からなる魅力的な景色に恵まれている。砂浜の数は少ないが、水泳に適している場所は、砂利浜になっている。アーキペラゴのこのあたりの海は異例なほど冷たい。コラゴが寒流の南振動流の通り道にあるからだ。

大きな町はひとつしかない——コラゴ・ハーバーがそれで、その名前は、島の中心港であることを意味している。空港はない。町の外には、ほとんど道路がなく、自動車はめったに見かけられない。バスが運行しており、一日に三回、島を巡回し、横断している。孤立している島ではないが、見た目が似ている数多くの島にまわりを囲まれている。船の通れる水路は危険が多く、水先案内人を使わねばならない。

それゆえに、コラゴは落ち着いた娯楽の島で、灼熱の気候やナイトライフの昂奮を求める旅行客があえて選ぶ島ではない。人の人生が永遠に変わってしまう場所になるとは、まずだれも思ったことはないだろう。

コラゴの運命は、はるか遠くの都市、ファイアンドランドの首都ジェスラの研究臨床機関で果たされた医学的なブレークスルーによって決定された。

難治性致死疾病のあらたなあるいはより友好的な治療法を探るなかで、遺伝子交換および幹細胞一時変異技術の発展が、通常の健康な男性あるいは女性をだれであれ物理的な不死にする（すなわち、不死人《アタナシウス》にする）思いがけないプロセスを導きだした。

ヒトゲノムの百五十二の突然変異が識別され、そのいずれもがパーソナライズすることができ、それによって、特定の遺伝子サインを与えることができた。適切に操作することで、それらのパーソナライズされたゲノムは、被験者が処置を受けた時点で肉体の老化を停めてしまうのである。それ以降、老化したり変化した通常細胞は、活性化された細胞の成長によって置き換えられることになり、理論上、そのプロセスは永遠につづくことになる。

実践が理論に追随した。最初の人体への臨床実験は、一世紀以上まえにおこなわれ、それ以降、ひとりの処《レシ》置受容者《ピエント》も、加齢をした様子がなく、いかなる老化性あるいは変性性疾病にもかかわらず、いかなるウィルス性疾病にもかかわらず、いかなる予想されうる原因あるいは自然な原因でも死んでいなかった。過去のレシピエントを大量に標本抽出した定期的なメディカルチェックで、彼らの健康状態が確認されている。

しかしながら、被験者全員が存命しているわけではない——事故で死んだ者もいれば、さらに多くの被験者が、非レシピエントによって殺害されてきた。嫉妬による怒りで、あるいは、われわれにとって想像に難くないほかのあさましい動機にもとづいて。不死人でいるのは、数多くの利点があるが、そういう状態にはそれなりの不利な点もある。

当初、現代医療の奇跡として称賛されたが、不死の人間の集団を創り出すことができる能力は、大量の道徳的、倫理的、社会的、実際的問題を伴うことがすぐさま明白になった。

まず第一に、この処置には、長期間の医療ケアが必要で、おおがかりな看護および精神医療チームの支援に加えて、独自の複雑なスキャンおよびモニター装置が要る。つまり、個々の手術が高額なものになるということであり、ウルトラリッチな人間以外、だれも費用を賄《まかな》えないのは明白だった。

この処置に賛成反対する道徳面と倫理面での議論は、いまではよく知られていて、しばしば繰り返されている。

もし大多数の人間が、自分たちより長生きする恵まれた少数派がいることを知ったなら、憤りは避けがたい。たくさんの紛争が永年にわたり暴露されてきた。それらの争いの大半に、不公平な利点を得ようとした金持ちや有名人や影響力のある人間が関わっていた。賄賂や恐喝、脅迫、暴行事件が起こった。その手の違法行動の噂は、いまも流れており、つねに必ず否定されている。

状況証拠によって目立ってしまったケースがいくつもある。致命的な病気の明らかに奇跡的な治癒が起こった場合とか。その場合、病人は姿を消し、あらたな名前と身元で暮らしているところを見つかったりする。だれも予想すらしないほど長く美を保っている映画スターやそのほかの有名人。特権濫用が最終的に証明されたことはいまだかつてない。

さほどあからさまではないが、不死人処置は、経営者の従業員に対する態度に微妙な影響を与えた。通常の病気を保証している健康保険のあり方について、また、非不死人の事故や旅行中のアクシデントや一般損害賠償に対する保険のあり方についてすら。いずれの場合でも、通常の平均余命が不死の人間のそれよりも短いという認識が、非不死人への差別に繋がってしまった。

社会全体の関心事というわけではないが、倫理的に議論の種になっている事柄がある――この処置を受けると、レシピエントの記憶はかならず消去されてしまうのだ。彼もしくは彼女が目覚めると、みずからの人生の再教育を受けるという現実に直面する。アイデンティティーの究極の盗難である。批判者の多くは、この点を実験者、政治家、詐欺師、恐喝者などの都合のいい道具になるとして指摘する。しかしながら、この処置の評議員たちは、リハビリ・スタッフが必要なテクニックを充分訓練されていると主張する。スタッフたちは実践を重ね、たえず再訓練を受け、評価されており、また、独立外部機関による外部監査と検査がおこなわれている、と述べる。リハビリ・プロセスでの失敗はいまだかつて知られていないとも指摘する。

こうした理由から、実務的かつ倫理的に厳密なコントロールがつねに必要とされてきた。論議を呼んだ多くの事件ののち、独立信託機関がこの処置を担当するため設立され、それまではほとんど知られなかった島であるコラゴに拠点を置いた。宝くじ信託社（あるいは宝くじコラゴ社として知られるようになる）は、医学的および心理的手続きを実施監督するだけでなく、資金調達も担当する。

財源は世界規模での宝くじであり、全員に開かれており、毎月ランダムに選択されたひとにぎりの勝利者を生み出す。くじの当選者は、だれであれ、どんな人物であれ、処置を受けることができる。かくして、野心に燃えるスポーツマンとスポーツウーマンや才能きらめくミュージシャン、慈善家、金持ち、魅惑的な人物、一般労働者、失業者、若者、年寄り、幸福な人、悲しんでいる人、将来性豊かな者、凡人、つまらない人間、不幸な者とともに、くじは否応なく無作為標本として、犯罪者や幼児性愛者、横領人、強姦犯、暴漢、嘘つき、詐欺師を選びだすのだった。全員に永遠の生命の期待が与えられた。

当然のことながら、論争が続いて起こった。そこに急進的社会理論家のカウラーが踏みこんできた。彼女の説得力にあふれ、人をひきつけてやまない著書『愚者のくじ』は、最近の不死人処置レシピエント十名のライフストーリーをありのまま述べたものだった。不死になるまえの人生において彼らはどんなことをやったのか、そのあとなにをしたいと思っているかについて。その彼らの物語のなかで、七つは比較的論争の対象にならないものだった——彼らは普通の生活を送っていた普通の人で、たまたま処置を受け、一部は目立たぬ生活に戻っていったが、ふたりは善行にわが身を捧げるつもりであるとはっきり明言した。しかしながら、七名のうち六名が既婚者あるいは永続的関係を結んでおり、五名に子どもがいた。時の経過とともに、彼らの家族にどんなことが起こるだろう、とカウラーははっきりほのめかしている。

カウラーが描いた残りの三名のレシピエントのうち、ひとりはアルコール依存症で、もうひとりは病的な肥満症だった。おそらく遺伝学者はパーソナライズするのにもっと妥当な遺伝子変異を探すべきではなかったのか、とカウラーはおだやかに問うた。最後のレシピエントは、〝Xxxx〟の名でしか身元を明らかにされていないが、学習障害と重度のパーソナリティ障害にかかっている中年男性だった。彼はすでに二度、強姦と強姦未遂の罪で有罪判決を受けており、放火の罪で懲役を勤めているところだった。彼は残りの人生を医療矯正施設で過ごす可能性が高かったが、いまやその残りの人生が無限になったように思える。

カウラーは、世界じゅうで自分たちの（有限の）人生を公共の利益のためにすでに捧げている人たちがいることを指摘するエッセイでこの本を締めくくった。あえて名前を挙げることはなかったが、何百人、おそらくは何千人も、際だった成果をあげている研究者や発明家、宗教指導者、ソーシャルワーカー、作曲家、作家、画家、教師、医師、介護士たちがいて……彼らがみなそれぞれのやり方で、この世界をよりよい場所にしようとしているのだと指摘した。わたしがその人生を描いた十名の人々は、こうしたほかの人々がすでに成し遂げようとしていることを少しでもより良くする可能性はあるだろうか？

カウラーの本が出版されると、その結果、宝くじ社の役員たちは、年次で開催される国際審査委員会の委員を任命した。毎年、委員たちは永遠の未来の機会が与えられるべきだと判断した少数の人々をノミネートすることになった。この例外的ケースにかかる費用は、宝くじの財源から支払われるものとされた。

ところが、いわゆる名誉受容者の多くは、彼らの名前が発表されると、意外なことに処置を辞退した。発表四年目の、そうした辞退者のひとりが、哲学者で作家のヴィスカー・デロアンだった。

選出された直後に、デロアンは、処置を公に辞退した。彼だけではなかった――その年のほかの四人の名誉受容者も褒美を辞退した。だが、そのとき、デロアンは、『拒否』という題名の熱のこもった本を書き、出版した。

その本のなかで、デロアンは、不死人を受け入れることは、死を拒絶することであり、生と死は不可分に結びついていることから、生の拒絶でもある、と述べた。わたしの本はすべて、避けがたい死がわかったうえで書かれたものであり、それがわかっていなければ、どの本も書かれたはずがなく、書く気になれなかっただろう、とデロアンは語る。人生は本能的あるいは無意識のうちに死を拒絶することによってのみ十全に送ることができる。さもなければなにも達成されないだろう。わたしは文学を通じて自分の生を表現してきたが、このことは本質的にほかの人たちの生の表現となんら変わるところはない。永遠の生を切望することは、生を犠牲にして生きていくことになるだろう。

カウラーは公の場に登場し、デロアンの本でわたしの心が変わったと表明した。おのれの判断ミスを公的に謝罪し、故郷の島に隠棲し、不死人の件に関しては二度とふたたびいっさい発言することはなかった。デロアン自身は『拒否』が出版された二年後に癌で亡くなった。

宝くじコラゴ社は、当選者の無作為抽籤《ちゆうせん》に立ち戻り、二、三年うちに不死人処置は、結果を公表することも論議を生むこともなく実施され、宝くじはアーキペラゴ全土と北の諸国でも販売され、毎週、毎月、ごく少数の当選者たちがコラゴの静かな雨に浸食された山並みを目指して、数多くの島が浮かんでいる海をゆっくりと渡ってきた。

旅行者にこの島はおすすめしない。公式の上陸禁止令はないとはいえ。適用条件の厳しい脱走兵保護法が施行されているが、難民収容法は比較的ゆるやかである。トンネルくぐりはコラゴで実施されたことはないが、トンネルくぐり愛好家たちが歓迎されないであろうことは想像に難くない。酪農農家での季節仕事に就くことは可能だが、事前にビザを取得しなければならない。

通貨――アーキペラゴ・ドル。

デリル――トークイン　鋭い岩

この島のことはほとんど知られておらず、またわれわれは本地名案内の調査のため、この島を訪れることがいまだにできずにいる。デリルは以前はオズリーの名で知られており（地元方言で、「切り立った砂利の土手」の意）、南半球のどこかに存在している。トークイン群島なるところにあるほかの島のことはなにもわかっていない。（たまたま、小さいほう《レッサー》のセルクス群島に逆説的にトークインと呼ばれている島がある――そのトークインは、グロウンド共和国の軍事基地が駐留していることから、「閉鎖された」島になってし

まっている）

〝トークイン〟が群島や列島の名前としてたまに言及される場合、通常は、スペルミスや誤植として扱うべきである。

デリルあるいはデリル（次項参照）の受け取る富を金に換えるため、デリル（鋭い岩）が名前を変えたという主張がしつこく残っているが、われわれはそれについてなにも知らないし、なんの見解も持っていない。われわれはそこを一度も訪れたことがなく、そこの写真を一枚も見たことがなく、そこで生まれたと主張する人間に会ったことも一度もなく、そこにいたことがあるとか、そこについて聞いたことがあるとかいう人間を知らないし、率直に言って、どうでもいい。

デリル――トーキー
大きな家／澄んだ深海

トーキー群島の最大の島であり、群島の行政の中心でもあるデリル島は、より最近命名されたべつの島であるトークイル群島のデリル（次項参照）と、たびたび混同されている。

この場合、島ごとの方言を学んで覚えておくのが役に立つ。トーキーの方言で、デリルという名前は、単純に「大きな家」を意味している。トークイルのデリルというのは、「暗い家」あるいは「彼女の家」という意味。

ふたつの島の混同は旅行者にとってつねづね問題で

あり、両者がそれぞれ異なる形で来島者にとってきわめて魅力的であることから、ふたつの島を見分けるもっとも明確な方法は、この島が属している群島について記述することだとわれわれは思う。ここで明確にしてみたい。

トーキー島嶼（あるいはトーキー群島またはもっと単純にトーキーの島々《トーキーズ》）は、ファイアンドランドの南沿岸にある首都ジェスラのすぐ南方に位置している。大陸にもっとも近いトーキー島嶼の島はシーヴルと呼ばれている。シーヴル島はそれ自体は重要な島ではないが、ジェスラの住民にはよく知られている。シーヴルはジェスラの沖合に横たわっており、当然ながら、つねに目に入る。実際のところ、シーヴル島がジェスラを見下ろしていると言っても過言ではあるまい。陰鬱で荒涼とした、山の多い島が、昼間ほぼずっと、深い影をジェスラの沖に落としている。過去にはシーヴルとジェスラのあいだに家族のつながりや商売のつながりがあったが、そのつながりは戦争勃発以降、当局によって断たれていた。

それゆえに、トーキーズは北半球の島々であり、トーキー群島はミッドウェー海のその部分のかなりの地域に広がっている。最北端にあるシーヴルは、寒冷な気候に苦しみ、山の多い大陸からつねに吹きすさぶ風にさらされ、酷寒の冬をこらえねばならない。しかしながら、ほかのトーキー群島の島の多くは、シーヴルよりずっと南に位置しており、温和なアーキペラゴ風の主流のなかにあり、温かい気候や、亜熱帯の気候すら享受している。

トーキーズ（デリル／大きな家がある群島）とトークイルズ（デリル／彼女の家・暗い家がある群島）の大きな違いは、後者の島々が南半球にあるということである。このふたつの群島は、たがいにはるか遠くに離れており、いくつかの面で異なっているが、残酷な偶然として、両者の地勢と気候が似通っており、おまけに両者の地理座標ですら不思議なくらい似通っているという事実がある。

よく知られているように、夢幻諸島《ドリーム・アーキペラゴ》で地図に関する言及は、すべて近似である。今回の場合、そのことが事態を明確にするよりもややこしくしがちであることから、ここでは類似性に拘泥せず、やっかいな偶然をこれ以上指摘しないでおこう。というのも、いくつも偶然があるからである。トーキー群島（方言名：澄んだ深海）は、ざっと言って北緯四十四度から四十九度、西経二十三度から二十七度の海上領域に広がっている一方、トークイル群島（方言名：夕暮れの風）は、この世界の南部、南緯二十三度から二十七度、東経四十四度から四十九度のほぼおなじ面積に広がっていることを指摘するにとどめたい。

伝えられるところではトークインズと呼ばれている群島の座標は、お知らせしないほうがいいだろう。事態をいっそう混乱させることになるだけだろうから。

本章で取り上げる島デリル（大きな家）は、トーキー群島の最縁部にあり、シーヴルの南東に遠くいったところに横たわっている。群島のなかで最大の島であるだけでなく、主要な海運会社にとって大型船舶が利用できる水深の深い港がふたつあり、周囲の海はミネラル堆積物が豊富という好都合な場所に位置している。各種産業がデリルでは栄えている。風景は山がちというより丘がちで、内陸部は農地として利用されている。要するに、デリルは繁栄の地で、アーキペラゴの出来事においてつねに影響力を持ってきた。

中立盟約が計画され、起草され、この世界の事実上すべての群島によって最終的に批准され、受け入れられた数年間ほど、デリルの影響力が行使され、享受されたことはない。

盟約の歴史は細部までよく知られており、われわれの島々で教育を受けるすべての児童に徹底的に教えこまれているであろうから、ここで繰り返す必要はないだろう。とはいえ、盟約は何世紀にもわたって、憲法であり、権利章典でありつづけ、夢幻諸島《ドリーム・アーキペラゴ》における生活を支配し、導いてきた。個々の島の裁判所や立法府で数え切れないほど修正を加えられているが、絶対的原則は有効のままである。盟約は、個々の島あるいはみずから宣言した群島のアイデンティティーと唯一無二さを尊重し、自治権を認め、夢幻諸島《ドリーム・アーキペラゴ》外部におけるすべての問題に中立でいることを保証している。

この盟約は、事実上、皆無に等しいとはいえ、島間の紛争を禁じているわけではなかったが、アーキペラゴ所属の島が北の大陸の諸国で争われている、やっかいですさまじい戦争に巻きこまれないよう保証してきた。

盟約が計画されていたころ、デリルにはアーキペラゴ全土から法律学者や外交官、哲学者、政治家、ジャーナリスト、平和主義者、歴史学者、大学教師、社会学者が集まった。交渉は複雑で、結着がつくまで八年以上かかった。さらに五年間の行政手続き期間がつづき、その間、制定委員会の職員たちが盟約を諸島のすべての主要言語に翻訳した。また、土着の原住民たちに口頭で伝えるために無数の方言にも翻訳された。

形式ばった審議と意見交換のため、さらなる遅れが出たが、ついにすべての立法府議員、裁判官、島主庁職員、その他この交渉に参加しただれもが、盟約証書の調印のため、デリル（大きな家）に集った。

調印にはさらに十二ヵ月かかった——全島全群島が関係者全員の署名の入った原典を所有することになっていた——だが、ついにその作業が終わり、祝賀行事がはじまった。

こんにちでは、見学者は、非の打ち所もないくらいみごとに維持されている盟約宮殿の姿に感心するだろう。そこで交渉と調印がおこなわれた。多数の書類の原本が収められているだけではなく、正装用ローブや写真、日記、絵画のような書類以外の記念品の宝庫でもある記念館がいくつもある。

さまざまな言語が用いられた案内付きの見学ツアーが毎日用意されており、デレル市は幅広い価格帯の多くのホテルやペンションやゲストハウスを提供している。

この島は総じて自身の過去の霊廟と化しており、そのためほかの観光客用の呼び物はほとんどない。湾を見下ろす丘陵地帯には記念として作られたヨー・トンネルがあるが、何年もまえに使われなくなっており、だれももう一度機能させる方法を知らない。しかしながら、徒歩で探索することはできる。規則によって特別の履き物とヘッドギアを装着する必要があるが、現地でレンタルしてもかまわない。

島の沿岸部は長い距離にわたって、工業化されてきた――製鉄や造船、自動車製造が盛んだ――また、内陸の地域はいまでは集約的農業技術の発揮の場となっている。内陸部農地の多くは、この島がアーキペラゴ全土に輸出している小果樹《ソフトフルーツ》栽培用のビニールハウスに覆われている。

島の極東には、さかのぼること盟約が調印される以前のむかしから、借り上げられていた区域がある。グロウンド共和国が借地人であり、かかる広域の土地を使用し、占拠する譲渡不能の権利を所有していると主張している。同共和国は、その権利を譲渡するように迫るデリル島主庁のあらゆる試みを拒みつづけてきた。グロウンド共和国が支払う土地賃貸料が、盟約制定にかかる膨大な経費を事実上賄ったのは、盟約の存在に対する言外の皮肉な批評になっている。中立でいることを主張している島に、そのような広範な地域が軍事基地として使われているという事実に、さらに深い皮肉が潜んでいる。

ミサイルやロケット発射場の存在が、その地域の丘陵への立入りを歩行者に禁じることになってしまっている。グロウンド共和国は、一般への開放と旅行客を歓迎する方針を公言しているとはいえ。いまのところ、来訪者は近づかないように警告されている。不発弾頭と劣化ウラン弾の破片という現実の危険があるせいでだ。発射場は、通年利用されている。頻繁に利用されている潜水艦修理ドックが数多くあり、勾留・訊問・洗脳センターや、軍事訓練施設、二本の巨大な滑走路もある。全地域が島主領であり、一部がグロウンド共和国領であるが、この件はずっと係争中になっている。

盟約が調印されてから十五年後、批准手続きが済んでから五年後、グロウンドの基地は、海からファイアンドランド海軍の部隊に爆撃された。島の中心部の人家や民間の商業施設に甚大な被害が及んだ。海と空での戦闘がつづき、デリル侵攻が進んで、ファイアンドランド軍はグロウンド軍を基地から追いだそうとした。軍事的にはこの攻撃は失敗した。デリルの地元島民は、自分たちのあらたに勝ち取った中立がかくもあざ笑うかのように侵害されるのを見て、恐怖にすくみあがってうずくまっていることしかできなかった。

幸いなことに、近年、この種の戦闘は繰り返されてこなかった。グロウンドの戦艦はデリル周辺の水深の深い水路につねに停泊しており、軍隊輸送船が行き来を繰り返している。ファイアンドランド軍はその海域に近づいてこない。

ファイアンドランドも、アーキペラゴじゅうに基地を置いている。中立は全体的なものだが、まだ普遍的なものにはなっていない。

画家ドリッド・バーサーストは、一時期、デリル・シティに住んでいた。『救援に駆けつけるデリルのニンフたち』と題されたバーサーストの巨大な油絵は、一度も一般公開されたことがない。世間的に認められた研究者や美術関係者なら、事前の予約によって内密に見られるかもしれない。情報はオンラインで入手できるし、その絵の、ある限られた細部の複製画も同様に入手可能である——全体像は、ひとつの作品として公開されるには、あまりにも露骨に扇情的で、人を堕落させるといまだに考えられている。社会的な理由もある——画家のためみずから進んでポーズを取った若いモデルたちの家族が、その絵姿の公表にまだ乗り気ではないのだ。

バーサーストがアトリエを置いていた建物は、彼がデリルを離れた直後に取り壊されたが、向かい側にある公共広場に建てられた小さいが趣味のいい記念碑は、いまも見ることができる。

脱走兵保護法も難民収容法もないが、バーサーストのこの島での滞在のせいで、客引き行為規制は厳格である。盟約記念物だけを閲覧するつもりでくる訪問者にはビザは不要だが、彼らがもっと長く滞在を希望する場合、出かけるまえに地元の島主庁に問い合わせをしなければならない。

通貨——全通貨を持ちこみ可能で、市場レートで両替される。ムリセイ・ターラーが公用通貨である。

デリル——トークイル
暗い家／彼女の家／夕暮れの風

トークイル群島最大の島にして、行政の中心でもあるデリルは、伝統的に農業と鉱業の混合経済に依存してきた。近年、観光客相手の商取引と敬虔な巡礼が経済の主要な稼ぎ手になった。観光に関して言うと、旅行時の各種制限（悪名高い客引き行為規制条例）が最近緩和されたことによって、トークイル群島全体が訪問者に開かれた。同時に、デリルを訪れる巡礼者は、毎年数千人単位で増加しており、その数は減少する徴候を見せていない。この島の南西地域は、元は耕地農業に充てられていたところなのだが、いまや全アーキペラゴのなかでももっとも来訪者の多い場所のひとつになっている。

島の方言名のうち、前者の「暗い家」は、由緒正しいもので、歴史記録にもその名が出てくる。後者の名「彼女の家」は、比較的最近作られた造語であり、〝顕現〟のあとで、生まれたものだった。正規の名前であるデリルもまた、その時期に使われはじめたようであるが、その記録を起源までたどることはできていない。

初期の名「暗い家」は、島が石炭の主要輸出港のひとつであった時期に用いられるようになった。炭鉱から出る粉炭や製錬煤煙が大気にまじり、島の多くの地域を炭塵やタールの薄い被膜で覆った。こうした漏出物がデリルを旅行者にとって魅力のない場所に、住民にとって不健康な場所にしていたが、厳格な公害規制がアーキペラゴ全土に導入された。そのおかげで、本島とその周辺の比較的小さな島のいくつかは、徹底的に汚染駆除がおこなわれた。こんにち、デリルは、訪れるのに快適で清潔かつ健康的な場所になっている。採炭事業は、島の北部に限定されるようになっていたのだが、いまではほぼ閉山に追いこまれている。炭鉱記念館や観光名所は一年じゅうオープンしている。

西海岸は、みごとな景観の懸崖と幅広い砂浜があり、行楽客には人気のある観光地になっている。内陸部で広大な原生林が発見されている。ファイアンドランド軍事勢力が基地を置いている東側には、危険なゾーンがある。頻繁に演習と武器の試し撃ちがおこなわれていることから、旅行者には近づかないようお勧めする。いずれにせよ、基地の境界は、武装した警備兵が昼も夜も巡回しており、基地に通じるすべての道路には、警告標識がやたらとある。

普通の旅行者は、有名行楽地にとどまっているかぎり、この基地にはなんの関心も持つ必要がない。旅行者が利用できる施設がたくさんある。旅行者はみな通常の形でフェリーでデリルに渡ってくるのを認められている。

旅行をしようと考えている人は、出発前にまず、利用する旅行会社に、自分たちが正しい場所に旅する予定になっていることをかならず確認すべきである、と念押ししておきたい。似通った名前のトーキー群島にもデリルという名の島があり、デリル（暗い家）の住人に言わせれば、退屈で魅力のない場所だという。その指摘はばかげている。デリル（大きな家）は、まぎれもなく盟約誕生の地なのだから（前項参照）。

この歴史的事実ですら、「暗い家」の、より急進派の住人から攻撃を受け続けている。「暗い家」と呼ぶより「彼女の家」と呼ぶほうが彼らの好みに合うそうだ。彼らは、また、デリル（大きな家）が〝顕現〟に乗じて金儲けをしようとして、島名を最近になって変えたのだと主張している。超保守派のデリル人のなかには、デリル（大きな家）が巡礼をおびき寄せようとして、自前の〝顕現〟をでっち上げたとすら主張しているものもいる。

この主張は、カウラーが若かりしとき、「大きな家」のデリル大学で講義をおこなっていたという事実におそらく基づいているのだろう。

当地名案内は、多年にわたってくすぶりつづけてきた島と島との口喧嘩を仲裁する場にはない。

民間の研究では、成り上がった島がトークイン群島のデリル（鋭い岩）であることをたまたま示唆している（前項参照）。比較的最近まで、そちらのデリルはオズリー（切り立った砂利の土手）と呼ばれていた。デリル／オズリーについて、情報はあまりない。ムリセイ島名鑑には、そこはCカテゴリーの島として載っているが、理由は明らかにされていない。Cカテゴリーの島は、一般的に、旅行者を受け入れない方針であるか、無人であるか、なんらかの形で危険だと思われているかのいずれかである。


デリル（彼女の家）のもっとも重要な呼び物の話に移るとしよう。

この島は、民間の空港を持つという、アーキペラゴでは比較的数少ない場所であるという点で、珍しい。空港は南西の半島にあり、デリル・タウンの港湾施設への圧力が増しつづけているため、作られた。デリル・タウンから陸路、その南西の半島に向かうのは、現在、旅行者には禁じられているため、カウラー礼拝堂に詣でる旅行者は、たいてい空路で出入りする。特殊運航をする航空会社がアーキペラゴ中で設立され、カウラー巡礼のための信頼に値する航路網を提供している。

カウラー礼拝堂は一年中あいており、予約は不要である。

E・W・カウラー国際空港に到着する乗客は、利用可能な数多いパック旅行のひとつを選んでやってきたのなら、旅行ツアーの代理人に出迎えられる。個人で旅しているなら、効率的であまり高くないたくさんのサービスが見つかるだろう。車は調達できるだろうし、礼拝堂行きのバスは終日半時間間隔で出発している。専用の市街電車もある。線路沿いに周囲の海と隣接する島々がおりなす、いくつもの景観を満喫できる。

アーキペラゴの方言の大半を話せるガイドがいつも控えており、料金も高くない。巡礼は、礼拝堂のすぐそばにホテル紹介所がある。空港と礼拝堂訪問時あるいは数多くのヒーリング施設を利用する際に少なくとも一泊することをお勧めする。

顕現の話はよく知られているが、ここで事実に基づいた本書なりの短いまとめを記さずに済ませることはできないであろう。いつものように、どう判断するかは、読者に委ねる。デリル（彼女の家）にやって来る巡礼の大半は、文字通りの事実として受け取っているようである。

かいつまんで言うと、地元の農家の娘である、十代のふたりの少女が、暑さのとりわけて厳しかった時期に行方知れずになった。この話の一般に受け入れられている版では、少女はふたりともきわめて正常な子どもとして描かれているが、ふたりが学習障害を患っていた証拠がある。ふたりのうち年上のほうの娘は、生まれつき脚が不自由だった。年下の娘は終生、美観を損ねる皮膚感染症に苛まれていた。

ふたりの不幸な娘の名前は、はっきりとは知られていない――ふたりの身元はその身にふりかかったことのせいで、秘匿されている。地元の村々では、ふたりがいなくなるとすぐに捜索隊を組織し、翌日、地元から数百人のボランティアが捜索に加わった。当初、家族の者たちは、少女たちが家の近所からふらふらと歩きだして、迷ったんだろうと推測した。だが、なんの成果もなく数時間が経過すると、もっと悪い予感がしだした。

三日目の朝、少女たちはとつぜん戻ってきた。怪我はないようだった。ふたりは思いもよらぬ話を口にした。当時、いまとおなじように木々があふれかえるほど生い茂っていた近所の渓谷を歩いていると、奇妙な女性に遭ったという。その女性は彼女たちに優しく話しかけ、数多くの素晴らしい光景を見せてくれた。ふたりは女性といっしょに歩き、いっしょに休み、遙か遠くの土地や奇跡的な出来事についての話に耳を傾けた。最終的に、女性が突然ふたりのもとを立ち去ったとき、ふたりは自分たちの軽い病気がすっかり癒されていることに気づいた。

のちに、新聞社の記者に写真を見せられて、少女たちは、出会った女性がカウラーだと一目で確認した。ふたりとももともとカウラーの人生や著作についてなにも知らず、忽然と現れた女性としてカウラーを認識しただけだった。

顕現時のカウラーの所在については、正確にわかっており、一片の疑いもなく――トークイル群島とは世界の真裏にあたるウェスト・オールダス大学で彼女は一連の講義をおこなっていた――これは奇跡だと断言された。

カウラー自身はかかる事態をまったくあずかり知らぬことだと否定した。臆測が大きくなるにつれ、カウラーはそれ以上のコメントを拒み、一再ならず、非常に強い言葉遣いで拒否を繰り返した。

人生の終盤にさしかかって、カウラーは、自分の出席が強く望まれたときに限って、自分の代わりに出席してもらう替え玉をときどき利用していたことを明らかにした。その女性は、元アイランダー・デイリー・タイムズのジャーナリストで、カウラーが発言することになっておらず、たんに姿を見せていればいい場合にのみ、派遣されていた。

まもなく、研究者や目撃者たちは、カウラーが遠くからかいま見られただけとか、車に乗って通り過ぎていったとか、演壇に立っているところを見られたとか、方については、だれとも話をせず、すべてのインタビュー要請を断った場合とかの過去の機会を一覧にまとめた。当時、そうした機会は、カウラーの評判によそよそしさという要素を加えたが、さまざまな形で、彼女への好奇心を増やす結果になった。しかしながら、ふたつの場所に同時に存在していたという疑念が持ち上がったことは一度もなかった。

代役の女性が亡くなったのを機に、カウラーはその事実を明らかにした——彼女の名前は、ダント・ウィラーで、およそ五年間、カウラーに信頼されていたアシスタントだった。あるジャーナリストからの質問に答えて、カウラーは、この女性がいわゆる〝顕現〟のときにローザセイの自宅で自分といっしょにはいなかったが、トークイル群島のどこかにいたわけでもなく、とりわけデリルには絶対にいなかったと付け加えた。

カウラー自身の死後、プライベートな日記で見つかった記述で、彼女は、デリル（暗い家／彼女の家）での奇跡的な出現の神話をあざ笑っていた。その記述は、ローザセイにあるカウラー財団展示室の陳列ケース内のホログラフで読むことができるうえ、もちろん日記の完全なテキストが長いあいだ活字にもなっている。デリルに関する記述は活字化されたすべての版に載っている。

いわゆる〝顕現〟に対するカウラーの態度について、唯一のよく知られている洞察をもたらしてくれるのは、この記述だけである。

デリルでふたりの若い娘が行方知らずになった謎は、簡単に説明でき、百パーセント合理的なものである、とカウラーは断言した。その出来事からおよそ九カ月後、ふたりの少女のうち年上のほうの女性が子どもを産んだことをカウラーは指摘する。その子どもが何者であれ、成長してどんな人間になったにせよ、彼または彼女は、父親が神あるいは超自然的パワーを持つ存在であると主張したことは一度もなかった。母親の行方知らずの背景にある理由は、俗事に端を発している可能性が圧倒的に高かった。

しかしながら、そのころには〝顕現〟は数百万人の人々に真実の出来事として受け入れられており、奇跡をだしにした産業が驚くべきスピードで成長を遂げていた。

カウラーの名声がその死後も成長を続けた結果、ふたつの慈善団体が生まれた。両者とも、それぞれまったく異なるやり方で、カウラーの代理を死後務めようとしている。当然のことながら、両団体は、カウラーをめぐって、深刻で、長らくつづく、どう見ても解決不能な確執を抱えて反目しあっている。

一方の団体は、厳密に世俗的なカウラー財団である。この財団はカウラーの故郷の島であるローザセイに拠点を置いており、北大陸の都市グロウンドに管理部門を置いている。財団はカウラーの生前に設立され、偉大な女性カウラーの人生と仕事と信念に基づく理念と願望を忠実に反映している団体としてひろく受け入れられている。デリルでのいわゆる〝顕現〟に関する財団の公的な立場は次のようなものである——

カウラー自身は一度もデリル（暗い家／彼女の家）を訪れたことがなかった。彼女の仕事に関係している人間はだれもデリルを訪れたことがない。ときおり替え玉になって姿を現していた女性も一度もデリルを訪れたことがない。カウラー自身は、自分が奇跡的治癒能力を持っていると主張したことはなかった。その問題について、カウラーは広い心で接していたが、そのことについて議論したり、文章に著したことは一度もない。自分が神のような能力を持っていると主張したことは断じてなかった。顕現の話は、ふたりの少女がなんらかのほかの行動を説明する手段として、無邪気にこしらえたものであり、ほかの人たちがカウラーの名前を利用しようとしてのちにその出来事にくらいついたのだと、カウラーは信じていた。

それと相反する立場をカウラー礼拝堂保存委員会では取っている――

顕現は、大多数の重要な教会の長老たちによって確認されてきた、と彼らは主張する。カウラーはすでに列福されており、今後列聖される可能性が高い。彼女の癒やしの力は、カウラーの手が実際に触れた箇所を触った者や、カウラー小渓谷を流れる水の効用の両方によって何度も証明されてきた。何十万人もの巡礼者が、礼拝堂を訪れることによって、自分たちの人生が永遠に変わったのはまちがいないと証言している。

礼拝堂保存委員会は、また、デリルの景気を悪くさせ、畢竟《ひっきょう》、トークイル群島全体の景気を悪くさせようとしているとして、カウラー財団を非難している。カウラー巡礼は、一年を通じて、二十以上のホテルを支えており、間接的に群島全体に現代的インフラを整備する財源になり、ひいてはアーキペラゴ全体で旅行業および航空業に雇用を創出している。

当地名案内では、巡礼以外の旅行者がデリルへ旅する場合には、初春または晩秋をおすすめする。天候は最高であり、ほかの時期より島の混み具合が少ない。

通貨――すべてのアーキペラゴの通貨が礼拝堂と、その周辺の関連施設で通用する。デリル・タウンで使用されている通貨は、アーキペラゴ・ドル、ムリセイ・ターラー、オーブラック・タラント。

巡礼ではないデリル訪問希望者は、前述の混乱を念頭に置き、必要な予防措置を講じるべきである。とはいえ、亜熱帯地帯にある島で通常おこなわれている予防接種は、必要とされていない。トーキー群島のデリルと呼ばれている島には、厳格な難民収容法と客引き行為規制がある。その一方、デリル（暗い家／彼女の家）では、客引き行為は自由に認められている。

エメレット　すべて無料

エメレットは小さな島で、まだ人口が少なく、一世紀前に大規模な山火事の被害に遭った。その大火のあと、盟約規定に基づいて、主な集落や島主館が再建された。

エメレットには道路がほとんどないが、ウォーキングするには快適で、エメレット・タウンで売られている地図には、数多くのおすすめの散歩道が載っている。もっとも頻繁に利用されている散歩道は、港からアガ庭園にいたる道である。エメレット・タウンの港の中央埠頭の手前から、案内標識のきちんと整備されている狭い道が、ひらけた畑と若い森林を抜けて、島の最高峰であるチャド・ロックまでつづいている。チャド・ロックは、鍾乳洞で有名で、そこは一般に公開されている。ツアーガイドが旅行客を見応えのある岩山と鍾乳石の累層がつづく場所に案内している。熟練の洞窟探検家たちも、チャド・ロックの洞穴網に入りに来たがるだろう。

チャド・ロックを越えたところにあるのが、アガ庭園。エメレット家の邸宅の所在地である。エメレット家は何世代にもわたって有力議員を輩出している。十五代島主エメレットは、中立盟約起草者のひとりだった。現島主、三十三代エメレットは、通常は、ここにはいない。屋敷はいまのところ一般公開されていない。

エメレット家の歴史は、古くからの名家にしばしばつきものの奇矯さを示す多くの例にあふれている。十二代島主は、屋敷から子どもを締め出した。十八代は屋敷に招かれた客は全員ずっと裸でいなければならないとごり押しした。裸体主義者の主の息子十九代島主は、繰り返し常連客の一団とともに屋敷でらんちき騒ぎを起こして週末を過ごすことで悪名高かった。放蕩三昧公の息子二十代島主は、服に生涯を捧げた。二十三代島主は庭にとりつかれ、生涯の多くを屋敷で過ごし、広大な地所の造園とやり直しを繰り返した。当代島主は、封建領主としての責任を真剣に考えており、親切で寛大な男だが、自分の名前を冠している島で見かけられることは滅多にない。一年に一度、十分の一税徴収の公的式典に姿を現す。

二十六代エメレット島主の治世のあいだに、アガ庭園は、芸術家のための避難所になった。作家や画家、作曲家、音楽家、彫刻家、俳優、ダンサーたちがみな、束縛のない受容と、何週間もつづけて享楽的に楽しめる自由なライフスタイルを満喫しようとして、アーキペラゴじゅうからはるばるこの島を目指した。

当時のもっとも有名な芸術家のなかには、贅沢な環境のなかで半永久的な住人となったものもいた。そのなかで名高いのは、カル・ケープスで、アガ滞在中に「蕩尽された情熱へ捧げる挽歌」を作曲したと言われている。ミュージシャンやジャグラーや奇術師の一座がカターリ半島から旅をしてきて、数カ月滞在したことがある。世界的に著名なバレリーナ、フォルサ・ラジョキは、奇跡のようなキャリアの長い午後にさしかかっており、惜しみなくふるまわれるワインをきこしめしすぎて、最終的にアガの東棟の二階の狭い部屋で自殺した。そして画家ドリッド・バーサーストは、二年近くここに滞在した。ひとところにとどまった時間としてそこがもっとも長かったと考えられている。バーサーストの人気の高い壮大な風景画『羊毛の梳き手たちの帰還』は、アガ庭園の裏のテラスで描かれた。バーサーストが描いた遠くの背景に見えるユーカリの木はすべて大火で燃えてしまったのだが。

アガ庭園は、バーサーストのもっとも有名ながら、もっとも見られたことのない傑作の一枚の保管場所でもある。たんに『屍衣』とだけ名づけられたこの油絵を、画家は最初にこの島にやってきた数週間で描き上げた。噂によると、その絵は、画家自身を、健康で性的な魅力に輝く、かぎ鼻の若者として描いているという。その絵を見ることができた者たちは、絵のなかの人物が画家にそっくりだと断言している。また、バーサーストは自分自身を美化して描いているものの、それでもやはりたいへん見事な芸術作品にちがいあるまい、とも言い切っている。

バーサーストは、閉ざされた部屋に保管して、一般公開をけっしてしないことを条件に、『屍衣』をエメレット家に永遠に寄贈した。その絵を見ることが認められたのは、エメレット家の一族だけだった。バーサーストとの約束に応じて、絵は東棟の狭い部屋に高く吊された。実を言えば、そこは、肖像画を正面にした床の上で、ひげ剃り用のカミソリを手にしたまま倒れているフォルサ・ラジョキの血に染まった死体が見つかった部屋だった。

アガ屋敷からドリッド・バーサーストがいなくなったのは、突然で、人騒がせなものだった。壮麗な絵画『羊毛の梳き手たちの帰還』は、数カ月間、屋敷のメイン晩餐会場に掲げられ、見るものすべての者から大いなる感動と称賛を寄せられていた。その絵の特性のひとつ、バーサースト独自の特徴は、絵が含んでいる視程の深さである。壮大な風景と空の広がり、強烈な嵐と激変の様相を呈している出来事に極小の細部が加わっている。写真と見紛う精緻さと、細密画家の精妙な正確さがあいまっているのだ。

そうした細部は、より大きなイメージの文脈のなかで、詳しく考慮されたことはほとんどなかった。しかしながら、ある夜、二十六代エメレット島主の招いた客、大手の芸術雑誌の美術評論家兼解説者が、拡大鏡をキャンバスに向けた。評論家は細部を熱心に眺め、青々と茂った草地のなかで、色っぽくふざけ、淫らな行為に耽っている裸体主義者たちの小さな集まりに意識を集中させた。状況を考慮し、細心の慎重な態度で、美術評論家は、うっとりと身も心も奪われているニンフたちのなかのふたりが、それぞれ島主夫人メズラ・エメレットと、その娘、当時まだ十五歳のキャンキリィ・エメレットとそっくりであることを不思議そうに、かろうじて言葉にした。

二十六代エメレット島主は、冷静な性質の男だった。自身も拡大鏡で短時間観察してから、島主はなにも言わずにパーティーの場をあとにした。その夜、島主の姿を客たちがふたたび見かけることはなかった。

ドリッド・バーサーストは、パーティーにずっと出席していたが、夜遅くに自室に退いた。シーツをめくったところ、体長四十センチのスライムを見つけた。あきらかに死んでからまもないものだった。大顎からまだ毒液がにじみ出ていた。バーサーストもまた、その夜ふたたび、またその夜以降もずっとエメレットで目撃されることはなかった。

エメレットの冬は温かく、夏は暑い。地面は太陽の光で乾ききることがよくある。驚くような理由ではなく、火事を起こさないようにとの警告や、火事に対する実務的な予防策が、島じゅういたるところにある。夏の盛りには湿度も高くなりうるが、通常は、充分がまんできる範囲である。多くの快適な砂浜が一般に公開されているが、充分使われているとはいえない観光資源である。ヌードで泳ぎたがる旅行客は、特別な注意を発揮すべきである――浜辺は代々の封建的エメレット島主によって寄贈されたものであり、独自の規則がある。ある浜辺では、裸体主義は積極的に奨励されているが、島のべつの場所では強い顰蹙《ひんしゅく》を買い、ペナルティを払わされることがある。

バーサーストの絵画『羊毛の梳き手たちの帰還』は、現在、デリルの盟約記念美術館で常設展示されている。

絵は目の高さに掲げられており、キャンバスを仔細に眺めることが可能なだけでなく、積極的に推奨されている。しかしながら、時の偉大な減損作用のせいか、はたまた、あまりにも大量の近くでの吟味で摩耗したせいなのか、かつて二十六代エメレット島主に招待客の不品行を気づかせた細部は、もはや明白でなくなっている。

バーサーストが『屍衣』をエメレット家に贈与したにもかかわらず、その絵はもはやアガ屋敷には残っていない。バーサーストが出立した直後に島主は絵を送り返したのだが、絵を携えた使者が偉大な画家に追いつくには数カ月を要した。引渡しの会見はバーサーストが短いサバティカル休暇を満喫していた静かな島リレン－ケイでおこなわれた。引渡しは迅速に済んだ。絵はバーサースト随行団のひとりに手渡され、受取証を受理すると、使者はエメレットへの長い帰還の旅に出た。

通貨——アーキペラゴ・ドル、オーブラック・タラント。

フェレンシュテル　台無しになった砂

フェレンシュテルは南温帯地帯にある大きな島で、東西に細く長く伸びている。ドントレ・ドス・イロウ山脈が島を三つの気候帯にわけている。

南の沿岸は、夏涼しく、冬寒い。突然の嵐と予想不可能な強烈な高波に襲われることがある。南西からいつも吹いてくる、身の引き締まるような風、ハービアン・ブラック・スコールは、霙《みぞれ》と雨を運んでくるが、山脈の南面をつねに緑が生い茂る肥沃な地にするのに役立っている。ドントレ山脈には高山型の草原があり、冬場に雪が厚く積もり、ウインタースポーツを盛んにさせている。島の北側には、多数の細長い砂の入り江がある幅広い沿岸平野があり、温かくて安定した気候を享受している――冬は、涼しいが快適な雨期であり、夏は、日が燦々《さんさん》と降り注いで、乾燥している。草木は生い茂り、瑞々しい植生は一年中、行楽客を惹き寄せている。東の岬は、バードウォッチャーの天国である。

フェレンシュテルの主要な産業は観光であるが、小さな内陸の町ジュグラには、数多くの軽工業の会社があり、地元民の雇用を確保して、その地域の繁栄をもたらしている。

この島を訪れる予定の旅行客は、ビザが必要で、出発まえに地元で取得しなければならない。標準的な予防接種は義務である。旅行客は、フェレンシュテルが不特定多数との恋愛に対する厳格な規制法を敷いていることを事前に忠告されておかれるべきである。もし書類が正確でなければ、上陸港での無作為手荷物検査と遺伝子検査で、遅れが生じたり、ときにはばつの悪い思いをさせられる可能性がある。旅行予定者に対する本書の一般的な助言は、現地の法律にいつも注意を払っておかないなら、ほかの目的地を選んだほうがいいというものだが——フェレンシュテルはこの助言のまさに格好の例である。この島はいろんな形で紛れもなく天国だが、因果応報の原則が生きており、懲罰制度は苛烈を極めている。この島の旅行客でいることは充分な減刑理由として認められないのである。

トンネルくぐりはフェレンシュテル全体で禁じられている。

コミスの殺害犯捜索は、フェレンシュテルではじまった。不特定多数との恋愛関係を結んでいたことが知られているふたりの男性とふたりの女性が、パネロンを訪れているときのコミスの舞台公演を中断させたと思われている。彼らは否定的なレビューも書いている。彼らが世界を半周して、コミスの死亡現場にたどりついた方法として考えられていることはけっして明らかにされていないが、コミス死亡の数日後に四人は逮捕され、訊問された。ほかの舞台公演の否定的なレビューが彼らのコンピュータに見つかったことも、彼らの状況をいっそう悪くしただけだった。

四人は訊問にいっさい答えなかった——フェレンシュテルの過酷な犯罪防止および検知制度を考慮した場合、それがもっとも安全な行動方針だった。結局、警察は四人を釈放せざるをえなかった。しかしながら、彼らは容疑者のままで、数カ月間働くことができなかった。やっとフェレンシュテルを離れてはじめて、彼らは自分たちの人生を再開することができた。

通貨——アーキペラゴ・ドル、オーブラック・タラント。

フェレディ環礁　吊された首

拝啓

わたしは二十一歳で、フェレディ群島のミルという名前の島に住んでいます。両親といっしょです。セメルにある大学から戻ってきたばかりで、大学では島文学で最優等を獲りました。

大学での三年間で、たくさんの現代小説を研究するよう本を渡されたのですが、そのなかに御著書『ターミナリティ』があったことをお伝えしたいのです。その小説にわたしは感銘を受け、あなたがお書きになったはずのほかの本について、あなたご自身について、もっともっと知りたくなりました。わたしはずいぶん時間をかけて、あなたのほかの御著書を探そうとしたんですが、あいにく、セメルではすべての本が手に入ったわけではありませんでした。最終的に、さらに三冊の本を借りることができました。いずれも初期の作品のように思われます。

どの本もとてもすぐれた作品だと思っていることを伝えさせてください。そのおかげで、あなたの作品を研究対象にすることに決めました。わたしの学位論文のテーマは、「文学停滞」についてです。もちろん、この言葉は、あなたの長篇小説『サークルの旅』から借用したものです。わたしの論文の題は、「留まることの謎――チェスター・カムストンの不動および不変の価値」というものです。

お忙しいのにきまっていると存じますし、わたしがいちばんしたくないのは、あなたの執筆の邪魔をすることなんですが、できればお答えいただきたい簡単な質問がひとつあります。わたしは作家に、小説家になりたいのです。もしなにか助言がありましたら、どうかわたしにお聞かせねがえませんか？

心からの崇拝者より

敬具

M・ケイン

拝復

お返事ありがとうございます。届くのに随分歳月がかかってしまいましたけど。フェレディ環礁に住んでいるのは、たくさん不利な点があります。この手紙が届くのが遅いのを、あなたからいただいた助言にわたしが気分を害したせいだとお思いにならないでいただきたいのです。

まず第一に、あなたのご要請を尊重し、いただいたお手紙をちゃんと燃やしてしまったことをお伝えいたします。ほかにだれもあの手紙を読むのを認められた人はいません。ああいうご要望には充分な理由があるのは承知していますが、お書きいただいたものを燃やさなければならなかったわたしの気持ちをお伝えできればいいのに。あなたの書く言葉ひとつひとつが、わたしには貴重なものなのです。だけど、ご希望を尊重いたします。

ご質問にお答えします。はい、最初見つけられなかったあなたの御著書を手に入れました。わたしの指導教官があなたの小説のファンで、わたしが持っていなかった本を貸してくれたんです。残念ながら、大学を離れる際に返さねばなりませんでしたが、前回お手紙を差し上げてから、インターネットで探しつづけていたのです。いまのところ、買うことができた唯一の本は、かなり古くてぼろぼろの『どこかわからぬ場所への脱出』のペーパーバック版です。明らかにわたしよりまえにおおぜいの人に読まれていますが、それでも入手できてとても嬉しいんです。その本のために特別なカバーを作ったんですよ。手元に届いてから二度読み返しました。謎めいていて、美しい小説ですね。結末を読むといつも泣いてしまいます。この小説のことであなたにどうしてもお訊ねしたい千もの質問がありますが、お手を煩わせたくありません。

作家になることについていただいたご助言に感謝いたします。たしかに期待していたお答えではありませんでしたし、正直申し上げて、がっかりしました。でも、ご警告にもかかわらず、まえに進むつもりでいます。

お訊きしてもいいですか――いま新しい本にとりくんでおられます？

敬具

M・ケイン

親愛なるカムストンさま

新しい御本のニュースにとても昂奮しています！

待ち遠しくてなりません。ことし後半にわたしはムリセイに住んでいる友人たちを訪ねる予定をしており、そこにいるあいだに欲しい本を全部入手できるよう期待しています。フェレディ環礁には書店がひとつしかないんです。その店は、わたしが住んでいるところから礁湖をはさんで反対側にあり、しかも、書店と言えるようなところではないんです――売っているのはもっぱら雑誌とベストセラーのロマンス小説が数点のみで、いずれもたいてい一年か二年まえに発行されたものです。インターネットがなければ、どうしたらいいのかわかりません。でも、オンライン書店ですら、あなたの御著書について聞いたことがないみたいなんです。

新刊は、あらたな小説になるだろうとおっしゃいました。お訊きしていいですか？　それは〈ものぐさ〉シリーズの一冊でしょうか？　その本について、なにかお話いただけることはありますか？　あなたのお書きになったものは全部好きですが、〈ものぐさ〉物はわたしにとって特別なんです。

わたしがなぜこのミルに住んでいて、それはどんな感じなのかお知りになりたいとのこと。わたしがここに住んでいるのは、ここで生まれ、ここがわたしの故郷だからです。両親は、ふたりとも社会人類学者です。ふたりはわたしが生まれるまえにここの原住民を調査し、ともに研究するためにやってきました。フェレディ環礁は、多かれ少なかれ、現代世界から切り離されていて、部族特有の習慣の多くが独特のものなのです。両親は原住民を何本もフィルムに撮影し、ここの土着文化に関する著作を何冊も著しています。母は何年もまえに研究者として引退しましたが、父はいまもっぱらコンサルタントとして働いており、ふたりともこの地を愛していて、離れたがりません。

ところが、三年間セメル大に通って、その間あちこち旅をして、ほかの多くの島を見る機会を得て以来、もっとたくさんの場所を見たくてたまらなくなっているのです。ムリセイにいく際に、寄り道をしてほかの島をいくつか訪ねるつもりでいます。あなたがお住まいのピケイ島は、ムリセイからさほど離れていないと気づきました。少なくともフェリーに乗って、二、三日でたどりつけるところにある、と。こうやって手紙のやりとりをはじめてからずっと、わたしはピケイにいく機会があって、ひょっとしたらあなたを訪ねていく機会がないだろうかと思ってきました。お仕事の邪魔をしたくありませんし、ご迷惑をかけたくもありません。もしご都合が悪いのであれば、状況は理解します。

ミルの話に戻しますと、そこがたんなる場所である以外にろくに話をできることはありません。ほぼ一年じゅう、殺人的なくらい暑いです。蛇や攻撃的なコウモリや巨大な毒虫がいるんですが、住んでいれば、共生する方法を学ぶものです。冬は短いです。冬と一年のほかの季節との違いは、三週間夜も昼も雨が降り続くかどうかです。雨が降ってもたいていいつも暑く、湿度は恐ろしいものがあります。

フェレディ群島の島はみんな小さいです。どの島もすばらしく風光明媚で自然の姿がそのまま残っていると思われています。小高い山がほんの少しあり、砂浜は何百とあり、森が長く広がっており、舗装された道路はほとんどなく、鉄道も空港もありません。だれもが小船で行き交っています。環礁はたくさんの背の高い木々で縁取られています。あまりにもフォトジェニックな場所のため、環礁のまわりで撮影に取り組んでいる写真家や映像制作クルーを見かけることがよくあります。そんな彼らはここを理想化して撮影するんですが、実際にここに住まなければならないとなれば、印象は変わってくるでしょう。わたしの両親の家は浅い渓谷で、小川が流れ、環礁の姿を見ることができます。島の反対側には小さな町があり、ひとりの歯医者兼医者がいて、数軒のお店、一軒のホテルがありますが、ほかにはほとんどなにもありません。わたしはここを出ていきたいんです！

わたしのファーストネームは、モイリータです。訊ねてくださってありがとうございます。うちの家族に代々伝わっているファーストネームなんです。少なくとも直近の二世代まで遡ります。母もモイリータなんですよ。通常は、わたしは自分の名前をイニシャルだけで記しているんですが、もし作品が出版されることになったら、そのままでいくのか、それともフルネームを使うべきか、ずっと迷っています。なにかアドバイスはありませんか？

ほら、作家になろうとするなというあなたのアドバイスを無視することに決めたんです！　やりとげるつもりです。

敬具

モイリータ・ケイン

親愛なるカムストンさま

　ピケイにお訪ねすることをほのめかして大変申し訳ありません。あなたの目にわたしがひどく僭越な人間に映って見えたにちがいないとわかりますし、二度とそんなことを口にはいたしません。どれほどあなたがお忙しいのかよくわかっています。

敬具

モイリータ・ケイン

親愛なるカムストンさま

　あなたからふたたびお便りをいただいてどれほど驚き、嬉しかったのか、とても言葉では言い表せないほどです。

　てっきりひどく怒らせてしまったと思いこんでいました。だって、最後にいただいたお手紙は、三年近くまえのものですが、とてもぶっきらぼうで、きっぱりしたものだったからです。生命感にあふれ、リラックスしたご様子のお手紙をいただけてありがたいです。前回の手紙と今回の手紙のあいだの時間にたくさんのいいことが起こったんだとお察しいたします。親しみのこもったお訊ねに喜んでお答えします。

　ですが、まず、これだけは言わせてください。前回のお手紙でしばらくわたしは気が動転してしまいましたが、調子に乗りすぎたのは自分のほうだとすぐに悟りました。

　その間、どうしていたのか、最新の状況をお伝えしますね。ひとつにはそちらが親切にお訊ねくださったからでもありますけど、ほんとにたくさんのことがわたしの人生で変わってしまったからです。

　はい、予定していたとおり、わたしはムリセイに旅をしました。元々の計画よりもずいぶん長くそこに滞在しました。そこにいるあいだに、あなたの御著書をすべて買いそろえることができました。執筆中だとうかがった『リンボの虜囚』も含めて。この本は、もちろん、最高の小説でした。なにもかも期待通りでした。わたしにとって、この小説を読むことは、普通よりもはるかにわくわくさせられるものでした。だって、この作品が執筆中だったときに、多少は中身のことを知っていたからです。

加えて、わたしはムリセイで仕事を見つけました。住むところも見つけました。自分たちがふたりともなにを望んでいるのか不確かな数カ月を過ごしたのち、夫も見つけたんですよ。彼の名前はラークです。教師をしています。ふたりでムリセイに住んでいたんですが、わたしの母が病気になったため、最近ミルに戻ってきました。ミルに到着すると、あなたのお手紙が待っていたんです。わたしたちはしばらくここに滞在する予定ですが、もし返信していただけるなら、この手紙の頭に記している局留め住所にお送り下さい。ラークが新学期の授業をはじめなければならないことから、早晩ムリセイに戻る予定です。

直近のお手紙で、わたしの文学への情熱に冷水を浴びせなければならないと感じた理由について、ご説明いただき、内容をよく理解しました。おっしゃるとおりです――わたしはあなたがわたしの頭を軽く叩き、万事うまくいくよと言ってくださるものとなかば期待していたんです。あなたがた作家というものはけっしてそんなことをしないものだと知っておくべきでした。

まえにはこういうことを言えませんでした。あなたがわたしに諦めさせようとしたとき、わたしの思いを真剣に受け取ってくれていないんだと思って、最初悲しくなりました。だけど、そこでわかったんです。はじめから明らかだったことを。あなたがわたしの書いたものを一語たりとも読めなかったことを。あれは作家志望の若者全員におっしゃっていることにちがいありません。わたしの書いたのとおなじたぐいの手紙を山ほど受け取っておられるのは想像できます。あなたがおっしゃったことがわたし個人に向けたものでないと悟ると、わたしは自分がすべきことを知りました。最初からそのつもりだったんだといまになれば思います。あなたのおかげで、わたしは真剣に考え、優先すべきものを熟慮し、自分の情熱の度合いを測り、できるだけ正直に自分の能力を推し量りました。要するにあなたはわたしの決意を固めさせてくれたのです。

　わたしはまだ本物の作家ではありません。本を出版したという意味では。ですが、この二、三年で、さまざまな雑誌に詩や短篇を投稿し、それなりの数の作品が受け入れられ、活字になりました。多少のお金すら稼いでいるんですよ。あなたがご覧になったとは思いませんし、その事実をいま言及したことで、読んでみようとおっしゃるとは期待していません。

　しかしながら、わたしはささやかな書評もはじめておりまして、そのことをご存じではないかしらと思っております。それだからまたわたしに手紙を書いて下さったのではないかしら、それもこんなに親しげな文面で？（書評があなたのお目にかからなかった場合を想定して書きますが）そう思うのは、わたしが書評を書くよう渡された小説の一冊が『リンボの虜囚』だったからなのです！　しかもその書評は少部数の文芸誌向けではなく、アイランダー・デイリー・タイムズ向けのものだったんです。あの本を書評用に渡されたとき、自分の幸運がとても信じられないほどでした。いまではあの本が二冊手元にあるんですよ！

　わたしの書評を読んでくださったらいいなと願っています。もしお読みでないなら、新聞の切り抜きをかならずお送りします。あの書評で喜んでもらえたらいいんですが、最近のインタビューで、自分の小説の書評は一度も読んだことがないとおっしゃっているのはよくわかっています。ときどきは、そのルールの例外を作りたくなることもあるんじゃないですか？

『虜囚』を読んでいるあいだずっと、わたしは本を横に置いて、ひたすら内容についてあなたとお話ししたいと願っていました。もちろん、わたしの書評は、とても控えめで、客観的なものですが、もしあなたが読んでくださっていたなら、あの本がわたしにとってどれほど大切なものか、おわかりいただけるはずです。

最後に、わたしにとってなによりも大きなニュースをお伝えいたします。先ほどわたしはまだ本物の作家ではないと書きましたし、まだその通りです。ですが、最初の小説を完成させる寸前まできているんです。病気の母親の見舞いをしなくてすむんだったら、いまごろ完成させていたはずです。人生のほとんどの期間、その小説を書いていたような気がしています。

その小説を書きはじめたのは、わたしたちの手紙の最初のやりとりがはじまってからさほど時間が経っていないときでした。ですので、何年かけてきたのか、おわかりいただけると思います。その小説はとてつもなく長く、信じがたいくらい複雑です。書きながら、物語の細部のすべてをどうやって自分の頭のなかにとどめていられるのか不思議になります。わたしがもっとも尊敬する人物のひとり、ローザセイのカウラーの理念と社会理論に大いに基づいた小説です――カウラーをご存じのはずですね。カウラーはエッセイや講演でよくあなたの小説やあなたの考えを引用されておりますから。小説のなかで、わたしはカウラーを〝ヒルダ〟と呼んでいます。

もちろん、作家は登場人物に自分でこしらえた架空の名前を与えるものですが、ときに読者はその裏にあるものを読み取ろうとします。そういうことがわたしの本でも起こりそうだと気づいていますが、ほとんどの人はヒルダをカウラーと結びつけることができないと期待していると同時にそうはいかないだろうとも疑っています。カウラー作品を消化吸収したうえで、カウラーの外見や個性を与えるのではなく、カウラーの理念を具現化したものとしてヒルダを創造したと心から確信しています。

　このことをあなたに打ち明けても大丈夫だと思っています。あなたはカウラーに匹敵する道徳と知性の持ち主であると以前からわかっておりますから。

　さて、なにひとつ確かにはなっていないのですが、この小説の出版社が見つかる自信があります。わたしには著作権代理人がいまついており、その女性の話では、ムリセイにあるふたつの出版社からすでに問い合わせが届いているとのこと。当然ながら、もし出版が確実になれば、すぐにお知らせいたします。

　ところで、あなたがいままでにカウラーとお会いしたことがあるなら、ぜひ知りたいです。

　結びとして、あなたとまた連絡を取り合えるようになってどれほど嬉しいか、繰り返させてください。あなたから手紙をいただくのは本当に嬉しいですし、もう十回は読み返しています。この返事が長くかかって申し訳ありませんが、またたがいに手紙をやりとりできることにわくわくしています。

　わたしたちはふたりとも以前より少しだけ年を取りました。ですが、ひとつのことだけはいかなる形でも変わっていません。わたしは、あなたがいま生きているなかで最高の作家であり、あなたの最高傑作はこれから書かれるものだと信じています。その作品を読める日が待ち遠しくてたまりません。

親愛なるモイリータ・Kより

親愛なるカムストンさま

　このまえお手紙を差し上げてから九カ月が過ぎ、まだお返事をいただいていません。過去の突然の沈黙から、あなたがちょっとしたことやなにげない一言で容易に動揺してしまうことを学んでおります。そのため、前回の手紙でわたしが書いたなにかがあなたのご気分を害したものと推察せねばなりません。

　自分の良心を探り、自分の記憶を漁りましたが、それがなんだったのかどうしてもわかりません。

わたしに言えますのは、本当に申し訳ありませんということだけです。心の底からそう思います。もしわたしがあなたを怒らせたのなら、それは意図せざるものであったか、たんなるわたしの不器用さゆえです。お許しいただけるようお願いいたします。わたしを知ることで、複雑で、とても個人的ななにかが浮かんで気にくわなかったんだろうなとはわかりますが。その原因がなんだったのか、わたしにはさっぱりです。

もしあなたがこのやりとりを続けることはできないとお感じになっているのなら、もちろんわたしはあなたのご希望を尊重せねばなりません。

最後にこれだけは言わせてください。あなたと書簡をやりとりできましたことは、これからもずっとわたしの宝物でありつづけるでしょう。たとえなにがあろうと、わたしはあなたが生みだす作品をずっと愛していきますし、これまで同様の熱心さで、ほかの人にもぜひ読むようすすめてまいる所存です。

敬具

モイリータ・ケイン

追伸

出版社からわたしの最初の小説『肯定《ジ・アファーメーション》』の書評用献本がちょうど送られてきました。あなたに捧げた本ですし、同封の本をお受け取りいただければ幸いです。本書の背後に潜むあらゆることを理解していただけるよう願って、謹んでお送りする次第です。

MK

フールト　歓迎せよ

フールトは、北の亜熱帯地帯にあるマンレイル群島に属する、中規模の島である。その方言名は、「歓迎せよ」と翻訳できるが、含意はさらに深い。

フールトは、アーキペラゴのなかでも、唯一無二と言わないまでも、この島を独特のものにならしめている特徴がいくつもある。その一つが、自給自足の経済を営んでいるということだ。この島は、ほかの島にまず頼らずに自立している。なにも輸出せず、必要不可欠なもの以外はなにも輸入していない。ほかの島の人間でいままでにこの島を旅行で訪れた者はほとんどいない。フールトの住人でほかの島に旅する人間もまずいない。フェリーが運行しているのだが、寄港する船は不定期な間隔でやってきて、どこかほかのところに向かう途中に立ち寄る場合に限られている。フールトは短時間の停泊地、寄港地にすぎない。いろんな意味で、フールトはアーキペラゴのなかに存在しているが、アーキペラゴに属している島ではない。

旅行者のための施設は皆無に等しく、歴史的あるいは文化的興味を抱くようなものも限られていることから、本地名案内では、フールトについてあまりページを割くつもりはない。本書の準備のため、調査員のひとりがこの島を訪れたことから、本書の情報は最新のものである。完璧を期すため、また、読者のなかにはフールトに住んでいる親戚がいるかもしれない可能性を考慮して、この島に関する二、三の事実を記す。

まず第一に、島の方言名は、でっちあげである。あなたを歓迎するような地元の人間はひとりもいない。

島じゅうで、この島の神秘的な過去への一風変わった言及や、過去のこの地の偉人や、ここで起こった出来事と思われるものにちなんで名づけられたレストランや通りや駐車場を目にするだろう――われわれの調査員は、フールト・タウンに、〃アルフ王〃団地や〃勝利広場〃という名の市場や、〃古城レストラン〃という名のビストロなどがあると記している。それらすべては、でっちあげなのだ。いまの宅地開発業者がやってくるまえは、フールトは、砂土と岩のごつごつした渚でできた不毛の島だった。西の端に山がひとつきりあり、東側には砂丘がつづいていた。

より正確な現地名をつけるとしたら、〃コンドミニアムの島〃となるだろう。海のどの方向から近づいても、光輝く白いタワーがスカイラインを独占している。

フールトの低いか粗末な建物は、仕事を探して島に渡ってきた人たちの住居だけである。彼らは建設作業員や掃除夫、警備員、家の使用人、運転手、庭師、小売店店主たちだ。

フールトには二十七のゴルフ場がある。デジタルテレビ・チャンネルは百局以上ある。プライベートの滑走路が五本ある。レストランやワインバーはどの通りでも見つかる。アルコールは格安だ。保育所と老人ホームは無数にある。映画館が三軒、劇場が一軒、ダンスホールが数多くあり、カジノも五軒ある。大型の貸出専用図書館があり、多種多様な本があるが、北の大陸の諸国から輸入した、もっと幅広い範囲のビデオも揃えている。どのコンドミニアムも、門のついた個人の庭園に囲まれている。砂浜は綺麗で、警備員が巡回している。

売春宿《マッサージ・パーラー》やストリップ・クラブやテーブルで踊り子が踊るバーや、エスコート・サービスはなく、赤線地域もない。暴力犯罪はフールトでは起こらないものの、たまに詐欺事件が起こっており、当局が効率的に処理している。難民収容規制は存在しないが、脱走兵保護法は存在している。客引き行為規制は厳格で、不特定多数との恋愛は許容されていない。

島の東の先端には、夜にライトアップされる砂丘があるという。わが調査員は、それがフールトにしばらく過ごしていたのが知られている芸術家タマラ・ディア・オイの手による海岸沿いのインスタレーションのひとつかもしれないと考え、その現場に赴いた。彼はくだんのインスタレーションを見つけられなかった。あるいは、何百もある砂丘のうちどれがオイのインスタレーションなのか突き止められなかった。見たことがあるという何人かの人間に調査員は会ったが、そのうちのふたりは、給電が不安定で、修理の必要があるとロにした。だれもどうすれば修理できるのか知らなかった。オイ自身は、ずいぶんまえにフールトを離れている。

フールトには淡水泉がほぼなく、川はない。島の水はすべてリサイクルされたものか、北部海岸にある巨大な淡水化プラントで作られたものだ。そのプラントが発生させる汚染物質が、たくさんの車とコンドミニアムに設置された数千台のエアコン装置が発生させる汚染物質とあいまって、薄い膜となり、島に垂れこめている。

道路がネットワーク状に島に張り巡らされ、あらゆる場所をつないでいる。車の流れは、夜も昼もやむことがない。都市部の通りには、脚の不自由な人間と高齢者のための移動車両用の専用道路が併設されている。

島における最大のサービス産業および小売業は不動産に基づいている——家具や床材の供給、塗装、室内装飾、庭の手入れなどなど。買い手の不動産需要は、死亡あるいは資格剥奪によって生じた不動産供給と正常に釣り合っている。島内人口の大半は、国外在住者である。北大陸の国々の戦時経済のもとでの生活の苦しさを捨てることを選んだ人たちだ。一般市場で不動産を購入する際の費用を別にすると、移住制限はなにもない。ただし、本土に戻るのは、まず不可能である。

対立関係にある戦時同盟を結んでいる国出身の人々もフールトでは歓迎され、本土の言語はすべて島で話されている。島主庁当局は、フールト・タウンには、居住区規制はないと言っているが、ファイアンド同盟出身の人たちは、町の特定の区画に住む傾向にあり、グロウンド共和国出身の人たちはべつの区画に住む傾向にある。国外在住をテーマにしたイベントが一年中おこなわれており、耳に馴染んだ音楽をノスタルジックに演奏したり、伝統料理を調理したり、民族衣装を着たりといったふうに。本書の調査員は、そうしたイベントのひとつに出席し、深夜遅くまでつづくだけでなく、大半の参加者がどうしようもなく酔いどれてしまったことに驚愕した。

通貨――すべて。

ガンテン・アセマント　芳しい春

ガンテン・アセマントは、ガンテン連島の比較的小さな島のひとつである。その存在は、あるひとつの画期的な出来事がなかったならば、連島の外に知られることはまずなかっただろう。すなわち、画家ドリッド・バーサースト本人の登場がなければ。

その機会とは、バーサーストの回顧展だった。彼の小品が数多く出展される予定だったほか、油絵の大作四、五点も掲げられることになっていた。ギャラリーは内覧の日取りを設定し、数を絞った客宛に招待状を送った。その数は多くなかったものの、招待客はアーキペラゴのさまざまな場所に住んでいた。距離の関係から、招待状は実際のイベントのずいぶんまえに発送された。選ばれた少数客とは、バーサースト作品の著名な崇拝者たちや、パトロン客、大手ギャラリーの代表者、バーサーストの仕事の上での知り合いや同業者だった。バーサーストの遍歴癖や、予告なしにやってきて、たいがいは急いで出立してしまうため、招待客のほとんどだれも、以前にバーサーストと個人的に会ったことがなかった。

活字媒体の記者や映像メディアの人間は、このショーに招かれていなかった。バーサーストは生涯を通じて、自分自身の作品も表に出すことを忌避していた。TVカメラが自分や絵のそばに近づくのをけっして認めていなかったため、参加者のだれもTV局の人間が会場に来ていると思っていなかった。しかしながら、活字やインターネット・メディアの記者がまったく来ていないのは、かなりの驚きだった。つまり、バーサーストは彼の人生におけるあらたな、そしておそらくは矛盾した時期にさしかかっていた。個展をひらくこと自体は、バーサーストが支持を求めていることを示していた。マスコミの欠如は、彼が名声を避けたがっていることを示していた。

ところが、べつの招待客から入場券をせしめ、ひとりの記者が姿を現した。この記者はダント・ウィラーという名の若い見習いで、地元の新聞、ガンテン・ニュースで働いていた。あとでわかったことだが、この若い記者の存在が、内輪のパーティーにするつもりだったものを、数々の結果を生む一大事件へと変貌させた。

ギャラリーは小さく、それまではあまり影響力がなく、〈青いラグーン〉という名前だった。バーサーストが島にやってくるまえは、熱心なファンやアマチュア画家だけが知っているような地元の絵を専門に扱って、観光客に売っていたギャラリーだった。ギャラリーのオーナー、ジェル・ツーマーという名の男にとって、まさに耳寄りな話だった。その当時、バーサーストは、私生活も画家としても、ひっきりなしに人の噂になっていたからだ。

象徴的あるいは桁外れの風景を描く画家としてのバーサーストの名声は、そのときほど高かったことはなく、富裕なコレクターたちが文字通り争うようにして巨大な油絵を買おうとしていた。加えて、その絵に秘められた謎を解き明かそうと、絵画理論に基づいたり、精神分析的アプローチをしたり、学術的な検討を加えたりする論文が一大産業になっていた。

彼の広範な影響力は、みずからをバーサースト写像主義派として名乗りたがっている、おおぜいの若い、あるいはこれから芽吹こうとしている画家たちの作品にうかがえる。

バーサーストは、自己顕示欲の強い人間、へぼ絵描き、剽窃者、ポピュリスト、伊達男、反啓蒙主義者、楽観主義者などとけなされることもよくあった。ほかにもいろいろと言われていた——陰に回って、より激しい敵意のこもった正直な形で——アーキペラゴじゅうの数多くの島にいる夫や父親やフィアンセや兄弟たちに。

ドリッド・バーサーストの名高さは、作品のみによるものではなかった。終わりのない噂話やゴシップが、バーサーストの私生活の比較的公の側面を取り囲み、芸術にさして関心を持っていないタブロイド紙やセレブ系雑誌を埋めていた。バーサーストの女性関係の武勇伝とその噂が語られ、形を変えて語られ直され、とめどなく潤色された。

バーサーストの写真はめったになかった——それどころか、何年もまえ、彼がまだ美大生だったころに撮影された一枚の写真しか存在を知られていなかった。その写真が彼を確認するのにずっと用いられていた。

背が高く、ほっそりとした体つきの若者で、腰は引き締まって細く、彫りの深い顔だちとつやのある金髪をしていた。不機嫌で攻撃的な様子だったが、同時に精神的にもろい感じに写っていた。

　バーサーストと彼の側近たちは、画家が旅してまわるときに変装したり、特徴を隠そうとしたりするのに尋常ならざる手段を取っていた。もちろん、旅してまわるのは、バーサーストがつねにおこなっていることだった。商魂たくましいカメラマンが望遠レンズでバーサーストのオフショットを撮影したり、バーサーストが気づかれずに隠し撮りされたりしたなら、画家は写真を抑えるのに自分の自由に使えるあらゆる手段を使おうとした。プライバシー保護法に訴え、物理的な威嚇も頻繁に行使したが、たいがいは莫大な富を用いてその写真を買い取った。畢竟《ひっきょう》、こうした行為はすべてバーサーストへの関心をいっそう強めた。

　また、バーサーストの外見に関する人々の好奇心も掻きたてた。彼の敵たちは、バーサーストがすっかり年を取り、体重を増やし、豊かな髪は薄くなったり抜け落ちたりし、はたまた妻や恋人を寝取られた夫や恋人に襲われて醜い顔にされてしまったなどと吹聴《ふいちょう》した。

　ガンテン・アセマントの内密の個展にやってくるのを認められた選ばれた客たちにはたちまちわかったことなのだが、そうした伝聞のいずれも本当ではなかった。バーサーストは、古典的な美しさに恵まれたきゃしゃな若者ではもはやなかったものの、その体は健康状態と軽快さを維持したまま、肉をつけていた。顔は、彫りの深さを維持し、魅力的に頰がこけ、金髪が肩まで伸びていた。猫のようにしなやかに動き、男らしい力強さのオーラを帯びていた。それなりに年を取ったことで目のまわりに小じわができていたが、それも色気のある容貌を際立たせているばかりだった。

　バーサーストの力強い個性は並外れていた。その場にいるだれもが彼の存在を強く意識した。まるで磁石で引き寄せているかのようだった。出席者はバーサーストをまじまじと見ずにはいられず、あるいは少しでも近づいて、漏れてくる会話を聞きとろうとした。

報奨金の誘惑はべつにして、バーサーストは、彼らが見たなかでもっともフォトジェニックな男性のひとりだった。その誘惑を取り除くため、写真機能のついている装置と携帯電話はすべて、一時預かりになり、廊下沿いの警備員のいる部屋で保管された。招待客たちはまじまじと見つめることで満足するほかなかった。それに満足度は低くなるとはいえ、少なくとも自分がその場にいたと友人たちに伝えられるのだと、得心するしかなかった。

バーサーストの有名さを考慮に入れても、展示された絵画の存在感は依然として圧倒的だった。五枚の大作がギャラリーの壁に掲げられており、いずれも比較的最近描かれたもので、そのためこのイベントまで取り巻き連中でさえまず見たことがなかった。いちばん大きな二枚が向かい合うように一枚ずつ壁に飾られ、残りの三枚は窓に面した壁に隣り合わせに吊されていた。

ギャラリーが用意したカタログはなく、どの絵も名前がわからなかった。それはバーサースト自身の望みなのか、たんなるギャラリーのミスなのか、だれもわかっていないようだった。しかしながら、どんな絵がそこにあったのか、われわれにはわかっている。というのも、ニュース紙の野心あふれる若い記者がバーサーストあるいは親しい側近から絵のタイトルを聞き出し、律儀に記録していたからだ。

いまになればわかることだが、そのおかげで、バーサーストの大破壊連作の五枚全作がいっしょに飾られたのは、このときが唯一知られている機会だったという貴重な情報を得られた。『救命船の最後の刻』が、一方の壁にかかっていた。ギャラリーの一番奥である向かい側の壁には、『地球の破壊者』が飾られていた。両者のあいだにある壁には、三枚の絵がかかっており、いずれも、こんにちではバーサーストの至高の油絵のなかでも最高のものだと見なされている。『高潔な閣下と退廃的な望み』と『神の自発的な奴隷』と『瀕死の英雄のいる土地』の三枚。

これらの五枚の傑作が同時に一箇所にあることを考えただけでいまでも思わず息を呑むほどの力がバーサーストの絵にはある。

もっとも、大破壊連作五枚の存在があっても、それだけではあの場の並外れた雰囲気は作れなかっただろう。バーサーストは、小さめの絵も何点か展示することを約束していた。四枚の絵が飾られ、壁の空いたスペースを静かに埋めていた。大破壊連作に圧倒され、ほかの絵にすぐに気づかなかったとしても、招待客たちを責めることはできないだろう。だが、絵はたしかにそこにあった。わずかにでこぼこして、とりたてて綺麗でもないギャラリーの壁に四枚の油絵が目の高さのところで控えめに置かれていた。

二枚は大破壊連作の細部のためのスケッチだった——一枚は、『救命船の最後の刻』に登場する大海蛇の頭部を描いたものだった。もう一枚は、『神の自発的な奴隷』に描かれている、すばやく流れる溶岩の燃える波にいまにも呑みこまれそうになっている裸の女性の肉体のスケッチだった。どちらのいわゆるスケッチも、ほかの画家なら、最高傑作として単独作品扱いされるほどの代物だった。とりわけ、大海蛇の下書きは（下書きといいながら、本格的な大きさのキャンバスに油彩で描かれていた）、バーサーストが細部にいかに細心の注意を払っているかを深く理解させてくれるものだった。この二枚の絵を究極の大作と並べてみると、画家に要求されている芸術的才能と技術を理解することができた。

加えて、ほかに二枚の絵があった。

最初の絵は、『屍衣』。公開されたのははじめてであり、おそらく最後だった。『屍衣』はおよそ五十センチ×六十センチの額入り油絵だった。画家自身の姿が見る者に衝撃を与えるほどの精緻さで描かれていた。例の有名な写真、だれもが目にしている写真に基づいて描かれているのはすぐにわかった。姿勢、衣服、顔の表情――いずれも写真と瓜二つだった。唯一の違いは、バーサーストが自身を少し年上に描いていることだった。写真の若者は、成熟した大人に取って代わられていた。その絵自体には隠されたメッセージはなにもなかった。客たちは、その絵をじっと見てから、すぐそばに立っている画家自身を見ることができた。まるで画家の創造物が双子でいるかのようだった。

小さめの絵の最後は、ほかの絵とは性格を異にしていた。大災害とも屍衣とも異なり、画家がどのイメージにも自身の姿を直接的にあるいは間接的に投影しているといういつもの感じがなかった。その絵は異彩を放っていた。ひとりの女性の肖像画で、題名は、『E・M 空気の歌い手』だった。客たちはひとり、またひとり、その絵のところにやってきては、心を奪われたように凝視し、そこにある激しさに金縛りに遭っているかのようになった。

全員、男も女も、その激しくエロチックなあけすけさに困惑し、同時に昂奮させられたようだった。おおぜいがその絵のまえにしばらく佇み、その存在感がギャラリーのほかの部分を圧倒しているカリスマ画家を忘れさせ、なかなか立ち去りがたく、あるいはほかの客のために渋々絵のまえの場所をゆずっていた。気恥ずかしさを覚えた者もいれば、衝撃を受けた者もいた。ひとりの男は、顔を赤らめてそっぽを向いた。だれもその絵を無視できなかった。だれもその絵の持つ力を否定できなかった。

――このギャラリー内覧会のひらかれていた当時、絵のモデルがだれなのか、〝E・M〟とは何者なのか、わかっている人間がそこにいたのは疑わしかった。いまでは、その絵がほぼまちがいなくエスフォーヴン・モイの肖像画であることはわかっている。それは若き新聞記者、ダント・ウィラーの探偵仕事のおかげだ。のちにカムストン文書集を調べて、モイとバーサーストとの結びつきを明らかにしたのはウィラーだった。

またウィラーを通して、この絵の信頼性の高い永続的な記録が残った。上着のラペルの裏に隠した超小型デジタルカメラで、ウィラーは、モイの絵を五枚撮影した。当日その場にいた大半の人同様、ウィラーもその肖像画の官能性に圧倒された。

ウィラーが撮影した画像がなければ、モイの絵は〈青いラグーン〉にいなかった人間の目に触れることはけっしてなかっただろう。デジタル的に画質補正がなされた低解像度の小さな画像は、その後現れたすべての複製画の元になった。

エスフォーヴン・モイの絵は個展当日まで一度も展示されたことはなく、その後も人目にさらされることはなかった。大破壊連作は、すぐにコレクターや国立美術館のもとに収容され、大破壊連作のスケッチはデリル（大きな家）の美術館に買い上げられた。『屍衣』は、売りに出されることはなく、『空気の歌い手』も同様だった。

モイの愛らしい肖像画は、すなわち、バーサーストの過去および相当深いところにある自意識を洞察させるものであり、なおかつ他人に見せることはそれまで一度もなかった。ミニマルで異彩を放つ趣きを描きだせるバーサーストの才能を示すものは、画家の手元にずっと置かれた。ギャラリーでの展示のごく短いあいだ見ることが可能だった、画家の目を通してつかのま見られた女性、風に髪と服を乱され、衰えぬ情念に乱された表情を目に浮かべている女性。

バーサーストと随行者たちは、数日後、静かにガンテン・アセマントを離れた。バーサーストの行く先はけっして明らかにされなかったが、カムストンの伝記は、行く先がサレイまたは、サレイ群島のなかのほかの島だったと示唆している。〈青いラグーン〉のオーナー、ジェル・ツーマーは、個展で売れた絵の手数料のおかげで裕福になった。ギャラリーの建物と、残っている所蔵品のすべてをガンテン島主庁に寄贈し、島を離れ、その後の消息は明らかではない。

〈青いラグーン〉は、いまも存在しており、日中、客を迎えている。あの日、バーサーストが出品した絵の大半がギャラリーのなかに展示されているが、もちろん、複製画に過ぎず、ずいぶんおそまつな複製画すら含まれている。

ダント・ウィラーはガンテン・ニューズで仕事を続けたが、見習い期間が終了すると、ムリセイに引っ越した。

ガンテン列島へのフェリー便は近年、改善されてきたが、この島がアーキペラゴの僻地であることに変わりはない。国際標準のホテル施設はないが、ギャラリーのそばに宿泊費の高くないペンションがあり、ペンションとしては充分推奨に値する。

ガンテン列島のどこにも脱走兵保護規則はないが、難民収容法は遵守しなければならない。

通貨――ガンテン・クレジット、アーキペラゴ・ドル。

グールン　凍える風

大提督劇場《テアター・ショーキャプタイン》

たいした進路ではないが、ぼく自身たいした生徒じゃなかった。故郷の寒い島では、大学教育の選択肢は、べつの島の奨学金を勝ち取ることができなければ、むかしから限られていた。ぼくは勝ち取れなかった。そのため、同年代のおおぜいのグールンの若者たちといっしょに、エヴレンにある実業専門学校に向かった。その町は、周囲に田園地帯が広がり、まわりを山に囲まれ、アーキペラゴの南海域から流れてくる温かい海流の生ぬるくなった最後の流れに触れられ、比較的おだやかな気候を享受していた。グールン流に言うと、ほぼ毎日雨が降っているということだ。

ぼくは専門学校での最初の一年を終え、義務的学業《ギャップ》休業年《イヤー》の準備をしていた。ギャップイヤーというのは、法的手続き上、学生数を多くすることで教育施設維持助成金を維持する一方、行政が経費を削減する方法だった。学生にとって選択の余地はなかった。同級生の大半は帰省したが、裕福な家庭の人間は数カ月間の休暇に出かけた。その際のもっとも人気が高い選択は、南のもっと温暖な群島での島巡りを長きにわたってすることだった。

ぼくはそのどちらもしなかった。思いがけずグールン北部でギャップイヤーの仕事を手に入れたからだ。

ぼくの専攻は、商業演劇の演出法だった。積極的に選んだわけではなく、たまたま選んだコースだったが、最初の一、二週の授業を受けると、興味がわきだした。一年目の終わりまでには、何カ所かに仕事の申込状を出すくらいの刺激を受けており、オムフーヴの町での臨時雇い仕事の勧誘があったとき、ぼくはそれに飛びついた。

オムフーヴ。そこの名前を聞いたのははじめてだったが、すぐに調べ、自分が訪れることがあるとは思ってもみなかったグールンの一地域であることを知った。北の海岸沿いに連なる山脈のなかのタレックという地域のなかにあり、一年を通じて、主な産業は魚の出荷と燻製と缶詰という小さな港町だ。申込状を送りはじめるまでは、その町に劇場があるなんて頭に浮かびもしなかったが、どうやらそこには実際に劇場があるようだ。大提督劇場《テアター・ショーキャプタイン》は、町の中心にあり、冬の数カ月は扉を閉じているが、夏のあいだはずっと演劇やさまざまな演芸を演し物にしていた。観光がオムフーヴの第三の産業のようだ。インターネットで調べたところ、山登りとトレッキングとウォータースポーツとオリエンテーリングとトンネルくぐりがオムフーヴのフィヨルド周辺や周囲の山で人気の高い活動だった。

いったん居場所が定まると、冬季休校のため、春まで学校にいてもむだと言われた。両親の住むグールナック・タウンに帰省して、寒い数カ月をぶらぶら過ごした。やがて、劇場から確認のeメールが届き、島内巡行バスに乗って、オムフーヴに向け出発した。バス旅行は四日かかった。

最優先させるべきは、住むところを見つけることだった。あらかじめ候補になる場所を載せている学校のウェブサイトをブラウジングして、出発まえの数週のあいだにそのうち三軒に仮予約を入れていた。町に到着してぼくが選んだのは、海岸通りに近い家の二階の部屋だった。窓から波止場まわりのこぶりな燻製小屋が見え、その先の景色は、フィヨルドの穏やかな海面だった。遠くに海からぬっと突き出た山があり、部屋で過ごした最初の数日のあいだは、切り立った山肌に残雪がこびりついてパッチワーク状になっていた。しばらくして、雪解けがはじまると、おなじ山肌に白い水流が刻まれ、十数回も激しい雪崩《なだれ》が海に転がり落ちていた。

ぼくは買い物にでかけた――町には総合食料品店が一軒しかないみたいだったが、グールン・タウンやエヴレンの価格と比べると、値段は高くないようだ。少なくとも、ぼくが日常買うような食品は。翌朝、散歩にでかけ、細い通りを縫って歩き、劇場を見つけることができた。

町の中心は、中央道路から一本奥に退いたところにあり、巨大なエンジンとトレッドの深いタイヤを持つトラックが、島の内陸部に向かってがたごと音高く走っていくときですら、そこの静けさを破ることはまずなかった。脇道のひとつに、大きな、壮大と言ってもいいくらいの建物が見つかった。白い幕状面の壁、二本の飾り塔、城郭風の造り、深い青の塗装。白い正面には、いまは灯っていない長い電飾横幕があり、電球で大提督《ショーキャプタイン》劇場の文字を描きだしていた。その劇場名の隣には、フィヨルドの雪をかぶった山を遠景に、網を投じている釣り船の図案化された絵が並んでおり、防水ケープとキャップをかぶった白髪交じりの船乗りの姿が、景色の絵に重ねて描かれていた。

劇場の正面扉は閉ざされ、閂《かんぬき》がかかっており、内部には茶色い紙が貼り付けられ、覗きこもうとする人を失望させていた。階段横に、いくつもガラスディスプレイ・パネルがあったが、演し物の予告はいっさい見当たらず、ビラも貼られていなかった。とはいえ、建物は荒れ果てたようには見えず、丁寧に修繕がほどこされていた。塗装は最近塗り直されたようだった。

正面扉の窓に顔を押しつけ、その向こうにあるホワイエを見ようとした。扉の取っ手を軽くかちゃかちゃ動かした。扉をこじ開けようとしてではなく、なかにいるかもしれない人間に注意を喚起するための音を立てようとした。

ややあって、ひとりの男がなかから姿を現した。立ち止まり、茶色い紙の覆い越しにこちらを見て、ぼくがだれの可能性があるのか悟り、扉を解錠した。

「ハイキ・トーマスです」ぼくは言った。「ここで仕事をはじめることになっています」

「ハイキ？　来るのは先週だと思っていたぞ」そう言ったものの、男の口調は敵意のあるものではなかった。男は手を差しだし、ぼくらは握手した。「おれはジェイアだ。ここの支配人代理をしている。いまのところ、ほかにだれもスタッフはいない。だから、目のまえに仕事が山積みだ」

「なにをやればいいんです？」

ジェイアはぼくを招き入れ、扉を閉めて冷たい風を遮ると、絨毯やカウンターにダストカバーがかけられているロビーを抜け、狭い通路を二本通って、短い階段をのぼったところまで連れていってくれた。劇場の建物には暖房が入っておらず、天井高くに設置された淡い電球の光しか灯っていなかった。

ジェイアはチケット売り場の奥にある小さなオフィスに据えたコーヒーメーカーから熱い一杯を注いでくれた。ぼくらは狭苦しい空間で腰を降ろし、調度にもたれかかった。

「劇場で働いた経験はある？」ジェイアが訊いた。

「学校の履修コースで実習が必要だったんです」

ぼくはその内容をいくつか説明した。もちろん、印象を良くしようとして事実を潤色した。とはいえ、申し込む際に履歴書をあらかじめ提出しており、ジェイアがそれを見たのは確実だと思っていた。ぼくの実際の経験というのは、ほかの人たちが舞台裏で働いているのを見ているというのがせいぜいだった。だが、舞台演出に興味を抱いているのはほんとうで、演出関係の本をずいぶん読み、ほかの学生たちと演出について語り合ってきた。

ジェイアはいっしょに働く相手がきたことを喜んでいる様子で、まもなくすると質問がとりとめのないものになった。新しいアシスタントに強い印象は受けていない様子だったが、それ自体はたいしたことではないようだった。ぼくを雇ったのはジェイアではないとわかった。ぼくらはふたりとも臨時雇いだった。ジェイアよりもぼくのほうがはるかに短期間の雇用だったのだが。ジェイアはずっとオムフーヴに住んでいた。

徐々にではあるが、この劇場の状況についてわかりはじめた。まえのオーナーたちは劇場をあたらしい会社に売却した。あるいは信託証書の移譲があった。かてくわえて、あらたな法的係争が起こった。いまのところ、だれも正式のオーナーではなく、そのため一時的に代理を務め、次のシーズンの準備をするスタッフが必要だった。ジェイアはこの町に暮らしているが、グールン島生まれではなく、はるか西の端にあるヘッタ群島のべつの島、オナという名前の小さな工業島の出身だった。彼はまえの夏もここで働いており、そのときは現在のぼくと大差ない立場だった。大きなチャンスをもらったんだ、とジェイアは言った。支配人としてなにができるか証明するすばらしい機会を得たのだ、と。正規の裏方はまだやってこず、あと二、三日は現れないだろうとのことだった。

ジェイアの案内で舞台裏を見せてもらい、主な機械設備の使い方を教えてもらった。ぼくは苦もなくすべてを理解した——履修コースでは、舞台管理と劇場演出について完璧な予備知識を与えてくれていた。

劇場はウィンターブレーク明けに再開することになっていた。予約はすでに入りはじめていた。大提《ショーキャプタ》督《イン》劇場は、町で人気の高い呼び物だった。問題は——ジェイアが考える問題は——演目に独創性がないことだった。まえの年、劇場は何本か芝居を上演したが、ことしの夏ブッキングしているのは、バラエティーショーや、ＴＶで有名なコメディアン、ポップなトリビュート・バンド、手品公演だった。ミュージシャンを雇い、どんな特殊あるいは追加の照明効果が必要なのか把握し、TV局からのリリースを入手し、エージェントと交渉する必要があり、かてて加えて、スタッフ確保、安全性の確認、事務の書類作業などなどの心配がある。

シーズン終盤の演し物は、ジェイアの好みにもっと合致しているものだった。夏の終わりの二週間、芝居が二本予定されており、ジェイアはその二本に期待していた。それまでは、残りのものを最大限に活用するつもりでいた。評判の高い千里眼パフォーマーが短期間やってくる――ジェイアは彼女にも期待していた。千里眼はいつだって客席を埋めてくれるんだ、とジェイアは言った。そしてパントマイム芸人。ジェイアはパントマイムも好きだった。だが、ほかの予定演目は退屈だと思っていた。きみが関わる余地はたっぷりあるぞ、とジェイアは言った。

しばらくして、電話を何本か入れなければならない用事がジェイアにあり、ぼくはひとりでぶらぶらと歩きまわって、ほの暗い観客席に降りていった。座席はとても大きな半透明のビニールシートで覆われて、保護されていた。ぼくは最前列中央の一等席にある、ふかふかの椅子にそっと座ってみた。椅子の背にもたれ、凝った装飾を施された漆喰天井と、いくつものこぶりなシャンデリア、ビロード張りの壁を見上げた。建物はあきらかに最近リフォームされていたが、伝統的な劇場という雰囲気をまだ湛えていた。

満ち足りた気持ちがぼくのなかに広がった。いままでなかに入ったことがある劇場はエヴレンにある市民劇場だけだったが、そこは地元当局が管理運営しており、レジャー施設の一部で、スカッシュコートや体育館、水泳プール、貸出専用図書館が併設されていた。大提督《ショーキャプタイン》劇場は、伝統と歳月の積み重ねが醸し出す優美さを備えていたが、堂々として生気に溢れ、演劇やエンターテインメントと娯楽がもたらす腰の落ち着いた幻想にその身を捧げていた。

翌日、雪がふたたび激しく降りはじめた。昼も夜も降りつづけ、ひらけた海の方から、天高く舞い降りてくる薄い雪片をフィヨルドに吹き上げ、通りに降り積もらせ、家並みに吹きつけた。極寒の北東地域から容赦なく強い風が叩きつけてきた。雪は、タレック地区の人々の営みの慣れ親しんだ一部だった。雪は、住民みんなの気分を変える——雪は現実的な問題として対処しなければならないものだった。毎朝、毎晩、そしてときには夜間にも、島主庁の除雪車や噴射式除雪機が外に繰り出し、道路や波止場から雪をどけ、店舗の営業と、魚の陸揚げ、トラックの出入りができるようにしていた。ぼくは町のだれもがするように自室のストーブを昼も夜もつけっぱなしにし、押し寄せる雪の波を薪が立てる灰色の煙で溶かした。ぼくにとって、オムフーヴは、ずいぶん田舎めいて古くさい色合いを帯び、大自然にずっと近く、猛々しい歴史に深くのめりこんでいるように感じられた。

日々の仕事には慣れた。ジェイアに命じられて、ぼくは劇場のすべての機械装置の検査と確認作業にとりかかった。ロープや落とし戸、索具装置、照明、音響装置。大道具置き場は、先シーズンの芝居で使われた書き割りで雑然とふさがっており、その大半はもう役に立たないため、ぼくはその解体に取りかかり、利用できるものや、ジェイアのいう、標準的な背景は手つかずのままにした。当初思っていたほど自分がこの手のものをよく知ってはいないのに気づいたが、ひとりで作業していたため、まもなく知るべき必要のあるものを学びとった。再利用可能な木材を慎重に選り分け、大道具置き場に保管した。

ジェイアはチケットの予約がなかなか進んでいないことを気に病んでいた。劇場のオープンは、完全に溶けていなくとも、山々からもう雪が降ってこないはずの春先の週に予定されていた。それが通常の予定だったが、記録によると、ことしの予約は異例なくらい少なかった。ジェイアは出演予定の芸人の一部に対するファンの支持の薄さを悲憤慷慨した。とりわけ、ジェイアお気に入りの演し物に対する支持の薄さを。格別に気に入っているものがひとつあった――「コミス」という芸名で活動している、有名なパントマイム・アーティストだ。コミスはこれまでとおなじように、ことしもっとも人気のある演し物になるだろう、とジェイアは断言した。それなのに、現時点で、コミスの公演への人気は、ほかの演し物と大差ないのだという。

劇場開きまであと二週間と迫っているのに、ブリザードがまだ毎日吹きすさび、溝は氷で塞がれ、道路には自重と車両のたえまない通行で圧縮された古い雪が黒くて汚れたかたまりになってこびりついていた。

ぼくはジェイアを好きになりはじめていた。口数は多くないが、いつもぼくの求めているものを敏感に察知してくれた。こき使われたものの、定期的に小休止を入れてくれ、劇場の予算でよく昼飯をおごってくれた。ジェイアがぼくのことをどう思っていたのか、結局、わからなかった――面白いと思わせたり、悩ませたりしていたようだが、仕事の時間帯の大半で、ぼくらは建物のなかの別々の場所にいた。

ある日、ティーブレークの最中に、ジェイアが言った。「もう幽霊は見たか?」

「かつぐ気ですか?」

「見たのか?」

「いるんですか?」

「幽霊のいない劇場なんてない」

「ここにいるんですか?」もう一度問い返す。

「大道具置き場がひどく寒いのに気づいていないのか?」

「ドアをあけていることが多いからでしょ」

ジェイアがなにをもくろんでいるのかわからなかった。ぼくがここにやってくるおよそ五週間まえにジェイアは大提督《ショーキャプタイン》劇場にきており、暗くなってから、たいていはひとりで、この大きな建物に数多くある奥深い場所に入りこみ、舞台下や裏にまわりこみ、通路をたどり、背の高い二階桟敷にのぼっているのが判明した。

劇場で働く人間はみんな迷信深いんだ、とジェイアは言った。役者がけっして名前を口にしようとしない芝居がある。役者がけっして引き受けない役がある。キューをだしてくれるだれかがそばにいないと役者がけっして読まない台本がある。ひとりで作業をしているとき道具方がけっして引っ張らないロープがある。舞台装置が説明不能な故障をして、舞台上あるいは舞台裏で起こった不気味な、あるいは突然の死がある。書き割りや小道具の事故がある。そしてそれらすべてに訪れる超自然的な結末。

ジェイアが話してくれたのは、自分が働いたことのあるほかの劇場でも、幽霊が出るという評判があったが、ここ大提督《ショーキャプタイン》劇場だけは、猛々しい、または悲しみに沈む、または傷心の霊がまったくいないようだということだった。

「ひとりの幽霊もいない劇場なんて聞いたことがない」ジェイアは最後にまた繰り返した。

「この劇場は例外ですよ」そうぼくは答えたものの、ジェイアのせいで、びくびくしてきた。意図的にそうしむけたのだ。

「まあ、待ってろ」ジェイアは言った。

冷たい突風がドアの下の隙間から吹きこんできてぞっとさせられたり、遠くで不気味なかん高い笑い声がしたりするのを期待したが、ちょうどそのとき、電話が鳴り、ジェイアは食べ物で口をいっぱいにしたまま電話に出た。

毎日、ぼくは劇場までの狭い通りをわだちのついた凍った雪に足を取られ、バランスを崩しながら、とぼとぼと往き帰りし、終わりの見えない準備に追われているジェイアを助けるため、できるかぎりのことをした。

熱はこもっていないにせよ、日々の膨大な書類仕事を効率的にこなしてはいたが、ジェイアの気がかりは、技術スタッフがまだ到着していないことだった。ファイアンド本土のどこかで足止めをくらっているのはわかっていた。ビザの発給制限や、天候、不定期なフェリー便のせいだった。彼らが自力で交渉してお役所仕事から逃れられたとしても、グールン周辺の海域の多くは、とりわけタレック地域は、いまだに浮氷で充たされていた。大半の設備は彼らの到着まえに準備を整えられるけれども、劇場公演の実際の運営はスタッフ全員が揃っていなければ不可能だった。

劇場の公演スケジュールの最初のほうで登場予定になっていた出演者から、とつぜんメッセージが届き、ジェイアはひどく動揺した。みずから〝謎の王〟と名乗っているマジシャンにして、奇術師《イリュージョニスト》からの連絡だった。

そのメッセージには、ごく率直なパブリシティ素材（偉大なマジシャンがマジック実演中にわかりやすくポーズを取った写真が含まれており、ぼくらふたりともその様子と茶目っ気を面白く思った）と、到着まえに指示しておかねばならないとマジシャンが感じたであろう、とっぴではない要請リストと思われるものが入っていた——照明の要求、機材面を確認するリハーサルの要望、カーテンの上げ下げのタイミング確認、舞台装置の使用などなど。そこにはなにも風変わりなところはなかった。いずれにしても、すべての出演者が当然のこととしておこなう機材確認のリハーサルのなかで対応されるべきものだった。だが、そのなかにあきらかに特別な品物に関する書類が入っていた。

その書類の内容は、一枚の大きなガラス板のサイズを詳細に記したもので、寸法と角度を綿密に述べていた。書類の最後に、大文字で以下のように書かれていた――


「吾輩の演し物の一部は、装置と観客のあいだに透明な硝子を置くことで演じられねばならぬ。彼我の契約に基づき、その硝子は吾輩の到着まえに入手していただくものとし、先述の仕様に寸分違わず合致していなければならぬ。吾輩の到着時に硝子板は、吾輩が持参し、寸法のきっちり合っている装置にぴったりはまらねばならぬ。謎の王《ロード》」


「両親から〝ロード〟なんて名前をもらったと思います?」ぼくは言った。

「契約書にそう署名しているんだよ」そう言って、ジェイアは契約書を見せてくれた。

ジェイアはこの一件を面白がっているようだった。ロードの公演は先シーズンの終わりに外部マネージメント会社によって予約されていた。おそらくロード自身が口述させたのだろう、冗漫な言葉で書かれた条項が確かに契約に含まれていた。ガラス板の手配と調整をおこなうのが開催者側の責任であるとする条項だ。

その契約書以外、ジェイアはロードについてなにも知らなかった。どうやらこの件についてくよくよ思い悩むことをやめ、地方にある劇場の日常生活の一部と見なし、冷静に処理すべき問題として対処するつもりのようだった。

ある朝、ぼくの住んでいるメインストリートに向かって雪が激しく吹き降ろしてきたとき、ぼくは劇場に向かって、いつものようにのたのた歩いていた。滑りやすい地面に立っていて上体を起こしているのは、いつだって難しいことだったが、その朝は、激しい風にその困難さが増していた。どこを歩いていようと凍った地面から目を離さずにいる技をとっくに身につけていたものの、移動しているときは、あたりに視線を配っておく方法も心得ていた。オムフーヴの雪のなかを動きまわるのは、危険だった。

そのため、反対側から歩いてきた男性とぶつかったのは、それほどの驚きではなかった。男がやってくるのを目に留めたわけではなかったけれども。男はぼくよりやや背が低く、ぶつかったとき、相手の肩がこちらの胸に当たり、ぼくの体は激しく半回転した。かろうじて足場を失うことはなかったが、そうできたのは、両脚を広げ、両手を下に伸ばして転倒を避けるというぶかっこうな動作をしたからだった。凍った雪の隆起部にぶつかりそうになりながら乗り越え、衝撃で胸が苦しく、一瞬、息をするのが難しかった。

しかしながら、ぼくがぶつかった男のほうが衝突でもっと大きな影響を受けていた。ぼくは、どうにか態勢を建て直そうとしていたのだが、男はぼくに当たってはねかえり、どういうわけか両腕をぐるぐるまわしながら後ろ向きに吹っ飛んだように見えた。昨晩のうちに噴射式除雪機が残していった柔らかな積雪のなかに首と肩から突っこみ、両脚が宙に浮いた。心配したぼくが手を貸そうと足を滑らせて近づいていくと、男は自力で脱出しようと懸命にもがいていた。

「このバカたれ!」男はぼくに向かって怒鳴った。頭を振り、雪を吐きながら言った。「自分の歩いている先をどうして見ていないんだ?」

「ごめんなさい!」ぼくは謝った。「さあ——手をつかんで!」

男はぼくの手首をしっかりつかんだ。ぼくは、かなりの力をこめ、うめきながら、どうにか男を雪溜まりから引っ張りあげた。男はよろよろと立ち上がり、腕や頭を振り、服を叩いてこびりついた雪を払い落とそうとした。

「危うく殺されるところだったんだぞ、この不注意な愚か者めが！」男は怒鳴った。風がぼくらのまわりで吹きすさびつづけた。「自分の歩いている先をよく見とけってんだ、聞いてるか？」

「ごめんなさいと謝ったでしょ」

「ごめんですまん。殺しかけたんだぞ」

「そっちこそ行き先を見ていたんですか？」控えめに言っても、この事故に対する男の反応が極端にすぎるように思えた。すると男は身構えた。

「どこの出身だ、抜け作？」猛々しい口調で男は言った。こちらの顔を記憶しようとしているかのように身を乗り出してくる。「見覚えがないやつだな。地元の人間の話し方じゃない」

　ぼくは呼吸を正常に戻そうとまだもがいていた。男はぼくに向かって喧嘩腰で顔を突きつけてきた。

　攻撃的な態度は身をすくませるものだったが、かかる難局に凍りつきながらも、ぼくもこの男に見覚えがないなとどこか冷静に考えていた。毎日の仕事の往き帰りに使っている道は、いつもおなじで、いつもこの道路を利用し、凍ったわだちに足を滑らせながら、ふだんは毎回おなじ人を見、おなじ人の横を通り過ぎていた。彼らのだれも知り合いではなかったが、厳しい天候のなかで、冬を耐えているという沈黙の同胞意識が芽生えつつあるように思えた。

　こんな好戦的な小男を見かけたのは、このときがはじめてだった。頭からフードをかぶり、スカーフを額に巻いていたが、目は見えていた——淡くて薄いブルーの瞳。霜と雪にまみれていたが、黒くてもじゃもじゃの眉、盛り上がって下に垂れている口ひげ、茶褐色のあごひげが見えた。それ以上相手の姿形はわからなかった。というのも、ぼくとおなじように、寒さをこらえるため、着ぶくれしていたからだ。

「あのですね、怪我をされたなら、謝ります」そう言いながらも、この事故のことを考えれば考えるほど、自分の責任は薄いと感じた。

「グールナック・タウンだ、そこの出身だろ！　その苛立たしい訛りはどこにいたってわかる！」

ぼくは男の脇に一歩どいて、男から離れようとした。

「オムフーヴにやってきたならな、若造、行儀良くふるまえ。わかったか？」

ぼくは男を押しのけて進み、凍った地面によろけた。男はぼくの背中に怒声を浴びせたが、風のせいで、具体的になんと言っているのか聞こえなかった。

ぼくはこの不愉快な出会いに震え上がった。物理的な衝撃によるものだけではなかった。もちろん、ぼくはこの小さな町の部外者であり、新参者だが、あの瞬間まで、地元の人間から受けた最悪の態度でも、ぼくの出身とオムフーヴでなにをしているのかに関する穏やかな好奇心だった。どの場合でも、相手の反応は好意的なものだった。

劇場に到着し、ジェイアとともにホットコーヒーを飲んで、事務所で温もり、一日の作業を開始した。一、二時間は、動揺し、ほかのことが考えられなかったが、昼休みのころには、常態に復していた。

しかしながら、その夜、帰宅途上にあって、あの男の姿に注意し、もう一度見かけるのではないかと本能的に警戒していた。

翌朝、ぼくの住んでいるところからさほど遠くない場所で、男は突然姿を現した。どうやらぼくを待ち伏せしていたらしい。というのも、二軒の家のあいだの路地から突進してきたからだ。スライディング・タックルをしかけようとしているかのようにまえに滑ってきて、足をぼくのほうに突きだし、脛《すね》をとらえた。ぼくは激しく横に倒れ、道路端にかたく固められた雪にぶつかった。その瞬間、運搬トラックが一台、通り過ぎ、かろうじてぼくの頭を轢《ひ》き損なった。

ぼくはどうにか立ち上がったが、攻撃者はぼくよりまえに立ち上がっていた。ぼくが上体を起こしたときには、相手はのっしのっしと道を進んでいるところだった。寒さに首を縮こませ、両手をポケットに深く突っこんでいた。

ぼくは男を追いかけ、相手の腕を摑むと、振り向かせた。

「いったいどういうことだ?」ぼくは怒鳴った。「危うく死ぬところだったんだぞ!」

「じゃあ、これでおあいこだな、このマヌケ。離せ!」

男は驚くべき力でぼくの手をふりほどき、ずるずる滑るように進んだ。

「いいか——きのう起こったことは事故だった。さっきのはちがう! あんたがぼくを襲ったんだ!」

「文句があるなら警察を呼べ」男は振り返ってぼくを見た。またしてもぼくは、平凡だが敵意に充ちた顔を目にした。寒さのせいで眉間に皺が寄っている、霜がかかって白くなった眉、垂れ気味の口ひげ、青白い皮膚。

ぼくは怒りと怯えからふたたび男をつかんだが、男は楽々とその手をふりほどき、また道をのぼりはじめた。ずいぶん小柄のわりには、おそろしく力が強いようだった。

ぼくは自分の体をはたき、腕と胸から雪を払い落とした。冷静になろうとする。男のことを念頭から追いだそうとする。だけど、それは難しかった。

男の姿を追って、道路を見上げた。男が進んでいく方向をじっと見つめた。男のボディランゲージのどこをとっても、怒りと敵意を発していた。きつくとぐろを巻いた憤怒が猫背になった体にぎゅっと圧縮されていた。男のことはなにひとつ知らないが、町を歩いているときは一歩歩くごとに気をつけていようと決心した。

この二度目の手荒な出会いで痛みを覚えながら、ぼくはおなじところにとどまっていた。男の姿が見えなくなるまで見ていた。バスターミナルに近く、カーブしている道路を曲がって姿を消すまで見ていた。両手を振っている様子から、男がまだぼくに向かって何事か怒鳴っているんだろうと思った。

ジェイアはあまりに忙しくてロードにかまけていられないと言い、準備作業をぼくに任せた。そうなるだろうと最初から予想していたとおりだった。偉大な芸人の到着は、間近に迫っていた。ロードの姿はすでにぼくらの日々の背景の一部になっていた。ジェイアがロードのかなり人目を惹くパブ写真を数枚、劇場の扉横の展示ケースに入れていたからだ。ロードが要求しているガラス板の確保という仕事に本格的にとりかからねばならないのがわかっていた。

最初の問題は、ロードが詳しく記していた高品質のガラス板を供給してくれる業者の居場所を突き止めることだった。オムフーヴのどこにもそんな業者はおらず、この件で問い合わせをした町の企業は、みな、そんなガラスは隣町のオルスクニスにあるガラス加工会社に特別に注文しなければならないだろう、と教えてくれた。細部をいっさい間違えたくなかったので、ぼくはジェイアの車を借り、みずからオルスクニスに出かけ、ガラス加工会社に連絡を取った。会社の人間は、こちらの要求の厳密さを面白がったが、彼らはそのガラス板が店の正面や窓にはめるものだと推測したようだ。支払いと配達の手はずがすぐに整えられた。

オルスクニスから戻ってきた夜に雪が止んだ。翌朝、起床して着替えていると、長く待ち望んでいた雪解けがほぼ即座にはじまっていた。冷たい北東の風がついに止み、一晩で、南からのさわやかな微風に変わっていた。もっとも、昼間、オムフーヴではなにも変わっていないように思えた——フィヨルドにとらわれた空気は冷やされ、永久に凍結しているかのように思え、道路や山肌の雪はとても深く硬くかちかちに積もって、夏の熱波ですらこゆるぎもさせられないような感じだった。ぼくはオムフーヴのおおぜいのほかの住人とともに、防寒着にくるまったまま、危なっかしい道路を歩き、なじみの凍ったわだちに足をつるつる滑らせていた。陽の光は弱かった。だが、本土から吹きつけてくるあの憎っくき北東の風は、不思議なくらい吹いてこなかった。

二日目になると、雪解けが間違いようなくはじまった。溶けた水が通りを勢いよく流れ、押し固められた雪が凍って板状になったものが屋根から危なっかしく滑り落ちだした。島主庁の作業員たちが建物から建物に忙しく移動して、歩道への氷の墜落を防止あるいは制御しようとしていた。夜になり、ごぼごぼと流れる水音を聞きながらぼくは眠った。町のいたるところに水が流れていたが、その大半はフィヨルドにつながっている溝に計画通りに流れこんでいた。

町じゅうに流水が出現し、毎日、町を見下ろす山で雪崩警報が発せられた。しかしながら、冬は当地の日常生活の一部であり、ずいぶんまえに設置された雪崩防止柵が危険の大半を町から取り去っていた。自室の窓から険しい山肌を眺め、そこが白い滝でできたレース模様に変わるのを見て、満足した。

三日目、温かい風が昼間ににわか雨を降らせたが、降ったのは午後も遅くなってからで、雪解けを加速させた。日に日に気温は暖かさを増し、南からのそよ風は、子どものころの記憶を思い起こさせる香りを運んできた——南のもっと温かい島のどこかで、とっくの昔にはじまった春の香りを、遠くのシーダー材やセンノウ、ハーブの香りを風が運んでくる。

ジェイアはずいぶん陽気になった。天候が変わるにつれ、無意識レベルで激励信号が出たかのようだった。

郵便が配達されるたび、あるいは伝言サービスを確認するたびに予約が増えていった。毎朝、ジェイアは、一時間以上、劇場のコンピュータにかかりきりになり、来る長い夏のシーズン用の席を販売し、予約確認をしていた。

オルスクニスの会社に注文していたガラス板が、約束通り到着した。嵩張るガラス板を物がいっぱいの舞台裏を抜けて、舞台まで運ぶには、運転手とふたりの作業員、それにぼくの四人が必要だった。運転手はガラス板を置いておくための緩衝材付き置き台を寄越してくれたが、その場に置いておけないのは明らかだった。

配達担当員たちが出ていくと、舞台照明をいくつか点灯して、ガラスを点検した。

ロードの仕様書には、最小限の歪みも認められないと記されており、ぼくは特殊な計測器を用いて測った――ガラスは仕様書で要求されている基準にみごとに適合していた。大きさもまさに寸法通りであり、ガラスを取り付けるための四つの斜めのスロットも正確に開けられていた。ぼくはすべての測定値を確認し、再確認し、数値に誤りがないことを確信してほっとした。

とはいえ、明るい光の下で見ると、ガラスの運搬と劇場への搬入作業で、たくさん手形や指紋がついていることがはっきり浮かび上がったため、徹底的にガラスの両面を拭き取り、磨き上げた。

ジェイアに手伝ってもらって、ガラス板を索具につないで舞台天井までゆっくりと持ち上げた。舞台天井にしっかり固定されたのはわかっていたけれど、ガラス板が舞台の真上に吊られているのを意識すると、どぎまぎした。透明な巨大ギロチンの刃のようだった。重たく、致命的だ。

町では雪解けがつづいており、春のはじめの数週間、フィヨルドはすばらしい美しさと静謐さの地になることに気づいた。雪に覆われていたときはじつに退屈に思えた山並みに、草や花や低木が芽吹きだしていた。白く泡立った水が急な山肌を流れ下り、フィヨルドのダークブルーの海に飛沫を上げて落ちていた。冷気のなかでひどく陰鬱な様相を呈していた家や店が季節の色を取り戻していた。人々は窓から木や金属製のよろい戸を外し、カーテンをそよ風にたなびかせ、通りの壁に花籠を吊し、ドアを少しあけたままにした。自宅にペンキを塗り、掃除をし、庭を片づけた。

旅行者がやってきた。車に乗ってくる者もいたが、多くはバスに乗ってきた。店やレストランがオープンした。日中、オムフーヴの通りは、店を再開したばかりのブティックやギャラリーを見てまわる歩行者でごった返した。波止場ではやかましい仕事がつづいており、燻製を作っている、鼻を刺激するにおいがただよってきた。ますます船がフィヨルドに姿を現したが、いまやってくるのはプレジャーボートで、さらなる旅行客を運んでくる船もあれば、たんにフィヨルドを航行しているものもあった。ぼくが滞在している家の屋根に二羽の鷺《サギ》が留まっていた。

劇場のなかでも、季節が変わろうとしていた。仕事が日に日に増えていった。毎日、予約が殺到しており、おおぜいのファンから劇場に問い合わせ電話がかかっているせいもあるが、技術スタッフがまだ到着していないせいでもあった。雪解け開始とほぼ同時に海から流氷が消えていたが、ある種のビザ発給の異常事態のせいで、おおぜいの人々がいっせいに大陸本土を出発できずにいた。ふだん、夢幻諸島の平和な中立のなかで暮らしているせいで、ぼくらの住んでいる地域にもっとも近い北大陸の国家、ファイアンドが、戦争に巻きこまれている国であることをついつい忘れがちになる。

ある日、シーズンがはじまる直前のことだが、ぼくは奈落に、つまり、舞台下のエリアにいかなければならなかった。迫りを試してみると、ひっかかるのがわかったからだ。どうなっているのか原因を突き止めてこい、とジェイアに言われた——ジェイアは第二週に登場する予定になっているロードのことを考えていた。奇術師は、舞台上の跳ね上げ戸を使わなくてはならないことがしょっちゅうある、とジェイアは言った。

劇場のなかの奈落は、ときに、不必要な品物を置いておく場所として使われることがあり、シーズン外には、散らかった状態であることがあった。大提督《ショーキャプタイン》劇場での最初の仕事は、そこを片づけることだった。このころには、だいぶ片づいて、動き回るのがかなり楽になっていた。劇場が稼働していないとき、奈落にはほとんど、というか、まったく明かりがなく、ぼくは暗闇のなかで懐中電灯片手に駆動装置の架構に身をかがめ、機械を点検しなければならなかった。そこには暖房が入っておらず、冷たいすきま風が吹きつけてきた。

架構のなかに腕を伸ばし、駆動装置カバーの留め金がしっかりはまっていることを確認しようとしたとき、ふいに物言わぬなにかの存在に気づいた。どこかぼくの近くにいる。なにかが、あるいはだれかが動いて、空気を押しのけているが、音は立てていないかのようだった。

ぼくは機械のなかに腕を突っこみ、肩と頭を外側の架構に押しつけたままの姿勢で凍りついた。懐中電灯を床に置いていたのであたりは闇に包まれていた。懐中電灯の光線は床に近いところにある跳ね上げ蓋のほうを照らしていた。ぼくは耳をそばだてた。首をひねって気配のするほうを見ようとはあえてしなかった。

完全な沈黙が降りていた。だが、存在感は圧倒的だった。そいつはそばにいた。まさにすぐそばにいた。

ゆっくりとぼくは機械の内部から手を抜き取りはじめた。背を伸ばし、振り返り、周囲を見まわし、懐中電灯であたりを照らし、だれもその場にいないことを確認できるように。沈黙はつづいた。首をひねると、視野の片隅に、ふわりと浮かんでいるような、なにか白くて丸いものをとらえた気がした。

驚いて息を呑み、そっちにすっかり体を向けた。その形は、仮面だった。顔だ。だが、不気味に様式化されていた。まるで子どもが描いた顔の絵のようだった。仮面は凍りつき、まったく動かなかった。だが、どう表現すればいいのかわからないのだが、そいつが生きているのがぼくにはわかった。

ぼくがそいつのほうを向くとすぐに顔は、ほぼ瞬時に暗闇のなかにすっと後退して、姿を消した。まったく音を立てず、なんの痕跡も残さない。

心臓の鼓動が激しくなった。懐中電灯をつかむと、そのおぞましいもののいるあたりをぐるぐると照らしたが、もちろん、なにも見えなかった。急いで立ち上がり、低い天井に、舞台表面の裏に、頭をぶつけた。その衝撃でさらにびびり、そそくさと後退すると、急いで階段にたどりつき、舞台袖に駆け上がった。体が震えていた。

それから少しして、ジェイアがぼくを見た。

「やたらやかましかったな」ジェイアは言った。「下でなにか見たのか？」

「うるさい、ジェイア」ろくに見たとは言えないものに対する自分の反応が気恥ずかしくて、ぼくは声を張り上げた。「奈落でうろうろしていたのは、あなたですか？」

「じゃ、なにか見たんだな！」ジェイアは言った。「気にするんじゃない。どの劇場でも起こることだ。遅かれ早かれな」

技術スタッフがやっと当局の許可を得て、こちらに合流すべく出立した。だが、つぎに彼らが直面した問題は、乗船しなければならないフェリーの回数、まがりくねった航路、積み荷や郵袋を積み卸しする寄港地の多さだった。オープニング公演の一日まえ、あわよくば二日まえに到着してくれるとは期待していなかった。

ぼくはまえと同様、激しく働きつづけたけれども、心のうちに気がかりを抱えていた。舞台天井に運びあげ、ぶら下げた例のガラス板の恐るべき重さが気がかりだった。大道具置き場のドアがあいているとき、すきま風が吹きこむと、ときどきぶらぶら揺れていた。留め具にしっかり固定されていることを確かめるため定期的にこっそりチェックしていたが、それ以外にぼくができることはなかった。謎の王は、第二週のショーに到着する予定になっていた。

奈落でおぞましいものを見た二日後、ぼくはまた似たような体験をした。今度もひとりきりで、またしても、劇場のより入りにくい場所にいた。舞台上手のふたつあるボックス席の高いほうに入りこんでいた。ジェイアの話では、そこで断続的な電気的故障が起こっているという。ボックス席の照明にスイッチを入れると、ときどきちらつくのだそうだ。たぶん単純な接触不良だろうが、大提督《ショーキャプタイン》劇場のボックス席は人気が高く、大半の公演で事前に予約されていた。客が入ってくるまえに直しておかねばならなかった。

いつものようにぼくは観客席の天井高くに取り付けられている淡い天井灯のもとで作業していた。その明かりはろくに光をもたらさず、ボックス席のなかをまったく照らしていなかった。もちろん、電線の作業をするため、電流を切っておかねばならず、ぼくはまたも真の闇に包まれて、ボックス席のなかにいた。

ぼくは四つん這いになり、懐中電灯を口にくわえて作業をしていた。カーペットをめくり、その下の電線をむき出しにしたとき、また、ちょっとまえにはいなかったはずのなにかがすぐそばにいることをふいに感じた。

最初の衝動は、それに対して心を閉ざし、いましている作業に集中し、この感覚が消えるのを願うことだった。だが、一瞬ののち、気が変わり、すばやく動いた。頭を持ち上げ、勢いよく立ち上がった。

またも白い顔のような仮面がそこにいた！　今回、その仮面はボックス席のうしろを閉ざしているカーテンのあいだに現れた。その姿をとらえたのはほんの一瞬だった。というのも、そいつはすぐに引っこみ、即座に姿を消したからだ。

カーテンの奥はボックス席に入るドアだとわかっていた。その向こうは、観客が座席への道を探すのに用いている脇廊下だった。ぼくはボックス席で身を躍らせ、カーテンをはじきあけ、ドアを押しあけた。廊下になかば倒れるように転がりでた。劇場建物の窓のない場所で、ジェイアとぼくは廊下の照明を点けたことが一度もなかった。ぼくは懐中電灯で左右を照らした。さっきのようにぼくのそばに侵入したものがなんであれ、その正体を目にしたかった。

もちろん、なにも見えなかった。

震えあがり、神経がささくれだち、少し怯えて、急いで降りていきジェイアを探そうとした。彼はオフィスのコンピュータ端末に向かって作業をしていた。

ぼくはなにも言わなかったが、壁ぞいの予備の椅子に倒れこむように座った。身震いを抑えられず、大きな溜息をついた。

「物言わぬ幽霊か、うるさい幽霊か？」ジェイアがこちらを見ずに問いかけてきた。「うめき声をあげ、古くさいガウンに身をつつみ、自分の首を抱え、ぜーぜーあえぎ、長い鎖をがらんがらん鳴らしていたのか、それともたんに浮かんでいたのか？」

「ぼくの言うことを信じていないんですか？　あそこにはなにかいます。二度も見た！　とてつもなく恐ろしい」

自分の前腕をしげしげと眺めた。作業中は袖をまくりあげているため、むきだしだった。腕の毛がすべて逆立っていた。

「いいか……ここは劇場なんだ。劇場で起こることはすべて、本当のことなんだ！」

その最後の言葉とともに、ジェイアは椅子をまわしてこちらを向き、獲物を狙う獣のように頭を低く下げると、歯をむきだして、うなり声を上げた。

その日の終わりに、いつもの通りを通って自室に歩いて戻っていこうとすると、わがひげ面の攻撃者を見かけた。張り詰めた雰囲気で背中を丸めて歩く歩き方は特徴的で、男に気づいたとたん、ぼくは攻撃を警戒した。ためらい、男の様子をうかがって、すぐに向こうからこちらは見えていないことを確信した。

男はぼくのまえにいて、おなじ方向に向かって大股に歩いており、うしろを振り返らなかった。たしかにあの男だったが、天候がずいぶん改善されたため、男はもちろんもはや寒さに立ち向かおうとして着こんではいなかった。それどころか、ずいぶん大きめでゆったりとした明るいブルーのビーチショーツを穿き、足取りにつれてうしろにぱたぱたはためいている黄色いシャツを着ていた。

男の姿を見ただけで、ぼくは神経が逆立ったため、相手がメインストリートから外れ、反対側にある横道に入るまで、じっと路肩に立ち尽くして、店のひさしでなかば隠れていた。

技術スタッフがついに姿を現した。彼らが宿舎に落ち着き、劇場の設備に慣れ親しむとすぐに、ぼくの仕事生活が変わった。劇場まわりのありとあらゆるお定まりの雑仕事――清掃、点検、調整と修理――はすべてほかの人間に取って代わられた。ぼくはスタッフたちのプロ意識に強い印象を受けた――四人の男性と三人の女性は、たった二日間で、劇場の準備を整え、オープニング・ナイトに間に合わせるよう技術面のリハーサルをやってのけた。

第一週の演し物は、バラエティショーのひとつだった。演者たちが到着しはじめると、それは技術の連中の到着とほぼ同時刻だったのだが、ぼくは彼らを見たくてたまらなくなった。大提督劇場《ショーキャプタイン》は、照明の乏しく寒い、なににもまして空っぽな場所から、おおぜいの人々が働き、がやがやと騒がしく、仲間意識や言い争い、ささいな緊急事態や、ごく近くにいる集団につきものの目的意識のある場所に急速に変貌を遂げつつあった。

舞台裏では、ぎりぎりまで背景をこしらえている物音や、照明の照準合わせや調整、幕の上げ下げの音などが建物のなかに響いていた。伴奏をするため、三人の演奏家が姿を現した。そうこうするうちに、表方のマネージャーが、清掃や観客席の準備、チケットや軽い飲食物の販売を手伝ってもらうための臨時アシスタントを雇う計画を立て、個々の演し物の緊急時の代演を手配した。ぼくは多忙を極めたなかでの目的意識に魅せられたが、自分自身の仕事上の役割は、こうしたあらたにやってきた人々に奪われたも同然だった。

オープニング・ナイトに、ぼくは舞台袖からショーをたっぷり見たが、見なければよかったとすぐに後悔した。演し物は、おおかたレベルが低く、つまらないもので、まだ劇場でかかっているとは思ってもみなかった生の娯楽だった。ショーの司会は、中年のコメディアンで、きわどいジョークを得意にしていたが、独創性を欠き、それゆえにおもしろくもなんともないため、耳にするとひたすら不快になった。彼が紹介した演し物は、ジャグラー、二人組のオペレッタ、腹話術師、自転車曲乗り、ソプラノ歌手、ダンシングガールの一団だった。ショーの終わりごろには、自分が残っているのは、そのダンシングガールのためだけだったと悟った。ダンサーのひとりがかなり綺麗だと思い、こちらに笑顔を何度も向けてくれて励ましてくれるようだった。もっとも、あとで話しかけようとしたら、ぴしゃりとはねつけられたのだが。

その初日の夜の公演のあと、もはや演し物を見て時間を潰すことはなくなったが、観客たちがとても楽しんでいる様子を見て、困惑すると同時に、ずいぶんほっとした。

ロードは、この第一週の途中で到着することになっていた。到着するという日の朝——ぼくらは建物の裏にあるすでにかなり混み合っている車両置き場にロードのための場所をあけねばならなかった——ぼくは事務所でジェイアといっしょに腰を降ろしていた。ジェイアは週の売上と経費をコンピュータに入力しており、ぼくは所在なく座って、静けさを楽しんでいた。

昼公演《マチネ》は、その日の午後の予定だったが、一時的にふたりきりでいる時間は、まるで冬の最後の数日のあのときのようだった。

「あいかわらず幽霊を見かけているのか？」コンピュータ・モニターから振り返らずにいきなりジェイアが訊いた。

「こないだを最後に見てません」

「ほんとか？」

最初のころの自分の反応をジェイアに見せなければよかったとずいぶんまえから悔いていた。幽霊を目撃したことで、それから何度となくからかわれていたからだ。

ぼくは黙ったままでいた。

「きみの後ろにいるものに気づいているのかもしれないと思ってたけどな」ジェイアは言った。「それだけさ」

もちろん、ぼくは振り返った。驚いたことに、そして(一瞬)恐怖にかられて、あの冷淡な仮面状の顔がまうしろに、肩の背後に潜んでいるのを見た。たまらずぼくは飛び上がった。びっくりして、もっとよく見ようとした。

「ハイキ、こちらはコミスさん、来週のわれらがスターだ」

ぼくの椅子の横に立っているのは、パントマイムの衣装に身を包んだ細身の男だった。ぴったり肌に張り付いた、なんらかの柔らかくて黒い、艶消し生地に頭の先から足までくるまれている。顔だけがはっきり見えていたが、それは明るく、眩しいと言っていいくらいに白く塗られていたからだ。顔の特徴はどこもそれぞれの場所に戯画風に描かれたものにとって代わられて、はっきり区別がつかなくなっていた――物問いたげな逆さ眉毛、への字の口、鼻がわりのふたつの黒い点を描いていた。瞼ですら、まばたきした際に、本物の瞳に置き換わって見えるように特徴的な明るいブルーの瞳が描かれていた。

「コミス、こいつは部下のハイキ・トーマスだ」

パントマイム・アーティストはいきなりアクションをはじめた。大げさな動きで存在していない帽子を頭からさっと取り、たくみに回転させると、胸の正面に持っていき、一揖《いちゆう》した。背を起こすと、その見えない帽子をぴんと伸ばした人指し指で一瞬くるくる回転させてから、宙に放り上げ、その帽子が空中で回転しているあいだ、首を左右にひょこひょこと動かしたかと思うと、帽子を頭頂部に着陸させようとしていきなりまえに身を投げ出す動きを示した。笑みを浮かべて、彼はまた頭を下げた。

「えーっと、おはようございます」ぼくは言葉少なめに挨拶した。コミスは、一瞬笑みを浮かべたかと思うと、向こうを向き、すばやい動きで予備机の上に後ろ向きに飛び乗り、足を交差させた。

一瞬ののち、コミスは想像上のバナナを食べはじめた。正確な動きでゆっくりと皮を剝き、果肉の側面についた筋を外していく。神経を集中させて食べ、じっくり嚙んだ。食べ終わると、指を一本一本ねぶり、皮を放って、事務所の床のどこかに落ちるようにした。

尻を持ち上げ、長々と放屁をするパントマイムをして、申し訳なさそうな表情をうかべて、臭気を手で払いのけた。

少しして、コミスは目に見えない鉛筆を削りはじめた。尖った先端から削りカスを吹き飛ばし、次にそれを使って耳くその掃除をはじめた。

ジェイアとぼくがコーヒーメーカーからコーヒーを淹れたとき、コミスは本物のコーヒーの提供は断ったが、ふいに想像上の大きなカップと皿を作りだした。縁のところまで、火傷しそうな液体がなみなみと注がれているカップだ。コミスはそのカップを相手に大騒ぎした。こわごわカップをつかむと、表面をそっと吹き、目に見えないスプーンでかき混ぜ、液体の一部を皿に注いで、そこから啜《すす》れるようにする。ジェイアとぼくが自分たちのコーヒーを飲み干すまでコミスはその演技をつづけ、そののちカップを片づけた。

ぼくが話しかけようとしたとき、コミスは返事をしなかった(だが、耳のうしろを包みこむように手をあて、どうやら、耳が聞こえないふりをしているようだった)。ジェイアはぼくを見て首を振り、ぼくがやろうとしていることを咎め立てた。

それからコミスは、全身をかゆみが駆け回っている演技を披露した。

彼はその場に腰を降ろし、ずっと想像による演技を続けた。

やがて、その自己中心的な行動がそれほど楽しくなくなったので、ぼくは出ていくことにした。ぼくが事務所の床の上を歩いていくと、コミスは激しい不安と警戒をパントマイムで表し、恐怖にかられて机の上で身を縮め、懇願するような目つきでぼくを見て、床を指さした。

つい従わざるをえなかった。ぼくは慎重にバナナの皮を避け、外の廊下に出た。

そのあと、劇場まわりでコミスはひっきりなしに出没するようになった。彼は第三週の目玉出演者になる予定であり、はやい到着は事実上彼がいつもじゃまになることを意味していた。終わりを知らない彼のパントマイムは、かんに障るが害のないものだとわかり、できるだけ無視することにした。ところが、コミスはいつも劇場にいた。ぼくの真似をすることもあれば、目のまえに飛び出してきて、抱いているふりをしている猫や、たったいま撮影したばかりの写真を見せようとすることもあり、ボールを投げつけてきて、自分の幻想世界に招き入れようとすることもあり、存在していないドアを開け閉めするふりをして、目のまえでつまづくこともあった。コミスはけっして口をひらかなかった。どんな音も口から発さなかった。いつか、彼が演じているキャラクターを脱して、素にもどるところを見たかったが、ぼくの知るかぎりでは、劇場の建物自体のどこかに滞在し、寝泊まりしているようだった。コミスはぼくが劇場にやってくるといつもそこにおり、一日の終わりに出ていくときもまだそこにいた。ジェイアがコミスのなにを知っているのか、ふたりの関係は、仮に関係があるとして、どんなものなのか、ついぞ突き止められなかった。ジェイアが言った以上にコミスのことを知っているのは明白で、親しいまたは親密と言ってもいい関係だった。もっとも、ぼくはそんなことになんの関心もなく、よくわからなかった。

大提督《ショーキャプタイン》劇場での自分の仕事は、さして重要なものでなくなっているのがわかり、ジェイアとの取り決めで、まもなく終了することになった――それどころか、次の週末にはここを発つことになった。コミスが舞台に立つまえに、給料をもらい次第出ていく。

出ていくまえの最後の仕事は、ロードが到着した際に必要になるであろうどんな協力も提供することだった。ぼくはそのことに神経質になった――大提督《ショーキャプタイン》劇場で過ごした数週間で、商業演劇の演出への興味と、舞台に立つ人々への共感は別物だとつくづく思い知った。

ロードが自分で作ってきた事前パブリシティは、彼とぼくとがうまく仕事を進めていけないような前兆を感じさせるものだった。しかしながら、驚いたことに、生身のロードは、物静かで、存在感が乏しく、あきらかにシャイで控えめな人間だった。たとえば、オムフーヴに到着したとき、われわれのだれも彼がそこにいるのに気づかなかった。ロードと女性アシスタントは、劇場のホワイエで辛抱強く待ち続け、横手の椅子に目立たぬように腰掛けていた。チケット売り場のスタッフのひとりが、やっとなにかご用ですかと訊ねたのだった。

やがて衣装をつけ、ショーの準備を整えたロードを見たとき、彼は印象的で社交的な人間に変わっていた。舞台向きの大仰な仕草のレパートリーが豊富で、よく通る声で、ときに愉快なコメントを発し、おのれの力に並々ならぬ自信を抱いている雰囲気を発していた。

メインのイリュージョンは、それによってショーを終えるのだが、観客には明々白々で単純なように見えるが、慎重かつ正確な技術的準備を必要とする作品だった。

ロードはそのイリュージョンを〝消える貴婦人〟と名づけていた。

観客の目に見えるのは、うしろにカーテンが降りた、むきだしの舞台と、そこを占めるすべて鉄パイプ製の大きな金属の構造物。斜めになった脚が四本、体重を支えられるほどの強度がある重たいパイプが上の部分で交差している。観客は、それがその装置の全内容だと見て取れる――カーテンはつけられておらず、落とし戸はなく、隠し戸板はなく、なにもない舞台の中央に置かれた骨組みだけの鉄の構造物にすぎない。その奇術を演じているあいだ、奇術師は、構造物のまわりや内部、うしろを通り、そのたびに自分の姿は客に見られていた。すると、大きな椅子を取りだす。その椅子は交差するパイプにロープと滑車でとりつけられることになっていた。

女性アシスタント――二十代後半のそこそこ魅力的な女性から、ウィッグと化粧をして、露出の多い衣装に着替え、目まいがしそうなくらいの妖艶さを醸す女性に変貌――が椅子に腰掛け、目かくしをされる。楽団席の小規模なバンドが執拗なドラムロールとともに、サスペンスを盛り上げる音楽を奏でると、マジシャンはウインチのハンドルを苦労しながら回転させ、椅子とアシスタントがゆっくりまわりながら、巨大な構造物の頂点めがけて上昇していく。アシスタントがいちばん高いところまで巻き揚げられると、奇術師はロープをしっかり留め、催眠状態を誘発する言葉を発する。アシスタントは催眠術にかかったかのように、椅子の上でがっくり首を垂れる。そして奇術師は大きな銃を取り出すと、彼女にまっすぐ狙いをつける！

ドラムがクライマックスに達すると、マジシャンは銃を発砲した。大きな発射音と閃光とともに、椅子は舞台の上に騒々しく落下し、そのあとを追って、ロープが落ちてくる。女性アシスタントは椅子には座っていない。まさしく、完全に姿を消してしまうのだった。

その方法は、観客席にいるだれも想像できないくらい、とても単純で複雑なものだった。このイリュージョンは、舞台照明と鏡の組合せで実現できていた。あるいは、この場合は、ハーフミラーのおかげだった。あるいは、実際には、透明なガラス板のおかげだった。ロードのために隣町からぼくが手に入れたあのガラス板だ。

ガラス板は金属製の足場の前面に取り付けられている。そこへの照明の当たり方のせいで、そして正面の支柱のうしろに隠されているさらなる照明の助けを借りて、ガラス板は観客席のだれからもまったく見えなくなっていた。装置のなか、あるいはその裏で起こっていることは、完全に目に見えていた。若いアシスタントが上に巻き揚げられていくとき、目にできているものはすべて実際に起こっていることだった。彼女は椅子の上にほんとうに座っていて、交差材から吊されていた。

しかしながら、銃の発砲（わざと大きな音が鳴るようにしており、巨大な炎があがり、もくもくと煙が立ち上るようにしていた）と同時に、ふたつのことが起きる。まず最初に、舞台照明が切り換えられる。とくに支柱のなかに隠されている照明が消され、正面からの照明の明るさが増す。これによって、構造物の正面にあるガラス板は鏡に変わる効果が生まれる。照明の向きと、ガラス板が置かれている角度のせいで、ガラス板は透明であることをやめ、プロセニアムアーチのうしろにあるカーテンの姿を写しだす（普段なら観客からは見えない）。このカーテンは背景に使われていて、きちんと照明の当たっているカーテンと瓜二つの代物だ。観客の視点から見ると、鋼鉄の骨組みの内部にはなにも見えていない。一方、おなじ瞬間に、椅子を持ち上げていたロープは、ウインチの横にある小型のビルトイン形式のギロチンに切断される。これによって椅子は縛めを解かれ、ロープを蛇のようにうしろに従えて、派手に舞台に墜落する。アシスタントは両手で交差材をつかみ、ぶら下がって姿を消す。カーテンが目のまえで閉ざされ、観客から見えなくなるまで彼女はしっかりぶら下がり、そののち、舞台に運動選手よろしく飛び降りる。

これらはすべてじつに明解に成し遂げられたが、同時にぼく自身や、デニークという名の裏方ともうひとりの照明技師にとっては、技術的な挑戦事だった。ぼくらは午前も午後も働き、（ロードが自分の荷物運搬ヴァンで運んできた）フレームの組み立て方を学び、舞台天井からガラス板を降ろしてきて、構造体の正面に固定する手配を整えた。隠れているカーテンと位置を揃え、最後に技術的なリハーサルを何度か繰り返した。装置の組み立てだけでなく、照明とのタイミング合わせもやった。もちろんこれはコンピュータで処理されるようになっていたものの、望む効果を得るために正しい角度ですべての照明をセットしなければならなかった。

ロードはこの準備に気を揉んでいた。計画では、ライブ・パフォーマンス中、ロードは小規模な手品を実演するため、緞帳のまえに姿を現し、客の有志に席を離れ舞台に上がってもらう。その手品がおこなわれているあいだに、デニークとぼくはカーテンの裏で舞台に歩いていき、巨大な構造物を天井から降ろす。しっかり固定し、隠れた照明にコードをつなぎ、万事問題なく動いていることを確認するための短いテストをおこなって、退場し、ロードにクライマックスのイリュージョンを演じさせるのだった。

ぼくらは繰り返し繰り返しリハーサルした。

最終リハのあいだに、ぼくらのまったく気づかれぬうちに、コミスが舞台天井にたどりついていた。どうにかして、プロセニアムアーチの裏に垂れていたダミーのカーテンがあるところによじ登った。照明技師が照明を切り換えるスイッチを入れたところ、突然コミスの姿が観客席から丸見えになった。どうやら構造体の交差材の上に乗っていたようだ。姿を消すのではなく姿を顕現していた。檻に入っている猿のように左右にしきりに動いていた。

ジェイアはそれを見ようとして観客席に入ってきており、喝采を浴びせた。

それががまんの限界を越えさせる最後のきっかけだった。ぼくは大股に舞台を歩み去り、事務所に向かった。荷物をまとめ、出ていきたかった。

どうやってそうしたのかわからないが、コミスがすばやくいまいるところから降りてきて、廊下を急いで走り、ぼくを追った。まだ猿の真似をつづけていたが、がに股でよたよた揺れながら走った。指関節で床をついて走っていた。

ぼくはすぐに後悔するようなことをやってしまった。廊下の途中でぼくは目に見えないドアを開けるパントマイムをし、そのドアを通り抜けて、振り返った。コミスがドアにたどり着くと、ぼくはドアをコミスの顔めがけて叩き閉めた。

驚いたことにコミスは明らかな苦痛を覚え、奇襲に後ろ脚立ち、目に見えぬドアと衝突したことで顔を歪め、うしろにひっくり返って、切り倒された木のようにばったり倒れた。両腕両脚を広げて仰向けに倒れ、まったく動かなかった。一瞬、自分がほんとうに彼を怪我させたような気がしたが、ぽかんと見つめている目は、彼が自分の瞼に描いた目であることに気づいた。

そんなことしなきゃよかったのに！　腹立たしい悪ふざけをするコミスのレベルまで自分が落ちた気がした。

事務所に向かうのを再開した。ひとりで事務所に立ち尽くし、混乱と同時に怒りを覚えていた。いまだにどうしてあのパントマイム・アーティストのことでそんなに腹が立ったのか定かではなかった。しばらくしてジェイアがぼくを探しに来た。

ぼくは結局大提督《ショーキャプタイン》劇場から出ていかなかった。ジェイアは予想外にぼくの気持ちに共感してくれたが、コミスの態度を、神経の張り詰めた感受性の強いアーティスト特有の気まぐれな行動として説明し、劇場に出演するタレントにはもっと寛容でいるべきだと言った。ぼくらはその点について議論した。あの男に気づいて以来募っていたいらだちと憤りをずいぶん吐きだした。

最後にジェイアは来週末まで残っているようぼくに懇願した。ぼくがロードの装置でおこなっている裏方仕事は必要不可欠なものであり、残された時間でほかのだれかを使って技術的なリハーサルが完了するかどうかわからないという。

結局、ぼくは折れ、ジェイアはコミスをぼくのそばには近づかないようにさせると約束した。心のなかに浮かんだひとつのイメージに一瞬悩んだ——コミスが猿の指でぼくの頭皮をつまんで、しょっぱい分泌物を探しているというイメージだ。ぼくは残ることにした。

ロードの最初の舞台は順調に推移した。二度目の舞台もおなじで、残りもみな順調だった。デニークとぼくは協力してよく働いた。例のイリュージョンは毎晩、ミッドウィークの昼公演でも二度かかった。

ロードは忠実に大提督《ショーキャプタイン》劇場での一週間の興行を終え、ぼくはデニークに手を貸して、セットの解体をおこない、外した枠の装置をロードのヴァンに運んだ。契約上、ガラス板はこちらで保管することになった。ロードが出発すると、ジェイアとぼくはガラス板をどうするかで打合せを持った。取り得る手立ては少ない——譲ることも、あるいは売ろうとしてみることも、破壊して廃棄することも、あるいはどこかの劇場に保管しておくこともできた。週の大半の公演がほぼ満席だったことをジェイアは指摘した。もしロードが来年かそこらにオムフーヴを再訪したがった場合、劇場側はまちがいなくロードを押さえにかかるだろう。もしそうなったら、ガラス板を保持しておくのが、道理に合うし、時間と金の節約にもなる。

それゆえに、デニークとぼくはガラス板を麻縄の索具に戻し、舞台上の倉庫に巻き揚げた。そこにガラス板はぶらさがり、光を反射し、剣呑だった。大道具置き場のドアがひらいて、風が入ってくるたびに、巨大な刃のように静かに揺れていた。

ぼくはいつでも出ていけるようになったため、身の回りのものを詰め、島内巡行バスの長旅のチケットを購入し、別れの挨拶をするため劇場に歩いて戻った。

コミスとの軋轢は、最後の二、三週に影を落としていた。その経験からずいぶん恩恵を受けていることを感謝するには、意識的な努力が必要だった。否定的な感情ですら、いつかは役に立つかもしれない。もしほかの劇場でのキャリアを積むことができたならば。自分は学んでいる最中で、もっと学ばねばならないことがあり、エヴレンの学校での専門コースがはじまるにはまださらに二年かかるのは、痛いくらいにわかっていた。おそらくたんに、もっとも経験の少ないスタッフとして、ぼくはほかの連中から、一種の加入儀礼を受ける対象だったのだ。別れに際して、さまざまな思いがこみあげてくる。だが、遅すぎた。ぼくはまだ苛立ちで気が立っていた。

ジェイアはすぐに見つかり、この数週間手伝ってくれてありがとうと協力に感謝された。ぼくもおなじように返答し、ジェイアには恩義を感じていると伝えた。

そのうえでぼくは言った。「コミスのことを教えてくれません？ あのふるまいはどういうわけなんです？」

「あいつは衣装をつけていたり、リハーサルをしているときは、いつでもパントマイムをするんだ。つきあってやればよかったんだよ」

「合わせてやりましたよ」ぼくは言った。「ほんの少しだけど。どれくらいあの男のこと知っているんです？」

「ここにやってくるほかの芸人とおなじくらいしか知らない。もう何年もこの劇場に出ていて、町にはファンがおおぜいいるんだ。来週のチケットはほぼ完売だ」

「劇場に住んでいるの？」

「街外れのどこかに住むところを借りているけど、出番のあるときは、おなじ控え室に移ってくるんだ――ここにあるいちばん小さな部屋で、塔の最上階にある。めったに建物の外にはいかない。きみはもう出ていく――会いにいってみたらどうだい？ さよならを言ってこいよ。運がよければ、話しかけてくれさえするかも。役を演じていないときは、まったく性格がちがうぜ」

「わかった」

ジェイアの言葉は、あの不気味な小柄のパントマイム・アーティストがぼくのまわりでやったあらゆることを正当化したかに思えた。ぼくはジェイアと握手し、もう一度礼を伝えると、気が変わらぬうちに、建物の最上階に通じる螺旋階段を駆け上がった。過去、滅多にこの部分には足を踏み入れたことはなかった。最初にやってきたとき、控え室の清掃をしたくらいで、それ以外はここにのぼってくる必要はあまりなかった。

階段をのぼりながら、ぼくが近づいてくることをあの男はたぶんわかっているんじゃないかという考えが浮かんでしかたなかった。ときどき、超能力でぼくの行動がわかるんじゃないかという気がしていた。ぼくは新しいいたずらをなかば予想していた——コミスがどこかに隠れていて、大きな蜘蛛になったふりをしてとびかかってくるとか、ぼくに網を投げかけてくる真似をするとか、そのほかの馬鹿げた行為をしかけてくることを。

階段をのぼりきって少し息を切らせ、こぶしで軽くドアをノックし、ドア板に取り付けられている輝く星と、その下にあるカードにきちんとした字で記された名前を見た。返事はない。もう一度ノックする。コミスのような物言わぬアーティストから声に出して招き入れられるのを期待するのがまちがっているのかもしれないと理由をつけ、ぼくはドアを押しあけた。充分警戒しながら、なかに入り、照明のスイッチを入れた。

コミスはいなかったので、ぼくはすぐに外に出た。ありふれた鏡とテーブルからなる化粧台、見慣れた化粧用の筆とパフ、折り畳み式の衝立、ラックにぶらさがっている舞台衣装をかいま見た。その部屋の見慣れない特徴は、唯一、壁に沿って置かれている狭い折り畳み式ベッドだった。外出着がその上に載っていた。

ぼくは照明を消し、ドアを閉じた。だが、すぐにもう一度ドアをひらいた。照明を点けた。

コミスの外出着には、黄色いシャツと、明るいブルーのビーチショーツが含まれていた。そこで気づいたのだ——ベッド脇の椅子に、舞台用の変装道具が載っていることを——もじゃもじゃの赤ひげ、垂れ下がっている口ひげ、つけ眉毛。

ぼくは舞台裏のエリアにもどり、コミスがひとりで舞台に立っているのを見た。ぼくは袖奥の引きこみになった物陰にいた。ぼくがそこにいることをコミスは知らないと思う。一心に自分の作業に集中しているようだったからだ。コミスは舞台の上を動きまわり、自分の動きの計画を立てていた。舞台の板の上にチョークで小さな印をつけ、その場所でパントマイムの短い練習をした。風にさからって傘を差すマイムをはじめるのを見た。顔に粘つく紙がはりついて、それを取ろうとしているのを見た。風呂に入る準備をしているのを見た。コミスは静かに、巧妙にそのパフォーマンスをやってのけ、観客または終わることのないいたずらで悩ませたがっていた仕事仲間を意識せずにいた。

ぼくの人生におけるコミスの存在は、のちに後悔することになるであろう行動をいつもぼくにとらせた。いま控え室でわかったばかりの発見を無視できなかった。それとわからずに、すでに何度も役を演じていないコミスに出会っていたということを。あの男の正体がわかったと思った。天井へのアクセス階段に向かいながら、たとえ怒り狂っていたとしても、心の奥底で、自分がこれからやろうとしていることはまちがっているとわかっていた。

ぼくは舞台天井にたどりついた。巨大なガラス板を留めている麻縄を見つけ、その結び目のうちふたつをゆるめた。ガラスを安全に保持しておけるくらいの強さは残しておいた。たぶん残っているだろう。

舞台表面を見下ろすと、予想通り、コミスがつけた印は、ぶらさがったガラス板の真下にあった。

ぼくは大道具置き場を抜けて、すぐに劇場を出た。すきま風がたえず吹きこんでくるように。いちばん大きなドアをわざと少しあけておいた。ぼくは怯え、罪の意識を覚えていたが、戻るつもりはなかった。戻る気になれなかった。

劇場の外、町の狭い通りにいると、太陽が照り光り、少し強いものの、すがすがしくもあるそよ風が長いフィヨルドから海岸に向かって吹いてきた。バスの出発までまだ少し時間があったため、ぼくはゆっくり回り道をして、最寄りの波止場まで降りていき、そこからフィヨルドの海岸に沿ってつづいている細い道を散歩した。いままでその道を歩いたことはなく、歩いておけばよかったと後悔した。そこは町のほぼどの部分より低く、海に近く、町のなかをたえず行き来している車の騒音もまず聞こえてこなかった。

象徴的な解放の瞬間がやってきた。ぼくはたとえ一時的にせよ、劇場の作り事の世界を捨て去った。トリックとイリュージョン、光と影、鏡と煙、役を演じ、演技をし、本来の自分とは異なるように見せ、ふるまっている人々たちの世界を捨て去った。

あのパントマイム・アーティストは、そういう人々に共通する行動の極端な例だった――あの男の見せかけは、たとえ彼が創りだした幻想のなかですら、けっして存在できないものだ。そういうものからすっかり解放され、ぼくは穏やかな道を散策し、温かい陽の光を感じ、風を避け、春にあらたに息吹をあげた緑を眺めた。思いがけず現れる花々、来る夏の兆しを愛でる。ぼくは故郷のことを考えていた。

と、突然、背後で足音が聞こえた。乱れた、派手な足音だ。だれかがうしろからこの道を急いで通っていた。はやいペースで、走っていると言ってもいいくらいだ。

振り返ると、追跡者がすぐそこに迫っているのがわかった。小柄の意思の強そうな姿を見て取れた。明るいブルーのビーチショーツと、だぶついてばたばたしている黄色いシャツ。

こちらが振り返ったのを目にすると、男は拳をふりあげて、叫んだ。「やい、おまえに言いたいことがある!」

自分がおかれている状況がいかに危険なのか、ふいに悟った。役を離れたときにコミスが行使する用意を整えている暴力のことをぼくはあらかじめ知っていた――この海沿いの道には、目に見えるかぎり人家はなく、通っている車はなく、人けのない道を歩いているほかの歩行者はいなかった。たんに木々と花、フィヨルドの深くて物言わぬ水があるばかりだ。

ぼくはなにも言い返さなかった。ただひたすらあの男が怖かった。どんな目に遭わされるかしれたものじゃない。心のなかにすでに染みこんでいた疚《やま》しさが深まった――たぶん、舞台上の天井に仕掛けた罠をもう見破ったのだろう。

ぼくは背を向けると、駆けだした。だが、背後でコミスもまた駆けだしていた。

前方の道を見る――行き止まりになりそうではなかった。メインストリートに、人家の在処に戻れそうだ。海岸線に沿って伸びており、海と出会う山の急な斜面によって作られた岬までは少なくとも伸びていた。

ぼくは荷物の一部を手にしており、それが動きをさまたげる重しになった。コミスはそばに迫っていた。

ふいに、なにをやらねばならないかわかった。

バッグをかたわらに放り投げると、コミスと向かい合った。彼はほんのすぐそばまで来ており、片方の肩を上げ、自分の走る調子を推し量ろうとしているのがわかった。こちらに向かって凍ったわだちを滑ってきたあの日とおなじことをしようとしていた。スライディング・タックルでぼくをすっ転ばそうとしているのだ。ぼくは衝撃にそなえて足をふんばり、同時に両腕を伸ばして、想像上の重いものをつかみ、彼我のあいだに巨大なガラス板を持ち上げた。

ぼくはガラス板を垂直に持ち上げ、側面を握り締めて、細い道に敷かれたまばらな敷石に叩き降ろし、なんの支えもなく立たせることができるようなスペースをこしらえた。

ぼくが飛び退くと同時にコミスは頭からガラスに飛びこんできた。体がまずガラス板に当たり、次の瞬間、頭をガラスにぶつけ、コミスは痛そうにうしろにはじき飛ばされた。

ガラスが砕けてぼくのほうに降り注いできたので、それに当たりたくなくて、ぼくはうしろに飛び退いた。おそらく、ガラス板は小道の石がちな地面にあたって粉々になったのだろう。いまはぼくとコミスのあいだになにもなかった。

コミスはぼくから距離を置いて立っており、両手で頭を抱えてまえかがみになっていた。片手を動かして自分の見えるところに持っていくと、そのてのひらを眺め、まるでそこに血が溜まっているかのような顔をした。コミスはてのひらの血を振り払うと、低い悲鳴を漏らした。ハンカチを取りだし、額を拭い、鼻をかんだ。頭を上下に揺らしていた。コミスの呼吸が激しく、このときばかりは、じっさいにコミスに怪我を負わせたんじゃないかと一瞬思った。

奇妙な悔恨と懸念を抱えて、ぼくはコミスに近寄り、手助けが必要かどうか確かめようとしたが、近づいていくとすぐに、現実が戻ってきた。コミスが口にしている言葉が耳に入った。ぼくに向けて投げつけられる悪口雑言と威しだった。

ぼくは立ち去った。バッグをつかむと、足早に小道を急いだ。少しいったところに、多少厄介ながらも、下生えを抜けてよじ登れるスロープがある場所が見つかった。車の音がさほど遠くないところに聞こえた。よじ登りはじめると同時に振り返る。コミスはぼくが彼を置いてきたところにまだおり、痛くて敗北した姿勢をまだとっていた。ぼくは登り切り、自分がどこにいるのかすぐにわかると、バス停のある町の中心部に戻りはじめた。

それからコミスのことはなにも耳にしていない。帰路のあいだずっと、そしてそのあともしばらくのあいだは、たえず彼のことを考えていた――ぼくの知るかぎり、彼はいまでもぼくが立ち去ったフィヨルドのそばのあの場所にまだ立っている。それとも立っていないかもしれない。それに舞台の上にぶら下がっているあの重たいガラス板のことを後悔の念とともに、しばしば考える。あるいはぶら下がっていないかもしれない。

ジュノ　手に入れた平和

ジュノは小さな独立国で、ミッドウェー海の亜熱帯地帯に横たわる三つの島から成り立っている。真夏は暑くて、湿度が高くなるが、南振動流のおかげで、ほぼ一年中気候は穏やかだ。三つの島はいずれも森林で覆われ、広大な土地が狩猟区として確保されている。三つのうち最大の島、ジュン・マイオには、南の海岸のぎりぎりまで迫る山脈があり、鉄と豊富な鉱物資源を誇っている。すなわち、鉄とカリウム、銅が取れる。二番目に大きな島、ジュン・セックスには、無尽蔵の埋蔵量を誇ると目されているシェールオイルがある。こうした鉱物資源は、この国唯一の港、ジュン・エクシアスから輸出されている。ジュン・マイオ島の、長く延びる東海岸線の美観を損ねている広大な、まとまりのない広がりが、ジュン・エクシアス港とそのまわりの工業都市だ。

ジュノはアーキペラゴでもっとも繁栄している場所のひとつである――同時に、直接間接を問わず、世界の大気汚染の主要な発生源でもある。

旅行者にとって、空路であれ海路であれ、やっかいで魅力に乏しい目的地になりうる。断続的にやってくる地元のフェリーを別にすると、定期的な移動手段はない。赤道との位置関係から、空路の連絡便をチャーターしなければならない。それくらい緯度が高いと、旋回しながら降下する飛行しか認められず、そのため、遅延が生じる。ジュノで唯一稼働している空港は、ファイアンドの軍事当局が運営しているものである。理論上、ファイアンド同盟は、空港の占拠権を放棄するよう通告を受けているが、実際には、ジュノの住民の大半は、彼らが残るほうを支持している。基地とのあいだの相互交易が盛んにおこなわれている。

旅行を希望している人たちに一般的な助言を与えるとすれば、こうしためんどくささを考慮して、ほかの目的地を探すべき、というものだ。

ほかのアーキペラゴの島々からなかば孤立していることで、ジュノは中央政府というものが嫌いな人々の避難所になっている。名目上の島主はいるが、彼の一族は二百五十年まえに島から暴力的に追放されており、十分の一税や貢税は徴収されず、この三島からなる国は、比較的安定した無政府状態で運営されてきている。三島は、門戸開放《オープン》していると謳われており、無制限な難民の受け入れを認めている。

独立がはじめて宣言されたとき、アーキペラゴ全土から大量の移民が雪崩《なだ》れこんできた。鉱山での作業に従事させられたのはそういう移民たちだった。彼らの子孫たちはまだジュノに住んでおり、肉体労働の大半を請け負っている。そうした人々の生活および労働条件について多くを知るのは不可能だ。彼らが極めて高い給与をもらっているものの、外界との接触が認められていないのをわれわれは知っている。

ジュノ人は独立宣言と同時に脱走兵保護法を廃止したが、多くはないが、一定の数の南大陸《スドマイアー》の脱走兵たちが、数週おきにジュノにいまもやってきている。到着後の彼ら若き脱走兵たちの運命は、三つのグループにわかれる傾向にある。

黒帽をかぶった憲兵隊は、空港に駐屯しており、両陣営の脱走兵を逮捕すべく警戒を怠らないでいる。彼らは脱走兵全員を再教育し、ファイアンドの脱走兵は前線に送り返し、グロウンド共和国の兵士たちにはファイアンド軍への入隊あるいは、さらなる再教育コースを履修するという選択肢を示す。とはいえ、脱走兵のなかには、黒帽たちの手をまんまと逃れ、この国での厳しい独立独歩の生き方を受け入れるものもいる。

三番目のグループは、自分たちがやってきたところが、逃げてきたところと大差ないことを早々と悟り、ゆるい国境警備につけこんで、その先に進む。

アーキペラゴのほかのほぼすべての島の住民たちと異なり、ジュノの島民は、寸分の隙もなく武装している。ジュノの人口以上の銃があるどころか、新生児や高齢者、(自前の銃を持つことを禁じられている)出稼ぎ労働者を勘定に入れても、ひとりあたり二十丁以上の銃があると見積もられている。さらなる銃が毎年入手されている。

狩猟と釣りを別にして、ジュノでの主要なレジャーは、いちばん小さな島、ジュン・アンテでの年に三度の放牧地争奪戦争である。放牧地争奪戦争には、ジュノ島民も出稼ぎ労働者もおなじように自由に参加できる。もしうまくいけば、出稼ぎ人には多額の現金報酬がもたらされる——彼らの武器の選択肢は、限られたもので、銃はジュノ島民が用いるものより、威力も照準の精度も劣ると言われているが、参加者が足りなくなることはけっしてない。ジュノ人にとって、同胞から土地とそれ以外の財産を手に入れる機会なのだ。実弾が用いられている。

ジャーナリストのダント・ウィラーは、特派員として、南大陸《スドマイアー》の凍った平野や氷河一帯で起こっている戦闘行為を取材するため派遣された。六カ月間、ウィラーは、果てしのない過酷な戦闘で両陣営がこうむっている極限状況に関する衝撃的な記事を送ったのち、ムリセイに呼び戻された。帰路の旅で、ウィラーはジュノを目指して旅している若い脱走兵たちの一団と出会った。若者たちは、適用条件の緩い脱走兵保護法につけ入ろうとしていた。彼ら六人の若者が戦争で被ったことと、その後ジュノに到着してすぐに彼らが受けた厳しい処遇を感動的な筆致で描きだしたことで、ウィラーは、アイランダー・デイリー・タイムズ社に報道ジャーナリズム部門での記念賞をもたらし、若い記者である自身には、現金のボーナスと昇進をもたらした。ウィラーはのちに『ジュノ放牧地争奪戦争——平和は手に入ったのか？』というノンフィクションを著し、その本も中立文学部門で、記念賞を受賞した。

通貨——ジュノでのすべての商取引は、兌換《だかん》債券の使用によっておこなわれているが、旅行客がどんな貨幣を利用すればいいのか、つきとめることができずにいる。推測では、アーキペラゴ・ドルは受け取ってもらえるだろうし、おそらく入管時に現地通貨に交換することは可能であろう。

キーアイラン　曖昧な痛み

南大陸《スドマイアー》にほど近いところにあるキーアイランは、元々は中立の駐屯部隊駐留島として発達してきた。その当時、この荒涼とした、辺鄙で、以前は人のあまり住んでいない島を基地として利用することを、対立する交戦国の軍に勧めるのは、どこかほかの、より人口の多い非軍事的島の利用を彼らに押しつけるよりも、気の利いた着想だった。島の端と端にふたつの大きな基地が部分的に建設され、雇用を促進させたが、キーアイランは燃料補給や補給物資積み込みなどのための寄港地として利用されるようになったものの、駐屯基地が利用されることはなかった。

のちに、キーアイラン当局は、基地のひとつを民間人用重警備刑務所に転用した。潮の干満を利用した囚房が用意され、人々に大変愛されたパントマイム・アーティスト、コミスを殺害した凶悪犯罪人ケリス・シントンを収容するため特別にとっておかれていたが、シントンは死刑判決を受けたため、囚房は必要とされなかった。囚房は百年以上使われないままでいたため、自然の状態に戻すことが認められた。刑務所は、のちに、厳重警備を必要としている囚人ではなく、長期刑期の囚人を収容するための第二カテゴリー刑務所に格下げになった。

キーアイランには山がないが、南東地域は高原になっていて、南からの強風にさらされている。冬の厳しい風、コンラートンは、何カ月にもわたって大量の降雪をもたらす。近年の入植地は島の北部にあり、そこは若干寒さを和らげる地形になっている。

行政の中心、キーアイラン・タウンは、刑務所職員の大半とほかの係員が住居を置いている場所だ。製造業が少しあり、海が凍結していないときに漁に出かける小規模な漁船団がある。そこは雨や霙がしょっちゅう降ってくる、わびしい、風に吹きさらされている町である。太陽には滅多にお目にかかれない。一年の大半、空は暗く、灰色に淀んでいる。島の内陸部では、地中深くにある石炭層の採鉱がおこなわれている。

南の大陸にごく近いところにある地理から、キーアイランは、戦争の前線から脱走しようとする兵士たちが最初に足を留める共通の場になっている。中立盟約には、脱走兵保護条項が規定されており、それによると、みずからの意思に基づいて、自由制のアーキペラゴ諸島のいずれかに到達することができたなら、脱走兵たちは安全な避難所を保障されている。伝統的に、キーアイラン島民は、そうした死にもの狂いの不幸な若者を歓迎しているが、厳密に言うと、キーアイランは盟約で規定されている自由島ではない。

近年の戦闘行為の急増により、またその結果生じた大量の脱走兵により、キーアイランのような島は、住宅供給と雇用に関する問題に直面してきた。いまでは脱走兵たちにほかの島に移動するよう勧める非公式の方針ができている。もっとも、島に残るものは多く、結果として、黒帽部隊員たちが島をうろつきまわっている姿がよく目撃されている。それは盟約違反なのだが、島民に打つ手はほとんどない。

旅行者は歓迎されている。キーアイランは裕福な島ではないからだが、実際のところ、呼び物になるものはろくにない。山歩きが好きな人間にとって、南部の崖は、過酷な挑戦事だろうが、印付きの景観ポイントから離れるのは危険である。冬季に崖のぼりを試すべきではない。島には救急隊もレスキュー部隊もいないからだ。潮の干満を利用した旧懲罰囚房は、訪れる価値があるが、引き潮時に限る。この場合も、慎重な対応が求められる。トンネルくぐりはキーアイランで認められており、炭鉱付近に練習場がある。地元の建築物は、在来型工法によるもので、公共の建物のなかで、石造りのものはまずない。

通貨——アーキペラゴ・ドル、ガンテン・クレジット。

ランナ　二頭の馬

赤道北の熱帯の孤島として、ランナは、亜熱帯無風帯から吹いてくる熱い貿易風に日々さらされている。いくつもの死火山からなる背の高い山脈によって南北を分断され、島はふたつのはっきり異なる気候を享受している。

卓越風を受けている東側は、さまざまな地形があり、なかには砂漠や深い森林もある——そちら側の山の斜面は急峻で、木々が生えていない。二、三の峰は、難所とミッドウェー海のみごとな景観ゆえに登山者や山歩き愛好家に好かれている。毎年、非公式の登山大会が開催されており、そこで、熟練者たちが嶮峻《けんしゅん》な切り立った崖やオーバーハングに挑む。

一年の大半、山脈が雨雲の到達を防いでいる島の西側は、暑くて乾燥した気候だが、毎年春になると激しい雨がつづいて、暑さが和らげられる。すると、ランナの西側は、咲き乱れる野の花に覆い尽くされ、短い夏の目覚めを楽しもうとする観光客を近隣の多くの島から呼び寄せる。

最西端にある港、ランナ・タウンには、湾のなかに自然の港がある。町には現代的な箇所もあり、銀行や保険会社が地元の雇用を提供しているが、詩人や画家や作曲家が集っているのは、ランナの旧市街である。狭い通りが何本も走り、その多くは港側から丘陵にかけて急なのぼり坂になっており、坂の周辺には、おそらく格安で貸し出されているであろう小さな家やアトリエが押し合いへし合いしている。

ずばぬけた才能を持つムリセイの詩人カル・ケイプスと若い再婚相手セベンが、ある年の晩冬に引っ越してきたのは、そうした住まいのひとつだった。新居に落ち着いてしばらくしてから、ケイプスは親友のドリッド・バーサーストにメッセージを送り、自分の目で花々の描き出す景観を見にランナに来るよう招いた。

ケイプスが驚いたことに、バーサーストは、予定された日時に姿を見せただけでなく、このときはひとりで旅してきた。三人は七日間いっしょに過ごした。ただの一度もケイプスの家を離れることはなかった。近隣住民の多くは、新しい住人の正体をよく知っており、そのため、招かれた客の身元も悟った。なんの証拠もないのだけれども、画家の来訪はランナ旧市街の狭い通りや安宿じゅうに大量のゴシップと当て推量を産みだした。

バーサーストが最初に島を去った。ある朝、足早に港まで下っていき、早朝のフェリーに乗った。彼はだれとも話さなかった。太陽が激しく照りつけているにもかかわらず、フード付きの外套を羽織って、顔付きを隠していた。

ケイプスと彼の妻は島に留まっていたが、家から外に出てこなかった。十日が経ったが、詩人またはその妻の姿はいっこうに目撃されず、家のなかに人のいる気配はまったくなかった。最終的に、近隣住民が懸念を募らせ、家にむりやり入ることになった。

春の終わりであり、最後の野花が頭の上から降り注ぐ激しい熱気にしおれていた。ケイプスとセベン両人の死体がすぐさま発見された。それぞれ別の部屋で見つかった。彼らを発見した人たちにとって、夫妻の死亡理由を示すものはなにもなかったが、のちに検屍によって、セベンは絞殺されており、ケイプス自身はスライムの血清から抽出した毒を摂取していたのが発覚した。

ケイプスの手帳に短い詩が発見された。しばらくのち、セメル大学の研究者がケイプスの遺した書類を詳しく調べることができるようになるまで、手帳はほかのケイプスの財産といっしょにされ、人目を惹かぬまま放置されていた。カル・ケイプスは、もともとセメル大学を、書類や大半の草稿、手帳、手紙などなどを優先的に託す先として選んでいた。それらの資料は、現在、特別なコレクションとして保管されている。

発見された新しい詩「ウンドレオンの道」は、ケイプス最晩年の最高の詩のひとつとして世に出た。古い物語であり、古代神話を題材にしていた――神々と冒険者たちがいて、偉大な勲のあった時代だ。ウンドレオンとウルチェオンは兄弟だった。ともに勇敢に戦った戦争の終盤、ウンドレオンはウルチェオンの妻を拉致し、突然積極的に同意した彼女の意を受け、兄弟にむりやり見せつけたうえで、彼女を繰り返し犯した。ウンドレオンは地獄にその身を預け、ウルチェオンは妻を殺したのち、毒蛇の毒を呷った。

十四行の詩。ケイプスの手で紙に書かれた日付は、バーサーストが旧市街で目撃されたのとおなじ日だった。画家は、顔を覆い隠し、足早に港へ下っていったのだった。

リュース　忘れじの愛

南半球の奥深く、リュースは小さいが、外向きに曲がったカターリ半島東部沖に位置する戦略的に重要な島である。亜熱帯地帯の多雨地域にあるが、大陸の陰になっているという位置と、標高が高い以外には草木の生えていない地形のせいで、痩せた吹きさらしの姿になっており、岩と砂礫からなる砂漠と化した区域がいたるところにある。熱風（キルク・アキザーと称される砂塵と花粉を運ぶ風）が、一年のおよそ三分の二の期間、吹いている。山脈はないが、島の西側は、うねうねと起伏する平原になっている。

人の住まいは島の西側にかたまっており、そこには深い潟と岩礁によって形成された自然の港がある。リュースは、戦争勃発以前には人が住んでいなかったと思われている。盟約成立以前にこの島を占領したファイアンド同盟が繰り返し主張している事実だ。もっとも、考古学的調査では、それとは異なることを示唆しているが。実際はどうであれ、ファイアンドランドは、数百年にわたってこの島を領有し、戦場へ、あるいは戦場から部隊を移動させる際の中継地点として利用してきた。

民間人がリュース訪問を認められるのは、軍の監視がある場合か、特別な許可を得た場合に限られている。いずれにしても、気まぐれにやってくる旅行者を惹きつけるようなものは、なにもない。

非軍属の住民は、ほぼ例外なく、アーキペラゴの他の区域から移住してきた人間で、軍相手の各種サービス業やインフラ整備の仕事に従事している。

リュース・タウンは、小さく、密集した町で、港を取り巻く地域から外には広がっていない。波止場まわりは、戦時物資が貯蔵されている巨大な倉庫がひしめいている。陸軍病院と大規模な墓地、数軒の廉価食品販売所がある。数多くのバーと売春宿が波止場地区とその裏の迷宮めいた狭い路地に存在している。

砂利舗装の道路が内陸部の利用頻度の高い小飛行場までつづいている。

民間のフェリーが週一回、リュース・タウンに寄港する。兵士たちは、休暇で出かける場合や、あるいは除隊後、北の故郷に自分の都合に合わせて帰りたいと思う場合、このフェリーを利用する。リュースのある位置のせいで、アーキペラゴの最寄りの島々にいくには、少なくとも船で一昼夜かかる——フェリーは大型で、快適ではあるが、大勢の兵士にとって、料金が高すぎる。

かつてリュースで壊滅的な航空事故が起こった。二機の兵士輸送機が、渦巻きの発生している高度から小飛行場に接近し、そのため、航空管制による分離を十全に利用することができず、空中で衝突した。一機には、ファイアンドランド国境警備隊から派遣された二百名の隊員が乗っており、あらたな攻勢をかけるため、前線に加わることになっていた。もう一機は、おなじ戦線の突出部に投じられる運命になっていた百名以上の歩兵を運んでいた。搭乗していたほかの人間——飛行機の乗組員や整備担当高級士官、民間の支援職員——同様、全員が死亡した。被害者総数は男女三百五十二名に達し、ほぼ全員が二十代前半だった。

衝突はリュース・タウン上空で起こったのだが、運良く、機体の残骸の大半は、海に墜落するか、無人の陸地に落ちたため、地上でそれ以上の死傷者は出なかった。死体はすべて回収されたが、残骸の大部分はいまだに片づけられないままである——衝突した二機のうち一機が劣化ウラン製の徹甲核弾頭を輸送していた。残骸が墜落したところにファイアンド当局は、立ち入り禁止区域を設けた。犠牲者の大半の遺体は、リュース・タウン墓地の隔離地域に埋葬されている。

一部の親類縁者が愛する者たちの亡き骸を引き取りにやってきた。何カ月ものあいだ、そうした不幸な来訪者たちがぽつりぽつりと島を訪れた。アーキペラゴを横断する長旅にたいてい疲れきっていた。往々にして、そうしたややこしい旅は、彼らの息子や娘たちの亡き骸にたどりつくために突破しなければならない軍の官僚主義という迷路のたんなる前置きにすぎなかった。

そんな来訪者のひとりが、作家モイリータ・ケインだった。ふたつの理由から、自分はほかの人たちよりももっと形式ばった頑迷さに直面するやもしれないと恐れていたと、ケインはのちに語っている。まず第一に、ケインは親戚ではなかったが、事故で亡くなった若い警備隊員の姉の代理として自ら進んでやってきたのだった。また、ケインはファイアンドランド当局にとって、好ましい人物ではなかった。彼女が著した最近の著作で、戦争の両陣営とも精神病誘発ガスを使用しているという事実を暴露していた。このガスは永年国際法によって使用を禁止されてきたが、両陣営とも、ひそかに持ちこんで、たがいの前線の兵士に対して散布していた。

ケインの本は、非難や議論の嵐を呼んだあげく、このガスの全廃につながった。ケインは中立の立場を取っていたものの、彼女の本はファイアンドランドの経験に基づいて書かれたものであり、結果的に、彼女はファイアンドの占領地域では、「好ましからざる人物」になっていた。ケインはファイアンド当局の嫌がらせには慣れていた。

しかしながら、おそらくはかなり上からの命令が出たのだろう、ケインはリュースで足止めを喰らわなかった。若者の遺体をおさめた棺は、ケインが到着するとすぐ彼女の手にゆだねられた。

また、損傷の激しい一冊のペーパーバックも渡された。若者のものであると確認できた唯一の所持品だった。最初のページの裏、上の箇所に、きちんとした字で記された若者の名前が見つかった。本のほかの部分の多くは、焼け焦げ、破れていた。

ケインは来た道を引き返さなければならなかった。ファイアンドの人間から一切特別な支援を受けずに。ケインは個人的な宣伝活動にいっさい興味を持っていない控えめな女性だったが、その文学的名声は夢幻《ドリーム・》諸島《アーキペラゴ》全土に広まっており、短期間のリュース来訪は、その島に暮らす人々のあいだで関心と共感を呼んでいた。近づいてくるフェリーが接岸するのを待っていたときのケインの姿が写真におさめられている。吹きさらしの、日に焼けて色あせた埠頭に立ち、背後に直立不動の儀仗兵を従えた姿で。片手に焼け焦げたペーパーバックの残骸を持ち、反対の手は旗で包まれた棺に軽く置かれていた。

　歩み板が勢いよく埠頭におろされると、若い記者が前に進み出て、ケインの名を呼んで、丁重な物腰で近づいてきた。ふたりは二言三言、ことばを交わした。

　そして、記者は訊いた。死んだ兵士は、近しい親戚なのですか、ひょっとしたら御子息なのでは、と。

「いいえ」と、ミズ・ケインは答えた。「ただの友人です。彼も作家だったんです。それに実際には兵士でもなんでもありません。徴兵に取られて、国境警備隊に配属されたんです」

　そののち、棺の下で腕を組み合わせ、ゆっくりとした足取りで進む儀仗兵たちによって棺が船に運ばれていくとき、ケインは踏み板の横に佇んでいたという。視線を逸らして、港の海面を見つめ、静かにすすり泣いていたそうだ。

マンレイル　完成途中／開始途中

　北大陸に近く、ミッドウェー海北部の温帯地方にある小さな島マンレィルは、何世紀ものあいだ、漁業でのみ知られてきた。マンレイル地域の大陸棚の漁場は、このうえもなく豊かで魚の種類が多様で、収穫した魚はアーキペラゴのあらゆる場所に輸出されていた。

　しかしながら、戦争の到来とともに、同海域にあるすべての島が戦略的に重要なものになる可能性を秘めていると査定された。当時、まだ中立盟約は、施行されておらず、多くの小島が監視用用地や情報収集拠点、飛行場、大型船寄港可能港、練兵所などなどとして、いつのまにか強制収用されていた。マンレイルの場合、グロウンド共和国が正規軍の武力をもって島を収用し、地下ミサイル発射施設の建設に取りかかった。島民はなすすべもなく傍観するしかなかった。

島の解放は、やがて完全な盟約となったのだが、急いで起草された盟約原案の形でやってきた。絶対的中立が布告されると、グロウンド軍は、渋々撤退し、マンレイルならびに同様の多くの小島に平和が戻ってきた。

グロウンド軍は、岩を掘削した何本もの深いトンネルを残していった。掘削で出てきたものから、マンレイルの岩盤は、たいてい古くて安定した石灰岩層であることが判明した。柔らかいが、耐久性が高く、野心的なトンネル掘り計画にうってつけだった。

その噂がジョーデン・ヨーに届いた。土木工事インスタレーション・アーティストのヨーに。グロウンド占領軍から鉱山開発権を入手したこと示す偽造書類を用いて、ヨーは機材を運びこみ、必要な職人を雇って、トンネル掘りをはじめた。ほどなくして、ヨーがインスタレーションをはじめたというニュースが広まり、フリーランスや報酬目当てのトンネル掘りたちが何百人もマンレイルにやってきはじめた。やがて彼らはヨーと競って、独自のトンネル掘り計画に着手した。

ほかの島でなにが起こったのか現実に見たり、聞いたりしていたため、マンレイル島主庁は、無謀なトンネル掘りから島を守るためののるかそるかの訴訟に、蓄えてきた島の富を投資した。引き延ばし戦略とたびたび延期された法手続ののち、マンレイル当局は最終的に勝訴した。

ジョーデン・ヨーはとっくにマンレイルを離れていた。もし出ていかなかったら、機材を当局に押収される危険に見舞われるだろうとわかっていたからだ。彼女はほかの島で何度か懲役刑を受けていた。だが、金目当てのトンネル掘りの多くは、最後のぎりぎりの瞬間間まで、ボーリングと掘削を続けた。強制排除のため、執行史たちが呼ばれてようやく退去させられたものもいた。

最終的に戦いは終わり、最後のトンネル掘りたちが島をあとにした。投獄されたものもいた。マンレイルはトンネル掘りたちの心配をせずにすむようになり、同様のリスクを実感していたほかの多くの島が、マンレイルの裁判をそれぞれの独自の反トンネル掘り法制定のための先例として利用した。島の暮らしは、ゆっくりと、何年もまえのものに戻っていった。

だが、数々の修復不可能な被害がもたらされており、島の半分以上の基礎岩盤が長くてジグザグに曲がった通り道で穴だらけになっていた。その通り道の多くは、中潮の高さで海水が浸入するようになっており、日々、洪水を生じさせた。比較的低い丘陵がいくつも崖崩れを起こしはじめ、北部の一部の海岸は、上げ潮のたびに海に崩れ落ちていった。大水と地盤沈下は内陸部深くまで被害をもたらした。今日でも、あえて足を踏み入れるには安全ではない広大な地域がマンレイルにはたくさんある。

とはいえ、島の南部と東部の大半は、昔とすこしも変わらず、商業漁業が復活している。この島は訪れるには快適で面白い場所で、多くの史跡が残っている。中枢港であるマンレイル・タウンには、カップルや家族向けのホテルやペンションが何軒もあり、主に珍しいシーフード食材に基づいた料理は、じつにおいしい。夏と秋が観光にもっともふさわしい季節である。なぜなら冬の強風が、マンレイルをきわめてやかましく、不協和音の鳴り響く場所にいまでも変えてしまうからだ。トンネルくぐりになんらかの興味を示すのは、賢明な行為ではない。

通貨——アーキペラゴ・ドル、ガンテン・クレジット、オーブラック・タラント。

ミークァ／トレム

伝言の運び手／足の速い放浪者

無人機《ドローン》

　無人機《ドローン》は、日暮れにやってくる。機関での一日の仕事が終わると、端末をシャットダウンして、ふぞろいな崖の階段を苦労しながら降りて、浜辺にいくのがローナ・メナリンの日課だった。そこからだと、海面低く飛んで帰還する機体が見えるのだ。

　海が穏やかなとき、個々の機体の尾部についている明るい色のLEDが、波の表面に反射して輝く。次々と飛んでくる夜もあれば、数分置きにしか飛んでこないときもあるけれども、たいていの夜は、相当な数で飛んできて、きらきら光る隊列を組み、島にどっと押し寄せてくる。砂浜を通過し、その向こうでぬっと佇《ちょ》立《りつ》しているごつごつした崖をレーダーが感知して、無人機はいっせいに高度を調整する。通過していく際、消音機構を組みこまれた翼板から、吐息のような囁きが聞こえてくる。すでに横断してきた秘密の距離や隠密探査、公表されていない風を想像させる囁き。

　警備スタッフと出くわして、こんな時間に砂浜にいる理由を訊かれたときの用心に、ローナはいつもタビュレーターを持って砂浜に降りてきていたが、今宵は、たいていの夕暮れどきと同じように、タビュレーターのスイッチを入れていなかった。

　タビュレーターはストラップにつないで、体の横に吊していた。待機モードにしているタビュレーターがそっと振動するのがわかった。個別IDを持つ、飛んでくる無人機それぞれの位置特定パルスに反応しているのだ。このモードだと、タビュレーターの無人機検知は、数字で表示される——認識され、航程を記録された無人機が何機で、撃墜されたのが何機。無人機の情報が基地にダウンロードされ、MCIのコンピュータに固定電話回線で送られたのち、ローナは、あしたの朝、より複雑で、定量化された結果を評価するために職場に戻る。

　地図室で、職員たちは、海の調査範囲を見たのち、個々の無人機を発進地点までたどりなおす作業に没頭する。衛星を用いて、無人機の航路を分析するのだ。ほかの地図制作者たちといっしょに働きながら、ローナは、勤勉に画像情報をマスター・データ記憶装置に転送する。だが、スタッフが充分に揃っていても、作業は果てしなく遅れ続けている——いまも二年以上まえの報告データを解きほぐそうとしているのだ。今宵のマッピングされたデータは、おそらく、二年以上先でないと、評価されないだろう。徐々に未処理データは増え続けている。


　ローナは、契約期間満了に伴い、数カ月まえにMCIとミークァ島を立ち去っていてもよかったが、トマックの突然の失踪にだまされた気がしていた。彼の身になにがあったのか知らないまま、ここを立ち去れるだろうか？　ルームメートのパッタは、もうあなたは先に進まなきゃならない時期にきているときっぱり言ったが、そうするのは不合理で不可能なことだとローナには思えた。トマックはまるでなにも言わず、個人的な決意をなにも下さずに姿を消した。

　ローナは、トマックへの愛情にいまだに苦しんでいた。なぜ彼はあんなふうにあたしを捨てていったんだろう？　なにが起こったのか突き止めないかぎり、適応できない。

　ローナは海に目を凝らした。無人機の灯りがちらちらと光るなか、トマックが配属された沖合の暗い島を見つめる。できるかぎり毎晩この砂浜に降りてくるのは、そのためだった。だが、いまではたんなる習慣になりかけていた。もはや希望はない。沈黙は、このうえもなく残酷な重荷だった。

沖合の島には名前がある――トレム。伝言の運び手という意味のミークァの神話上の連れ合いにちなんで名づけられた。トレムは、ミークァの先導者であり、護衛であり、守護者であり、通り過ぎていく足の速い放浪者だった。だが、トレムの名をもらった島は、薄暮の水平線の上に暗く、低いシルエットを浮かびあがらせており、鈍感で鈍重な感じで、足の速い放浪者の名前から想像できるものと似ても似つかなかった。トレムはここの入江の真正面にあり、ミークァからボートで浅い海峡を横断して一時間かそこらの距離だった。ローナは、無人機がどっと押し寄せてくるときはいつも、無人機のLED照明が形成する光の道が方向を変え、島の一方の端ないしは反対側の端に向かうのを目にする。

トレムは何年もまえに地図が制作されたが、皮肉なことに、島を取り巻いている秘密主義のせいで、詳しい地形がろくに知られていなかった。トレムは、ミークァの近くにある、何十年もまえに軍に占拠されたいくつもの立入制限下にある島のひとつだった。無人機はトレムを避けるようプログラムされていた。何人たりとも許可なくトレムに近づけなかった。同島にいくものは、みな、機密保持誓約書に署名しなければならず、島の役割について一言でも口にしたものはいなかった。たいていの人間が、そこにいたことすら滅多に認めようとしなかった。公にはトレムは存在すること自体をやめていた。理論上、島を見ることさえ、軍法違反だった。とはいえ、MCIの民間人地図制作者や、町に住む普通の人々は、島を見ることができたし、この砂浜を利用できた。

ミッドウェー海の地図上にトレムは存在していなかった。島のあるべき場所に、いかなる島の姿も描かれていなかった。ある海域として示され、ミークァ南部の空白ゾーンという偽りの記述がなされていた。だれかが気まぐれに海深と青い等深線を加えていた。小さな青い字で記された地図上の説明文には、「危険」の二文字があった。

徐々に夢幻諸島《ドリーム・アーキペラゴ》の地図が作られていったが、無人機は、特定の観測目標を探し求めるのではなくて、たがいの機体や固い物体を避けるようプログラムされた反応法則に従って自動誘導されていることから、無人機のデータの大半は、ランダムな航路に沿って生みだされ、したがってその多くが重なりあっていた。解析結果は、当然のことながら、特定不能の海の広がりをあらわにしていた。

陸地のデジタル画像や、より解像度の高い海岸線のスチール写真は、比較的まれだった。この地図制作機関の訪問者をしばしば驚かせる事実だ。たいていの人にとって、海はとても沢山の島で混み合っているように見え、陸地の地図を作るのが難しいものになろうとは信じがたいことだった。しかしながら、ミッドウェー海のなかで、固い陸地が占める割合は五パーセント以下であり、残りは、海や潟、岩の多い浅瀬、砂浜などだった。この割合ですら、暫定的な推定だった。実際の数値は、地図制作が完了するまでわからないだろう。衛星写真は、時間歪曲ゾーンのせいで、つねにあてにできず、暫定的な推定像をもたらすだけだったが、詳細な信頼性の高い地図制作は、火急の要件になっていた。

少なくともMCIは潤沢な資金提供を受けていた。戦争を遂行している連中は、地図を必要としていた。

夢幻諸島の島の多くの地形は、上空から見た場合、未開墾の森やこれといって目立った特徴のない普通の農地だった。多くの島が砂漠だった。川がある場合、たいてい短いか狭いか、あるいはその両方か、はたまた草木に覆われていた。湖はほとんどない。山脈も技術的な理由から問題だった――無人機には到達限界高度があり、その天井に近づくと、方向を変えるようプログラムされていた。海岸線は、作業するのにいつもかなり満足いく地形だった。港や半島、崖、要塞施設、河口がつねに識別でき、特定の既知の島であることがつきとめられ、あるいは地元の人間が制作した既存の地図とすら合致することがつきとめられた。

無人機は道路や町や鉄道、飛行場、工場、民家、公害の発生源、ほかにも人間がこしらえた多くの物体を検知し、地図上に記すようプログラムされていた。たいていの場合、無人機が記録したのは、海のデータだった。

それゆえに進捗はごくごくゆっくりしたものだった。ローナが新卒としてミークァ《MCI》地図制作機関で働きだしたとき、いつか夢幻諸島のすべての形と中身を地図に記すことになるだろうと想像していた。すぐにわかったのだが、この壮大な事業はまだスタートを切ったばかりで、たえず増大をつづけているデータの山に埋もれていた。MCI職員の手にある唯一信頼できる記録は、毎回の飛行で個々の無人機がたどった個別の航路だけであり、衛星のデータとコンピュータの記録と照らし合わせることはできるものの、重複量と見分けのつかない画像の数そのものにスタッフは圧倒されていた。

最近になると、若いころの理想主義は経験にとって代わられ、自分が同僚たちの例にならっていることにローナは気づいた。ひとつの群島に集中するようになり、ほかのデータは無視するか、同僚に委ねるようになっていた。

ローナが選んだ専門分野は、パネロンに近い南の海域にある珊瑚礁や小島の集まりだった。パネロンは、非公式には、大渦巻き群島の名で知られており、七百以上の様々な名を持つ場所から成り立っている。ローナの最初の仕事は、それらの名前の一覧表を作ることだった。それ自体、とほうもない作業だった。重複している名前が数多くあり、多くの島がさまざまな形の名前を持っていた。また、アーキペラゴ全体を通して、大渦巻き群島も例外ではなく、地元の方言では、地元だけに認識される名前を使う一方、ほかの島の住民は、近接している島の住民の一部でさえ、島を異なる名前で把握していた。少なくとも、大渦巻き群島の既知の島の半数は、明確な名前をまったく持っていなかったにもかかわらず、ローナのデータベースは、群島内の島の名前として、すでに五千件を越える異なる名前を収録していた。

MCIのだれもパネロンに、つまり大渦巻き群島にいったことがなく、MCIのだれもそこにいたことがある人間を知りもしなかった。大渦巻き群島の空撮写真やスケッチは、以前には存在せず、もちろん、入手可能な地図はなかった。いつものようにでたらめにゆがんでいる衛星画像は、渦巻き状の群島の姿をほのめかしていた。中心に向かって渦を巻いている様子は、おそらく実際の姿より大きく見えていたし、外周部は実際より小さく見え、ほかの部分は均整が崩れていたため、全体の大きさを計算するのは不可能だった。

百の書籍が大渦巻き群島について書き記していたが、一部の本の説明は曖昧であったり、詩的であったりし、残りの大半は、アーキペラゴ文学伝統の人を惑わす文体で記されていた。古風な水夫の隠語で語られる船乗りのほら話集が、ローナのもっとも信頼できる道案内にたまたまなった。船乗りたちは、怪物や大嵐といった空想めいた話を吹聴するものの、彼らは船を操縦し、位置を測り、航海日誌をつけていた。名前だけが唯一確かなものだった——諸島の文化は口承と文章によるもので、視覚的なものはなかった。

ときたま、無人機が小島と険しい岩山のある地域の上空を通過することがある。そしてほんのたまに、ローナは、無人機の伝えるデータと既存の情報とが合致する場合に出くわし、ゆっくり形を整えていくジグソーパズルにあらたなピースをはめこむのだった。

既知の七百の島のうち、ローナがこれまでのところ地図を制作したのは、三つの大渦巻き群島の島だった。なんという仕事だ。自分が老婦人になるまで生きて、生涯最後の日までMCIで働いたとしても、それまでに地図が制作されるのは、アーキペラゴにある島のせいぜい四分の一だろうと、ローナにはわかっていた。ひょっとしたら、大渦巻き群島の全島地図は完成しているかもしれないし、おそらくほかの場所の大きな群島の地図もたくさんできているかもしれない。だけど、全部は無理だ。たとえそんな先であっても。

ローナとほかの地図制作者たちは、二千を少し越えた数の広く認められた島の地図を制作したにすぎなかった。さらに五千件の地図が制作準備中だ。それ以外に、大きさや重要性や位置を知られていない島が、少なくとも一万か二万ある。この仕事の全体像は、いまだに想像もつかず、やる気を失いそうになる。

無人機の散開隊列の最後が静かに頭上を通過していくと、ローナは、砂利浜を横切って、表面の滑らかな岩が突き出ているところに向かった。砂利が足下で音を立てて砕ける。突き出た岩にタビュレーター・ケースを落ちないように載せ、海に面してスロープを描いている岩の表面によりかかった。両手を体の横で、ぶらぶら揺らす。

トマックが出ていって、二年近くが経っていた。たぶんトレムにまだいるのだろう。その間一度も、トマックからなんの連絡も受け取っていない。

トマックは出ていくまえに、ローナに警告した。

「やつらは利用している島を沈黙させるんだ」トマックは言った。「トレムをすっぽり覆っている」

「だけど、連絡方法はあるはず」

「通信遮断幕で覆っているんだ。いっさいの音も電波も出入りしていない。当局の人間の同行なくだれも入島を許されないし、だれも出て行くことを許されていない」

「じゃあ、どうしてあなたはあそこにいかなきゃならないの？」

「しゃべれないのはわかってるだろ」

「だったら、いかないで」

最後にいっしょに過ごした三週間のあいだずっとローナはトマックに懇願したが、ある夜、砂浜にいっしょに佇んで、飛んでくる無人機を眺めたあと、トマックは沖合で待っている小船に発動機付き艀《はしけ》で連れていかれた。その最後の夜のまえにふたりは短い休暇をともに過ごした。ローナにとっては、涙にくれ、失望にうち沈む経験だったが、トマックは、軍法の強制力に抵抗はできないんだ、と言うだけだった。できるだけすぐに戻ってくると約束したが、いまのところ戻ってきていなかった。


民間人として、いきなりトマックの人生からローナは排除された。彼が出発してからそれほど時間が経たぬうちに、裏切られ、捨てられた気がして、深い孤独のなかで、ローナはある種の意図せぬ復讐をトマックに果たした。グラフィック担当アシスタントとの肉体関係は、長くはつづかず、あとになって自分の身勝手さに心の折れそうな疚しさと嫌悪感を覚えた。ブラッド・イスキリップというのがくだんの浮気相手だったが、いまもおなじ職場で働いていた。ふたりのあいだになにがあったにせよ、断固として終わっていた。ローナにはずいぶんむかしのことのような気がしていたが、トマックの出発よりむかしとは思えないのは確かだった。なによりもトマックが戻ってきてくれることをローナは望んでいた。自分の犯したあやまちを永遠に密かに、黙ってなかったことにしてしまえるように。

空の暗さが深まると、ローナはケースから双眼鏡を取りだし、目に押し当てた。トレムの暗くぎざぎざになった島影に焦点を当てる。もしパトロール隊員が砂浜にやってきて、見とがめられたら、深刻なトラブルに陥るのはわかっていた。地図制作センターでのいまの立場は、ほとんど身を守ってくれないだろう。

最初、暗闇のなかの島の姿は、ろくに見分けがつかなかった。険しい山の斜面は、空とほぼ一体化していた。だが、やがて目が薄暮に慣れるにつれ、中央の山脈の見分けがついた。こちら岸からも、五つの高峰は見えていた。

熟練の地図制作者の目は、心のなかで図面をこしらえていた――ここから見える五つの峰、その先にあるここからは見えない三つの峰、こちらに面している島の北部にある平野、反対側にあるなだらかに起伏している地形、海岸線のどこかにある町。島の輪郭や特徴がローナを嘲っていた。なぜなら、それらを確認したり、あるいは地図に起こすことはけっしてできないだろうから。危険、トレムの存在がそう謳っていた。

最初のホタルはとてもすばやく光ったので、すんでのところでローナは見逃しそうになった。双眼鏡をしっかり構え、次が光るのを期待した。数分後、二番目のホタルを目にし、つづけざまに三番目を目にした。ほんの少し焦点距離を長くし、視野を広げた。

遠くの島の暗いスロープに爆発的な光が現れた。音のしない突然の激しい光輝。あまりに離れているので音が聞こえない小規模な爆発のようだった。距離があったので、光輝の大きささえわからない。ローナは光を数えはじめた。過去にもよく数えた――とても長いあいだデータの定量化に時間を費やしてきたため、ローナにとって数え上げるのは、自動的な反応だった。

最初の一分間は、光った回数は二桁で、そのあといったん休みが入った。さらに二十五回つづけざまに光り、また小休止になり、その間隔がとても長かったので、ローナはもう光るのは終わったのだと思った。すると、眩い光の爆発が最後に起こった。いつものように白く強烈な光で、ひとつに集まり、あたかも光の川のようになっていたが、明確なパターンはなかった。

双眼鏡を降ろすと、さほど遠くないところに何者かが立っているのに気づいた。男性だった。汀《みぎわ》の白いカーブ上の波を背にして、姿だけが目に見えた。砂利を踏んで歩いてくる音が聞こえなかった。

すばやく双眼鏡を持っている手を動かして、相手の視線から外そうとした。相手が双眼鏡に気づいていない場合に備えたのだが、もちろん、相手は気づいていた。

「ぼくにも見せてくれないか？」

「法律違反だとわかってるでしょ」もちろん、声を聞いて、ローナは相手がだれだかわかった。安堵といらだち、両方がつかのま、ローナの心に去来した。

「きみもわかってるだろうに」

「無人機を追跡していたの」ローナはタビュレーターの側面に軽く触れた。

「ああ、そうだな、そのとおりだ」男は下を向いて、砂浜の表面を見下ろしながら、ローナから一歩退いた。「そう言わざるを得ないよな。きみがここにきている本当の理由はわかっている」

「放っておいてちょうだい、ブラッド」ローナは言った。

「お望みのままに。あの爆発的光輝はなにが原因か知ってるかい？」

「いいえ。あなたはわかってるの？」

「ほぼ毎晩きみの姿を見ている。向こうを眺めている姿をね」

「だったら、あなたも見ていたにちがいない」ブラッドは、昂奮した様子で、前後にステップを踏んでいたが、どういうわけか砂利の上でなんの音も立てずにいた。「軍となにか関係のあることでしょ。あるいは無人機と」

「おなじことだ」

「無人機はあたしたちのものでしょ」

「ぼくらは無人機のデータを利用している。それと無人機を制御しているのとは別物だ。もしきみや機関のほかのだれかが、無人機利用の自由裁量を持っていたら、行き当たりばったりに操ろうとするか？　たんに上空を通過するのでなく、ぼくらが詳しく見たい場所を無人機が避けるのはなぜだ？　無人機にだれが出資しているのかわかっているだろ」

ローナはブラッドから離れたかったが、相手はまんまとローナと階段に戻る一番近い道とのあいだに立っていた。ローナは肩にかけたタビュレーターのストラップをゆるめ、砂利を踏んで歩きだした。ブラッドを迂回して歩く。あまりに暗くなってきて、細部の見分けがつかず、姿形しかわからなかったが、ローナはブラッドの立ち位置を知っており、どんな顔をしてこちらを見ているかもわかっていた。

ローナはまたしても砂利を踏みしだいた。奇妙なほど虚ろな音がした。あたかも、砂利の薄い層が洞窟の上にあるかのようだった。ブラッドが背後にいるのがローナには音でわかった。

崖の頂上目指して、階段をのぼりはじめると、ローナは海に、トレムのある方向に最後の視線を投げかけた。双眼鏡を使っていないと、確かなことはわかりっこなかったが、あの光の爆発はこれからもつづくと確信していた。ローナは黙り、下に視線を落とした。ブラッドは砂浜にいるにちがいなかったが、目で確かめるには暗くなりすぎていた。

ローナは双眼鏡を目に持っていったが、トレムはまたしても暗い姿に戻っていた。見慣れた無表情だ。隠すことができないひとつの資質、すなわち海峡を隔てた向こうにあるその実体を別にして、なにひとつあらわにしない。

階段をのぼりきったところに、機関の建物を囲む手入れの行き届いていない庭があり、暗闇のなか、海からのそよ風が存在感を発揮していた。風は、いたるところで野放図に育っている夜に芳香を放つ花の香りとまじり合い、短い夜がはじまるにつれ、あたりをゆっくりと冷やしていった。機関建物の母屋の向こう、ミークァ港に向かってひらけている眼下の谷では、街明かりが浮かび上がっていた。川の流れに沿って、電気のまばゆい光が帯状になっている。

崖をのぼりきり、立ち止まって一息つくと、ブラッドがすぐに追いついてくるだろうとローナは思った。機関建物の窓は、内側から光っていたが、どの窓ガラスにもなかが見えないようにカーテンが引かれていた。この時間には、まだ地図制作者の何人かが、うつむいてドローイング・タブレットや端末に向かい合っているだろうが、大半は夜になって仕事を終えているはずだとローナにはわかっていた。一部はバーを利用するため建物のなかに残っているだろうが、スタッフの多くは、仕事を終え、たんに帰宅しているだろう。

ローナと友人のパッタは、ほかのスタッフとちがって、母屋のなかにある狭いサービス付きアパートを借りていた。

機関建物をはさんで、町と、ミークァ丘陵内陸部の高い峰がある。ときおり、機関で働いている人間が山のぼりにでかけているが、砕けやすい性質をもつ岩質のせいで、ここの山は登ったり、あちこち見てまわるには安全な場所ではない。ローナ自身は、海辺から離れて内陸部の奥までいったことは一度もなかった。内陸部の黒い峰を人生の個人的な謎として残しておきたかった。未踏の不思議として。

この丘陵には、ほかにはるかに理解しやすい謎もある――ミークァはノーキペラゴのこの一帯いたるところに見つかる軍事施設や基地のネットワークのなかで重要な位置を占めていた。この丘で囲まれた島国の広大な領域は、一般人の立入を禁じられていた。無人機プロジェクトの名目上の協力者であるＭＣＩのスタッフでもだめだった。町の裏にある最初の山脈の奥のどこかに、無人機が帰っていく基地がある。そこに無人機は着陸する。コンピュータ・ロボットに制御され、明かりの灯っていないどこか暗いところに。データを集め、蓄える。ＭＣＩに渡されるただの地形詳細データ以上の情報だ——軍事諜報、鉱山データ、推定石油埋蔵量、兵器秘匿施設、エネルギー源。そうした不愉快な実用性は、ローナ自身の抱える謎には、まったく関係していなかった。トマックを失ったせいで、もっと深く、もっと個人的な欠落感を感じていた。

トマックの失踪は、地図に載っていないほかの地域の高地よりも、この島の秘密の内陸部を知ることで、説明がつくのかもしれなかった。だが、ローナにとって、ミークァは、アーキペラゴ内にあるほかの千もの島とおなじ島だった。海岸性気質を、海岸文化を宿し、内陸部から島の経済を牛耳っている軍事的意思と戦略の中枢に背を向け、外に向かって目を向けている。温暖な気候のなかで暢気にのらりくらりし、太陽を浴びて物憂げで、白昼夢に耽っている。

無人機は夜明けまえにふたたび出立する。町の屋根の上をかすかな音を立てて飛び、海の向こうを目指す。ローナが目覚める時刻には、無人機はすべて姿を消してしまっていたが、もっと早い時間に送りだされた無人機の一群は、夜には戻ってくる。無人機の旅は長い——太陽発電電池は薄い機体を何日も、何週間も飛ばせつづけることができた。多くの機体が戻ってこなかった。兵士に撃ち落とされたものもある——むろん、敵兵によってだが、迷いこんで基地や要塞に近づきすぎた場合、味方の砲兵隊員が射的練習のため無人機を利用することが知られていた。ソフトの誤作動が起こったり、たがいに衝突したり、地上のなにかとぶつかったりして墜落するものもあったし、さらに多くの機体が、はるか南あるいは北まで入りこみ、夜にとらわれてエネルギー切れを起こして墜落した。無人機が搭載している太陽電池は、日の出の到来で恢復するのを待てるほど保たないのだった。

しかし、それ以外に戻ってこない機体があった。それらの無人機こそ、ローナが嬉々として夢見ているものだ。アーキペラゴのいたるところで、みずからのソフトウェアの虜になった無人機の話を語る人がいる。そうした機体は、どういうわけか、迷いこんでしまう。ある地域に、丘陵に、岩山に、特定の並び方をした島々に。そこでは、方向制御装置のレーダー捕捉回避飛行パターンと地形が合致し、無人機がけっして逃げられぬよう円環が閉じられてしまっている。

無人機を捕捉した島は三十以上ある、とローナは噂に聞いていた。山の峰のまわりをたえず周回したり、海岸に沿って急上昇したり、あるいは勇敢にも外洋に向かうが、近隣島の侵入飛行物体探知バリアに跳ね返されて戻ってくるしかなくなっている無人機。オーブラック群島にある一対の島は、たまたま8の字の形に並んでいて、捕捉された無人機がけっして逃れられず、昼も夜もずっと飛び続けているという。

ときどきローナは想像することがある。もし地図制作事業が充分長いあいだつづけば、最終的にすべての島が独自の無人機を持つようになるのではないか、と。音を立てぬ銀翼に風を受け、永遠に周回をつづけるのだ。

その朝、オフィスに到着すると、ローナは大渦巻き群島の全体的な地域を撮影した新しい無人機撮影画像をダウンロードした——画像を識別する日付は、ほぼ二年半まえだった。

いつものように予備スキャンからはじめた。それによって、フィルターにかけ、全データの約九十五パーセントを捨てる——加工不能で、役に立たない開けた海面の画像や、特定不能の陸地の断片、動きのせいでぼやけたり、単純にピンぼけの画像だった。

残った画像の第二レベルの検索では、なんらかの形で特定可能かもしれず、それによって以前に記録した画像と合致させられるかもしれない断片が含まれていた――それらは通常、比較的水深の浅い海や、礁、魚群、孤立した大きな岩場、あるいは地表の一部だった。山あるいは川の一部、住居、短く切り取られた海岸線の鮮明な画像である可能性があった。そうした画像データを処理できるスキャンおよび照合プログラムがあり、ローナは画像をコンピュータに送りこむと、あとはプログラムに任せ、はじき出されるものを待つのだった。ごくたまに、二、三週間に一度、コンピュータの一台が、合致した画像を報告し、スタッフから楽しげな安堵と皮肉のまじった歓声があがった。

こうしたフィルタリングを経て残った素材が、ローナがマニュアルで検索するためのものだった。それらはまとまった画像だった。特定することができる見込みの大きい画像だ。これこそローナにとっての本当の仕事だった。そこに作業時間のすべてを投入した。自分の端末で複雑な画像処理ソフトウェアを利用し、その重要画像の照合と比較をおこなおうとした。

この日の朝、最も有望な結果が、十五枚つづきの無人機撮影写真から得られた。その画像データは、岩の多い海岸線の一部だとすぐに結びついた。コンピュータは、既存のダウンロード画像と合致するものが百五十以上あると報告した。ローナはそれらをひとつずつ自分で確かめなければならなかった。今回の新しい画像と逐一付き合わせた。今回の場合、厄介なのは、岩の多くが火山性のもののようであることだ。つまり、岩は比較的最近噴出されたもので、それゆえにどれとも合致しないだろう。ソフトは、高さや角度や色のバリエーションを修正しているが、それでも、最終的な決断は、ほぼ毎回ローナか、ほかの地図制作者のひとりが下すのだった。

また、その海岸は、ローナがいまのところまだ特定していない、大渦巻き群島の数百ある島の一部かもしれなかった。それにもまして、無人機の検索パターンで、エラーだと確認されたり、分類されたものは、知られていないわけではなかった。無駄に終わった検索時間の多くは、一様に大洋のまちがった箇所でまちがった島を探すことで失われていた。

このルーティンワークにいつものように没頭することでその日は過ぎていった。ローナはお昼に長い休憩を取り、パッタといっしょに散歩に出かけ、午後の仕事時間が終わりに近づくと、検索作業を中断し、いくつかの連絡作業に没頭した。さまざまな大学が機関の地図制作プロジェクトに資金提供しており、世界じゅうのあらゆる場所にある研究機関と頻繁に情報のやりとりがおこなわれていた。ローナの課の地図制作者たちは全員、こうした日常作業の一部を引き受けなければならなかった。

きょうの仕事を終え、机を片づけようとしたとき、端末がデータ到来の警報を静かに鳴らし、容量の大きなファイルが届きはじめていると告げた。

ゆっくりと届いているのは、細密な画像だった。ダウンロードが終わるまでの推定時間は二分。ローナの最初の反応は、放っておいて、翌日ちゃんと吟味しようというものだった。夜も早く、ローナは頻繁にやっているように砂浜に降りていき、帰ってくる無人機を眺めるつもりでいた。しかしながら、画面を見ていると、その画像がなんであるか、あるいは少なくともファイルの題名がなんであるか、悟った。

トレム島の高精度地図だった。物理的特徴の立体画像つきで、すべての町と入植地が示されており、道路や未確認〝施設〟も記されていた。その施設とは、おそらく軍事基地のことだろう、とすぐローナは悟った。ずいぶん綿密な海域表示も記されていた――沖合の水深、礁の位置、航行可能な海路などなどあらゆるものが掲載されている。

以前にトレムの細部表示を見たことは一度もなかったものの、ほかの作業で用いているのとおなじ地図制作上の決まりごとを使ってみると、地図の全体の様子は、見慣れたものだった。しかしながら、その地図をひと目見てたちまち気づいたのだが、普通ではない印があった。白い強調マークで囲まれている黒い小さなドットがたくさんついていた。その地図には記号の凡例が載っていた。もちろん、見慣れたもので、ローナはろくに見もしなかった。だが、トレムの地図の凡例では、ドットは、〝Y〟の文字で示されていた。それ以外の説明はなかった。

違法地図が端末からローナをにらみつけている。オフィスにいるかもしれないほかのだれの目にも見えるように。できるだけ平静を装って、まずローナは私用メモリーカードの暗号化したセクションに地図をセーブしたのち、ハードコピーをプリントアウトした。印刷が終わるとすぐに急いでそれを畳んで、その紙とメモリーカードをバッグに滑りこませた。タビュレーターと双眼鏡の入っているケースを手にして、オフィスを出、砂浜に降りていく道に向かった。

最初の無人機はすでに南から近づいてきつつあった。崖の階段を半分下ったところで、暗くなりかけている海を横切って、きらめくLED照明の集団が押し寄せてくるのをローナは見た。不規則な隊列の野趣のある美しさにいつものように魅せられ、立ち止まって眺めた。たがいに避け、縫うように飛ぶことで、LED灯が万華鏡のように輝き、海からの照り返しを受けている。

ローナは、自分の端末にトレムの地図が突然現れたことで、とまどい、少し怖くなっていた。そんなものを受け取ったり、保持していたりするのを正当化するための理由がローナにあるはずがなかった——禁止ゾーンの存在はスタッフ全員の知るところだった。ゆえに地図の正体がわからなかったふりをするのは不可能ていった。ローナはあの地図が欲しかった。トレムの地図はトマックとの直接のつながりだった。彼がどこにいるのか突き止める有効な方法であり、ひょっとしたらなんらかの方法で彼の居場所を突き止めることすらできるかもしれなかった。

しかし、地図はすべての状況を密かに変えてしまった。地図が届く寸前まで、トレムはローナにとって、解きえない謎だった。障壁だった。見知らぬトレムのことを夢に見ることはできた。だが、その場所の物理的な細部を入手してしまうと、無力な空想が、行動しなければならないという気持ちに取って変わられた。

砂浜に降りていくのを途中でやめることにし、階段をのぼって、崖の上まで戻った。最後の短い段をのぼりきると、そこにブラッド・イスキリップが立っているのが見えた。大柄な体のシルエットが機関建物の照明に浮かびあがっていた。その瞬間、あの地図を送りつけてきたのがだれかわかった。

「きみが探していたのはあれか？」ブラッドが言った。「どうやって手に入れたの？　てっきり――」

「立入禁止ゾーンの情報はすべて、本気で手に入れたかったら、入手可能なんだ。場所を特定するのはたやすい。どうやったらトレムに渡っていけるかも知ってるよ。そうしたいかい？」

「わからない。そんなこと考えもしなかった」

「この先、休暇はあるのか？」

同僚がふたり、手入れのされていない庭を通って、ふたりのほうにやってこようとしていた。ローナは疚しげにあたりを見まわした。

「ここではその件で話せない！」

「いま、きみのルームメートはアパートの部屋にいる？」

「パッタ？　いいえ――町に食事に出かけた」

「わかった。話は長くはかからない」

近づいてくる無人機の第一波が頭上を低く飛び去っ

た。息づかいのような風切り音と、モーターの静かなうなり。

ブラッドはくるりと背を向け、ローナのまえに立って、母屋に入っていった。先導しようとしているのだとわかったが、もちろん、そういうのがブラッドのいつものやり方だった。去年、彼といっしょに過ごした後悔してやまぬ数週間のあいだ、いつもそんな態度だった。ブラッドは、独断的で、決定を下したがり、支配したがった。

ローナは、自分の部屋のドアまでブラッドに先にいかせたが、そこで、ブラッドのかたわらを通ってまえにまわり、鍵を鍵穴に押しこむと、ブラッドを振り返った。

「入ってほしくないな、ブラッド」ローナは言った。「それはもう正しいこととは思えない」

「だったらトレム訪問をこんな廊下で話さないといけないと考えているわけ？」

ブラッドの声は大きく、無防備だった。わざとそうしたのだ。ふたりとも廊下の左右に目を走らせた。ここほど盗み聞かれる危険の高い場所はなかった。

「入ってくるなら、知ってることを話して、そのあと出ていってちょうだい」

ブラッドはうなずいたが、そのうなずきはどのようにでも解釈可能だった。

ローナがドアを開け、ふたりとも部屋に入った。廊下の明かりは消したままにして、まっすぐブラッドを自分の部屋に案内した。いったん室内に入ると、ブラッドが自分といっしょにここにいることをごくあたりまえに感じている様子に、内心、またしても疚しさを覚えた。ふたりがつきあっていた時期、ブラッドはこの部屋の常連だった。たとえば、パッタはブラッドがアパートに姿を現すのにすっかり慣れていた。そんなことをふたたびはじめるのは金輪際ごめんだ、とローナは思った。そこになんの疑いもなかった。だが、そうであっても、ブラッドは一夜限りのデート相手というたものではまったくなく、少なくともしばらくのあいだは、トマックとまるっきり連絡がとれなくなったと悟ったあの暗黒の時期、このままだとブラッドを愛するようになるかもしれないと思ったのは確かだった。ブラッドがそこに立っているだけで、またこの部屋にいるだけで、そういったことがすべて歓迎されない思い出として蘇ってきた。だが、もう終わったことだった。あれから何カ月も経っていた。いまでも欲しているのはトマックだった。トマックだけだった。

「トレムまで海を横断する必要がある」ブラッドが言った。後ろ脚でドアを蹴って閉めた。「きみがなにを考えているかわかっているし、ぼくはもう気にしちゃいない。去年、はっきりわからせてくれた」

「ごめんなさい、ブラッド。あなたの気持ちを傷つけるつもりはけっしてなかった。あのとき、全部話したよね。ただの間違いだった――」

「まあ、済んだことだ。ぼくは先に進んでいる」ブラッドは言った。「あたらしいスタートを切るのは、大賛成だ。きみを助けることができると思っている。最近、友人の船を利用できるようになった。ヨットだ。操船方法を学んできた。この島の海岸沿いに何度か長距離航行をしたこともある。なんの危険もなくトレムまで海峡を横断できるだろう。できると、わかってる」

「海難事故に遭う危険はない、ということ？」ブラッドはうなずいて、それを確認した。「でも、警備はどうするの？」

「きみに送った地図を見つけた場所――そこにあったファイルには、あの島の巡回警備のやり方に関する情報もたくさん入っていたんだ。理論上、あの島は、島主宮とおなじくらい厳重に警備をかためられているけれど、実際には、海岸沿いの警備はゆるい。夜間に横断すれば、なんにも出くわさないだろう」

「あまりにも危険すぎる!」

「そうは思わないな。沿岸水域の地図をどれほど詳しく見た?」

「ろくに見ていない。ほんの数秒、画面にあの画像をひらいていたにすぎない。そのままにしておけなかった」

「沿岸の水深は浅くて、波はおだやかなんだ。潮の干満もゆるやかだ。何ヵ所か岩場はあるけど、湾の西端に集中している。湾自体には幅の広い砂浜があり、らくに船を上陸させることができる。唯一危険なのは、天候が悪かった場合だろう。そんな場合は、出帆そのものをしないがね」

「どうしてあなたはこんなことをしてくれるの、ブラッド?」

「いろいろと理由はある」

「話して」

「まあ、ひとつには、ぼくは去年起こったことに罪悪感を感じている。ぼくらはおたがいにそんな気持ちを覚えているよね。だけど、きみの場合は、反動からだった。ぼくはそこにつけこんだ。罪滅ぼしをしたい。あのとききみが言ったことに腹を立てたけど、いまは、きみにとってトマックがどれほど大切なのか、わかるんだ。ある意味、ぼくはなにも後悔していない。きみにほんとに惹かれていたからだ。ぼくらのあいだで起こったことは起こるべきじゃなかった」

「ブラッド、あのとき、ごめんなさいとあなたに謝った」

しかし、記憶の影が頭上を通り過ぎていき、静かな威嚇を吐きだした。以前におなじことをブラッドから聞かされていた。この部屋ではなく別の場所で、異なる文脈で。そのときは、口にされない威しとともに言われた――とてもいっしょにやっていけるとは思えなかったブラッドの執着と、きみにはぼくが必要なんだと繰り返される主張。ブラッドはローナを持ち上げては、叩きのめした。自分自身や仕事に対する自信や、トマックを信じる気持ち、ときには彼女自身の正気さえも徐々にむしばんでいった。当時、ブラッドのその態度はローナを怯えさせ、彼に対する気持ちをかためさせた。何週間も、そばに寄るのを避けた。だが、それはその当時のことだった。それ以来経過した数ヵ月の間に、より安全な距離が生まれていた。

ローナは落ち着いて言った。「いくつも理由があると言ったでしょ」

「いま話したことで全部だ。ぼくらのあいだに起こったこと、罪滅ぼしをしようとしていること。それが主な理由さ。ほかにもうひとつある理由は、ずっと複雑なものだ。つまり、トレムにいってはならないと言われているから、だれもあそこに立入るのを認められていないからだ。それがぼくに挑戦する気持ちを感じさせている。ぼくらはふたりとも地図制作者だ、ローナ、ぼくらは、地図とは客観的事実の産物であるべきだと考えるよう教えこまれている。もしそこに場所があるなら、もしそこに島があるなら、ぼくらは自由にその地図を作れるべきだ。トレムがぼくらの地図に載っていないたったひとつの理由は、政治的なものだ。どこかにあるどこかの政府が、トレムを自分の支配下におくことが国益にかなうと判断し、突然、島は存在するのをやめた。だけど、それを決めたのはぼくらの政府ではないし、ぼくらの戦争でもない。北の大陸の国のひとつが、島主庁となんらかの取引をしたにちがいない。そうしたことがずっとつづいているんだ。とにかく、それによってもたらされた結果は、ばかげたものだ。毎日、毎晩、ぼくらのこの目で島は見えている。ミークァに暮らすだれもがトレムがあそこにあると知っている。ほかに何千人もの人が知っているんだ。では、どうしてぼくらはあの島を地図に載せられないんだ？　ぼくにとって、これはやりがいのある挑戦事だ。ぼくはただあそこにいき、しばらく歩きまわりたい」

「そのあとで、あなたはここに戻ってくるの？」ローナは訊いた。ブラッドは肩をすくめた。「もしあたしがあなたといっしょにあの島にいったなら、あたしはどうなるの？　あたしをあそこに残していくつもり？」

「もしぼくがきみをあそこに渡らせることができるなら、きみはなにをしたい？」

「あたしはトマックの身になにがあったのか突き止める必要がある。そういうと深刻な事態が起こっているかのように聞こえるだろうけど、出ていってから一度も連絡がない。どんなことだって彼の身に起こりえる――病気や事故かも。あるいは、なんらかの犯罪の被害者になったのかもしれない。彼がまだ生きているかどうかすらわからない。生きていると推測しているけど、あたしにできるのはそう推測するだけなの。ほかに知るすべがなかった。だけど、数分まえにあなたがあの地図を送ってくれるまで、自分があの島にいけるなんて考えたこともなかった。まだなんの計画もありはしない。なにをやらなければいけないか見当もつかない」

「だったら、潮の具合がいい夜に船で渡ろうじゃないか？　向こうに上陸し、ほんの少し歩きまわる。それでぼくは満足するし、きみにもあそこの感触を味わえるだろう。長くはとどまらない。もしそれがぼくの考えているように簡単だったら、またべつの機会に戻っていけるだろう」

「どうかな」ローナは言った。「考えてみる時間が要る」

ローナはタビュレーターと双眼鏡をまだ肩にかけて立っていた。両方ともおろしたかったが、それをガードをゆるめた行動としてブラッドに見られかねないと本能が告げた。ブラッドはせき立てていた。すぐに決断を下してもらいたがっているようだ。トレムに船で渡ってなんになるんだろう？　どうすればそれがトマックを見つける役に立つんだろう？

「しばらくバーにいるよ」ブラッドは言った。「あれこれ考えたいとか、もっと知りたいとかいうなら、そこにいけばぼくがいるから」

そう言うとブラッドは部屋を出、ローナもついて出た。ブラッドが廊下を渡り、自在ドアがしまる音が聞こえるまで待ってから、ローナは自室に戻った。ついいましがたブラッドがやったように、ドアを後ろ脚で蹴って、しっかり閉めた。そのときになってようやく重たいタビュレーターと双眼鏡を肩からおろした。

ローナはキッチンで自分用に軽い食事を作り、お茶を飲んだ。もうすぐパッタが帰ってくるだろう。そのため、自室に戻ったとき、ローナはドアがちゃんと閉じており、鍵がかかっているようにした。それからコンピュータのスイッチを入れ、トレムの地図画像を入れた。最初は職業的な関心から画像を見、縮尺と、等高線の幅、地図の精密度に留意した。だが、ローナの目は、なんの注釈もついていない施設につねに惹きつけられていた。もし島のどこかにトマックがいるなら、そこが彼のいるところにちがいないとわかっていた。

細部を夢中になって調べていると、またしても凡例に〝Y〟の字が記されているドットに目がいった。ドット同士に一貫性のあるパターンはないように思えた。たんにそこかしこに、とりわけ中央山脈のひとつの表面に点在しているにすぎなかった。全部で数十個のドットがあった。ひょっとしたら百はあるかもしれない。

パッタが表のドアを開けて、また閉める音が聞こえ、ローナは静かにコンピュータをシャットダウンし、暗号化したデータスティックをコンピュータ・ケースのなかに見つからぬよう隠してからルームメートと顔を合わせにいった。パッタはボーイフレンドと口げんかをするはめになったらしく、部屋で声を殺して泣いていた。ローナはしばらくその部屋に残り、パッタと話をしてあげた。

そのあと、ローナはブラッドを探しにバーにいった。遅い時刻になっており、とっくに帰っているものと予想していたが、驚いたことに、ブラッドはまだそこにいた。コーナーにあるテーブルにひとりで座って、ラップトップで作業をしていた。ローナが近づいていくと、ブラッドは画面を倒して、コンピュータをシャットダウンし、いっしょに座るよう手招きした。バーは閉店間近だった——ひとにぎりの客しか残っておらず、彼らは部屋の奥にかたまっているグループ客だった。シャッターがバーテンによって、すでにカウンターにおろされていた。

「決心はついた？」ブラッドが言った。

「決心って、なんの？」

「いつかの夜にトレムに船で渡りたいかということさ。ぼくが提案していることをわかっていると思っていたんだが」

バー・エリアでグラスがかちゃかちゃ鳴る音がして、バーテンのひとりがスピーカーを使って音楽を流しはじめた。少しして、またスイッチが切られ、バーの奥にいるだれかが声高に笑い声をあげた。だれもブラッドとローナのしていることに興味を抱いていなかった。

「あの島にいくだけでなにが得られるのか、まだわからない」ローナが言った。「夜間にいくなら、なにも見えないじゃない。内陸部にはいけないだろうし、運が悪ければ、見とがめられて、逮捕されてしまう」

「ということは、答えは、ノーなんだな」

「いくかもしれない」が答え。「だけど、いまはあなたが話したこと以外になにか知っているのか突き止めたい。画像の入っているファイルがいくつかあると言ったよね」

「きみに渡してもいいぞ」

「そのなかに、トマックの居場所を突き止めるのに役立つ情報はなにかあるの？」

「ないな」

「地図には印のついていない施設があった。その施設についてなにを知ってる？」

「きみとおなじさ。きみもおなじ結論にたどりついたにちがいない。あれは軍が利用している建物だ。比較スキャンを走らせてみた。アーカイブに古い地図があった。百年以上まえのものだ。当時はあの港と海岸沿いに数軒の民家があるだけだった。新しい地図に載っていた小屋は、その時代以降あらたに建てられた唯一の住居と言ってもさしつかえないだろう。やつらは住居建設にさして特別の興味を抱いているとは思えない。どこかほかのところで寝起きする必要がある。だが、居住区はともかく、ほかの建物の用途は別の問題だ。あの島には、連中が秘密にしたがっているなにかがある。あの建物でおこなわれているのが、その一部だと思う」

バーの照明が突然薄暗くなった——今晩は閉店にしたいとバーの従業員が思っていることを示す、なじみの合図だった。

ローナは言った。「あの地図で理解できないものがほかにもあるの。凡例に〝Y〟と記されているドット」

「自分で調べたので、あれがなんなのか、説明してあげよう。だけど、あのドットはトマックを探すのに役に立たないと思うよ」

「話して」

「ヨーと呼ばれているアーティストについて聞いたことはあるかな？ インスタレーション・アーティストだ。地下に空洞を掘った人だ」

「ジョーデン・ヨー。もちろん、知ってる！ 学校で彼女の作品を研究したの。大学には彼女の作品の模型があったんだ」

「ヨーはきみが担当している地域の出身だ。きみが地図にしようとしている箇所の。大渦巻き群島のアナダックという名の島だ。たぶんそれも知ってるんじゃないか？　そうだ。当局のおとがめをこうむるかなにかで、アナダックを去らなければならなくなった。そこでなにがあったのか定かではないけど、そのあとで、彼女は巨額のコラゴ宝くじ助成金をもらった。その金を使って、トレムの長期借地契約を結んだ。およそ五年間、島で活動したんだ。のちにそのときのことを修業時代だと呼んでいる。島の山を使って、トンネル掘りと横穴掘りのテクニックを磨いた。たくさんのトンネルを掘った——さまざまな直径、さまざまな形や深さのトンネルを。たんに岩に穴をあけただけのものもあれば、ひとつの山のこちら側から向こう側を貫いたトンネルもあった。巨大な事業だった。しばらくのあいだ、自分の助手をしてくれる人間が百人以上いた。その多くは、ここから、つまりミークァから海を渡って、彼女のために働きにいったんだ」

ローナは突然の昂奮を感じていた。美術史は、副専攻あるいは自由選択の科目だったが、ヨーのことを、終わることのない敵意と実利主義にさらされながらも、キャリアを築き、磨きつづけた女性として感銘を受ける人物だとつねづね思っていた。アーキペラゴのさまざまな場所にある多くの島に、ヨーとその職人たちが掘った、精妙かつ、ときには恐ろしくもあるトンネルがあり、こんにちでは、現代インスタレーション・アートの傑作として認識されていた。

ヨーは、批判と偏見の集中砲火を浴びながら、作品を完成させていった。ときには物理的な攻撃もあった。多くの比較的保守的な島では、ヨーの上陸を禁止する法案が通過された。少なくとも二年間は、ひとつ、ないしふたつの刑務所に投獄されたことがあった。だが、こんにち、彼女の作品を見たものはみな、ヨーのビジョンの壮大さ、成し遂げたもののスケールの大きさに感動せずにはおられなかった。ヨーの思い出は、トンネルを穿たれた巨大な山や、人工の谷や山間道に大切に保たれている。そこでは、潮の干満や風が、海と空と大地の和音を奏でている。

「ちっとも知らなかった」ローナが言った。「ジョーデン・ヨーがトレムで作品を制作していただなんて！　ただただ驚き」

「トレムに残してきたものは、どれも自分の真の作品の一例だとはけっして考えてほしくない、とヨーは言ってる。トレムは自分の教室、実験施設だと表現していた。テクニックの実験をし、岩盤層とどう取り組まねばならないか発見し、山の内部に深く入ったところでどうやってトンネルを曲げたり反転させればいいか、あるいは風に反応するように風の通り道を調整する方法を学んだ。まだ借地権が切れていないうちに、ヨーはトレムをあとにした。ぼくの知るかぎりでは、あそこにあるトンネルは、ヨーが立ち去ったあと、ほぼそのままにされているそうだ」

ローナが言った。「どこでそんな情報を手に入れたの？　最初から知ってたの？」

ブラッドは自分のコンピュータの上を軽く叩いた。

「きみを待っているあいだ、今晩こいつで調べたんだ。トレム自体は一度も言及されていない。地図の場合とおなじだ。検閲は徹底している。だけど、ヨーは詳しく文書に残していて、たとえトレムが言及されていなくても、ヨーと島との結びつきを突き止めるのは可能だった。たとえば、ミークァの沖合の島がどれだけある？　もちろん、たったひとつだ。そういう細部が検閲をすり抜けてくることがよくある」

「それで、ヨーは有名になってから、一度でもトレムに戻ったの？」

「その記録はない。だけど、死ぬまで借地権を保持していた。ヨーが死んだあと、島の借地権は島主に復帰した。そしてその後、現在その権利を持っている連中に引き継がれた」

いきなり店内の照明がすべて消えた。わずかにバー・カウンターの周辺にほんのり明かりが残っている程度だ。ほかの顧客グループはすでに姿を消していた。ローナとブラッドは出口に向かった。

廊下でブラッドがぐずぐず歩きながら、言った。

「それじゃあ」

「いろいろやってくれてありがとう、ブラッド。あした職場で会いましょう」

「ローナ――？」

「なに？」と訊きながらも、相手がなにを欲しているのかわかっていた。「だめだからね、ブラッド」

「悪いことにはならないと思うんだ。今夜だけ」

「だめ。あたしの望んでいることじゃない。ちゃんと考えてみたら、あなたもそのはず」

ローナはブラッドに背を向け、機構ビルの居住区のある区画に向かって歩いていった。方向を変えて、階段に向かったとき、振り返らずに手を振った。ブラッドがあとを追いかけてくるのをなかば予期していたが、アパートのドアにたどりついたとき、ブラッドの気配はなかった。すばやく部屋のなかに入る。

ベッドの用意をしていると、もうひとつの寝室でパッタが動きまわり、音楽をかけているのが聞こえた。ローナはパッタに会いにいった。パッタは気分がましになっていたが、いまもボーイフレンドに腹を立てていた。ただし、彼のことで泣いてはいなかった。ふたりはお茶を淹れると、友としていっしょに腰をおろした。そのあと、ローナは自室に戻り、ふたりはたがいの部屋のあいだにある二枚のドアを閉めた。ローナの寝室は静かだった。すぐに彼女は眠りに落ちた。

ローナはふいに目覚めた。自分がひとりではないという恐怖を覚える。空気が動いていた。床板のどこかがきしみを上げた。部屋のそこを踏んだときにいつも鳴っている音だ。

カーテンを閉めた窓の向こうから、淡い残光が差しこんできており、ベッドのそばに佇むひとりの男の黒いシルエットが見えた。恐怖にかられて、ローナは息を吸いこみ、声を立てようとしたが、怖くて体が動けなくなっているのがわかった。本能は跳ね起きろと言っているのに、いつも裸で寝ているため、頭の上から腕をまわして、ベッドカバーを引き上げ、全身を隠そうとした。

「ローナ？」

ブラッドだ――即座にブラッドだとわかった。

ローナはかろうじて声に出した。「いや、出てって！」

「ローナ、おれだ。トマックだ。まだここの鍵を持っているんだ。きみを怖がらせたくない」

「トマックですって！　そんなはずない！」ローナは相手の言うことが信じられなかった。だが、声はブラッドのものではなかった。トマックだとわかった。だが、暗闇のなかで黙って入りこんだやり方に、まだ恐怖を覚えていた。恐怖を投げ捨てることはできなかった。この数秒というもの、なにもかも非現実的だった。目覚めるまえに見ていた夢のなかにまだ半分足を突っこんでいて、動くことができず、息が荒くなっていた。

ローナはベッドサイド・ライトを手探りで探り当て、スイッチを入れた。突然の鋭い光輝のなかで、そこにいるのがトマックであることを確かめた。あるいは、トマックに似ているだれかだ。男は両腕をあげて、顔を隠そうとした。

「だめだ！　明かりをつけるな！」その声は恐怖で切迫したものになっていた。

男は急いで動き、片方の手で顔をつかんだまま、前のめりになり、反対の手でスイッチを探った。ほんの一瞬、男は手を伸ばせば触れられるところにいたが、なにかが気になって、ローナは相手から身を遠ざけた。男の手がライトを見つけ、ローナがスイッチを入れたときとおなじようなすばやさで、スイッチを切った。

強い光輝の残像で目が見えなくなった。

「ローナ――おれを見ちゃならない」

「トマック、ほんとうにあなたなの？」

「そうだ」

「じゃあ、あたしを抱いて！　ここにきて！　あなたの顔を見せて。もう一度明かりをつけて」安堵感がどっと押し寄せてきて、ローナはすばやく動いて、上半身を起こした。まくらのひとつが床に滑り落ちていくのがわかった。「どんなにあなたに会いたかったことか！　どうしてぜんぜん連絡を――」

「ローナ、信用してくれ。おれはほんの数分しかここにいられないし、きみに姿を見てもらいたくないんだ。去年、事故があった。おれは大丈夫で、それほどひどい怪我はしなかった」

「どんな事故だったの？　いまもどこか痛い？　どうしてだれもあたしに言ってくれなかったの？」

「あそこは全体が――おれたちは島の外と連絡を取るのを許されていないんだ。いまここにいることさえすべきじゃない。もしつかまったら、ひどい面倒に巻きこまれることになる。事故でなにがあったのか話せないが、おれはそれを乗り越えたことを知ってもらいたいんだ。おれはもう大丈夫だ。ある爆発のそばにいた、逃げる暇はなかった。火事があった。ようやく治ったんだ」

「なんて恐ろしい！　火傷したの？　トマック……ここにきて、あたしといっしょに座ってちょうだい！」

「できないんだ。だけど、これだけは自分できみに話したかった。きみに会いにこなきゃならなかった。いま起こっていることをおれはよく知っているんだ。トレムでは、おれたちはほとんどあらゆることにアクセスできる。去年なにがあったかわかっている。きみがほかの男とつきあっていたときに。ここで働いている男だ。なにもかも理解している。かまうことじゃない。

きみは自分のしたいことを自由にしていいんだ」

「いいえ、かまう！　あなたはずっとどこにいたの？　なぜ手紙一本書いてこられなかったの？」

「話せない。おれたちは受動通信機で連絡している——それがなにを意味するかわかるだろ。送信を許されていないんだ。だけど、そんなことは重要じゃない」

トマックの声は暗闇から聞こえてきた。とても耳なじみのある声だったが、よく響く堅苦しい声で、ローナには違和感があった。ここにいるのは、むかしから愛してきたあのトマックだろうか？　目が暗闇に慣れるにしたがって、相手の姿形がまた見分けられるようになった。相変わらずベッドから少し離れたところに立っている。夜の外から入ってくる光はあまり多くなかったが、薄いカーテンの締まった窓越しに、相手の姿があらわになる程度の明るさはあった。「おれがきみを見捨てたと、きみが考えているのはわかっている」トマックは付け加えた。「おれにできることはなにもなかった。そのことでおれにできることは、いまもない。だけど、きみがトレムを訪れようと計画していることも知っている。あそこにいってはならないときみに伝えるためにおれはきたんだ。いかなる状況でもだめだ。もしその計画を立てたなら、実行してはならない。危険な場所なんだ」

「お願い、トマック。少しのあいだでいいから、あたしといっしょに座って。あなたを抱き締めたいの」

「だめだ」つかのまふたりは黙りこくった。ローナはきっぱりとした拒絶にショックを受けた。やがてトマックが言った。「おれはいまここにいるべきでさえないんだ」

「あそこでなにが起こってるの？　あの島で？　なにがあなたをあたしのそばから連れ去ったの？」

「危険なんだ。あそこでいま作られているものの重要性のせいで」

「それがなんなのか、あたしに話すこともできない？」

「公には、通信ネットワークだ。言えるのはそれだけだ」

「トンネルとなにか関係しているの？」

「どうしてそんなことを思う？」トマックの口調が変わり、あることを確信させた。

「あるいは無人機と？　よく無人機のことを話していたでしょ。あれがどれほど役に立つものなのかって。無人機の持ってる可能性のことを。いつもあれのことを受動通信装置と呼んでいたでしょ。受動通信機だと」

「なにも言えないんだ。もういかないと」

「いかないで！」ローナはベッドを離れ、トマックのまえに立ちはだかろうとしたが、ローナがなにをやるつもりなのかトマックは感づいたらしく、すばやく暗闇のなかで動いた。彼の両手が自分の肩に置かれ、押し止めようとするのをローナは感じた。「その腕をあたしの体にまわすだけでもできないの？」

「ローナ、個人的にこれだけ言わせてくれ。おれの言うことを信じてもらいたいからだ。きみにショックのない形で打ち明けるのは無理なんだが、おれはもう戻ってこない。終わったんだ。ほんとうにすまない。だけど、おれが言わなきゃならないのはそれだけだ。島に近づくんじゃない。おれに近づくな」

　トマックはすでにドアに向かっていた。シルエットがカーテンのそばから離れていたからだ。ローナは体をひねり、手探りで照明のスイッチを見つけて、明かりをつけた。二秒、三秒、電気の光のなかでトマックを見た。彼はドアに飛びつかんばかりに急いだ。トマックは緑っぽい灰色の作業服を着ていた。かさばって、体重過多に見えてしまう服だった。トマックの髪は長くのびて、首のまわりでうねっていたが、頭頂部に髪のない区画があった。頭になにかがあったんだ——ローナの記憶にある頭より大きく、形も変わっていた。

ドアにたどりつくと、最後の一瞬、トマックは振り向いてまともにローナを見た。そのとき、ローナはトマックの顔を見た。火傷痕が膨れあがり、赤くなって、顔の特徴を覆いつくしていた――トマックの顔は醜く、傷を負い、永久に損なわれていた。

ドアがトマックの出ていったあとでぴしゃりと閉ざされ、少しして外のドアも閉ざされた。鍵をかける金属音が木製の廊下に反響していくのが聞こえた。

ローナはベッドの上に腰かけ、たちまち泣きだした。涙がほろほろと流れ落ちる。惨めさをとめどなくほとばしらせた。半ダースのティッシュペーパーを濡らして、ベッドシーツに顔をうずめて泣いた。

やがて、泣き止んだ。

その夜早く、パッタといっしょに過ごしたときのことを思い出した。友人を慰めたときのことを。たちまち、自分の不幸せさはトマックに対する怒りに変わった。その晩、結局眠らずに起きていて、トマックがたったいまやったこととそのやり方に腹を立てた。やがて、悲嘆に暮れながら、彼を本当に心から、とても長いあいだ、愛し、その不在を悲しんだことは忘れられないだろうとわかった。この混乱のさなか、自分のなかで、この怒りは惨めさに変わるだろうとわかった。

太陽がのぼると、ローナは着替えて出かけ、崖の端まで歩いていった。トレムは、青と白の海の向こうで、朝日に光り、黄金色を帯びていた。

とぎれなく夏の雨が降る、うだるような蒸し暑い日々が過ぎた。三週間後、ローナとブラッドはミークァ・タウンの港に降りていき、ヨットに食糧と飲料を積んだ。ローナが想像していたよりずいぶん小さい船だったが、ほぼ新品で、最新の航行装置と操舵装置が備わっていた。とりわけブラッドは二枚のメーンスルの利点を指摘した。電波を反射せず、ほぼ透明な素材でできていた。暗くなれば、視認でもレーダーでも検知できない、とブラッドは言った。無人機の翼に使われているのとおなじ素材でできているのだ、と。

夜に向かって沈んでいく太陽はまだ光を発しており、湿った空気の波が港を旋回していた。ブラッドはショートパンツ以外服をみんな脱ぎ捨てて、出帆の準備にとりかかった。ローナも日光浴用の水着姿になり、ブラッドに出帆の用意が整ったと言われるまで、日陰に座るのと、肌を焼き焦がす日向に座るのとを繰り返した。

いったん港の防波堤を越えると、少なくとも一時的な涼しさの幻影を運んでくれる程度の風は出た。トレムは水平線上に屹立し、遠くの陽炎を立てる海熱に焼かれ、緑と茶色の姿を見せていた。

ブラッドは船を操って、町を離れ、ミークァの海岸線に沿って進んだが、一時間も経たぬうちに、ほかに一艘の船も舫《もや》われていない、狭い奥まった入江にたどりついた。錨を降ろし、波の静かな湾で、潜ったり泳いだりしているうちに、沈む太陽の影が水面に黒く延びてきた。

船に戻ると、ふたりは持参した食糧を少し口にした。ふたりともトレムのある方角の海に目を向けつづけた。トレムの山並みは、西から斜め水平方向に差しこんでくる陽の光をたっぷりとらえていた。夜になると、湿度が増した感じがした。ローナは船の舳先で固唾を呑んで横になっていた。片腕を海面に向かってぶら下げ、眼下の浅い海のなかで光る燐光の動きを眺めていた。

ブラッドはデッキの下に入り、夜間航行装置に切り換えた。ローナは蒸し暑い空気のなかでまどろみつづけ、自分の真下のキャビンにいるブラッドの動きを感じていたが、またしてもトマックのことを考えていた。あの夜起こったこと、あの夜彼が言ったこと、なにもかも唐突に起こったことについて。あのときの経験は、彼女を傷つけつづけていたが、トマックに対する怒りを感じさせもした。もしくよくよ拘泥していたら、拷問だったが、自分はやっと恢復しかけているのだとローナは信じていた。

ブラッドが小さなキャビンから姿を現すと、ローナは上体を起こして彼を見、そのしなやかな背中とたくましい腕に感心した。ブラッドがハンドウインチを使って作業している様子を眺め、彼の動きの落ち着き、胴体のひきしまった角度が好ましく、自分たちが恋人だったときのことを思い出し、彼の良いところばかり考えた。

なんらかの言葉にしない協調によって、この旅はまるで詳細な計画を立てて事前に合意がなされていたかのように、瞬時にアレンジされた。ブラッドはトレムに船で渡る用意が整ったと、二日まえにローナに告げた。ローナはいっしょにいきます、と即座に答えた。

ふたりは、数日の休暇を取った。どれだけ長くミークァを離れることになるのかわからなかったので。あたしには休養が必要だ、とローナは自分に言い聞かせた。MCIから多少休みをもらっても罰が当たるまい、と。

キャビンの狭いスペースには、寝床はひとつきりだった。船に乗ってすぐローナはそのことに気づいたが、なにも言わなかった。過去にいやというほどたくさんの言葉がふたりのあいだで交わされてきた。だが、出帆まえに、ブラッドはロッカーのひとつにハンモックが入っていることをさりげなくローナに見せた。野天のデッキに吊すことができるよ、と。ローナはなんの臆測もせず、ブラッドもまたなにも臆測していないようだった。

船内エンジンの力を借りて、ふたりは入江を離れると、ブラッドとローナは協力して、ほとんど目に見えない帆を張り、外洋に乗りだした。ふたりともなにも言わず、船体にあたる水音しか聞こえなかった。

数分後、装置のひとつが静かな警戒信号音を発し、ブラッドはすぐに暗視双眼鏡を使ってトレム近くの海に目を凝らした。双眼鏡でしばらく眺めてから、それをローナに手渡し、どこに向けるべきか指示した。人工的に増幅されたイメージに目が慣れるのに少しかかったが、すぐに全長の長いモーターボートが水の上で身を潜めているのを見分けることができた。強力レンズの短縮効果により、トレムの崖の足下にほど近いところに浮かんでいるように見えた。移動している様子はなかった。

ブラッドは双眼鏡を取り返し、船舶を長いあいだ見つめていた。その間、ヨットはゆっくりと帆走した。自動操舵装置を使っていた。

「どうする？」ローナが訊いた。

「なにもしない。ぼくらはいま公海上にいる。ここにいる権利があるんだ。理屈の上では、あの島に上陸する権利も有している。アーキペラゴ内のすべての島は、中立地域なんだ——盟約があるのはそのためだ。だけど、現実には、トレム海域に侵入した瞬間、あのモーターボートはぼくらの狙いがなんなのか突き止めにやってくるだろう。あれは緊急対応パトロール船で、全身武装している。あの連中は、よそからやってきて、島を掌握し、ほかのだれも近づけさせないように武装警邏船を配備した。それを考えると腹が立つ！　島を自分たちの支配下に置くことで、われわれの中立性を侵害しているんだ。やつらは好きなことをやっているのに、ぼくらにはそれを止めることができない。もし連中を排除しようとしたら、そうすることでぼくら自身の中立性を侵害していると主張してくるだろうから」

ブラッドは空をちらっと見た。雲ひとつなかったが、熱帯の靄のせいで、いまは水平線の下に沈んでいる太陽が残した淡いオレンジ色の夕焼けは、星を背景にして、ろくすっぽ見えなかった。空気は温かかったが、ローナとブラッドは軽量のシャツを身につけていた。そよ風は安定していた。

ローナは双眼鏡でパトロールボートの様子をうかが

いつづけた。数分後、ボートは離れていこうとしはじめた。その動きは、船内の操舵装置によっても感知された。モーターボートは、トレムの海岸沿いにスピードを上げて、進んでいく。まもなく、黒い岩がちな崖を背にしたボートの姿は見分けにくくなった。たとえ暗視装置で補強されていたとしても。それからさほど時間が経たないうちに、ブラッドのオンボード航行装置が異なる音を立て、レーダーがとらえていた目標船が、レーダー到達範囲の外に出たことを示した。

ブラッドは落ち着いて船を操りつづけていた。海上の闇がほぼ漆黒のものになると、ブラッドは舵を切り、船はトレムに向かって直進した。

「まだ上陸するつもり？」ローナが訊いた。

「今回はしない。あのモーターボートだけが巡回にあたっているわけじゃないだろう」

トマック以降、すなわち、あの夜彼が訪ねてきて以来、トレムでなにが起こっているのか突き止めようというローナの内なる決意は、萎んでしまった。トマックは少なくともそれに成功した。トマックの居場所とその身に起こったことを突き止めたいという深い衝動は残っていたが、一日一日が過ぎていくたびに逆らいやすくなっているのに気がついた衝動だった。トマックがもたらした痛みは、こわばって、防衛的な怒りに変わり、いまでは多少の差こそあれ、制御可能になっていた。とはいえ、喪失感よりも忘れることが難しい気持ちであることに変わりはなかった。

入江の一時隠れ家を出たあとすぐ、ローナは船尾に向かい、狭いコックピットでブラッドと並んで座った。波を切って進む船の動きのせいで、舳先にはいられなかった。夜は暑く、息が切れる気がした。縁材によりかかり、風を髪に感じ、ときどき水しぶきを浴びた——両方ともローナの体を心地よく冷やしてくれた。その一方、ヨットのゆるい縦揺れと横揺れが自分の体が宙ぶらりんになっている気持ちを味合わせた。揺れに対して絶えず筋肉が強ばった。最初のころの決意ももののかわ、この冒険の官能的な性質に屈しかけていた。ブラッドはすぐ横にいて、船を操るたびに頻繁にローナに体を押しつける形になった。ローナはブラッドの肉体を意識して、疼くものを感じており、ほんの二、三週間まえだったら、そんな反応を自分がしてしまうのをけっして認めはしなかっただろうが、いまはその感覚にときめいていた。なぜか自分がブラッドに屈してしまい、体を与えてしまいそうな気がしていた。だが、それは信念を欠いた行為であり、自ら進んで決めるものではなかった。

ここに自分がいて、ここに彼がいる。ローナは、たくましいブラッドの前腕に乾いた塩の臭いを嗅いだ。

ミークァ・タウンの明かりは、しばらくのあいだ見えていたが、内陸部の丘陵地帯の暗さと比べた場合の淡いにじみにしか見えなかった。トレムはずいぶん近づいてきており、中央山脈の巨大な大きさが、星をさえぎる黒い塊になっていた。海岸には明かりはまるで見えなかった。

「なにかが動いている！」ひとつの明かりが海の上を低く滑ってくるのを見て、ローナは突然声を上げた。それは島の巨影の背後からすばやく現れた。パトロール船に発見されることを懸念して体がこわばるのを自覚した。ブラッドは目を凝らし、双眼鏡を探そうと船の収納庫に手を伸ばした。

だが、双眼鏡のスイッチを入れるまえに、ブラッドは言った。「あれがなんだかわかってるだろ！　あれはうちの無人機の一機だ」

ローナはブラッドから双眼鏡を受け取ったが、すぐに下に降ろした。船の揺れにバランスを取りながら、立ち上がる。無人機の安定した、低く飛ぶ動きは、むろん、とてもなじみのものだったが、無人機が海を横切る際にこんなにそばまできたことは一度もなかった。ヨットの前方を横切って、自分たちのコースを進み、

LED照明の光線をあとに引きながら、夜のなかに姿を消していった。

さらに数機の無人機が現れ、あらゆる遠くの方角からトレム目指して飛んでいった。最初に見つけたときは、ピンポイント状の光だった。ひとかたまりになっているときはじつに容易に見つけることができた。最初、ローナは無人機の数を数えようとした。過去によくやっていたように。だが、すぐに追いつけなくなった。近接緩衝装置のせいで、無人機はつねにたがいのまわりを縫うように飛ぶ。糸ほどき用の糸かせがかかっている羊毛の束のように。ほどなくすると、最初の一群がヨットのそばを通過し、波の上低く、安定した飛びを見せ、マルチカラーのLEDをきらきら光らせていた。ローナはその様子を見て、ぞくぞくした。

ブラッドがかたわらに立っていた。キャビンの上のデッキでバランスを取っている。ヨットは揺れており、ローナはブラッドの腕にしがみついた。

ブラッドはトレムの地図を持ってきており、懐中電灯をつけ、ふたりで見ることができるように地図を掲げ持った。

「たったいまわれわれの位置を把握した」ブラッドは言った。「トレムの水域にはまだ入っていない」

ブラッドは島の西側にある浅い湾を指し示した。ふたりの船は、地図の端の部分にいた。暗く、島の多くが明かりを灯していないものの、ローナは主立った特徴のある地形を見分けることができた――とりわけ、険しい絶壁を。そのなかでももっとも背が高い壁は、南にもっとも近いところにあり、ヨーが試験掘削を何度もおこなった場所だった。ブラッドは地図のその部分を懐中電灯で示した。ヨーの掘った何十もの穴の印がふたりのほうを向いている山の斜面に集中している場所だった。

無人機の第一波がミークァに向けて通過した。一部はまっすぐふたりのヨットに向かって飛んできた。

星々の下を通過するとき、ガラス質の翼がきらめく。ローナは無人機を見上げた。囁き声のようなモーター音は、海の音にまぎれて、かすかにしか聞こえなかった。ローナが見つめていると、無人機たちは彼女を避けるように遠ざかって、ミークァ本島目がけて飛んでいった。

「もっと飛んでくる」そう言って、ブラッドは南を指さした。

水平線方向に、ピンポイント状の光のあらたな一団が飛んできて、トレムとミークァに向かって方向を変えた。これだけ離れていると、LEDの明かりは、すべて白く見えたが、次第に近づいてくると、さまざまな色があるのがわかった。最初、今回の無人機集団は、第一波と少しも変わらない飛び方をしているようだった――いずれもトレムの広い陸地を避けるようにして、海岸線に沿い、波のすぐ上を低く飛んでいた――だが、いきなり、先頭のグループが急角度にバンクして、島から離れ、高度を増して、海に向かった。なかにはヨットのほうに飛んでくるように見えるものもあった。

一機また一機と、無人機はまたバンクして、トレムに向かって戻っていき、高度を増しつづけた。そのうしろで、あらたな無人機集団がおなじ方向転換をはじめていた。一分かそこらのあいだに、ヨット上空は、旋回し、高度を増していく、さまざまな光でいっぱいになった。

ローナとブラッドはおだやかに揺れるデッキの上で立ち尽くし、首を伸ばして、押し寄せる飛行機を見つめた。

なにか説明のつかぬ合図を受け、無人機のすべてのLED照明が突然消えた。透明な暗闇がふたりの頭上で上昇した。

ブラッドはコックピットに飛び降り、双眼鏡をふたたび手に取ると、いまや見えなくなった無人機の居場所を突き止めようとした。何度か試してみてから、ブラッドは双眼鏡をローナに渡した。ローナもやってみたが、無人機の姿は一機たりともとらえられなかった。無人飛行機が頭上をまだ旋回しているのは感じられた。温かい海上の空気は、無人機の通過する軽い圧力でぶーんと音を立てているかのようだった。

目が慣れるにつれ、ローナは、無人機の翼が頭上はるか高いところを通過するときに星の光がかすかに揺れるのを見て取れるのがわかった。それをブラッドに指摘し、ふたりはいっしょに突っ立って、空に顔を向け、無人機の翼越しに星がまたたくのを見た。ブラッドがローナの手に自分の手を滑りこませたとき、彼女は逆らわなかった。

頭上の無人機の居場所を突き止めようとまだ試みているうちに、最初の爆発がやってきた。低くて深いずんという音が聞こえると、揺れがやってきた。音の出所に顔を向けたときには、目に見えたのは、トレムの最南端にある山の、上半分の斜面に消えかけた炎と、炎に照らされて光る煙だけだった。そちらを見ているうちに、第二の爆発が起こった。今回は、音が届くまえに閃光を目にした。

「無人機にちがいない！」

ローナが返事をするまえにあらたな爆発が起こった。こんどは山肌の下半分、ほぼ海の高さに近いところだった。

「墜落しているの？」ローナが声を張り上げた。

「あんな爆発を起こさせるようなものはなにも無人機に積まれていない。搭載されているのは、モーターと誘導システムと、走査装置だけだ」

だが、いまや山の片側が、先に爆発した炎がまだ消えぬうちに次の爆発が起こって、ずっとほの明るく光っているほどの頻度で爆発が起こっていた。ローナは双眼鏡をつかみ、山の斜面のもっとも明るく光っている箇所に焦点を合わせた。ボートの揺れと、ローナ自身もバランスをとらねばならない事実が、双眼鏡を特定の点に合わせておくのをほぼ不可能にしていたが、まもなく暗視スイッチを切ったほうが楽に合わせることができると気づいた。

ブラッドがローナから双眼鏡を受け取って、一分かそこら眺めた。その間に二十以上の大きな爆発が起こった。そののち、ブラッドは双眼鏡をローナに返した。

「あの山の上のほう、右のあの肩の部分に向けてみろ」ブラッドは言った。「無人機がまっすぐトンネルに飛びこんでいくのが見える！」

高倍率にしているのと、支えている手が安定していないせいで、ローナは絶えず揺れている視野のなかで、無人機をひとつもとらえることができなかった。だが、炎の立てる光のなかで、無人機が墜落していくのが、たくさんのヨー・トンネルのある場所であるのが見えた。奇妙なほど正確に形作られた暗い開口部を繰り返し目にした——円形、四角、三角、非対称、背の高い矩形、幅広の矩形、細長い楕円形。

どうにか双眼鏡をしっかり支え持っていると、ひとつのトンネルが激しい炎に溢れかえった。無人機たちが入っていき、山の奥深くにあるなにかが爆発するか、放電していた。

爆発は長くはつづかなかった。山の麓に沿って、突然炎が吹き上がった。まるで花火のフィナーレの演出のように。すると山はふたたび静まり返った。

コックピットの自動操縦装置が一定の調子でつづく警戒信号を発したとき、ふたりは同時に気づいた。ブラッドはすばやく振り返って、南に視線を向けた。

「双眼鏡を……急いで！」

ローナは暗視スイッチを入れながら、手渡した。

「コックピットに降りろ、ローナ！　パトロール船が向かってくる」

暗闇のなかで、なんの助けも借りずに海の上にいるなにかを見るのは不可能だったが、コックピットにあわてて降りていくとすぐ、ローナはレーダー・ディスプレイを見た。継続的な信号が、なにか大きなものが海上をこちらに高速で近づいてくるのを明らかにしていた。それがなんであるかは、あきらかだった。

ブラッドはデッキからコックピットに飛びこむように降りてきて、ローナの体に激しくぶつかりそうになった。舵輪をつかみ、まわした。ヨットはすぐに反応し、トレムから向きを変え、ミークァに向かって北に進んだ。

「連中より速く走るのはむりだ」ブラッドが言った。「だけど、こうすれば公海にさらに入りこむ」

ローナは双眼鏡をキャビンに持っていき、どこか目につかないところに置いた。コックピットに戻る。

振り返ると、パトロール船はすぐ近くにきており、なんの助けも借りずにその暗い船形を見ることができた。スピードを上げて迫ってくる。大きな白い船首波を立てながら。

「突っこんでくる！」ローナが悲鳴を上げた。

「そうでないことを祈る！」

ふたりとも叫んでいた。恐怖にかられ、ローナはブラッドの腰に腕をまわし、ぴったり寄り添った。パトロール船は衝突まであと数秒のところに迫り、最後の瞬間に向きを変え、すれすれのところを通り過ぎ、船首波でふたりをずぶ濡れにし、コックピットに海水を雪崩れこませた。モーターボートのエンジン音は聞こえてこない。ただ海水の激しく打ち寄せる音しかしなかった。

小さなヨットは、より大きなボートが通り過ぎて出来た航跡波のなかで、激しく前後左右に揺れ、さらに水をかぶった。ローナとブラッドは舵輪から離されて倒れ、コックピットに雪崩れこんだ大量の海水に全身濡れ鼠になった。ローナは顔から先に落ち、ブラッドはその上に激しく倒れた。ブラッドの体重をまともに浴びて、ローナは顔から水に突っこんだ。平衡感覚を取り戻そうとあがいて、ブラッドはどうにかローナから退いた。手を貸してローナを立ち上がらせたところ、彼女は水を吐きだし、懸命に呼吸しようとした。

パトロール船は、二度目の突進に向けて、すでに旋回しつつあった。ふたりにできるのは、コックピットの手すりにしがみつき、縁材に体を押しつけることだけだった。今回、モーターボートが通り過ぎたとき、さきほどよりも近く、しかも急な方向転換をした。そのため、船首波で持ち上げられるのと同時に、小さな船は相手の灰色の船体で強くはじかれた。ヨットは上に向かって飛び、白い水しぶきをあげて、横滑りに海面に落ち、海水がどっと流れこんでくると、ブラッドとローナは恐怖にかられて悲鳴を上げた。ふたりともコックピットから海に投げ出された。暗い夜と逆巻く水のなかでもがく。ふたりは、航跡波の力と、逆巻く水の渦に巻きこまれ、何度も水面下に沈められた。ローナは、コックピットで上にのしかかられて、まだ息がまともにできない状態で、ブラッドと、あるいはなんであれ、ヨットの残っている部分との接触を断たれるのではないかと震え上がったが、荒れた水が鎮まると、海面にブラッドの頭が浮かびあがった。ローナはブラッドのもとに泳ぎ、ふたりは抱きあい、たがいを安心させようとした。

転覆したヨットがさほど遠くないところに見つかった。船体を横にして倒れており、ほぼ完全に水面下に沈んでいたものの、まだ浮いていた。

ブラッドは叫んだ。「ぼくがヨットに乗りこむことさえできれば……ぼくらは大丈夫だ。船は自分で起き上がる。乗りこむのに手を貸してくれ」

ふたりは、船体が海面の上に姿を見せている船の横に泳いでいった。ブラッドはローナに舷縁《ガンネル》にしがみつく方法を教えると、水中に沈んでいるコックピットにもぐりこんだ。ローナは暗闇のなかで待っていた。恐怖と、海のなかにいるというショックでぶるぶる震えていた。しばらくして、なかでブラッドがなにかをして、ヨットが動きだしたのがわかった。突然モーターの回転音がしたと思うと、ほぼ同時に船体が海に向かって横滑りしていくのを感じた。船が体を起こそうとしていた。ローナはガンネルに体を引き上げようともがいたものの、力が抜けていった。

ブラッドが姿を現し、手を差しのべて、ローナを引き上げた。ローナはなかば倒れるようにずるずると水に浸っているコックピットに滑りこんだ。水がまわりで派手に跳ねを上げているあいだ、ふたりは抱きあった。ローナは、恐怖と、突然の水没と、モーターボートを操船していたのはだれであれ、その暴力的で情け容赦のない行動にさらされ、心底震えあがっていた。

ヨットがふたたび正常に立ち直ると、まだ海に深く沈んでいたが、ブラッドが汲みだしポンプを始動させ、水が舷側から勢いよく汲みだされていった。入りこんだ水の高さが次第に低くなっていくと、ふたりはキャビンのなかを動きまわり、損傷を受けたもの、なくなってしまったかもしれないものを突き止めようとした。

ヨットのなかの大半の機器は無事だったが、自動操縦装置は水に浸かり、操作不能になっていた。自動復元して、ポンプを動かすのに使っている補助モーターも、損害はなかった。双眼鏡はなくなっていた。船に積みこんだ食糧と服の大半も消えていた。メインの船内モーターは、無事のように見えたが、自動イグニッションを入れても始動しようとしなかった。ブラッドは始動させようとしつづけ、二分ほどして、エンジンがやかましく咳きこんでから、正常に動きはじめた。

パトロール船の姿はどこにもなかった。

乾いた大地と安全なところにたどりつきたいとふたりはひたすら願った。それ以外にはなにも考えられなかった。衝突で損傷していた帆を外し、エンジンだけでミークァ・タウンを目指した。舵輪のまえにいっしょに立ち、たがいを抱き締めていた。ローナは無事陸にあがるまで、震えを止めることができなかった。

ブラッドの家には、まえにきたことがあった。なかに入ると、そのなじみ深さがローナを感動させた──本の山、古新聞の束、壁に貼られた写真、三匹の飼い猫、男性特有の混沌感があふれている感じ。背景にただよう臭い──他人の家は、具体的になんの臭いなのかけっして特定できないものの、けっして忘れることのない、独自の臭いがつねにある。ローナはここにきて嬉しかったが、空気を入れ換えようと部屋の奥に進んで、窓をあけた。そこは暑かった──扇風機が壊れたんだ、とブラッドが言った。ローナは窓辺に立ち、気を鎮めようとした。猫の一匹が近寄ってきて、ローナの脚に鼻面をこすりつけた。下の道路から車の騒音が聞こえてきた。向かい側のレストランで音楽が奏でられている。ミークァ・タウンの街明かりのせいで、海の姿は見えなかった──そこはただ真っ暗のようだった。

ブラッドが運んできたものをおろすと、ローナのかたわらに立った。彼女の肩にそっと手を置く。

「服がまだ濡れているよ」そう言って、その手をローナの背中に滑らせた。

「あなたの服も濡れてる」

「全部脱ごうか？」

そしてふたりは服を脱ぎ、またしても起こるべくして起こることが起こった。ローナはブラッドを愛していなかったが、彼はよく知った相手であり、いっしょにたいへんな状況をくぐり抜け、生き延びた。以前よりもずっと彼のことを好きになっていた。彼は努力をしており、それを言うなら、彼女も自分なりに努力していた。いずれにせよ、彼女は大人であり、彼はいつもベッドのなかではよかった。

朝になり、彼のかたわらで目を覚ますと、ローナはベッドを離れ、ひらいた窓のそばに立ち、町で人々の仕事がはじまろうとしているのを眺めた。交通量はまだ少なかった。温かいそよ風に乗って、花の香りがただよってきた。水平線の向こうにトレムの黒い姿が見えた。そこにはあるけど、そこにはない島。

ふたりはふたたび愛を交わし、それから着替えると、向かいのレストランに出かけて、港を望むテラスで朝食を取った。ブラッドの住んでいる通りの裏で、土地は内陸の峰に向かって高くなっていく——港と海と遠くの島々の景色が一望できるその眺めのせいで、ここはこぞって人が住もうとする地域で、たくさんの戸建て住宅やアパートの区画が上へ上へと広がっていた。ローナがまえに町のこのあたりに住んでいたときからずいぶん時間が経っており、店舗や会社がかもしだす朝の雰囲気、空の明かり、町の活動音、たえまなく聞こえる人の声を心地よく感じた。

しばらくして、ふたりは港まで歩いて下り、ヨットをよく見て、修理や交換になにが必要なのか判断しようとした。キャビンの湿った空間には、ふたりが入れるようなスペースはなく、ブラッドが船のなかで動きまわっているあいだ、ローナは遊歩道に座っていた。ローナは日差しを避けるため、縁の広い帽子をかぶっていた。港のなかや周囲のレジャー活動を眺め、何カ月ぶりに幸せな気持ちになっていた。ときおり、ブラッドが姿を現し、木の歩み板の上になにかを置いていく。一度、ローナはまえに身を乗りだして、ブラッドにキスをした。ブラッドはにっこり笑うと、また船のなかに引っこんだ。

一機の無人機が飛んできた。透明な翼が陽の光を浴びて、銀色に輝く。

ローナはそれを見ようと見上げ、まわりにいた大勢の人たちもおなじことをした。もちろん、ミークァの日常生活のなかで、無人機は見慣れた存在だったが、日中に飛んでいるのを目撃されることは滅多になかった。その機体は海岸と平行に飛んでいたが、港の防波堤を飛び越えると、急角度でバンクし、海に向かった。ローナは目のうえに手をかざしてそれを見た。三十秒ほどすると、その無人機はまたバンクし、今回は陸地に戻る急ターンをした。数秒後、無人機は海に突きでた岬の上空を通り過ぎて、姿を消した。

ブラッドがコックピットに姿を現した。

「自動操縦装置がまた動くようになった」ブラッドは言った。「無人機の信号をいま拾ったんだ。飛んでくるのを見たかい？」

「ええ」

ふたりはそのことをそれ以上考えなかった。だが、その日の午後、町を歩いていると、一機の無人機が熱い靄のなかから姿を現し、海岸と平行して飛んだ。ローナはすぐにきょう早くに見かけたのとおなじ機体だと確信した。港に通じている路地のひとつを駆け下って、無人機が、朝とおなじコースをふたたびたどるのを見た。

ブラッドは山を見上げ、町の東部から高さを増していく崖のほうを眺めた。迂回して飛ぶ必要のある山。複雑に入り組み、多くの岩山があってぎざぎざになっている海岸線、近くの山の多いほかの島々。避けるものがたくさんあった。

その夜遅く、あの無人機がまたミークァ・タウン上空を飛んだ。

ローナが機関での仕事に戻り、写真撮影された地形断片を判別しようとふたたび悪戦苦闘するころになると、あの囚われの無人機は、ミークァで定期的に見られる光景になっていた。無人機はずっと飛びつづけ、およそ七時間半かけて周回を完了する。通常、一日三回頭上を通過したが、ときには四度の場合もあった。日中も夜も飛行をつづけ、その翼は、星や太陽の光を屈折させて、見る角度によって色を変えていた。モーターは静かに、故障することなく回転をつづけ、先端で緑色に光るＬＥＤは、頭上を通過するたびに、その無人機が抱えている目的をほんの一瞬感じさせる。その航路に合わせて空気が揺れ、あたりが静まりかえると、説明のない飛行目的、終わることのない任務、秘密を秘めた静かな吐息をそっと打ち明けてくる。

トレムでは、夜間の爆発がつづいていた。

メスターライン　行方の定まらぬ水

メスターラインは詩人にして、劇作家カル・ケイプスの生地である。ケイプスは、この島でもっとも愛されている島出身者のひとりとして広く知られている。アーキペラゴじゅうを長いツアーでまわり、講演や作品朗読をおこなっていたが、機会があるごとにメスターラインに戻っていた。そうした帰還の際に、のちに妻にするセベン・ヘラルディに出会った。セベンもまた詩人だった。ふたりはメスター・タウンの中心に終《つい》の棲家《すみか》を持っていた。

メスターラインという島の特徴的な性質は、保護を与えるというそれである。この島に住んでいるたいていの人にしみついている本能だ。地元のメスターライン島民は、心が広く、寛容で、穿鑿《せんさく》好きではない。彼らは本能的に他人を守ろうとする気持ちが働く。とりわけ、他人の理不尽な思いこみによって、あるいは行動を理不尽に制限していると思われる法律によって、追い払われたと自分たちが信じている人たちを守ろうとする。メスターラインの人々は法律を遵守しているものの、独創的な考えや、時代遅れの考え、あるいは大衆受けのしない考えを持っている人たちにも寛容である。

南大陸《スドマイアー》で戦争がはじまって以来ずっと、メスターラインは、大陸から比較的遠いにもかかわらず、島民のその度量の広い性質ゆえに、必然的に脱走兵たちの頼みの綱になってきた。怯え、あるいは幻滅し、あるいはなんらかの形で傷を負っている場合が多い若い男女が、一年じゅう、メスターライン目指して流れついてくる。多くの場合、彼らは長くてややこしい旅の果てにやっと到着する。島の下層階級の助けを借りている場合もよくある。

脱走兵保護法が、アーキペラゴ全域に導入されたとき、杓子定規な規則を嫌って、即座にひとにぎりの島が同規則を採用しないことを選んだ。メスターラインは、その最初に手をあげた島のひとつだった。むろん、唯一の島ではなかったが。ケイプスが生まれたころには、若い脱走兵を保護するという伝統は充分行き渡っていたが、ケイプスがまだ若者だったときに、島にやってくる脱走兵たちの数が突然増え、しばらくのあいだ、島民の一部の少数派は、変化を欲した。ケイプスはその論争に積極的に関わるようになり、寛容な歓迎をするというメスターラインの偉大な伝統は、けっして絶やしてはならないと主張した。

こんにち、脱走兵たちは、メスターラインで安全に暮らせる可能性が高い。島民によって警察に引き渡される危険はなく、あるいはどこかほかの場所に移住するよう圧力をかけられることもない。メスターライン島民たちがかかる寛大な態度のせいで払う代償は、黒帽憲兵隊による頻繁な島内捜索を被ることだった。メスターライン島民は、この介入をも、ずっと我慢している。主に打つ手がなにもないからという理由からだが。とはいえ、脱走兵たちが利用できるよう、島民たちは、工夫をこらした無数の秘密の隠れ家を用意している。ときおり、黒帽たちはそうした隠れ家を暴くことがあるが、数名の脱走兵たちが身柄を押さえられ、連れ去られたとしても、中立盟約があるため、島民自身は報復行為を免れる。既存の隠れ家が暴かれるたびに、かならずあらたな隠れ家が用意される。

メスターラインは、低い丘陵と幅広い渓谷、広くて蛇行している川、そして濃い黄色の砂でできた長い砂浜のある島である。メスターライン島民は、島の風景を愛しており、高い崖のある海岸線に沿って、まさにその切り立った崖を背に家を建てる人々がおおぜいいる。それぞれの家にたどりつく方法には、無数の創意工夫が凝らされている。

メスターラインは、雨の多い島で、毎日、にわか雨が降る。亜熱帯地方一帯で、シュースルの名で知られている、温かい西向きの風の通り道にあり、たいていの午後の終わりごろになると、そこそこ強い雨嵐がやってきて、郊外と都市部をずぶ濡れにする。海岸沿いの村の坂になった通りには、雨水を排水するための恒久的な小水路が道路の両端に設置されている。メスターライン島民は、この激しい驟雨《しゅうう》を好ましく思っている。彼らは仕事や家族の集まりを中断して、表に出、通りや公共広場に立ったまま、長い髪に雨を滴らせ、薄い生地の服をびしょ濡れにさせることがよくある。一日の驟雨のあとで、だれもがずっと幸せな気分になる。あたかもシュースルが一日の仕事の終了を伝える合図を伝えてくるかのようだ。なぜなら、雨のあと、バーやレストランの経営者たちは、テーブルを並べ、ミュージシャンたちがやってきて、長くて温かい夜の気安い人付き合いがはじまる用意をするからである。

メスターラインの秘密は、おおやけにされている――水のなかになにかがあるのだ。水中のミネラル分が独特な組合せになっているのか、自然の濾過層を経たせいなのかはともかく。

この島にはじめてやってきた者は、四、五日も過ごすと、慈悲深い気持ちを抱く魔法にかかり、一カ月と経たぬうちに、ほかの島に移る理由が少しも見当たらなくなる。

定期的に島の外に旅をしていた数少ないメスターライン島民のひとり、カル・ケイプスは、精神的成熟を表す一種のメタファーとしてその体験をよく引き合いに出していた――船に乗って島を遠ざかると、身を切るような喪失感や、死が差し迫っている恐怖感を覚え、その感覚が徐々に高まっていくが、ある日、突然消え、少しも苦しくなくなる。島に戻ると、メスターラインの体験が幸いにも戻ってきて、気分がずっとよくなり、世俗的な優先事項などどうでもよくなり、より高次の存在と理解の領域に達する。

二本あるメスターラインの主河川は、降雨の排水から生じているが、両河川とも水源近くにある自然の湧水も加わっている。どちらの川から取った水を飲んでも気分にさして影響は与えられない。濾過と通常の処理をしたあとでは、かすかだが好ましい味がして、軽い疲労恢復飲料として役に立っている。この川の水は、おもに工業用水や灌漑用水、はたまた個人宅への安価な水道水として利用されている。

メスターライン島の効果を充分感じるには、内陸部の三つの水源からしか採取できない湧水を飲む必要がある。

何世紀ものあいだ、湧水は水源で壜詰めされ、ふたつの古くからの家族が非営利でその業務に携わってきた。両家とも、自分たちが水を供給している人々と同様のメスターライン的物の見方をしていた。実際、湧泉のひとつは、適切な容器を持って山麓の丘をのぼっていく準備を整えた人間なら、だれでも自由に汲むことができた。メスターライン水は、いつも自然な状態で飲むことができる。弱い炭酸ガスが入っていることが、美味しさとさっぱり感を与えている。

かくなるものがメスターライン島での生活で不可欠なものだったのだが、万事を台無しにしようと手ぐすねを引いている外部からの影響力というものは、つねにあるものだ。たいていの島の場合、それは天候である。季節を変え、強い、あるいはより気温の低い風をもたらし、あるいはところによっては熱帯性嵐やハリケーンをもたらす。アーキペラゴのほかの場所では、戦闘中の勢力からのありがたくない介入ということもありうる。メスターラインの妨害物はそれ自体独特のものだった。数百年まえ、その当時の島主が、なんらかの理由から、自分が受け取っていた十分の一税の額に不満を覚え、例のおおやけの秘密が事業提案に乗せられた。

南の砂漠化した島々の島主たちと契約を結んでいるとおぼしき島間給水会社が、メスターラインに井戸を掘り、産業用水にする規模でその水を買い取る交渉をはじめた。それには大規模な機械化された壜詰め工場やあたらしい道路、たくさんの貯水タンクの建設、南に通じる海中パイプラインの敷設も含まれていた。

メスターライン島民たちは、いま起こっていることがどんな結果に結びつくのか愚かにも無自覚で、無関心なまま崖際の家のなかで腰をおろし、砂浜に手足を広げて横になり、バーや歩道に腰を落ち着けて、行き交うトラックや、店やバーで金を落としていってくれる建設作業員たちや、建設建築資材を乗せて出入りする船を眺めていた。地元の水は、ますます安くなり、手に入れやすくなった。メスターライン島民たちは、嬉々として以前よりもたくさんその水を飲んだ。

ところがある日、水が手に入らなくなった。壜詰め工場がフル稼働し、ポンプが想像しがたい量の貴重な液体を日々どこにつながっているのかだれも知らない長いパイプラインに注ぎこんだ。

かつて山のなかに建設作業員たちを運んだトラックが、こんどは、見慣れぬ言葉で書かれたラベルを貼り、見場よく体裁を整えた壜詰め水の詰まったクレートをどっさり積んで、山から下ってきた。トラックは港までおりていき、そこで給水会社の船がクレートを運び去った。波止場まわりのバーやレストラン、地元の店、家庭、とりわけメスターライン島民の心身に、あの水はもはやなくなっていた。

ゆっくりとメスターライン島民たちは、自分たちの失ったものを悟った。それと平行し、またその結果として、あの心を慰め、気楽に、陽気にさせる水の効果は、徐々に消えた。

その事態は、たまたま、カルとセベン・ケイプス夫妻の里帰りの時期にぶつかっていた。カル・ケイプスは、自分のなかの慣れ親しんだ成熟感覚、より高次の状態への幸せな浮上感が消えたのを感じて、変化が起きていることをすぐさま悟った。詩人とは、立法者ではない。戦士でもなく、煽動者でもない。しかしながら、彼らは巧みに言葉を操ることができる。ある日、ケイプスはメスター・タウンの中心で演説をおこなった。名文句にあふれる情熱的な演説だった。そのあと起こったことは、前例がなく、予想外でありながら、不可避であり、騒々しいものだった。

壜詰め工場の廃墟は、こんにち観光名所として公開されており、入場は一年じゅう無料である。当時の島主が引退して引き籠った夏宮殿は、隣接する小島トペチクにあり、いまでも訪れることはできるが、もちろん、船で渡る必要がある。幼い子どものいる親たちは、いまでは史跡あるいは遺跡になっているメスターラインのその場所が、過去に大爆発の起こったところであり、それゆえに注意すべきであることを忘れてはならない。直接行動は一世紀近くまえに起こったことながら、カル・ケイプスと、島主一族の特定構成員の資産に対する法的手続きは、理論上、まだ進行中である。

海中パイプラインの残骸は、通常、一般には公開されていないが、汲みあげ場の跡地への出入りは可能であり、保存されたパイプライン設備もある。まえもって許可を取得していれば、そこを探査することもできる。

メスターライン水のサンプルは、水源で自由に採取してかまわないし、もっと多く手に入れたければ、町にあるどの店でも注文可能である。しかしながら、島から持ちだせる水の量に厳格な上限があり、持ち出せるのは個人的用途に限られていることを観光客は忘れてはならない。

通貨――アーキペラゴ・ドル、ムリセイ・ターラー。

ムリセイ

赤いジャングル／愛の戸口／大きな島／骨の庭

ムリセイは、あまたのものであり、ムリセイではない、あまたのものがある。

夢幻諸島《ドリーム・アーキペラゴ》で断トツに大きな島であり、もっとも人口の多い島であり、もっとも強い経済力を持ち、もっとも高い山脈があり、もっとも深い森があり、もっとも夏の気温が高く、ほかのどの島よりも多くの湖と川があり、もっともたくさんの飛行場と港と鉄道と商売と犯罪者とTV番組と映画会社と美術館とほかの数多くの最上級のものがありながら、ムリセイは、アーキペラゴの〝首都〟の島ではない。

みずからの行政府と、三つの信託地の地方議会を別にすると、なんらかの政治体制における議席をいっさい持っていない。ムリセイの銀行はアーキペラゴじゅうに支店があり、ムリセイの通貨は、規模の大きな島の大半で流通しているものの、ムリセイはほかの島の経済を牛耳っていないし、そうしようともしていない。おなじことが、言語や文化的影響、盟約に対する方針、さらに多くのことについて言える。おおかたの島同様、ムリセイは穏やかな封建島主国家として運営されており、内向きで、保守的な社会だが、市場の力や自由と個人の人権に積極的な関心を抱いている。

ムリセイには市民警察と沿岸警備隊があるが、陸軍も空軍も持たず、唯一ある海軍の軍備は、漁業保護船の小艦隊だけである。市民は秘匿可能武器の所持を禁じられており、射撃や狩猟目的の武器所持には厳格な資格取得手続きが必要である。軍用飛行場がふたつあるが、どちらも敵対する勢力の一方によって独占的に利用されている。この点において、なかには常設の市民軍や、防衛隊を保持しているところもある規模の小さな島々とは好対照になっている。ムリセイは中立盟約を結んだ島のなかにあっても、厳密な中立を維持している。

ムリセイの富はほかのどの島よりもおおぜいの移住者を引き寄せている——完全な脱走兵保護法と難民収容法があり——アーキペラゴのなかでもっとも裕福な場所でありながら、ムリセイは、ほかのどこよりも生活困窮者の発生率が高い。ムリセイ・タウン自体を含め、主な大都市の共同住宅や戸建て住宅は、人がひしめいており、多くの場所で貧弱な住宅環境に苦しんでいる。一部の通りは、車や原付自転車、屋台や歩行者がごった返して、通るに通れない——ほかの場所、とりわけコロニアル地区では、数多くの立派なビルやひらけた広場があり、古い通りが網の目のようになって、そこにはレストランや映画館や住宅や小規模な個人経営の店が軒を連ねている。通りの多くに、ジャカランダとユーカリの木が並んでいる。大気汚染は深刻で、とりわけムリセイ・タウンがひどい。犯罪は夥《おびただ》しく、とくにさまざまな人種の坩堝《るつぼ》になっている移住民のあいだで数多く発生している。掘っ立て小屋が並ぶ貧困層の集落が郊外の都市を囲んでいる。人口過密、麻薬とアルコールの濫用、売春、人種差別、育児の放棄と虐待、ホームレス、凶悪犯罪などなどに関連した無数の根深い社会問題がある。

しかしながら、ムリセイの生活で、もっとも混乱をもたらす影響力を有しているのは、交戦勢力とこの島との二律背反する関係である。戦っている当事者たちは、両方とも、ムリセイに巨大な軍事基地を置いている。非合法的に力づくで設置し、基地撤退を目指す、すべての政治的な試みに逆らって、占拠をつづけている。厳重に防備をかためた、とほうもなく広い駐屯地《キャンプ》が、軍事訓練と作戦立案、訊問、保養休暇に利用されている。ふたつのキャンプは、島の端と端に位置しているため、両者が接触したり、衝突することは滅多にない。両方の基地とも地元民を雇っているため、その存在は島の経済に好影響を与えている。軍事キャンプが設置されていることだけでなく、ムリセイは、南大陸の戦闘地域に向かって、あるいは戦闘地域からの帰路、ミッドウェー海を航行する多くの軍艦の不変の寄港地でもある。その頻繁の寄港が、港での生活に破壊的な影響をもたらしており、既存の社会問題にさらなる問題を加えるだけでなく、多くの住人の収入源ともなっている。

とはいえ、産業上の複雑な問題や社会的な複雑な問題を抱えていながらも、ムリセイはもっとも美しい地形を誇る島のひとつでもある。中央大山塊《マッシーフ》は、一年の大半、雪を冠しており、深い峡谷や川、岩壁、高山植物は、住人と観光客双方にとって楽しみの元になっている。赤道に近い島の位置と、ミッドウェー海でもっとも流れの速い潮流のそばにあることから、ムリセイには、行楽客を惹きつけてやまない魅力を持つ数多くの砂浜がある。若い家族向きの静かな砂浜から、一年じゅう岩場でのサーフィンというエクストリームスポーツがおこなわれていることで有名なウーキャット・ビーチまで、バラエティ豊かだ。

ムリセイ・タウン自体は島の南西角にあり、島最大の二本の川の河口になっている広い湾に位置している。周囲を熱帯雨林に囲まれている。この雨林は、都会化の限界を越えて植生が入り組んだ密林になっているため、こんにちですら、大半は未開発のままになっている。ムリセイの熱帯雨林は、アーキペラゴ一帯に散らばっているのが発見されている数百種類の新種生物の揺り籠であると知られ、あるいは考えられている。ムリセイではこれまでのところスライムの群生地《コロニー》は見つかっていない。雨林の一部は、お行儀のいい旅行客やキャンプ場運営会社の利用者に公開されている。一方、より人の手が入っておらず、より遠くにある区域は、藪歩きを趣味としている勇敢な人々であれば、入林可能である。森林は島の南半分の大半まで広がっており、内部はほとんど損なわれていない。森の最深部のどこかで〝失われた種族〟が原始的な生活を送っているという噂があるが、それに関する証拠というのがいずれも逸話に基づいたもので、いまのところ科学的調査ではなにも判明していない。ムリセイ議会は、多年にわたり、森林の商業的利用や、林業用に一部地域の開発をはかろうとする試みに抵抗してきている。

森林の周囲を囲んで現代のハイウェイや鉄道が敷設されているが、森林のなかを横断する形では敷設されていない。

おそらくムリセイがほかのアーキペラゴ世界に与えてきた最大の影響力は、芸術分野におけるものである。世界のほぼすべての偉大な作曲家や、画家、作家、俳優は、ムリセイで生まれたか、あるいはしばらくムリセイで研鑽を積んだか、少なくとも彼もしくは彼女の作品にムリセイの影響が窺える。島の膨大な富の多くが、芸術支援に注がれてきた――どのムリセイの都市にも、大規模なオペラハウスやコンサートホールがあり、ムリセイ・タウンには、両者がふたつずつあり、たえず競い合っている。ギャラリーや劇場、美術館、ワークショップ、スタジオ、図書館がいっぱいある。大きな芸術家たちのコミュニティが、ムリセイ全土でまだ栄えつづけている――その一例として、変わった取り決めがあり、世間に認められていないムリセイ在住の芸術家は税金を免除されており、ギャラリーや公共の建物をさまざまな書籍や絵画や彫刻や作曲で価値を高め、わずかなりとも経済に貢献するよう期待されている。

むろん、芸術家は本質的に気まぐれな存在であり、ムリセイの芸術関係のヘゲモニーに逆らい、あるいは、けっしてそれを認めない者もいる。

そうした作家のなかで、おそらくもっとも著名かつ明白な異郷在住者は、ピケイ島民の文豪チェスター・カムストンだった。彼は一度もムリセイを訪ねたことがないだけでなく、ムリセイの影響力を無価値だときっぱり考えており、ムリセイの芸術作品をけっして自宅のそばに近づけようとせず、ムリセイの芸術助成金をけっして受けず、もちろん申請などしたことがなかった。世界最高の文学賞、インクレア栄誉賞の受賞が決まったとき、カムストンは賞を受けることにしたが、授賞式が伝統的にムリセイでひらかれることを知ったとたん、あとから賞を辞退しようとした。作家としての名声の高さから、同賞の審査委員会は、例外的に作家の故郷の島で授与することを決めた。審査委員全員と出版およびメディア関係者からなるお付きの一団が、迷惑千万ながら、ピケイまでやってきた。するとカムストンは臨機応変に堂々と対処し、恭《うやうや》しく、感謝の意をあらわに賞を受け取り、慇懃な受賞スピーチをおこなった。そのなかで、おおぜいの仲間の作家たちを称賛した。

パントマイム・アーティストのコミスは、永年、ムリセイ島で公演をおこなうのを拒んでいた。けっしてその理由は明らかにしなかった。短期間のムリセイ公演は、エージェントがまちがって、あるいはコミスの意思に反して、予約されたものと考えられている。そのすぐあとで、エージェントは謎めいた状況で死に、コミス自身も契約に従ってムリセイにたどり着くまえに殺害された。コミス殺害の不自然な性質から、契約を破るために、自身の死を演出したか、偽装したのではないかと当時噂されたものだが、それはじつにけしからん推測である。とはいえ、コミスのパフォーマンス自体は、この大きな島では知られておらず、皮肉なことに、口コミで知られるのみである。

触発主義《タクティリズム》絵画の巨匠ラスカル・アシゾーンは、ムリセイ生まれだったが、懲役を済ませたのち、永久追放された。彼の作品はいまなおおやけには認められていないが、ムリセイ・タウンの美術館やギャラリーでは、彼の並外れた絵画を一般公開せずに保管している。研究者や史家、正真正銘の学生による調査目的でしか公開されない。

同様の例外が、風景画家であり肖像画家であるドリッド・バーサーストである。若いころ島を訪ねたときに起こったちょっとした事件のあとで、ムリセイ入島を永遠に禁じられた。この禁令には、芸術的要素ではなく、警察がらみ、あるいは保護観察処分がらみの要素があるように思える。島にある数多くのギャラリーでバーサーストの作品は目立つところに飾られているからだ。そして、土木インスタレーション・アーティストのジョーデン・ヨーは、何度もムリセイに入ろうとしたが、そのたびに断られている。

しかしながら、こうした人々は例外であり、ムリセイの芸術的影響は、この世界のもっとも重要なもののままである。この膨大な文化遺産を堪能する計画を持っている観光客は、島が見せてくれる途方もない範囲の芸術作品を充分鑑賞したければ、島の滞在期間延長を検討すべきか、繰り返し訪れるべきである。

通貨——ムリセイ・タウンでは、すべての通貨が利用可能である。ほかの地域では、アーキペラゴ・ドルとムリセイ・ターラー、オーブラック・タラントが、一般商取引レートで使えるだろう。軍票も、沿岸大都市の港地区で利用可能である。

ネルキー　遅い潮

目立たず、あまり人の訪れぬ小さな島ネルキーは、トーキー群島の一部として、涼しい北高緯度地方に位置している。経済の中心は農業であるが、マリーナとホテルとカジノ複合施設を作るという投機的な建設計画が進行中である。

この論議を呼んでいる野心的な開発によって、近隣の島々から出稼ぎ労働者がごまんと引き寄せられた——その多くは、建設作業が中止されたときネルキーにとどまった。この計画の財政的な後ろ盾は知られておらず、マリーナは盟約管理官たちの精査の対象になった。軍事的航路《シーレーン》のひとつに極めて近いところにあらたな港を作ることになるからである。それによってネルキーが潜在的に盟約を破る可能性があることから、計画の背後にいるのが何者であり、その意図はなんなのかもっとわかるまで、計画すべてが中止させられることになった。

パントマイム・アーティストのコミスが殺されたあと、ほどなくして犯人の捜索はネルキーに集中した。これは、コミスが殺害されたオムフーヴの町とネルキーのあいだに直通フェリー・ルートが存在しているからだ。マリーナ建設のためネルキーに滞在していたのが知られている出稼ぎ労働者の一グループが、殺害当時、現場近くで目撃されていた。彼らは殺人事件発生直後にオムフーヴを離れ、ネルキー行きのフェリーに乗っていたという目撃証言がある。

ヘッタ群島の島主警察の捜査官たちがネルキー・タウンを訪れ、くだんの男たちが投宿していると知られていた住所に踏みこんだ。男たちはだれもいなかったが——現在まで彼らは逃亡をつづけている——有罪を立証する大量の証拠が、その建物の裏手にある離れ家で発見された。そこにはたくさんの建設機器や資材が隠されており、なかに一枚のガラス板があった。警察の科学捜査員によれば、コミス殺害に用いられたガラス板と同様のものだったという。

のちにネルキーで数名の男性が逮捕されたが、彼らは起訴されることなく釈放された。

ネルキーから北に向かってさほど離れていない大陸の寒い高原で発生し、斜面に沿って下降してくる、ソーラという名の乾いた激しい風が、ほぼ毎晩、島を吹き抜けていく。ネルキーの家畜類は寒さに耐えられるほど頑健で、おもな農産物は、ビーツとジャガイモ、人参、葱、ルタバガである。

カル・ケイプスは、ネルキーを一度訪れたことがある。アーキペラゴの、かなり寒冷で、開発の手が及ばず、それゆえに興味をそそられる地域を直接体験することで想像力を刺激されようとした。彼は不毛の北部の神話や、海を探索する壮大なサーガ、凍てついた高地の伝説にいつも反応していた。三ヵ月滞在したが、ネルキーには大学も図書館もなく、話をできる相手もおらず、詩情を触発してくれるものとてなく、ただ冷たい海と灰色の景色、海鳥、茹でた羊肉という変わり映えのしない食事があるばかりだった。ケイプスはがんばったが、孤独だった。ある夜、ネルキー・タウンの港近くで、ナイフで脅され、殴られ、金品を奪われた。翌日、ケイプスはネルキーを離れた。

通貨――アーキペラゴ・ドル。

オーフポン　険しい山腹

アーキペラゴじゅうの多くの島にブドウ畑があるが、オーフポン島は優れたワインを産する島である。伝統的に樽で販売し、地場で壜詰めすることはけっしてなく、オーフポン産のワインは専門の卸売業者に出荷され、業者が詰め替えた。オーフポンの小高い丘の地区で採れるブドウから作られたオースラという名の白ワインは、しっかり酸があり、鮮明な色をして、ドライだ。近隣の島の一部で採れるエイトレヴというブドウから作られる白ワインは、心持ち甘みがあり、色はローズ色がかった黄色から、緑がかった黄金色まで幅広く、スパイスとベリーを思わせるブーケがする。これらのワインは、ワイン通がこぞって買い求める。オーフポンの南海岸産のワインは、かなり品質の劣る赤ワインで、一般にそのままでは食卓で飲めるものではないと考えられており、北の大陸のブレンド業者に出荷され、そこでほかのテーブルワインと混ぜられるか、あるいは、酒精強化されたアペリティフの元となる酒として使われている。

おなじ地域でオリーブが育てられている。オーフポンの近隣島のいくつかでは、オリーブ栽培の収入がブドウ畑栽培の収入を上回っている。

オーフポン群島の環境から住みやすいとだれもが思い、その温かい夏と、島民のなかにあると思われているよき隣人精神のため、おおぜいの人々がオーフポン群島に移り住んでくる。その多くは、ほんとうのことのように見えるだろう。しかしながら、厳格な脱走兵保護法があり、よく知られてないビザ発給制限がある。

個人でオーフポンに旅行する人にだけわかるのだが、島滞在は十五日間に限定される。たとえ地元のホテルやほかのリゾート地を確実に予約していたとしてもだ。また、向こう二年間は、オーフポンに戻ってくるのを許されなくなる。島外の人間や、気楽な旅行者は、この厳格な法律が定められている理由を滅多に理解せず、毎年、この法律を破ったり、無視しようとしたりする者が現れる。そのときになってはじめて旅行者は、どれほど厳格にこの法律が執行されているかを思い知る。オーフポン・タウンの刑務所の管理体制は、きわめて不快であり、厳密に刑が執行され(われわれは実体験から書いている)、当局は、潜在的ビザ破りに備えて、ホリデーシーズンのあいだずっと、いくつもの囚房をあけて用意している。

とはいえ、大半の囚房から、港と近くの島々を見渡す魅力的な景色を眺めることができる。

アーキペラゴの島にしては珍しく、オーフポンは個人の自由を認めた人権規定のある封建国家ではなく、特定の一族が支配する封土である。

この一族はアーキペラゴじゅうに広範な事業を展開している。現在の島主閣下は、豪華ヨットを夥しい数所有し、最大の島間フェリー運行会社二社の支配持ち分の株を押さえている。一族はグロウンドの国に大きな武器製造会社を所有し、アーキペラゴじゅうで生業を立てている賭博組織の多くは、島主閣下の遠縁にあたる一族が所有し、運営している。

画家ドリッド・バーサーストは、まだ若者だったころにオーフポンを訪れた。そこでのちに油絵に発展させた一連のスケッチを描きはじめたが、ビザの有効期限が切れ、強制退去させられた。その件に関して未解決の謎がある。彼のビザがほかの人間と異なる条件でなかったとすると、それなのに彼は一年近くオーフポンに滞在していたのが知られているのだ。およそ三年後、名高いオーフポン連作をついに完成させると、その絵画は現代の傑作と認識され、いまはデリル・シティの芸術家美術館に展示されている。

バーサーストは、オーフポンの島主閣下の冬宮殿に滞在を許されていたのが最近になって判明した。当時、かなりの若年でありながらもすでにバーサーストの名声は広まっており、画家としての評判は確かなものだったからだ。のちに連作に成就した作品のスケッチを描き上げたのは、その宮殿に滞在しているときだった。

また、バーサーストが少なくとも市内の刑務所を訪問したことも知られている。バーサースト記念館では、画家は施設の視察に招かれた招待客としていったと主張しているが、われわれスタッフの短期間の投獄のおりに、ほかの囚人から聞き知った事実として、永年にわたり〝バースの家〟として知られてきた特別な囚房が刑務所内にある。

オーフポン連作なかで、もっとも評判の高い二枚の絵で描かれている、欲望をそそるように着衣を身につけていない若いモデルの正体は、表向きには知られていない。バーサースト記念館は、モデルの女性は、偉大なる画家の想像上の女神であると主張している。しかしながら、島主閣下の若い姪のひとりが、バーサーストとほぼ同時期に宮殿に滞在していたことが知られており、バーサーストが島を離れて以降、彼女の消息はいっさい聞こえてこなかった。

通貨――ガンテン・クレジット、アーキペラゴ・ドル、およびオーフポン島主庁に定められたレートによる物々交換。

ピケイ(1) たどった道

ピケイは痕跡《なごり》の島である。すぐれたワインを生産する小ぶりな島で、まわりの海と近くにあるほかの島々が織りなす景観で有名であり、またたれも島を立ち去ることができず、あるいは立ち去ろうと思わないことでも名高い。正確に言うと、これは事実ではない。旅行を禁止されているわけではないし、たいていのほかの島同様、ピケイにはひっきりなしに貿易取引がおこなわれている忙しい港があるのだから。フェリーが毎日、隣接する島に向けて出発している。それでもやはり、ピケイ島民のあいだには、島にとどまるという伝統がある。彼らにほかのどこかの島で出会うことは滅多にない。

迷信深い人間にとっては、ピケイは、この世と大いなる来世とのあいだでぐずぐず彷徨っているところを捕らえられ、安らぎを見いだせずにいる霊の地、落ち着かぬ魂の地である。彼らは命の痕跡《なごり》である。理性的な人間にとって、ピケイは、未解決の希望の地、未完の作品の地、とぎれない関心の地である。それらは生者の生きた証《なごり》である。不合理も合理も両方とも、それぞれの事情で罠にかかっている。

かかる現象を一段と深く理解したものが、インクレア栄誉賞文学部門受賞者チェスター・カムストンの作品に表れている。初期の小説は、いずれもピケイを舞台にしたもので、刊行当初は誤解され、無視された。登場人物たちが心理的にありえない行動をとっているとみなされたためだった。

カムストンの第二長篇『ターミナリティ』が格好の例である。『ターミナリティ』は、殺人事件を扱ったミステリの結構を取っている。実際には謎解き小説《ミステリ》ではまったくない。殺人犯と被害者の正体は、小説の最初から読者に明かされているからだ。また、必ずしも殺人事件ですらない。曖昧さが被害者と殺人事件そのものにかかっている。被害者は人格が分裂しており、殺人事件は事故かもしれないと思わせる装いになっていた。同時に、入念に計画された殺人かもしれないと思わせるようにもなっている。登場人物の外見が意図的に惑わすようになっている芝居がかった設定が、不確かさ感覚を増している。殺人事件が起こったのち、殺人犯は、犯行現場から逃げだせないようだった。彼の脱出は、他人の協力がなければ不可能で、結局、他人の協力で脱出できたのだが、犯人は計画殺人を自分が実行したとは信じておらず、逃亡を拒む。ピケイの島主警察に逮捕されるまで、彼は島に残ったのだった。

これはこの登場人物にとっては正常な行動のようだ

ったのだが、おおかたの読者や書評家は戸惑い、欲求不満を覚えた。カムストンは、作家活動の初期にそんな長篇を八本著すと、世間から姿を消した。彼の手による著作はなにも刊行されず、まもなく作品は見過ごされるようになった。

多年におよぶ「失われた」歳月のあいだ、カムストンが休まず文学的生産活動をつづけていたのが、やがて明らかになった。従来より長い長篇を五冊書き上げたのだが、だれにもそれを読ませようとしなかった。彼の著作を発行していた出版社でさえ、五作品の最後の長篇が完成するまで、その存在について話を聞いていなかった。

五作品がついに活字の形で表れはじめると、カムストンは、世界的な大作家であると認識された。表向きは、ライバル関係にあるふたつのピケイの家を数世代にわたって描いた大河小説の形をとった、この五本の長篇を通して、カムストンは、経験の足跡というもののピケイ流の概念を、人生の痕跡を、言い伝えの反響《なごり》を発展させ、分析し、なかんずく、だれでもわかるように説明した。

その足跡、その臭跡は、個人的なものであり、かつ、集合的なものである。個人に端を発しているだけでなく、島の霊的な中心にも端を発している。カムストンは、ピケイを先祖の敷いた無数の交差する道がある島として描いた。道と道の思い出について書いた物語で支えた。ピケイ島から離れることは、拡散してしまうことで、幽霊のように、痕跡のない迷える魂になってしまうのだ。この偉大なる五冊の交響曲的作品という輝かしい実例によって、カムストンの初期の長篇はついに正しく理解された。

カムストンは書きつづけたが、五作の長篇のあとにつづいたのは、さまざまな性質を持つものだった。小品ということではまったくなく、著者の多様性、幅広い関心を明らかにするものだった。伝記を二本執筆している。最初の伝記は、物議をかもす画家だったドリッド・バーサーストの人生を描くものだった。その伝記によって、バーサーストへの一般の関心と妥当な理解がはじめて生まれた。もう一冊は、比較的短めの本で、カムストンはその本のことを小部屋のような本と表現し、詩人カル・ケイプスの短い悲劇的な人生を描いた。彼はさらに詩集を二冊、戯曲を三本著し——いずれも作家の生前に上演された——膨大な量の新聞雑誌向け雑文やエッセイを寄稿した——批評文やスケッチ、風刺文、略伝などを。

カムストンは自身をピケイの真の息子として描いており、生前、一度も島を離れることはなかった。インクレア栄誉賞授賞式ですら、例外的に彼の故郷にあるホールでおこなわれた。

カムストンは文学賞を受賞してから三年と経たぬうちに急性肺炎から呼吸困難に陥って、亡くなった。火葬ではなく埋葬され、墓は地元の教会の墓地に設けられた。カムストンの家と地所は、現在、一般に公開されている。ピケイ・タウンの大学図書館が、カムストンの私文書や書簡や蔵書、身の回りの品の保管場所であり、収納目的のため特別に増築された場所にすべて収められている。

カムストンの所持品を移し替えている最中に、図書館司書補のひとりが、チェスター・カムストンの疎遠になっていた兄、ウォルターが記したといわれている遺言に出くわした。

この遺言は、論議を呼ぶ文書である。その真贋は何度も問われたが、科学的検査がおこなわれ、数多くの点で本物である可能性が高いことが判明している。たとえば、紙とインクの分析によって、この文書がチェスター・カムストンの死後にペンで書かれたのはほぼ確実であることがわかっている。

この遺言がカムストンについておこなっている主張が、その真正性に関する疑問を生んでいる。実の家族がそんなことを書くとは、ありえないように思えるからだ。

カムストンにウォルターと呼ばれている兄弟がいたのは、確かに本当だが、ウォルターは、年上の兄弟ではなく、チェスターの一卵性双生児であったと広く信じられていた。ふたりはいっしょにいるところを滅多に見られたことがなかった。文書のなかでその理由に触れられている。だが、ふたりがいっしょに写っているかなり貴重な数枚の写真では、ふたりがおそろしく似通った体型をしていて、瓜二つと思われても仕方がないことを明らかにしていた。

いずれにせよ、カムストン家は、チェスター・カムストンがとても有名になるまえから、名うての秘密主義一家だった。兄について知られていることはあまりない。

ウォルターは、成人に達したあと、実家には残らず、ピケイ・タウンにある小さな家に引っ越し、弟が死ぬまで戻らなかった。また、ウォルターがチェスターより長く生きたのも確かである。彼の姿がチェスターの葬儀で目撃されている。のちに、ウォルターはチェスターの著作権継承者になったが、長くはつづかなかった。ウォルターはチェスターが亡くなってから一年ほどで死に、もし彼が本当に書いたとしたなら、そのあいだに遺言を書き上げたにちがいなかった。

もしその文書が偽造されたものであるなら、だれがそんなものを作成し、その理由はなんだろうという疑問が残る。それゆえに、遺言は本物らしく思える。仮に本物だとしても、人の死に際して激しい感情が家族のなかに流れうることをわれわれはつねに覚えておかねばなるまい。嘆き悲しんでいる親類は、ときに亡くなった人のために悲しむだけでなく、おのれの見当違いの行動あるいはなにもしなかったことに対する疚しさを訴えるため悲しむこともある。

どんなものがあろうと、チェスター・カムストンの途地方もない名声と地位、文学的業績、アーキペラゴじゅうに多くの読者を有する人気を減じることはできない。

ピケイはミッドウェー海北部の温帯地帯に位置し、大洋性暖流の恩恵を受け、ほかの島々のおかげで北向きの卓越風を免れている。ピケイの夏は長くて、温かく、温和な気候で、この季節のあいだは絶え間なく大勢の旅行客が訪れる。冬は寒くなるが、降雪量はごく穏やかなものである。島はハイキング客や登山客に人気が高く、中央山脈は、高さこそそれほど高くないものの、興味をそそる岩場が多い。近隣の島を望む景色は、ばつぐんに素晴らしく、長い海岸線に沿って、いたるところに数多くのよい景勝地点がある。脱走兵保護法と難民収容法は施行されている。もっぱら観光客を相手にしている小さな芸術家村がピケイ・タウンで繁盛している。

通貨――アーキペラゴ・ドル、オーブラック・タラント。

ピケイ（2）たどられた道

『ウォルター・カムストンの遺言』ピケイ大学図書館収蔵品課の許可により複製作成

わたしの名はウォルター・カムストン。ピケイ島で生まれ、ここで生涯を送ってきた。弟はチェスター・カムストン。インクレア栄誉賞文学部門受賞者だ。わたしはむかしから弟を愛してきた。その愛情を試す数々の出来事がわれわれの人生で起こってきたとはいえ。

チェスターの名声は確かで永遠につづくものであろう。

うから、心に恐怖を覚えながらも、わたしが知っているチェスターに関する真実を書き記すことが、後世への義務であると決意した。これは作家としてのチェスターの真の業績を否定しようとするためではなく、その作品に人間的な文脈を加えようとするためなのだ。

うちの家族はみな——つまり、わたし自身と、妹と両親は——子どものころからチェスターには、とても変わっていて難しいところがあることに気づいていた。弟とわたしは、いろんな点で似通っていたが、チェスの心の奥底には、表に出ようとしないなにかがあった。それは黒くて手の届かぬもので、そこに近づこうとすると、家族はみな、決まって危険を感じた。

われわれの子ども時代は、難しくもあり、楽でもあった。楽だったのは、父がピケイ島主閣下と直接のコネを持つ成功した商売人だったからだ。そのため、うちの家族は、さまざまな優遇措置と生活の楽しみと影響力を有する、裕福な一家だった。われわれは個人教育を受けた。最初は、何人もの家庭教師をつけられ、のちに島の反対側にある私立学校で。兄弟三人は、みなピケイ大学に入学した。

だが、家族の暮らしは難しいものでもあった。ひとえにチェスの機能障害行動のせいだ。彼は何度も医者や精神分析医のところに連れていかれた。医者たちは治療方法を見つけようとさまざまな努力をした——アレルギー療法、食事療法、心理テストなどなど。毎回、チェスは、どこにも悪いところはないという太鼓判を押され、一般的なコンセンサスとして、成長期の痛みを味わっているが、いずれ自然治癒するだろうというお墨付きをもらった。チェスターが、そうした干渉されずにすむ評決を勝ちとるよう、自分でなんらかの操作をしたのだ、とわたしは確信している。

魅力的でいようと望むと、チェスターは鳥を木から降りてこさせることができる、と母がよく言っていた。だが、世のなかに自分を別にして、ほかにだれかがいることを信じる気分でないとき、チェスは知り合いになりたくない人間だった。怒りっぽくなり、不機嫌で、人を威嚇し、わがままで、嘘つきで、それ以外にもごまんとひどい性格になれた……そうした子どもっぽい感情過多は、だれもが知っていることであり、きわめて正常なものなのだが、チェスの場合、そんな気持ちをいっせいに出してくることができた。あるいは、そうした気持ちを切り換えたり、次々に出してきたりできた。わたしがよく——いつも——的《まと》になった。そんな気持ちをぶつけられるのがわたしでない場合は、妹のスサーになった。彼女でない場合は、われわれふたりが同時に狙われた。

もしそうしたことが成長に伴う痛みというなら、治癒していく過程がはじまるのをどうにか待てただろうが、チェスターの場合、その過程は逆方向を向いていた。われわれ兄弟が幼いころは、チェスターの難しい性質はほんの短期間表れるだけで、ほぼ検知できないものだった。自分のやり方が通らないとき、涙を流しがちだとか、ふくれっ面をしている時間があるとかそんなものだった。だが、そんな態度はいつも短くしかつづかなかった。チェスターの本当の難しさは、彼が十代になってはじめて出現し、毎年、ひどくなった。

チェスターが二十一歳になるころには、もう手がつけられなくなっていた。彼の変わった行動で、もっともひどいものは、怒りっぽさだった。腹を立てるまでじつに速く、どんなに短時間でも社会的な集まりで他人に好意を抱けなかった。さらにまごつかせるのは、その行動のエキセントリックさだった——チェスターは、いつも、家のまわりにある物をまっすぐにしたり、綺麗にしたり、口に出して物を数えあげたり、訳知り顔で物を指差したりした。まるで自分のまわりにいる家族のだれかが調べ、自分の導きだした結果を確認するのを期待しているかのようだった。それよりもひどいのが、チェスターの憤怒だった。暴力を振るうぞという威し、攻撃的な態度、支配しようとする行動、まわりにいるみんなを陰険に傷つけようとし、ひっきりなしに嘘をついた。

チェスターは大学生活をどうにかまっとうした。おそらく自分の行動を少なくともある程度まで押さえることで。そのころには、チェスターがそうできることをわれわれは知っていた。だが、ひどく悪い成績で卒業した。それを自分以外のみんなのせいにした。

やがて大学を出てから数カ月経ったころ、突然、チェスターが高らかに宣言した。仕事のオファーがあり、それを引き受けるつもりである、と。率直に言って、わたしの反応は、またほかの家族の反応も、ほっとしたというものだった。われわれはみんな、家族といっしょの環境から離れ、新たな視野を広げ、ほかの人たちと働くことで、チェスターに変化がもたらされるかもしれない、と期待した。

その当時は、チェスターがいつか作家になるかもしれないなんて示すものはなにもなかった。元々とりたてて本好きではなく、読みはじめても、めんどくさくて読み終えられないとよく口にしていた。書き言葉になんらかの明白な才能を示すこともなかった——実際、学校の教師のひとりは、読み書き能力の深刻かつ、いっこうに解消されない問題が、チェスターの行動をひときわひどいものにしているのではないかと考えていた。しかしながら、それは誤った警鐘に終わった。たぶん、読み書き能力の問題は、チェスターがかなりひどい行動を起こしていた時期と関連していたのだろう。

仮にチェスターがなんらかの野心を抱いたとしていたら、それは父の仕事の方面にあるのではないかと家族は推測していた。もちろん、大人になってから、わたしのたどったルートがそれだったのだが。

チェスターの仕事というのが、ピケイでの仕事ではないのを知って、われわれは驚いた。家族のだれも聞いたことのない、アーキペラゴ内のある場所だった。

北の大陸にほど近い、北部の小さな群島で、故郷の島から船でそこにいくには、途中に何ヵ所も寄港して、少なくとも二週間はかかる。チェスターは仕事について家族にろくすっぽ話そうとしなかったが、劇場の支配人助手として働くのだと、言った。それを伝えたかと思うと、その日の夜のフェリーに乗るのだと言った。チェスターはばたばたと荷造りをすると、家族の運転で港まで送り届けてもらって、出ていってしまった。

家族になんの連絡も寄越さず、長いあいだ島を離れていた。当然ながら、われわれはチェスターのことを心配した。あの怒りっぽく、行動が読めず、気分屋で気が短く、皮肉好きの若者が、他人といさかいを起こし、まずい事態に陥るのが、しごく容易に想像できた。だが、遠くから見守りながら、子どもたちに自分で人生の道を切り拓かせ、経験から学ばせるというのが両親のむかしからの教育方針だった。チェスの場合、彼がはじめて家を離れたとき、父は私立探偵を雇い、居場所を突き止めさせ、様子を窺わせた。

最初の報告書は数週間後に届いた——チェスターは町の劇場で毎日働いており、幸せで充実している様子だという。住む場所を見つけ、自分のめんどうを自分で見ているそうだ。両親はそれから六ヵ月経つのを待って、第二の報告を求めた——最初の報告と大同小異のものが返ってきた。そのあとで、両親はそれ以上の観察を求めなかった。たぶん、求めたほうがよかったのだろうが。

まずい事態が起こったことを示す最初の徴候は、チェスターからわたしに届いた切迫したeメールだった。第二の報告書が届いてからさほど時間が経っていなかった。いますぐ自分のところにきてくれと、チェスターは要求した。数分後、第二のメッセージが届いた。そのなかで、ピケイを発つ際になにも説明しないことをわたしに誓えと求めてきた。故郷に帰るつもりだが、いつになるかは言えない、と書いていた。

そこに三番目のメッセージがきた。あの連中——どの連中だかチェスターは書いていなかったので、わたしにわかるわけがなかった——が実家にきて、あれこれ訊ねてくるかもしれない、とチェスターはわたしに警告した。もしそのように訊いてきたら、わたしがチェスターであるふりをして、チェスターが島を離れているあいだずっとわたしはピケイにいたときっぱり言ってくれ、と懇願した。それ以上なんの説明もなかった。

その要求のふたつの部分は、理論上、かなえることが簡単だった。自分はこのピケイの実家にずっといたと正直に言うことができるし、必要なら、それを証明してくれる目撃者をいくらでも出してくることができた——両親や、実家の使用人たちや、町の友人たち。第二の部分も問題ではなかった。少なくとも実際の運用面では。チェスとわたしは似ていた。子どものころから、しょっちゅう、まわりの人間はわれわれ兄弟を取り違えていた。だが、両者をひとつにまとめると、嘘になる。チェスがなにをしていたのかさっぱりわからなかったし、どこにいたのかすら知らなかったので、いっそうひどい嘘になるのだ。

そのことをあれこれ考えている余裕はほとんどなかった。というのも、チェスの最後のeメールを受け取った翌朝、島主警察のふたりの警官がチェスとの面会を求めにきた。おののき震えながら、疑念と、過去永年にわたり自分にとっては、怪物にほかならなかった弟への見当違いの忠誠心を抱えて、わたしは警官に会いに降りていった。

可能なかぎり最小限の嘘しかつかなかった。彼らはわたしをチェスターだと思いこんでいたので、その誤解を解かなかった——不作為による嘘だが、嘘にはちがいなかった。過去数ヵ月自分がどこにいたのか、正直に話した。そこに嘘はなかった。ただし、またしてもわたしは言うべきことを言わなかった。警官たちはわたしに対してずっと慇懃無礼だった——父がこの島に及ぼしつづけている影響力に合点がいった——だが、わたしが口にするあらゆることを疑わしく思っているのは明白だった。

少なくとも二時間は聴取を受け、わたしが口にしたことはすべて記録された。ふたりのうちひとりの警官がずっとメモを取っていた。この聴取の理由についてふたりはなにも言わなかったが、この訊問の背後にある謎めいた特定できない空間が、徐々にある特定の形を取りはじめた。わたしは、断片をつなぎ合わせ、起こったかもしれないこと、起こったにちがいないこと、弟がそれに果たしたであろう役割について、ひとつの考えをまとめ上げることができた。

チェスターが働いていると言っていた劇場で、暴力的な死亡事件があったのを導きだすのに長くはかからなかった。事件当時、チェスターはその劇場にいたか、あるいは少なくともおなじ町にいたと思われているが、警官たちは確信を持っていなかった。チェスターは（わたしは）もはやそこにいないが、警官たちは、いつ彼が出ていったのか知らなかった。死亡事件は舞台装置か小道具のなんらかの故障か事故が原因だった——大道具が関係していた。あるいは跳ね上げ戸がからんでいたのかもしれない。だれかが舞台上で死んだが、警官たちは、それが純然たる事故だったのか、事故に見せかけるよう偽装をほどこし、入念に計画して被害者を襲ったものなのか、突き止めようとしていた。またしても、その事態における弟の役割は不明だった。

警官たちは、わたしを誘導しようとしていた。すべてが事故だったとわたしが認めさえすれば、彼らの取り調べは終わるのだとほのめかした。わたしはなにも言わなかった。すっかり怖くなって、細部をでっち上げることができず、チェスターに言えと求められていた大まかな枠を外れることもできなかった。

やがて警官たちは立ち去った。また話を訊く必要があるかもしれないと念押ししたうえで。事前に連絡せずにピケイを離れてはならないとわたしに命じた。実際のところ、その聴取で警察との関わりは最後になった。なぜなら、彼らから連絡は二度となかったからだ。チェスターも彼らに事情を訊かれることはなかっただろう。

チェスターは島に帰らなかった。「もうすぐ戻る」というメッセージをときおり寄越してきて、口をつぐんでいるように、あるいはせめて自分の希望に従ってほしい、とあらためてわたしに頼んだ。

わたしにとって問題だったのは、弟を守るために嘘をつかされたという事実だった。嘘はささやかで、あいまいで、中途半端なものだったが、それでも嘘であることに変わりなく、明らかに弟はなにか深刻な事態に関与していた。わたしはこの件をずっとよくよく考えていた。日々が過ぎるにつれ、チェスターのことをますます腹立たしく思うようになっていった。彼はここにいないため、直接対峙できず、わたしのなかで憤懣の圧力が高まっていった。

仮にチェスターが島に戻ってきても、彼といっしょには住めないと考え、両親の援助を得て、実家からはかなり離れているピケイ・タウンに小さな家を購入した。そこに引っ越して、落ち着き、チェスターと彼の変わりやすい気分と、わたしを操るやり方から逃れ、自分だけのものになると願った生活をはじめた。二度と彼と会うことがなければ、その願いは叶ったはずだったのだが。

だが、ある日、チェスターは戻ってきた。夜行フェリーでこっそりピケイ港に到着し、身の回り品を入れたバッグを背にかついで、実家までずっと歩いて帰ったという。翌朝、自分のベッドで眠っているところを、使用人のひとりに見つけられた。

弟が故郷にまた戻ったのだという否定しがたい安堵

感とないまぜになった好奇心から、わたしは二度と会うまいと誓ったのを忘れてしまった。その日遅くにわたしは実家にいった。

チェスターは変貌を遂げていた。以前より痩せて、健康になっている様子で、その物腰は以前に見たことがないような落ち着いたものだった。長い船旅で疲れていたものの、屈託がなく、友好的な態度だった。彼はわたしを両腕で抱き締めた——以前には一度もやったことのない行動だった。服から塩の臭いと船のエンジンオイルの臭いがした。元気そうだな、とお世辞を口にし、また家に戻ってきて嬉しい、と言った。実家からなぜ引っ越したんだと訊ね、兄貴の新居を見てみたいと言った。

われわれはふたりで長い散歩に出た。家の地所を横切り、まわりを囲んでいる森を抜け、海をはるか下に望む高い崖の上の細道にたどりついた。エメラルド色の海に近隣の島が見える景色や、きらきら輝く波、燦々と降り注ぐ陽の光、舞い降りてくるカモメを愛でた。われわれ兄弟の共通した人生の背景としてすべて見慣れたものだった。安心感と思い出にあふれ、現在と過去が手と手をとりあっている感覚があった。

われわれは歩きに歩いた。言葉数少なく。ただそれは、風が強かったからだ。高い崖を上がり下がりする険しい道が話をするのを難しくしていた。以前によく休憩していた場所にやっとたどりつく。崖の頂上にある少し谷になっているところで、細い川が湧き出て、岩がちの波打ち際まで流れ落ちていた。

チェスターが言った。「ありがとう。礼を言うよ、ウォル。警察を追い払ってくれて」

「なにをやったのか話してくれないな」

チェスターはなにも言わず、目を逸らして、海を眺めた。われわれは南西方向を見ており、午後もなかばを過ぎ、太陽がまわりの島影を長く伸ばすほど低くなっていた。人生になにがあろうと、つねに変わらぬものがある——この眺め、この強い風、ダークグリーンの島々が織りなすこのみごとな全景、ゆっくりと進む船と果てしない海。

「決心したよ」しばらくして、チェスターは言った。「ぼくはもう二度と出ていかない。ここが残りの一生を過ごす場所だ」

「いつか気が変わるさ」

「いや、確信がある。これからもずっとここにいる」

「島を離れているあいだになにがあったんだ、チェス？」

だが、彼はけっして答えなかった。そのときも、それ以降も。われわれはざらざらした崖の岩の上に腰を降ろし、眼下の島々を見下ろした。言葉にされないなにか大きなものがわれわれのまわりに浮かんでいた。

やがて、われわれは実家に歩いてもどった。

チェスターの行動は、相変わらずわたしを神経質にさせた——彼の暗黒面が一気に表れるのをずっと待ちつづけた。チェスターがそんな態度を取っているとき、いつもわたしは怯えていた。ある意味、好人物を装っているとき、親しみやすい人間のように見えているときがいっそう警戒を要するのだ。よく知っているのだが、突然、チェスターは変わってしまえるのだから。

家族のもとに戻ったときのチェスターの態度はそんなものだった——つまり、理性的で、他人の求めるものを敏感に察知できた。そのせいでわたしは不安になった。島を離れていた数カ月に関してチェスターがなにも言おうとしないので、わたしは、彼のために嘘をつかねばならず、不当な仕打ちをされたという未解決の気持ちのまま放っておかれた。せめて説明をしてくれてもいいのではないか？

その説明は長い歳月、やってこなかった。説明を聞いたときも、間接的なもので、チェスター自身の口からではなかった。

とはいえ、帰還に際してのチェスターの気性の変化は永続的なもののように思えた。当初の不安はあったものの、わたしは次第にその考えに慣れてきた。もし行動の暗黒面がまだチェスターのなかにあったとしても、彼は心のなかにそれをとどめており、残りの生涯、とどめつづけた。島を離れているあいだにほかになにがあったにせよ、どういうわけか、そのことがいまの状態を導いたのだ。チェスターの性格はすっかり矯正されていた。

ほかにも変わったことがあったが、それが表に出てくるまでにはもっと時間がかかった。わたしは実家から離れて暮らしていたため、めったにチェスターと会わず、そのためなかなか気づかなかった。

チェスターは物事をじっくり考えるようになり、思慮深くなった。よく本を読むようになった。家のまわりの敷地を、さらにその先、崖をまわりこんで、町まで、ひとりで長い時間をかけて散歩した。ある時点で、文章を書きだした。わたしはその件をなにも知らず、家でその件の話はほとんどしないことをスサーから聞いた。家の最上階にある自室にずっと籠もっているそうだ。静かな存在で、さまざまな家族の行事には参加したが、いつもそのあと自室に戻って、ひとりになるのだという。階段をぶらぶらとのぼっていき、書斎にたどりつくと、そこからは長い沈黙が返ってくるばかりだという。

チェスターは処女長篇を書き上げ、出版してくれるところを探そうと、送りだした。しばらくして、たぶん一年かそこらして、その作品は出版された。一部わたしに献呈してくれた。扉のページに署名を記して。だが、正直な話、その本をわたしは読まなかった。

第二長篇が現れ、ついで第三長篇、さらに多くの作品が書かれた。これはまさにチェスターのあらたな人生だった。

わたしもあたらしい生活を迎えていた。ヒサーと結婚したのだ。すぐに幼い家族を迎え、それにともなうあらゆる心配事が増えた。スサーも結婚し、リレン＝ケイの島に引っ越した。彼女も子どもをもうけた。やがて両親が亡くなり、建物と土地は、われわれ兄弟の共同資産になった。チェスターは実家にまだとどまっている唯一の兄弟だった。使用人の数を減らし、広い屋敷にひとりで住んでいた。

日々取っている新聞でチェスターの記事を目にして、彼が有名な作家になりかけているのにはじめて気がついた。その年の後半に出版される予定の長篇があると伝えるだけの記事だった。わたしにはそれが穏やかな驚きだった。チェスターの長篇の出版予定が報道する価値があるニュースだと見なされているのだ。そのころには、チェスターは四、五作の長篇を書いており、ときどき書評されているのを目にしていたが、今回はまだなにも出版されていない小説に関する記事だった。わたしはその記事を切り抜いて、実家のチェスターに送った。チェスターがその記事を見たかどうか、定かではなかったからだ。チェスターは切り抜き送付についてなにも言わず、そのころにはわれわれはなににつていても言葉を交わすことがなくなっていた。

チェスターの評判に関するあらたな変化の徴候は、妻のヒサーが町でよく耳にするゴシップをわたしに話しはじめたときにやってきた。どの話もわたし自身が直接聞いたわけではない――まわりの人々はわたしがその場にいると自分たちの考えを表に出さないようにしていたのだろう。わたしが聞いたことが弟に伝わると思っていたせいだろうか。だが、ヒサーはちがっていた。彼女は町で社交的な生活を送っており、ありとあらゆるタイプの友人がいて、自分の子どもたちといっしょに他人の家によく出かけており、演劇愛好会に所属し、歴史研究グループにも属し、ウォーキング・クラブにも属していた。週に一度の午後は、チャリティー商品販売店で勤務していた。などなど。

その噂話というのは、一度も結婚したことのないチェスターが、熱烈で、チェスターの書いたものに心服している女性たちに、しょっちゅう誘惑されたり、家に訪ねてこられたりしているのだというものだった。

一部のファンの女性たちは、おずおずと、身を忍ばせんばかりにやってきた。静かに島に到着し、どこか暮らせるところや泊まれるところを探し、町や島じゅうを動きまわって、どうも偶然チェスターと出くわそうとするらしい。ヒサーによれば、そうした女性たちは、容易に見分けがつくという。チェスターの話をしようとするのは、そうした女性たちだけだという理由からだ。彼女たちは店でチェスターのことを訊ね、彼の小説に関する質問でわれわれの地元の図書館員たちを悩ませ、あるいは、ただたんに町の中心のどこかに座るか立つかして、表紙が見えるように掲げてチェスターの本を読む。ときおり、この方法がうまくいくことがある――ヒサーの話では、町や港を散歩しているときに何度か、チェスターはそうしたファンのひとり、ふたりに見つけられたという。

もっと大胆な女性たちもいた。彼女たちはまっすぐうちの実家にいき、戸口でチェスターとの面会を求めるのだ――たいていの場合、チェスターは会うのを断っただろうが、たまには応じただろう。そのあとなにが起こるのかは、他人の知ったことではないが、チェスターは正常な性的嗜好の持ち主であり、ファンの女性たちの多くは、若くて、見栄えがいいらしい。

こうしたことはいずれもたんなる噂話にすぎないが、あるひとりの女性の重大な訪問だけはべつだった。

ヒサーもわたしも、あとになるまでその出来事についてなにも知らなかった。知ったときには、すでに女性はピケイをとっくにあとにしていた。彼女が町にきたことで、ちょっとした騒ぎが持ち上がった。なぜなら、女性がだれなのか、簡単にわかったからだ。かの有名な社会改革家であり作家であるカウラーその人だった。

カウラーはその日一番はじめに到着する予定のフェリーに乗って、突然やってきた。車できていないほかの徒歩旅行者たちとともに、夜明けの光を浴びて上陸した。スタッフはだれも同行していないようだった。カウラーは、上陸に手間取り、ほかの乗客たちとともに税関手続きを経た。そのころには、何者なのか気づかれてしまっていた。税関職員たちは、カウラーの一時滞在書類をすばやく処理したが、ほかの乗客たちは恭しくカウラーと距離をあけていた。

埠頭を離れると、すぐカウラーは町のタクシー乗り場に歩いていき、最初に停まっている車に乗りこんだ。彼女はだれにも会釈せず、港の貨物積み卸し用広場を横切って届いた歓声のさざなみに応えなかった。車が発進し、内陸部に向かって丘をのぼりはじめると、路肩に立っている人々が彼女に手を振った。

カウラーは弟の家にいき、そこにしばらく滞在したが、正確な滞在時間を突き止めることはわたしにはっいぞできなかった。その日一日だけだったかもしれないし、一晩か二晩泊まったのかもしれないし、もっと長かったのかもしれない。この点について、人々はさまざまな噂を流しているが、唯一重要なのは、カウラーがうちの実家に確実にいたということだ。

カウラーは暗くなってから、パネロン行きのいつもの深夜便フェリーに乗って、島を離れた。

二週間後、チェスターがわたしの家にやってきた。都合のいいことにヒサーは子どもたちと出かける予定になっていて、ちょうど家を出ていったところだった。家の外でチェスターは、うちの妻子が出かけるのを待っていたのではないかという気がした。つい最近会ったばかりであるかのように、われわれは挨拶したが、チェスターはすぐにここに訪ねてきた本題に入った。

「ウォル、手を貸してほしい」チェスターは言った。「やっかいな立場に立たされているんだ。眠れない。仕事ができん。食べることすらできない。落ち着けないんだ。なにか手を打たねば」

「病気なのか？」

「恋に落ちたんだ」兄弟同士にしか見せない恥ずかしがりかたをした。「エズラという名前なんだ。彼女にぞっこんだ。四六時中、彼女のことを考えている。彼女の顔を思い浮かべている。声が聞こえる気がする。ほんとうに綺麗なんだ！ とても知的で、遠慮なく意見を言う！ とても繊細で、思いやりがある！ だけど、連絡を取れないんだ。彼女はぼくを置いて出ていき、いま彼女がどこにいるのか、どうやったらもう一度見つけられるのかわからない。気が狂いそうだ」

「それってカウラーのことか？」

「エズラだ、そうさ。エズラと呼んでいるんだ」

そのときになってはじめて、カウラーに姓だけでなく名もあるはずであることにわたしは気づいた。

いったん話しだすと、チェスターを止めることはできなかった。止めどなく、取り憑かれたように、口をはさむ暇すら与えてくれずに話した。どうにか割りこめた質問も、かの女性に対する愛と、置いていかれたいらだちをますます滔々と語らせるきっかけになるだけだった。

「彼女のところにいけばいい」ようやく中断が入って、わたしは言った。「彼女がどこに住んでいるか知ってるはずだ。どの島の出身なのか知ってるだろ。彼女は自分をローザセイのカウラーと呼ぶことがときどきある。ローザセイに住んでいるんじゃないのか？」

「そう思う」

「だったら、そこにたどりつく航路を探すだけですむじゃないか」

チェスターが自信のない表情を浮かべた。「それができないんだ。ぼくはピケイを離れられない」

「どうして？」

「渡した小説を一冊も読んでいないのか？」曖昧な表情に見えるように意図した顔で応えた。なぜなら、新刊が出るたびに署名をした献呈用本を送ってきてくれていたが、わたしはまだどれも読んでいなかったからだ。チェスターはつづけた。「ぼくは創造したんだ、一種の……神話《ミュトス》と呼んでいるものを。ぼくのすべての長篇のなかに出てくる。ぼくはピケイについて書いている。いまの島の姿を現実的に描いている。ときには、過去の姿をおなじように現実的に描いている。長篇のうち二冊は過去が舞台だからだ。だけど、現実的であると同時に、ぼくが小説のなかで創造したピケイには、ある神話がある。ぼくはピケイを〝痕跡《なごり》の島〟と呼んでいる。住民をある魔法で縛りつけている場所だ。だれも島を出ていくことができず、だれも出ていきたいと願わない。ここで生まれた人間は、永遠にここに捕らえられていると言われている。この島は心理的な痕跡、祖先と幽霊と過去の人生の名残《なごり》に覆われている」

「それは事実じゃない」

「もちろん事実じゃない。神話だ。ぼくがこしらえたんだ。ぼくはメタファーとして用いている。象徴的言語として。ぼくは小説を書いている、創作だ！　わかるだろ？」

「いや、よくはわからん」

「現実的な言い方をすれば、ぼくはけっしてピケイを離れられないということだ。いまはだめだ。ぼくの本がみんな無価値なものになってしまう。もし読者が知ったなら――まあ、読者の大半はどうでもいいんだけど、どうでもよくないのはエズラなんだ。だれよりもエズラだけは真実を知ってはならない。だから、ぼくは彼女を追いかけられないんだ」

チェスターはまさに愛に陥った男だった。自分自身の情熱に目がくらんでしまっている。そして、そのとき、チェスターも自分自身の虚構の創造物に捕らわれてしまった人間であることを知った。

その日の午後は過ぎていった。チェスターの強迫的な欲求を好きに話させた。ひとつには、本気で彼を助けたかったからだが、複雑な感情を抱いている自分のじつの弟が、まったくあらたな、前例のないふるまいをするのを目の当たりにするのに興味をそそられたからでもあった。チェスターはまずじっとしていられなかった。椅子から勢いよく立ち上がったかと思うと、居間をうろうろ歩き回り、いったりきたりし、腕を振り回し、顔をしかめ、大仰にまくしたてるのを繰り返した。

結局、わたしは訊いた。「おまえの望みはなんだ、チェス？ 助けがほしいと言っただろ」

「ぼくの代わりにエズラ・カウラーを探しにいってくれないか？ 信用できるのは兄貴だけだ。彼女についてなっていることはどんなささいなことでも教える。ローザセイ島、ともに働いている人たち、この先予定されていると彼女が話していた講義の日程。よく旅をしているが、おおやけに姿を現す場合は、通常、事前に公表されている。費用は全部ぼくが払う。兄貴にやってもらいたいのは、彼女を探しだし、ぼくがどれほど彼女を愛しているのか伝えてもらうことだ。そして頼んでほしい、懇願してほしい、考えつくあらゆる手段を講じて、彼女にここに戻ってきて、もう一度ぼくに会うようにさせてくれ。もしそうしてくれようとしないなら、せめてぼくに連絡を取るようにさせてほしい。緊急の用件だと、生きるか死ぬかの問題だと、なんでもいい、思いつくかぎりの理由を伝えてくれ。ぼくは必死なんだ。このままではだめなんだ。彼女といっしょにいなければならない！」

話を聞きながら、わたしは考えていた——おれには妻も子もいる、支え、維持しなければいけない家がある、重い責任を抱えた仕事もある。すべてをうっちゃって、このバカのお遣いのため、急いででかけるなど、本気で考えているのか？

かつて、この弟のため、のっぴきならない状況に追いこまれ、こいつのために嘘をつき、ろくにわかっていない理由のため、こいつを救おうとしたというのに、いったいなにがあった？ ずいぶんあとから渋々礼を言われ、それから長い沈黙だ。

ところが、わたしは弟の依頼を考えていた。相手は大きな窓から注ぎこむ日溜まりのなかに座っている。ヒサーと子どもたちが通用口から騒々しく家に入ってくる音が聞こえた。正常な生活の満足感がわたしのまわりで形を取りもどしはじめた。

やがて、わたしは言った。「わかった、やってみよう」

チェスターは喜びに当惑のまじった表情でわたしを見た。「ほんとか？」

「ただし条件がある。おまえの身を守るため、警察に嘘をつかせた理由《わけ》を説明してくれる場合にだけ、その女性を探しにいこう。あの当時、いったいなにに巻きこまれていたんだ？」

「それが今回の件になんの関係があるんだ？」

「おれにとっては、ほぼ全部のことに関係している。あの劇場でなにがあったのか教えろ。だれかが死んだのか？ おまえに責任があったのか？」

「ずいぶん昔の話だ。ぼくはただの青二才だった。いまは問題じゃない」

「おれにとってはいまでも問題なんだ」

「なぜ知りたいんだ？」

「なぜならおまえがおれに警察に嘘をつかせたからだ。今度もおまえのためにカウラーに嘘をつかないといけないのか？」

「いや――エズラのことでいま話したのは全部ほんとうのことだ」

「じゃあ、もうひとつの件でほんとうのことを話せ」

「だめだ。話せない」

「だったら、おれはその女を探しにいけないな」

ふたたびむかしの黒いチェスターが一気に現れ、わたしを威し、甘言で言いくるめようとし、なんらかの恐喝材料やほかの操作手段を用いてくると予想していたのが、その日、チェスターがあのむかしの破壊的な悪魔をついに永遠に埋めてしまったのだと、気づいた。

チェスターは真向かいの椅子に深く腰を降ろし、肩を落としたようだった。少しのあいだ、チェスターは泣いた。目を拭って立ち上がると、椅子を離れ、窓にもたれ、外の通りを眺めた。ヒサーが部屋に入ってきてもチェスターは反応しなかった——妻はわたしといっしょにいるのが何者であり、ふたりのあいだになにか厄介な事態が起こっているのを悟ると、すぐに出ていった。

「めんどうをかけてすまない、ウォル」ふいにチェスターはそう言うと、ドアに向かった。わたしを見ようともしなかった。わたしは立ち上がった。「もう二度と頼まない。なにかべつの方法で彼女を探すよ」

「チェス、劇場での一件がまだおれたちのあいだに立ちはだかっている」

「放っておいてくれ」

「できん」

「どうしてみんなまだあのことに興味をそそられているのか、理解できない」

「みんな?」

「エズラもあの件のことをずっと訊いてきた」

あの女性が弟の家でなにをしていたのかわかっておいてしかるべきだったが、わからなかったので、わたしはなにも言わなかった。

チェスターは立ち去った。そのときほど、弟に悪いことをしたと思ったことはない。

その後の歳月は、ざっと言って、われわれみんなにとって、安定した時期だった。チェスターは、きっと失恋の痛手に苦しんだのだろうが、最終的に克服したにちがいなかった。ヒサーの話では、チェスターの文学を愛する女性ファンは、ぽつぽつと町を訪れつづけているそうだ。そんな彼女たちのなかに、哀しみを和らげてくれる相手を見つけられただろうと想像している。実際はどうか知らないし、どうでもよかった。

チェスターは書きつづけた。彼の本が出版されつづけたのだから書きつづけたのがわかる。うちの子どもたちはゆっくりと育ち、われわれは徐々に育っていく家族につきもののさまざまな悲しい出来事や楽しい出来事を経験し、味わった。ヒサーとわたしは島の外で長い休暇を何度も過ごした。仕事はつづいた。万事順調に思えた。

チェスターの長篇を読んでみる頃合いだと判断し、全作読破した。ゆっくりと慎重に読んだ。執筆順に読んだ。

断言するが、チェスターの小説は、ふだんわたしが好んで読んでいるたぐいのフィクションではない。強力な筋立て、興味深く、最後には成功する登場人物たち、彩り豊かであったりわくわくさせられたりする背景のある小説のほうが好きだ。冒険小説や謀略小説、勇敢な行為の出てくる小説を好んでいる。チェスの小説は、敗者や失敗を題材にしているように思えた。彼の物語のなかではだれひとりとしてなにかに成功することはなく、絶えず疑問が広がっていき、文体は飾りを廃したもの、あるいは皮肉なもので、登場人物のだれもが自分たちをどこにも連れていかない込み入った行動を取る。小説の舞台背景に関しては、すべての本がピケイを舞台にしているようだった。わたしが暮らしているこの町を舞台にしていた。だが、見覚えのある場所が出てきたと認識するのは難しかった。ある本には、わたしの家がある通りが言及されているものの、細部はどこをとっても実際のものと異なっていた。

一冊の小説がつかのま、わたしの興味を惹いた。劇場で起こった暴力的な死亡事件を描いていたからだ。注意力が研ぎ澄まされたが、すぐに、その小説がチェスターのほかのどの小説とも変わらぬものであるのが明らかになった。過去にチェスターの身に起こったことに関する手がかりがその小説のなかにあったとしても、わたしにはなにひとつ見つけられなかった。

チェスターの本を読み終えることができてほっとしたし、なによりも気が咎めていたのが解消されたことにほっとした。少なくとも、チェスターがなにを書いたのかわかった。たとえ一日か二日したら、その細部をほとんど思い出せなくなるとしても。

カウラーと彼女のチェスターにもたらした破壊的な衝撃についてわたしは忘れかけていたのだが、ある日、意外なことに、彼女はチェスターの人生にいきなりもどってきた。

その事態の背景にあるのは、知的障がいのある若者の処刑だった。若者が犯したと思われている殺人事件ゆえの処分だった。この処刑は数年まえに実施されていた。

なにが起こったのか、わたしはとりたてて関心を持っていなかったが、若者の処刑に関して起こった論争のことは覚えている。極刑はアーキペラゴでは、ありふれたものではないが、数多くの島でいまだにおこなわれていた。つねに熱のこもった論議を生む問題である。わたしは国家による殺人という考えには個人的には反対しているし、むかしからその立場でいた。そのため、あらたな絞首刑やギロチン刑が執行されたというニュースを聞くと、胃が苦しくなり、そんなことがおこらなければいいのにと願うが、法の適正な手続きが取られたはずで、すべての上訴が徹底的に検討されたはずだと考えて、心の安らぎを得ようとする。

その観点からすると、シントンのギロチン処刑は、ほかの死刑と少しも変わらなかった。証拠が圧倒的にシントンに不利であり、彼は完全な自供をし、少しも改悛の情を示さず、彼の所属している群島では、法とその矯正手段が明確であると、ニュース報道で知っていた。それ以外の詳細は、ちっとも知らなかった。

有名なリベラル派の社会改革主義者であり、社会運動の指導的執筆者であるカウラーが、なんらかの理由から、この事件の再審を求め、シントンは誤審の犠牲者だったのかどうかを調べさせようという運動に自ら積極的に関わった。彼女の導いた結論は、驚くことではないが、シントンは誤審の犠牲者だったというものだった。

わたしは、この問題を扱ったカウラーの本が、新聞で書評されるのを読み、興味を覚え、この本が死刑に関するわたしの見解のほうにより多くの人々を近づけさせるかもしれないと思って、喜んだ。だが、実の弟の人生にカウラーが与えた、短いが破壊的な衝撃のせいで、カウラーの手による文章や彼女に関する情報をもはや完璧な中立の立場から扱えなくなっていた。

ある日、彼女の本が出版されてからさほど時間が経っていないころ、チェスターがわたしの家に姿を現した。最後に会ってから一年以上は経っていたが、時間的に数カ月会わずにいたのは、珍しいことではなかった。チェスターは長居をしなかった。

「これを見たか?」声高にそう言うと、チェスターは淡い色のカバーのついたハードカバー本を掲げ持った。「なぜ彼女はぼくにこんな仕打ちをするんだ?」

チェスターは本をわたしに向かって投げ、わたしは受け取ろうとしたが失敗した。チェスターは背を向け、もう通りに向かっているところだった。

わたしは床に落ちた本を拾い上げ、それがなんなのか見た。

「なんのことか、さっぱりわからん」わたしは言った。

「読んでみれば、わかる。あの女に恋していたなんて信じられない。あのときうちにやってきた際にどんな心づもりでいたのか、わかっておいてしかるべきだった。劇場でぼくがやっていた仕事についてあれこれ訊いてきた。あそこで起こったことをなにか見たかって? なにか知っているかって? 彼女はほかの連中と違っていると思っていたんだ。だけど、ぼくはどうしようもない愚か者で、すっかりのぼせあがっていた。まんまとだまされたんだ」

「読ませてもらうよ」その本に弟に関する情報が含まれているのをすでに感じながら、わたしは言った。「なんらかの形で、おまえに被害をもたらす本なのか?」

「そいつを読んで、そのあと捨ててくれ。二度と目にしたくない」

足音高くチェスターが立ち去ると、わたしはすぐに腰を降ろして、その本を最初から最後まで読んだ。とくに長い本ではなく、きびきびとした魅力的な文体で書かれていたため、読みやすく、並外れて説得力があった。

カウラーは最終的にケリス・シントンの処刑につながった殺人事件に関する話を書いていた。被害者、コミスと呼ばれている舞台芸人の背景を膨大に調査し、コミス殺害が起こった劇場についても詳しく調べていた。

事件現場を再構成するカウラーの腕前は、みごとなものだった。警察の捜査を慎重にたどり、手に入るかぎりどこにでも出向いて、オリジナルの供述調書や事情聴取記録を参照していた。そのうえで、ケリス・シントンの物語を書き記した。いかにして彼が巻きこまれたのか、いかにしてたいした量のない状況証拠が彼を有罪にしたのか。

一番長い章のなかで、カウラーはシントンの子ども時代と精神的な背景について書き記していた。シントンが暮らしていた、貧しく、社会的に混沌とした世界のことも。いくつものほかの例を引き合いに出していた。シントンが巻きこまれた、比較的程度の軽い犯罪のことを。最初はそれらの犯罪について口をつぐんでいたが、友人たちに印象を与えようとしてべらべらしゃべっていたかを。シントンの自供と言われるものをカウラーが詳細に分析してみせたあとだと、読者は、シントンが間違って起訴されたのだとなんの疑いもなく思いこんでしまいそうになる。無実の男がやっていない殺人の罪を着せられて死んだのだと、カウラーは読み手にはっきり確信させた。

そこまでの時点で、弟に関する言及はなにもなかった。あるいは、ないように思えた。だが、最終章でカウラーは、「もしシントンがコミスの殺害犯でないとしたら、いったいだれが犯人なのだ?」という疑問に答を出そうとしていた。

カウラーは当時犯行現場の近くにいたほかの人々の人生と背景を詳しく吟味していた。劇場の支配人、劇場を所有している会社の役員たち、何人かの舞台芸人たち、舞台の技術スタッフや裏方、臨時雇いの肉体労働者たち、町の住民、旅行客、殺人が起こった夜の観客たち。

そして、一般的な裏方仕事の助手としてパートで雇われていた「ひとりの若者」がいた。名前には触れられていない。のちに、その若者はこの話のなかで再登場させられる。死亡事件の少しまえ、「彼は殺された男と往来で暴力をまじえた諍いに巻きこまれたが、通りにいた目撃者によれば、誤解であったようで、ふたりの男は友好的に別れた」。そして、さらに「その若者は偽名でその仕事に応募した。捜査担当員たちの関心を大いに惹いた事実である。さらに言えば、若者は謎めいた状況で、なおかつだれもはっきりしたことは言えない時間に、島を離れた。このふたつの事実から、若者は少なくともしばらくのあいだ、最有力容疑者になった」

そして、以下の段落がつづく――「のちに警察当局は、その若者のほんとうの身元を確認した。当時、彼は知られていなかったが、のちに世界的に著名な小説家になった。疑う余地のない高潔さと誠実さを有する人物であり、当然のことながら、本書ではその名前を秘するものである。さらに言うなら、いったん彼の身元が知られると、捜査官たちが彼の故郷の島に派遣され、そこで決定的なアリバイがあることが証明された」

その若者については、直接的にもほのめかし程度でも、それ以外の言及はなかった。もちろん、若者がチェスターであると、わたしにはわかった——往来での暴力的な諍いに関する話が、真実味を加えていた。その年齢のころ、チェスはすぐに拳を固め、攻撃的な態度を取っていた。十代の頃、ピケイ・タウンで何度も口論に巻きこまれ、自業自得で、叩きのめされることがあった。

カウラーは、自分がコミス殺害の真犯人の身元を明らかにすることは不可能だけれども、いちばん大事な真実、つまり、ケリス・シントンは誤って起訴され、誤って有罪判決を受け、誤って処刑されたのだということは、まだ問題にされていないと述べる声明でその本をしめくくっていた。

最初、わたしはこの本にどう反応していいのかわからなかった。チェスターの名前は言及されていなかった。本のなかのなにも、チェスターがなにか違法な行為をしたと示唆していないし、彼の身元はとても曖昧で、「本当の正体」は数多くいる候補者のだれでもありえた——とはいえ、チェスターは、彼と同世代、ということはわたしと同世代でもある作家のなかで、世界的に著名なただひとりの作家だった。

しかしながら、カウラーの本をぼくに投げつけたとき、チェスターは明らかに動揺しており、本のなかに現れていること以外に、もっと知るべきことや話すべきことがあるのではないかという気がした。おそらくチェスターは、カウラーがほかの人が後追い調査をするために充分な手がかりを明らかにしたと心配しているのだ。確かにこの謎の若者が何者なのか身元を明らかにしようとするくらいの関心は惹くのではなかろうか？

カウラーに対するチェスターの怒りは多かれ少なかれ、わたしの怒りとおなじものだと想像した――彼女がまっすぐ家にやってきたのは、誘惑したり、なんらかの方法でチェスターの人生に自分の居場所を設けようとそそのかすためではなく、コミスの死に関する本の調査の過程で、たんに質問をいくつかするためだったのだと、弟は悟ったのだ。

チェスターがカウラーにぞっこん惚れてしまった事実は、たぶん、当日の彼女の目的に役立ったろうし、そのあとでは彼女にとってなんら関心のない事柄だった。

多年にわたり、わたしの習慣になっていたように、わたしはチェスになにも言うまいと決めた。カウラーの本について、彼になんの質問もしないと決めた。ただ、チェスターのために、カウラーに怒りを覚えつづけた。

数週間後、チェスターから葉書を受け取って、驚いた。ある晩に、ヒサーとわたしを自宅に招待して、一杯飲もうという誘いだった。まったく前代未聞のことだった。わたしはもう何年もあの古い家のそばに寄ったことがなく、ほかになにもなくとも、あそこをもう一度この目で見たかった。

当日になると、チェスターはとても親しげで、あきらかに上機嫌でわれわれを出迎え、招待したほかの友人たちにわれわれを紹介してくれた。気前よい大量の酒だけではなく、すばらしい食事でもわれわれを歓待してくれた。

カウラーの本が書棚の一本に表紙を表に向けて目立つように置かれているのに気づかずにはいられなかった。あとで、べつの一冊が、部屋の隅にある読書机のきちんと積まれた本の山のなかに、さほどあからさまでなく、差しこまれていることに気づいた。

チェスターを脇に連れ出すことに成功すると、彼女への気持ちが変わったようだが、いったいなにがあったのかとあけすけに訊いた。

チェスターは率直に応えた。「彼女を愛しているんだ、ウォル」

「いまでもか？　こんなことがあったというのにか？」

「これまで以上にだ。はじめて彼女と会った日からなにも変わっていない。ぼくはエズラのことを毎日考えている。彼女に会いたい、会おうと考えている。この家に届くすべての手紙、すべてのeメール、すべての電話が、彼女からのものであると想像するんだ。彼女はぼくにとって霊感を与えてくれる存在だ。もっとも尊敬し、愛している女性だ。彼女みたいな人と二度と会うことはないだろう。ぼくは彼女のために生きている。ぼくが書き記すどの言葉も彼女のためだ」

「だけど、おまえはあの本のことでとても腹を立てていたじゃないか」

「ぼくは軽率だった。彼女に裏切られたと思ったんだが、事実はまったく逆だとあとでわかった。彼女はぼくを守ってくれたんだよ、ウォル」

「ということは——もう一度彼女に会う計画があるんだな？」

「ぼくにわかっているのは、いつか彼女がぼくに会いにここに戻ってきてくれるということだけさ」

哀れなことに、チェスターの言うとおりだった。

チェスター宅でのこの夕べの集まりのわずか三週間後、チェスターは急性肺炎で倒れた。彼は生きようとがんばった。病院はありとあらゆる手段を講じて、彼を救おうとしたが、数日後、ひどく苦しんでチェスターは死んだ。

もちろん、葬儀がおこなわれ、病院のベッドで囁かれたチェスターの指示に従い、また、あとで書斎のなかで見つかったわたし宛の封印された手紙の指示にも従い、葬儀に参列するようカウラーが招待されることになった。

カウラーは当時優に六十代になっていたが、これまで見たなかでもっとも美しい女性のひとりだった。カウラーは、参列しているほかの人々にはほとんどなにも話そうとせず、ずっとひとりで立っていた。わたしは彼女を見ずにはいられなかった。そのときになるまでわからなかったことをついにたっぷりとわかりはじめていた。

葬儀のあと、参列者はチェスターの家に戻り、全員が軽く酒を飲んだ。参列客が帰りはじめると、ヒサーとわたしはメインドアのそばに堅苦しく立ち、礼を述べ、別れの挨拶をした。

カウラーの番がくると、彼女を抱きたいという衝動に襲われた。彼女を抱き締め、ごく短いあいだでいいので、なんらかの形で彼女を所有したいという奇妙だが、圧倒的な感覚に見舞われたのだ。彼女の姿を失いたくなかった。わたしから離れていかせたくなかった。永年にわたり、さまざまな異なる文脈のなかで、じつにおおぜいの人々が言及していた、かのカリスマ効果をわたしはようやく理解しはじめていた。

カウラーはわれわれの歓待に対して、上品に礼を述べた。わたしは握手をしようと手を差しのべた。カウラーはそれに応じなかった。

カウラーは言った。「あなたのことを彼からたくさんうかがいました、ウォルター。やっとあなたにお目にかかれて嬉しいです」

彼女の声は聞き間違えようのないもので、クイエチュード島嶼、すなわち風光明媚だが、はるか南にある群島特有の魅力的な喉音をつねに伴っていた。

わたしはふさわしい言葉を探しながら、口をひらいた。「きょうここにあなたがいることを知ったなら、きっとチェスターは喜んだはずです」

「いつかわたしがここにくるのを彼は知っていたはずです。こういう日だから、チェスターとわたしが永年愛し合っていたことをあなたに伝えなければなりません。わたしを名前で呼ぶことを許したたったひとりの人が彼です」

「あいつはあなたをいつもエズラと呼んでいました」

「そのとおりです。でも、これからは二度とだれもそう呼ぶ人はいないでしょう」

　そのとき、わたしはカウラーの右手に気づいた。握手しようとした手だ。指とてのひらに赤茶けた塗り薬が塗られていて、彼女はその手を体から少し離すようにしていた。ヒサーもそれに気づいた。

「手を切ったんですか、マダム・カウラー？」妻が訊いた。「見せてください。ベテランの看護師がいます。綺麗にして、包帯を巻かせてください」

「いえ、これは切り傷じゃありませんが、ありがとうございます」カウラーは手を引っこめ、われわれから遠ざけた。「自分で怪我してしまって、それだけです」

　そう言うと、カウラーは去った。砂利敷きの道を横切って、乗ってきた車のところにいき、その車はゆっくりと町に向かって走り去った。

　ウォルター・カムストンは弟の死んだ十三カ月後に死亡した。遺族は五十二歳の妻ヒサーとふたりの成人した息子だった。葬儀は地元の火葬場で密葬でおこなわれ、家族と親しい友人だけが出席した。

　チェスター・カムストンの墓は、教会の墓地を訪ねればおそらく見つかるだろう。墓地は火葬場に近く、そこにはチェスターの兄の記念銘板もある。

ローザセイ（1）唱えよ／歌え

ミッドウェー海南部にある小さな島ローザセイは、東に横たわるカターリ半島の湾曲した腕の部分に聳える山脈によって卓越風を受けずにすんでいる。夢幻《ドリーム・》諸島《アーキペラゴ》のこのあたりは、クイエチュード湾として知られている。南半球の温帯地帯深くにあるものの、大陸塊が風雨よけになって、広大で静かな湾が生まれていた。嵐がくるのはまれで、荒れた天候はまず知られていなかった。夏は温かく、夜が短くて過ごしやすい。穏やかな冬は昼が短くて肌寒い夜になる。春と秋は、絵のような自然の変化を楽しめる時期である。

さまざまな大きさのおよそ五千の島がクイエチュードで見つかっている。いずれも土地は肥沃で、人が住んでおり、政府は安定していて、産業は多種多様で、島と島との交易は有史以来、なごやかにおこなわれてきた。高い水準の成果を生んでいる創作芸術とパフォーミングアートがある。中立盟約が締結されたとき、クイエチュードの人々は百年以上にわたって批准を無視したのは有名な話。クイエチュードでは、アーキペラゴのほかのどこでも感じられていた平和への切迫感に影響されていなかった。

クイエチュード最大の島ではないにせよ、ローザセイはもっとも発達した島のひとつである。島の方言名は、「唱えよ」を意味している。ローザセイは、クイエチュード湾の南奥、もっとも涼しい地区に位置する。島で主要なふたつの産業は、牧羊と鉱業。高度は高いものの肥沃なローザセイの丘陵地帯が、島にたくさんいる羊を育てるための理想的な牧草を生やしている。

島の羊から取れる羊毛は、温かくて柔らかく、長持ちし、輸出による島の大きな収入源になっている。ローザセイの南部峡谷では、石炭が採れ、そこでは独自の方言が使われており（鉱夫たちは島のことを〝歌え〟と呼んでいる）、東部には、何世紀にもわたって採鉱がつづいている鉄鉱石の大きな鉱床がある。

ローザセイは、大学の島で、クイエチュード湾の南区域一帯に広がる諸島から学生を引き寄せている。表向きは鉱業と畜産という実務的な職業を専門にしているが、ローザセイ大学は民俗文学と民族音楽を扱う多くの魅力的な履修科目を設けてきた。後者の民族音楽については、実演に力を入れている。ローザセイ出身の舞台芸人の一座が定期的にアーキペラゴ全域を巡業しており、いずれもとても好評を博している。

社会改革主義者カウラーは、同大学のもっとも名高い卒業生である。旧名エズラ・ワン・カウラーは、ローザセイの中央渓谷の小さな農家で育ち、地元の村立学校で教育を受けた。十七歳のとき、奨学金を得て、ローザセイ大学に入学している。

カウラーの生家である農家は見学者に公開されているが、一部にまだ居住者がいるため、事前の予約が必要である。子どものころのカウラーが使っていたおもちゃや手紙が、出入り自由のラウンジに展示されている。母屋の隣に、小さいが、すてきな書店が併設されている。

カウラーは、まだ学部学生だったときに学内文芸誌『フリー！』を創刊し、最初の十一号を編集している。『フリー！』は、いまだに大半の島で存在している封建法の不公平さと、普通選挙権および人権の必要性について、論陣を張った。また、数多くの学生の詩や書評や短篇や絵を掲載している。もっとも名高い掲載作は、この文芸誌が不朽の名声を得ることを保証する作品となった、カウラー自身の手による長い論考で、『フリー！』の第九号に掲載された。

それはチェスター・カムストンの第三長篇『駐屯中』の書評だった。カムストンの初期長篇は、故郷の島の外ではすべて入手不可能だったのにどうやってその本がローザセイに届き、カウラーが入手できたのか、いまだに充分にはわかっていないものの、とにかくカウラーはなんらかの方法で手に入れ、書評が書かれた。エズラ・W・カウラーの筆名を用い――大学を離れるまで、ふたつの名字の使用をやめることはなかった――彼女は、カムストンの作品に関する最初の本格的な批評としていまでは知られている書評を著した。その内容から、カウラーがおなじ作家の第一長篇と第二長篇も読んでいたのを読み取ることができるのだが、この書評は、カウラーがカムストンの初期長篇について活字媒体で論じる最初の機会だった。『駐屯中』の書評は、ぎっしり文字の詰まった八ページからなるもので、同書への賛辞が横溢していたが、同時にカムストンの執筆動機やよくない書き癖と心理に関する数多くの考察と辛辣な当てこすりも含まれていた。一年以上経ってから、この生硬で不当だが、ウィットに富み、頻繁に引用された意見は、傷つきつつも興味をそそられた手紙が著者から送られてくることに結びついた。手紙が届くころには、カウラーは卒業し、大学にはいなくなっていた。

「親愛なる編集長殿」宛のその手紙は、『フリー!』には掲載されなかったが、原本は、こんにち、カウラー記念劇場の玄関ホールに展示されている。書評自体はこれまでに数多くの本に収録されており、『フリー!』にはじめて掲載されたときの当該ページの複製版が、カムストンの手紙の隣に展示されている。

この書評の驚くべき事実は、カウラーがカムストン作品の比類なき質の高さを正確に判別し、わかりやすく嚙み砕いて、称賛したということである。カムストン作品は、それからさらに何年ものあいだ、正しい評価をまるでされなかったというのに。発表当時、カウラーの論考は、ごくわずかな衝撃しか与えなかった——所詮、ろくに知られていない作家の無名の本を、マイナーな大学の学生が書評したに過ぎなかった。

卒業後、カウラーはローザセイを離れた。彼女の最初の仕事は、近隣のオルダス群島のコミュニティ・コンサルタント助手だった。工業化のかなり進んでいる群島の貧困層や移民層の不平不満の原因を拾い集め、三作ある戯曲のうち、最初の作品『消えた女』を書いた。

『消えた女』は、人権意識の高まりによっても改められていない封建主義へのあからさまな攻撃であり、何年ものあいだ、その作品のせいで、カウラーは報復によって命を危険にさらすはめに陥った。既得権を有している、おおぜいの貴族や領主がいた。カウラーの力強く、かつよどみない、詩的な言葉遣いは、きわめて新しいもので、この戯曲はオルダス・タウンの景気後退の著しい地区にある小劇場で上演されたのだが、一年もしないうちに、ファイアンドランドのジェスラにあるル・テアトレ・メルヴェイユで再演された。ジェスラでのロングランののち、この戯曲はアーキペラゴじゅうの多くのほかの劇場で上演され、こんにちでも定期的にリバイバル上演されている。

アーキペラゴのいたるところで島民たちが、自分たちの支配されている形への改革を要求しはじめたとき、『消えた女』は、自由解放を鼓舞してくれる作品としてよく引用された。作中に出てくる台詞が、解放運動のスローガンとして採用され、主役級の登場人物たちのイメージを用いたポスターが作られた。

カウラーはまもなくして、力強く感動的な演説家として認められるようになった。ローザセイを拠点とし、可能なかぎりいつもそこに戻っていたが、アーキペラゴじゅうの市民集会に出席するためたびたび旅行に出ていた。集会で、意識の高い聴衆をどんどん獲得していった。この間に第二の戯曲『認識の秋』が発表された。

まわりの期待とは裏腹に、『秋』は幕間に音楽が演奏される肩の凝らない喜劇だったが、多くの批評家はすぐにあるパラドックスを指摘した。ウィットに富む台詞のやりとり、行きずりの不倫や入り乱れた性的関係の場面の背後に、作者が遠回しに観客に語りかけている、やるせない悲劇があるにちがいない、と。カウラーがなにを意図していたにせよ、それは把握しにくいものに思えたが、戯曲のなかのテキストに手がかりがあり、作中の登場人物のスピーチのいくつかは、ほかの部分とそぐわぬ真剣さがあった。戯曲そのものは愉快な娯楽作品であり、満員の劇場で演じられたが、作品の中心にある謎は、ときに観客においてきぼりを食わせた。

カウラー自身はめったに自作を論じなかったが、ある公開演説の場で、聴衆からの質問に答える形で、音楽を省き、『秋』の四幕を逆の順番で、登場人物の性別を逆にして演じられたら、この戯曲の真の意味がおのずと明らかになるでしょう、と余談として述べた。

それからすぐに戯曲はその形で再上演され、まったく異なる様相を呈するのが明らかになった。こんにちでは、「オリジナルな」形で上演されることはめったにない。もっとも、カウラー記念劇場では、自主参加式の公演の形で、数年おきにオリジナル版を上演している。

カウラーの戯曲第三弾は、『秋』の再解釈がおこなわれているのとほぼ同時期に刊行された。『再構成』と題されたその作品は、あらたな悲劇だった——幕間休憩なしで三時間半ほどかかる大作である。ある島での暮らしを描く、連続した感動的な独白劇の形をとっている。それぞれの一人芝居は、次の語り手によって再構成され、たったいま語られたばかりの内容をさらに複雑にし、いっそうわかりやすくもしている。この戯曲で用いられている言葉は、これまでに舞台で語られたなかでもっとも優雅で、朗々としたものであるとみなされている。観客は、カウラーの散文に耳を傾ける体験によってほぼ一様に涙を誘われた。

　意外にもカウラーは『再構成』の初演のあとしばらくして、表舞台から姿を消した。その後はおおやけの場に姿を現すことはなく、ローザセイの安全措置を講じている家に籠もった。噂が飛び交った――カウラーは死んだ、どこかに隠れている、誘拐されたんだ――よくあるデマだったが、噂は、たんに推測だけに基づいている場合、次第にその力を失っていくものである。実際には、カウラーは世間から離れ、みずから閉じこもろうとしたようである。なぜならそのときから、作品を続々と生みだす長い時期に入ったからだ。

　カウラーは一連の書物を著した。いずれも解放の大義のための重要な論考だった。取り返しのつかない極刑の戦慄と、誤審の数多い例を取り上げた死刑反対論がある。この論文につづいて、そのような事件のひとつを取り上げて、焦点を当て、詳しく検証した本を書いている――およそ本人には実行不可能な殺人の罪を着せられたケリス・シントンの処刑に関する本だ。カウラーのこの本が出版されてからずいぶん時間が経って、シントンに死後恩赦が与えられた。個人の権利に関する二冊の本がそのあとにつづく――カウラーはすべての島に人権章典を採用させるための運動を継続的におこなった。南部の戦争からの脱走兵にインタビューしたものをまとめた本もある。封建主義に関する本を何冊も著した。この制度は夢幻諸島《ドリーム・アーキペラゴ》の大半の地域でいまだに残っているものの、多くの島で無数の改革がおこなわれてきた。『あなたにひとつ、わたしにみっつ』の出版は、経済改革を推進するのに決定的な役割を果たし、何百万人もの人間を貧困から解放した。カウラーのもっとも有名な社会改革運動のひとつが、戦争の女性被害者、すなわちその多くが売春を強要されていた女性たちの社会復帰を目指すものだった。カウラーほど効果的かつ広範な社会解放と改革に力を発揮した個人は、ほかにいない。

書籍同様、カウラーは多くの論考やエッセイを発表した。いろいろな組織からの依頼に応える形で書かれたものがしばしばある——カウラーは原稿を依頼した人たちの考えとは正反対の見解や立場の文章を執筆することがときどきあり、そのため、悪い意味で評判が立つようになった。こうしたエッセイは、彼女の人生のこの時期におこなった〝質問への回答〟と言えるものに極めて近かった。というのも、ローザセイに引きこもって以降、いっさいのインタビューに応じなかったからである。

カウラーが四十代なかばになったときに、ローザセイにカウラー専門学校の第一校が開校した。そこはいまも高度の社会学習の重要な中心になっている。ほかのカウラー専門学校設立がつづき、いまでは、数多くの島に存在している。

カウラーはそうした学校の開校式典への出席にときおり応じたが、けっしてスピーチをおこなわず、式典での小さな役割を演じるのが常だった——たとえば、リボンカットや、礎石を象徴的に覆うといったことをすると、静かに物陰に引き下がった。この種のイベントでのふるまいから、カウラーは自分によく似た女性を替え玉として使っているのではないかという臆測が飛び交った。カウラー自身も、のちにカウラー財団もそれを否定せず、こうした短時間の式典出席がつづいたため、その臆測はおそらく正しいものだったであろうが、害をおよぼすような欺瞞行為として見られることはけっしてなかった。

カウラーがみずからおおやけのまえで身元を明らかにしたのは、生涯であと一度だけであった。作家チェスター・カムストンの葬儀に出席するため、単独でローザセイを離れたときのことだ。ローザセイ港でフェリーに乗船するところを気づかれ——次の寄港地でおおぜいのジャーナリストが乗りこんできた。さらに多くのジャーナリストが、船が寄港するたびに乗ってきた。カウラーは個室を予約しており、ジャーナリストたちは、彼女が食事のため食堂に出かけるときしかその姿を目にすることができなかった。その後、アイア島で船を乗り換えねばならず、あたらしい船には個室がなかった。カウラーはその船旅のあいだずっとデッキか、パブリックエリアに座っており、カメラに次々と撮影されるたびに顔をそむけた。カウラーはすべての質問を無視した。その後、フェリー船の船長に懇願して、残りの船旅のあいだ、乗組員居住区に入れてもらい、人目を避けられるようになった。

帰還の旅はカウラーにとってさらに辛い試練となった。ストレスと悲哀が顔に色濃く表れ、船長室の使用を認められていたものの、プライバシーはないも同然だった。ついに報道陣に声明を出し、写真撮影を許すことに同意した。そのあとでそっとしておいてくれるならという条件で。

船がアイアとジュノのあいだを航行しているとき、カウラーは大ラウンジに立ち、五十ではきかない記者やTVカメラやカメラマンをまえにした。カウラーは、もっとも尊敬している仲間のひとりの突然の死に打ちのめされており、ひとりで悼ませていただきたいとだけ口にした。うしろに下がり、コメントは以上であることを示した。

取り決めを破り、マスコミのいやがらせはそのあともつづき、ついには海運会社の責任者が介入し、ジュノの飛行場からカウラーのための特別便を手配した。故郷ローザセイに着いたのは、だれにも気づかれなかった。カウラーは自分の家に引き揚げ、警備員が門とシャッターを閉め、室内の明かりは漏れてこなかった。

つづいて起こったことは、むかしからずっと不確かなままで、非常に精緻な吟味を必要とする案件となっている。カウラーはピケイから戻ってきてから数日と経たぬうちに死亡したと言われている。ごく内輪の人間以外、だれもカウラーの遺体を見たものはなく、その死の確認をしたのは、彼女のスタッフとして勤務していた医師だった。カウラーの遺体は、死後ただちに火葬にされたと言われている。死因は、「自然死――感染／寄生動物の体内侵入」と記録されている。これらのいずれも証明されたことはなく、カウラーがカムストンの死に乗じて、どこかほかの島にある秘密の避難所にこっそり逃げ出したのではないかという強い疑念がある。

しかしながら、彼女の死は法的事実として受け入れられた。彼女の著書と文書の大半は、連邦の首都グロウンド・シティの国立博物館に残され、こんにちまでそこに収蔵されている。そのなかで発見され、別途目録に載せられているのは、膨大なカムストンの遺品のコレクションである。そのなかには、カムストンの全著作ひと揃いに加えて、多くの書簡や写真、手帳、日記のページをコピーしたものがある。その文書化された資料の大半は、カウラーに宛てたもの、もしくはカウラーについて書かれたものである。カムストンのものであると断定的に確認された一房の毛髪すらある。

カウラーは一度も子どもを産んだことがなく、現存する家族はいない。彼女のスタッフとして働いていた人々による、数多くの感動的な追悼文や思い出の記録がある――そのなかでもっとも名高いのは、アイランダー・デイリー・タイムズの記者であったダント・ウィラーが書いた長文のエッセイである。この文章はさまざまな形で出版されているが、手書きの原本は、前出の国立博物館にある。ローザセイの外れにあるカウラーの自宅は、一般に公開されており、彼女の私物である数多くの魅力的な品物が展示され、彼女の原稿も同様にたくさん見ることができる。その家と、カウラーの遺産に関連する一切合切は、現在、カウラー財団に管轄されている。

ローザセイへの旅行者は、つねに歓迎されているが、一般的な観光客が観光するようなものは島にほとんどない。カウラーの生涯と作品を真剣に研究する学徒にとって、もちろん、ローザセイ訪問は不可欠である。ビザは不要で、難民保護制限法はない。通貨——アーキペラゴ・ドル、クイエチュード・オボロース。

ローザセイ(2) 臭跡

痕跡

書斎はその家の最上階の軒下に位置していて、あの人の痕跡が染みこんでいた。わたしが前回ここにきた二十年まえとさして変わっていなかった——ただずっと散らかっていた。立てられたり、横に置かれている書類や書籍のまとまったものが二卓のテーブルと一脚の机の下に積み上がっていた。作品を踏んでしまわずに床を歩くのは、まず無理だった。それ以外は、この部屋は記憶にあるものと寸分違わなかった。窓にはまだカーテンがついていなかったし、壁は本の詰まった書棚の奥にあって見えなかった。細いソファーベッドが部屋の片隅に押しこめられており、マットレス以外のあらゆるものが取り除かれていた。まえにここにきたとき、わたしたちが取っ払った毛布がからみあっている様子をけっして忘れないだろう。

この場にふたたびいるのは、衝撃的だった。とても長いあいだ、あの人の書斎、つまりまさにこの部屋は、記憶であり、内緒の喜びに溢れる秘密だった。だが、いま、あの人はいない。あの人の服、あの人の本、あの人の革製の書類ケース、古くけばだった絨毯の臭いが感じられる。あの人の気配がいたるところにある。部屋の暗い四隅に、床の明るく陽の当たった二枚のタイルに、書棚の埃に、そこに乱雑に斜めになって並んで立っている本のなかに、窓ガラスのねばねばした黄土色の汚れに、黄変した紙に、うっかりこぼしたインクが乾いた痕に。

あの人が呼吸した空気をごくりと飲みこみ、突然襲ってきた哀しみに胸がふさがった。この哀しみは、あの人が病に倒れ、死が差し迫っているという知らせを受けたときに感じた衝撃よりも、わけがわからないくらいはるかに強いものだった。自分が室内でいきつもどりつしているのはわかっていた。背中の筋肉が黒い喪服の硬い生地の下で凝り固まった。わたしはあの人を失ったことで茫然としていた。

哀しみを振り切ろうとして、オークの書見台に近づいた。そこであの人はいつも立って書き物をしていた。独特の形で背の高い体をまえに倒し、はぎ取り式の便箋の紙に右手でペンを走らせていく。その姿勢を取っているところを描いた有名なポートレートがある――わたしがあの人と会うまえに描かれたものだが、あの人の本質をみごとにとらえており、のちにわたしはそのポートレートの小型の複製品を買い求めた。

書見台の側面、曲げた指のあいだで煙を上げているいつも変わらぬ黒い巻紙の両切り煙草を持っている左手が習慣的に置かれている場所には、まわりより黒く変色した箇所がある。ニスについた古い汗染みだ。わたしは書見台の木の表面に指を走らせ、あの貴重な一日のなかでも特別な三十分のことを思い出していた。突然浮かんだ着想に心を奪われ、わたしに背を向けて、書見台のまえに立っていたあの時間のことを。

あの人が亡くなるまえにたどり着こうとしたこの必死の旅に出発したとき、あのときの記憶がずっとわたしに付きまとっていた。家族の人たちはあの人の病気について、手遅れになるまでわたしに連絡をしてこなかった。たぶん、意図的にだ――こちらに向かってい る途中、フェリー乗り継ぎ客用待合室で待っていたときに受け取ったふたつめのメッセージが、怖れていた知らせをもたらした。もう生きているあの人には会えないのだ、と。あの人のすらっと長い背中、傾けた首、真剣なまなざし、ペンを走らせる静かな音、髪の毛のまわりに渦を巻く煙草の煙という変わることのない姿を心のなかで思い浮かべながら、とほうもなく広い夢幻諸島《ドリーム・アーキペラゴ》を横断してきた。

下の階では、弔問客たちが集まりつつあり、教会への招集を待っていた。

わたしは大半のほかの弔問客よりあとに到着した。ピケイにたどり着くまで、気をもみながら、四日かかった。アーキペラゴのこのあたりを最後に旅してからずいぶん時間が経っていたため、途中にどれほど寄港地があるのかすっかり忘れてしまっていた。ほかの乗客と、荷物の積みおろしのせいで、どれほど遅れが生じるのかも忘れていた。最初、島々は、その多様な色彩と地形と雰囲気で、いつものようにわたしを魅了した。島の名前は前回のピケイへの旅のとき、はるかむかしのときの思い出だった――リレン＝ケイ、アイア、ジュノ、オルダス・プレシピタス。それらの名前は、これからあの人に会うための旅に出ているのだという息もつけないほどの期待感を思い出させるものだ。あるいは、帰還の旅の静謐で満足したさまざまな思いのことを。帰りの旅の思い出や、島に上陸したときに経験したいろんなことの思い出は、ひとつの短い出来事に凝縮されていた。

今回、島の魅力はすぐに色あせた。船に乗った初日が過ぎると、島はたんにわたしの邪魔をしているように思えた。船は島と島のあいだの波静かな海峡をゆっくりと進んだ。ときおり、わたしは手すりのところに何時間も立ち、船の両側に広がっていく矢の形をした航跡を眺めたが、まもなくすると動いているのは錯覚に思えるようになった。白く波立つ航跡から顔を起こすと、たまたま通りすぎている島がなんであれ、さきほどとおなじ位置にあって、ろくに海峡を横断していないように思えた。海鳥だけが動いていた。船のまわりや船尾で急上昇と急下降を繰り返している。海鳥たちは、船が向かおうとしていないどこかに消えた。船は海鳥ほど速くもなかった。翼があればいいのにと思った。

ジュノの港で船を下りた。もっとはやくいける航路があるかどうか突き止めたかったからだ。港湾事務所でいらだちながら一時間訊きまわったあげく、結局、乗ってきた船に戻った。まだ材木の積みおろしをしていたのだ。翌日、ムリセイで、自家用飛行機クラブで飛んでくれる飛行機をどうにか見つけた——上がったかと思うとすぐに降りる短時間の飛行だったが、おかげであいだにある三つの島の港を訪れずにすんだ。ところが、そのあと、せっかく短縮した時間のほとんどは、次のフェリーを待っているあいだに経過してしまった。

やっとのことでピケイに到着したのだが、あの人の死の知らせとともにとどいた葬儀次第によれば、あと一時間の余裕しかなかった。驚いたことに、遺族は波止場でわたしを出迎えるための車の手配をしてくれていた。ダークスーツ姿の男性が港の入り口に立っており、わたしが姿を現すとすぐに助手席のドアをあけてくれた。ピケイ港から運転手が車をたくみに操って離れていき、ピケイ・タウンとピケイ港の河口を囲んでいる低い丘陵地帯に入っていくと、旅行のつきなみな不安がするりと抜けていくのがわかった。ある種のくつろぎすらあった。船や到着時刻に気を揉んでいるあいだ距離をおいているようにしていた複雑な感情にやっと身を委ねることができる気がした。

いまや、その感情が大挙してもどってきた。一度も会ったことのないあの人の家族への恐怖。彼らがわたしのことで知っているやもしれないこと、あるいは知らないであろうことへの懸念。もっとひどい懸念は、もしわれわれの関係がおおやけに知られることになった場合、彼らがわたしを、つまり、その存在があの人の名声を傷つけるかもしれない恋人をどうしようと考えているのかということだった。あの人の病気の知らせ、そのあとでの死の知らせを耳にした瞬間からはじまった底なしの哀しみは、相変わらずわたしを吸いこもうとしていた。ふてぶてしい矜持なんて過去のもの。比べようのない孤独感、あの人の思い出しかなく、取り残された感じ。希望、あの人のなにかがまだわたしのために生きているかもしれないという、まったく理性を欠いた希望があった。

また、遺族があのメッセージを寄越した理由を考えて、わたしはまだ混乱していた。そんなことをした動機は、同情心からだろうか、悪意からだろうか、それとも肉親に死なれた家族のたんなる義務的な行為なのだろうか？　あるいは、ひょっとして、あの人がわたしのことを覚えていて、葬儀への出席をあの人みずから要望したのだろうか？　これはわたしが必死でしがみついている希望のひとつだった。

だが、こうした感情よりもまず、例の果てしない哀しみ、喪失感、最終的に見捨てられたという感覚があった。わたしはあの人なしで二十年間耐えてきた。いつの日か彼と再会するという、言葉で言い表せない希望にしがみついてきた。彼が死んだいま、わたしはついに人生のその側面に、完全に彼抜きで、直面せざるをえなかった。

運転手はなにも言わなかった。たくみに運転をつづけた。エンジンは休みなく動いており、隔壁が振動をつづけている船に四日間乗ったあとでは、車のエンジンは、なめらかで、音がしないくらいだった。わたしは自分の側のドアにある黒く色づいた窓から外を見て、車が速度を上げて道路を進んでいるかたわらにあるブドウ畑に目を凝らした。牧草地や、遠くのごつごつした峡谷、道路脇にところどころむき出しになった砂土に目をやる。前回こうしたものを見ていたはずなのに、なんの記憶もなかった。あのときの訪問は、曖昧模糊とした印象が残っているだけだが、中心には、あの人とふたりきりで過ごした数時間があり、それは鮮明でくっきりとして、いつまでも色あせなかった。

わたしはあの人のことだけ、あのときのことだけ考えていた。あの一度きりの機会のことだけを。

やがて、家に着いた。人々が門のところに鈴なりになっていて、わたしの車を通すため、たがいに押しのけあった。彼らは好奇心をあらわにしてわたしを見た。車が速度をゆるめると、女性たちは手を振り、身を乗りだして車のなかのわたしを見ようとし、わたしがだれなのか見抜こうと、あるいはわたしが彼らの推測している人間なのか確かめようとした。門は車のダッシュボードから放たれた電子信号に反応してひらいた。車がさらに堂々とした速度で敷地内の車道を進むと、門が背後で閉まった。公園のよく育った木々、背後の山々、遠くに見えるセルリアンブルーの海と黒い島々。二度と忘れないとかつて思った景色を見渡すのは、つらかった。

到着すると、ほかの弔問客とともに、わたしは応接室で黙って立っていた。知り合いはだれもおらず、まわりの人間の沈黙を侮蔑と感じとっていた。わたしのスーツケースが部屋の外の床に置かれたままになっていた。わたしは人の集まりから離れ、家の奥に通じているドアのところにいった。そこからメインホールを横切って、幅広い階段があるところまで見えた。

年輩男性が弔問客たちから離れ、わたしについてきた。男は階段を見上げた。

「もちろん、あなたがどなたなのか、われわれはみな存じ上げています」男の声は震えていた。

男は、明白な嫌悪感を浮かべて、せわしなくまばたきを繰り返した。一度もまっすぐわたしを見ようとしない。いちばんショックだったのは、顔が似ていることだ。だけど、この人は年を取っている！　とつぜんの困惑のさなかにいて、わたしは男が何者なのか失礼に当たらぬ推測ができず、気まずい思いをした。最初に思ったのは、彼があの人の父親かもしれないということだったが、いや、それはまちがいだった。あの人の両親はわたしたちが出会うずっと以前に、何十年もまえに亡くなったのをわたしは知っていた。一卵性双生児の兄弟がいるんだ、とかつてあの人から聞いたことがあったが、疎遠なんだと言っていた。この人がその双子なんだろうか、生きているそっくりさん？　二十年という歳月が流れ、ながらく会っていなかった人がどんな変貌を遂げているか想像もつかない。これが亡くなるまえのあの人の容貌だったのだろうか？

「弟はあなたに伝えるようはっきりとした指示をわれわれに残しました」そう言って、男は謎を解いてくれたが、礼儀正しく応じるには、遅すぎた。「もしあなたが望むなら、弟の部屋に自由にあがっていってもらってかまいませんが、なにも持っていかないでください」

それでわたしはその場からの脱出をはかり、ひとりで静かに階段をあがって、軒下のこの部屋にやってきた。だが、わたしはいまぶるぶると震えている。

青い薄煙が部屋のなかにまだ漂っていた。あの人の命の痕跡《なごり》だ。この部屋は何日も無人だったはずなのに、あの人が呼吸した空気が軽い霧となって残っていた。

突然、哀しい気持ちがあらためて込みあげてきて、あの人と臥所《ふしど》を共にしたたった一度の機会のことを思い出した。わたしがベッドの上のあの人のかたわらで、裸で身を丸くして、昂奮と満足感で上気している一方、あの人は両切り煙草のつんと鼻をつく煙を吸いこみ、青く渦巻く薄い円錐形にして吐きだした。あれがそのおなじベッドだ。部屋の隅にあるベッド。マットレスがむきだしになっている細い寝床。いまはそこに近づく勇気がなく、喪失の痛みを覚えずにちらっとでも見られなかった。

たぶん最後にあの人が買ったものだろう、五本の両切り煙草が、テーブルの角に乱雑に積み上げられた本の山の上に置かれていた。パッケージは見当たらなかった。わたしは一本をつまみ上げ、鼻の下を滑らせ、煙草の香りを感じて、いっしょにわけあった煙草のことを考えた。唇にあの人の唾の湿り気を味わった。有頂天な気分が体を通り抜け、一瞬、目の焦点がずれて、部屋の細部の見分けがつかなくなった。

あの人は生涯この島を離れたことがなかった。文学賞やほかの賞を授与されはじめたあとになってもだ。裸であの人の腕のなかに抱かれ、乳房に置かれたあの人の指のタッチに内心喜びに震えていると、あの人はピケイへの愛着について説明しようとした。わたしといっしょにこの島を出ていけないわけを。ここは痕跡《なごり》の島なんだ、とあの人は言った。ずっとつきまとう影の島だ。もしこの島を離れたら、精神的な臭跡をあとに残すことになる。もしそうなったら、自分でも説明できないなんらかの形で拡散してしまうんだ。もしきみが島を出ていくときにぼくがきみを追いかけていけば、ぼくは二度とピケイに戻れなくなるんだ、とあの人は言った。あの人には、試してみる勇気がなかった。

なぜなら、そうすることは、自分をこの島の人間にしている痕跡を失うことを意味するからだ。あの人にとって、島を出ていく衝動は、とどまる切迫さよりも強力ではなかった。わたしは、自分のなかにふたたび、種類の異なる、神秘性の薄い衝動がこみあげてくるのを感じて、あの人を愛撫して黙らせ、やがてわたしたちはまた愛を交わした。

ふたりきりで過ごしたあのときのことをわたしはけっして忘れないだろうが、あとになり、その後つづいた何年もの沈黙の歳月のなかで、あの人がわたしのことを覚えていさえするかどうか、一度もはっきりしたことがわからなかった。

最初のメッセージが届いたとき、遅ればせの答を得た。二十年と六週間と四日。わたしはずっと数えていたのだ。

家の外で大型の車が砂利の上をゆっくりと移動している音が聞こえ、一台ずつエンジンが切られた。

青い薄煙はいまではずっと濃くなっていた。わたしは書見台に背を向け、思い出に昂奮していたが、絶望もしていた。思い出は、しょせん思い出に過ぎないのだから。窓のまぶしさから目をそらすと、青い空気は部屋の中央で濃度を増したように思えた。実体を持ち、素材感を持った。

薄煙がわたしのまわりをくるくるとまわった。わたしは煙に顔を向けようと動き、唇をすぼめた。顔を左右に急に動かし、なんらかの反応が返ってこないか検知しようとした。煙の消え残りのなかの筋、ところどころ濃度を増した箇所が目のまえで融合した。うしろに下がり、もっとよく見ようとし、つぎにはふたたび身を乗り出して、顔を押しつけた。煙が目に滲みて、涙がこみあげてきた。

渦が目のまえで形を取った。あの人の頭と顔の幽霊めいた煙の像ができあがった。二十年まえに覚えていた顔だった。一般の人々の知っている顔ではなく、双子の兄弟にかいま見えたあの老人の白髪交じりの顔つきでもなかった。わたしのなかで時間が停まった。あの人が残した痕跡の時間も停まった。煙の表情は、仮面のようだったが、細部まで正確に描かれていた。唇や髪の毛、目、すべてがそれぞれの形になり、動きやすい煙の動きに合わせて歪んでいた。

息が詰まり、瞬間的に停まった。パニックと崇拝の念に心を奪われた。

あの人の頭は片方に少しだけ傾いでおり、目はなかば閉ざされ、唇は少しあいていた。わたしは身を乗りだして、キスをしようとした。煙のような唇の軽い圧力、ぼうっと霞む睫毛が軽く当たるのを感じた。ほんの一瞬、その感覚がつづいた。

あの人の顔、あの人の仮面が、空中で歪み、わたしから勢いよく後退し、遠ざかった。目はかたくつむられている。口がひらいた。額を形作っている煙の線が深い皺になった。あの人はまたもうしろに頭をのけぞらせ、ごほごほと咳きこみ、苦しくて前後に頭を振り、なんとか息をしようとして、なんであれ下でじゃましているものを必死に取り除こうとしはじめた。

明るい赤色の煙が、あけた口の形をとったところから外に勢いよくあふれでた。深紅の煙、細かい噴霧式薬剤。わたしは恐怖に戦いて、うしろにたたらを踏み、その煙を避けようとした。キスの機会は永遠に失われた。

亡霊はぜいぜいと息をし、乾いた痰を切るための咳をしていたが、いまや咳は小さく弱くなってきた。発作の終わりだ。あの人はわたしをまっすぐ見つめていた。怯え、苦痛と言葉にできないほどの喪失の念に包まれていたが、すでに煙はほぐれあい、拡散していこうとしていた。

赤い煙は床に落ち、あの人が捨てた紙の一枚に水たまりをつくった。わたしは膝をついて、もっと詳しく見ようとし、指先でねばつく塊に線を引いた。再度立ち上がると、指には血の汚れがついてきたが、書斎の空気は綺麗に澄んでいた。青い薄煙はついに消えた。最後のあの人の名残も消えた。埃や陽の光、書籍、黒い部屋の隅はそのままだった。

わたしは逃げた。

下の階で、わたしはまたしてもほかの弔問客たちといっしょに立ち、大広間で車に割り当てられるのを待った。葬儀社の職員に名前を呼ばれるまで、だれもわたしが何者なのか知っているようなそぶりは見せなかった。あるいは、なんらかの形でわたしがそこにいることを認識することもなかった。わたしに先ほど話しかけてきた男性、あの人の兄ですら、わたしに背を向けて立っていた。男は、葬儀場に向かう車に乗るため、家の外に出る会葬者たちにおだやかに話しかけている背の低い、白髪の女性の上腕に優しく手を添えていた。長い車道の端にある道路で待っている大勢の人々のことを考え、かの偉大な人の逝去を思うと、だれもがこの機会の厳粛さにたじろいでいるように見えた。

わたしは最後の車に席を与えられ、会葬の車の列のしんがりをつとめた。ふたりのまじめくさって、口をきかぬ若者の巨体に窓に押しつけられた。

会葬者でぎっしり詰まった教会で、わたしは端にひとりで座り、石敷きの床や、古色のついた木製の信者席を凝視することでむりやり冷静になろうとした。賛美歌と祈りのときは立ち上がったが、言葉は音にせず口を動かすだけにして、教会の礼拝に関してどんな気持ちでいるのか、以前にあの人が言ったことを思い出していた。あの人への弔辞は、著名な男女による、礼儀にかなった、立派な、真摯に語られたものだった。彼らの何人かはわたしも知っている人間だったが、だれひとりとしてわたしがこの場にいることに気づいたふりをしなかった。わたしはじっと耳を傾け、彼らの言葉があの人のなにもとらえていないことを認識した。あの人はこんな名声を求めていなかった。こんな仰々しさを。
海を見晴るかす丘に立つ教会墓地で、会葬者たちの中心グループから離れて、墓のそばに立ち、そよ風にかき消されがちな埋葬の言葉を聞きながら、わたしはまたしてもひとりだった。まだ大学にいる時分、はじめて読んだあの人の本のことを思い出した。わたしにとっての啓示になった本、人生を通じてつねに導いてくれた本。だれもがあの人の作品を知っているけれど、あの当時、あの人は無名で、わたしが独自に見つけたのだ。

　島々から絶えず吹きつけてくる風が強くぶつかってきて、わたしの服を一方向に押しやり、目にかかった髪の毛を払いのけた。海の塩のにおいがした。花の芳香がした。隔たり、出発、この場所からの脱出を期待させるにおいがした。

　一般人やマスコミのカメラは、かろうじて見えている程度で、花と警察官のパトロール隊が作る非常線の向こうで距離を保っていた。風が小休止して、聖職者が口にする聞き慣れた弔辞が聞こえてきた。わたしは棺が地中に降ろされていくのを見守った。太陽は輝きつづけていたが、わたしは身震いせずにいられなかった。あの人のことだけしか考えられなかった。指先の愛撫、あの人の唇の軽い圧力、優しい言葉、最後にわたしがあの人のもとを去らなければならなかったときにあの人が浮かべた涙。あの人抜きでの長い歳月。わたしが知っているあの人のすべてにすがって生きてきた日々。あの人の思い出を吐きだしてしまいそうで、息をするのも怖かった。

　わたしは携えている小さなバッグのうしろに片手を回して、ほかから見えないようにしていた。指先の血が冷たく凝固していた。かさぶた。永遠のもの。あの人の最後の痕跡《なごり》。

リーヴァー　静かな波音を立てる海

リーヴァーはリーヴァー・ファストショールズとして知られている群島のなかで最大の島である。赤道に近く、遠浅《ショールズ》の海の島々は、千四百あまりの島から成り立っており、その大半は名前がなく、人も住んでいない。視覚歪曲なしに空中から見ることが可能なら、ショールズは大鎌の形をして見えるだろう。赤道を横断して、南西に向かって湾曲し、そこから東方向に曲がって伸びている。群島のなかで、リーヴァーとほか二島の主要な島は、北半球にあるが、それより小さな島の大半は南半球にある。その島群を包んでいる海は、温かくて、浅く、見た目は穏やかで牧歌的だが、潮衝や平頂海山、渦潮、浅瀬のせいで、危険な場所になっている。航行可能な航路はごくわずかしかない。最小の島の一群は、海面に突き出た岩と大差なく、満ち潮のときにはすっかり覆われてしまう。

四つの主要島、リーヴァーとリーヴァー・ドス、トロス、クアドロスは、住人を支えるだけの大きさがあり、海岸線から離れたところに、森林地域と、熱帯雨林を伐採して作ったささやかな農地がある。

リーヴァーの北側で、海はかなり水深を増しているが、北ファイアンド吹送流《ドリフト》が赤道近くをごく短いあいだ通過しているのは、まさにそこである。深くて冷たい海水と太陽に温められた浅瀬の組合せが、最高の魚釣り環境を提供している。リーヴァー住民たちは、自分たちの島こそ、世界のレクリエーション・フィッシングの首都だと豪語しているが、現実には、かなり裕福な旅行客のためだけの娯楽である――バケーションにやってきた資本家や投資銀行の役員、税金逃れのため海外で暮らしている人間、本国からの送金で海外暮らしをしている人間、そのほかありきたりでない資金源を持っている人々が、この豊富な魚資源の主な受益者である。リーヴァー・タウンのシーフロント沿いに並んでいるレストランやクラブ、バー、マリーナビルには、巨大な魚の写真がたくさん飾られている。なかには魚を釣り上げたとされる体重過多の男たちよりも二、三倍でかい魚もある。

赤道に近い位置のため、リーヴァーには一日二回、渦が上空を通過するとき、それを観察する最高の場所のひとつがある。

これはよく知られているが、さまざまな形で誤解されている現象である。もし一日の正しい時間に空を見上げたら、頭上で明らかに静止しているジェット機や輸送機を目にするだろう。あらゆる方向を目指しながら、みんなゆっくりと西向きに横滑りしていく。この静止した飛行機群は、熱帯地方に近い世界の多くの場所で目撃できるが、実際に起こっているのは赤道の真上でのみである。航空機は、さまざまな高度を飛び、飛行機雲が機体後部から青空を横切って伸びていき、対数螺旋を描く。この驚くべき光景は、渦が通過していくのを示す、唯一目に見える証拠である。

ディデラー・エイレットという名の地元の男によって、時間の渦が最初に気づかれ、調べられ、正体をつきとめられ、測定されたのは、リーヴァーにおいてだった。リーヴァー・クアドロスにある小さな博物館兼観測所が、現在、エイレットの業績を後世に伝えている。渦が物理世界のわれわれの知覚にどのような影響を与えるかをわかりやすく示す実用模型がいくつも展示されている。

エイレットは、リーヴァー・クアドロスの沿岸を船で通っているときに渦に関する発見をした。リーヴァー・クアドロスは、四つの主要島のうちいちばん小さな島で、岩の多い海岸は、遠浅漁の漁師に人気が高い。たまたま、この島は赤道の真上に横たわっており、赤道という想像上の線でほぼおなじ大きさに二分されている。この理由から、珍しくも、視覚の歪曲が、海面から観測可能なのである。

エイレットは何世代にもわたって漁師たちが当然のこととみなしていたあることに気づいた――島を一周するたびに、崖や岩の多い波打ち際の形状、島の向きですら変化するように思えるということに。船で目指していた岬が最後に見たときよりも低くなったり、長くなったりする。満ち潮のときに危険だった特定の岩の集まりが、引き潮のときにも見えなくなっている。港から見えていた崖の上の雑木林が、いまでは丘の裏にあるようだ。波止場地区からは、その丘が見えないのがわかっているはずなのに。

最低限の地図がなければ、船乗りや漁師は、自分たちの目に映っているものが本物かどうか、あるいは以前に見たものをなぜか誤って思い出してしまっているか、けっしてはっきりとわからなかった。人々はいつも迷い、難破事故が何件も起こっていた。

しかしながら、エイレットはこの現象を真剣にとらえ、繰り返し島のまわりを周回した。目にしたものを注意深く記録し、何百枚も写真を撮影した。それから、それらの観測結果を日付と時刻、太陽の位置、潮の状況、風の強さと関連づけ、一定のパターンを見出そうとした。

その当時、空を飛ぶのは、あまねくおこなわれている活動ではなかった。極めて危険だと考えられていたからだ。実際の航空機建造は、簡単だったが、パイロットたちは頻繁に迷い、ほかの島に不時着を余儀なくされたり、危険な海に着水せざるをえなかった。その存在を知らず、彼らは視覚歪曲や時間歪曲の初期の犠牲者になった。その時期の航空機はすべて、屋根の高さ程度の高度しか飛ばず、可能なかぎりゆっくり飛び、パイロットなり航空士なりが方向を維持できるようにしていたが、このことも事故を発生させるあらたな要素になっていた。

エイレットは自分の仮説を検証する決意をかため、手持ちのすべての蓄えを一連のリーヴァー・クアドロス上空飛行に自分を乗せてくれるパイロットに渡した。この試験飛行は、最初は低い高度で、やがて自信が増すにつれ、徐々に高度を上げていった。

エイレットは現在では共通の認識となっていることを発見した。もし地面を見下ろしながら、ひとつの方向に飛べば——たとえば北から南に——特定の島は、特定の形に見えるだろう——山はここにあり、川はそこ、町は、湾は、森は、などなど。しかしながら、二度目に——東から西に——おなじ島の上を飛ぶ場合、島は奇妙なほど違って見える——川はおなじ沿岸の側でまったく海にたどりつかず、森はもっと暗くなるか、大きくなるかし、山は峰の数が減り、海岸はギザギザが増えているか減っていた。それは現実に起こっている事態なのか？　あるいは自分の観察が最初のときは不正確だったのか？　三度目の飛行をしてみる——再度北から南へ——すると島はまたしても配置を変えたかのようで、あらたな形で異なっている。

さらに悪いことに、もし海を横断して隣の島にいき、もう一度戻ってこようとした場合、出発した島は、いまではまったくべつの場所にあるか、まったく異なる方角にあるように見えるだろう。ときには島は完全に消滅してしまうだろう。あるいは、そのように見える。

緯度と経度に対する歪みの割合、太陽の位置を測定し、エイレットの計測と計算がこの現象を解明しはじめた。

こんにちでは、現代の航空機は渦による歪曲を利用している。赤道方向に高く飛ぶことで、航空機は歪曲を通過し、飛行に必要な距離を大幅に短縮する。世界のこちら端から反対端まで飛ぶ場合にもだ。それによってすべての飛行は、時間的にかなり短縮され、燃料の大幅節約につながっている。アーキペラゴ領空の航空図は、ほかの種類の地図同様、信頼性を欠いているものの、航空管制官たちは、物理的な目印を活かした複雑だが有効なシステムを編み出した。歪曲ゾーンから航空機が下降するとき、パイロットたちはそうした目印を見て、推測航法によって目的地に機体を導いていけるのである。

一日二回、ふたつの大きな渦が世界を周回するにつれ、赤道地帯の島の住民たちは、頭上を通過する航空機の一群が停止するのを目にすることができる。いずれの機体もさまざまな方向を指しており、らせんを描く飛行機雲が青空に広がっていく。

リーヴァー・クアドロスのエイレット観測所は、この現象を目にするには最良の場所のひとつである。毎日おこなわれるツアーと講義があり、特別部門では、自前の観測ステーションを自宅や学校に設置するための若者向けの多くの計画を支援している。

リーヴァー・タウンには小規模な芸術家村がある。かつてほどの影響力はもはやないが、触発主義《タクティリズム》派の創始者、ラスカル・アシゾーンが、逮捕されるまえにそこで絵を制作していた。触発主義絵画の技法――顔料と混ぜ、顔料と協調するよう改造された超音波集積回路を用いる――を学ぶのは遅かったが、技法を完成させ、いまもその名で知られている名前をつけたのはアシゾーンだった。アシゾーンが拘束され、のちに追放されたあとで、リーヴァー・タウンに残っていた画家たちは、触発主義前派と自称した。アシゾーンの身に降りかかった災難のとばっちりをいくらかでも避けようと自分たちの作品の識別名にした苦肉の策に過ぎない。芸術家村はこんにちでも存在しており、リーヴァーにある現在の作品の大半は伝統的なものであるものの、比較的若手の画家のひとり、ないしふたりは、挑戦的で、実験的かつきわめて高いレベルの作品を生みだしている。アシゾーンの作品はいずれも公開されていない。

トンネルくぐりは禁止されているが、自然の深い洞窟の探険がリーヴァー・トロスで可能である。適用条件の厳しい脱走兵保護法があり、地方税は高い。カジノが大きな娯楽産業で、リーヴァー島主の重要な収入源である。

通貨——アーキペラゴ・ドル、ファイアンドランド・ドル、連邦クレジット。オーブラック・タラントは、現地での現金取引にのみ使用可能。

シーヴル　死せる塔

ガラス

学生時代を通じて、アルヴァスンド・ラウデバーグとは知り合いだった。彼女のことをほとんど忘れかけたとき、彼女はぼくの人生にふたたび戻ってきた。学校を卒業すると、時間は加速するような気がするものだ。ぼくは島を離れた。亜熱帯にある島アイアのケルノ大学の奨学生になった。選択した専攻の猛勉強と知的刺激が変化の速度を上げさせた。ぼくは故郷の島を離れ、現代世界だと考えているところに引っ越して喜んだ。アルヴァスンドや、子どものころ知っていたみんなが過去に消えていった。

ところが、思いがけず両親が亡くなり、グールンに戻らなければならなくなった。ヘッタ群島のなかのぼくの生まれた島に。戻ったのは渋々だった。グールナック風が吹き下ろしてくる時期だった。ヘッタ群島に住む住民のだれもが凶兆としてとらえている時期だ。凍える風が多くの原初的な恐怖と迷信への退行をもたらす。アーキペラゴのなかでわれわれの故郷が遅れているとの悪評が立っているのはそのせいだ。グールナック風は北東から吹いてくる氷混じりの暴風で、胸の悪くなるような魔女の吐息だ。あるいは、ヘッタの住民のなかにはそう呼ぶ者もいる。グールナック風が吹くと、その期間、この呪われた風がヘッタ群島から現代世界のさまざまな面を取り去るために戻ってきたのだと思われる。

当時、ぼくは四年間故郷を離れていて、ガラス科学を専攻し、研究に没頭していた。アイアはヘッタ群島の南端からさらに南にずいぶん下ったところにある。木々が青々と茂り、温かい海に囲まれ、あらゆるものが現代的で、若い精神が鍛えられ、豊かな着想が生まれ、技術が発展を遂げている場所だ。ケルノ大で、ぼくは科学と工学に敬意を払うことを学んだ。迷信に懐疑的になり、因襲的な事柄を拒絶しながらも、過去を尊重し、自分の頭で考えることを学んだ。ぼくは幅広く、熱心に本を読み、同年代の人たちと会い、恋に落ち、恋に破れ、議論を闘わせ、疑問を問いただし、言い争いをし、酔っ払い、素面になり、学習し、のらくら過ごした。ぼくは学生であり、ほかのみんなとおなじような典型的なタイプではなかったものの、それほど変わっているわけでもなかった。アイアにいるあいだにぼくはおとなになった。グールンを最初に発ったときに抱えていた、精神的かつ心理的な重荷を捨てた。あるいは捨てたと思っている。ぼくはグールン生まれで、そのままでは、世界のほかの場所を知りえたはずもなかった。

ぼくは大学での時間を最大限に活用した。そこで学外協力機関での研究に関わった。半導体で使用するために開発されたBPSG（ホウリンケイ酸ガラス）の新型を研究するプロジェクトに取り組んでいる民間の研究所だった。卒業後、アイア・タウンのその研究所で得た経験が、ぼくに二通りの恩恵を与えてくれた。ひとつは、第一級優等を獲得した。そしてそれにつづいて、おなじ研究所でのフルタイムの仕事の申し出があった。

故郷のことはまるで頭に浮かばなかった。アーキペラゴの一部の地域では、交通機関が遅く、信頼性に欠け、料金が高い。ヘッタ群島はそんな地域のひとつだ。荒涼として、魅力に乏しい場所で、ファイアンドランドの南海岸に沿って並んでいる山脈に囲まれた大きな湾に、十三の中規模の島が浮かんでいる。冬になると、比較的小さな三、四島は、海が凍って一時的に大陸と地続きになるが、あてにはならない――小型の船が割って通れるほど薄くはないが、その上を車が通れるほど信頼はできない。海峡をはさんで伝統的な交易はあるが、戦争勃発以来、ファイアンドランド本土との取引の大半は、秘密裏におこなわねばならなくなった。厳格な国境警備が実施されている。

ヘッタ群島の二番目に大きな島だが、大陸に近い島のひとつではないグールン自体、北部の海岸線は山が迫っており、深いフィヨルドが刻まれている。そこはグールン人がタレックと呼んでいる地方だ。タレックの岬や険しい崖、氷まじりの冷たい海水が入りこんでいる長い入り江の奥に、いくつもの小さな港があり、卓越風をまともに受けないようになっている。海のそばに聳える山々は、夏は草木がなく、むきだしで、冬には雪を冠する。タレック地方では、深海漁が主な産業だ。一度だけ、まだ子どものころ、タレック地方にいったことがある――仕事の打合せがそこであり、父が家族のみんなを連れていった。あとになり、ずっとあとになってのことだけど、高い山がつづき、寒々としたその風景の記憶が、自分の故郷の島に対する印象になった。実際に住んでいたグールン・タウン周辺の牧畜が草を食んでいる退屈な平原の記憶よりもはるかに。

アイアの研究所で働きはじめて三ヵ月もしないうちに、母が死んだことを知った。病気だとは知っていたけれど、それほど深刻なものだとは聞かされていなかった。そのあとすぐに父が致命的な心臓発作で斃れた。この二重の悲劇に呆然としながら、いまでは大陸に暮らしている兄のブライオンに連絡を取ったが、兄は出国ビザを手に入れられなかった。そんなわけで、ぼくひとりだけが、北に向かうのろのろとしたフェリーを乗り継いで、ひとつの島から次の島への移動を重ね、頻繁に遅れに見舞われながら、八日後にグールン・タウンに到着した。

いったん実家に戻ると、やることが山ほどあった。両親の財務案件を整理し、家の片付けをするなどなど。アイアを離れているあいだ、理論上、職場に席はあったが、ある日、上司が連絡してきた――資金援助交渉が失敗に終わり、ぼくのチームにいる全員の給料が半額になったという。すぐに帰らなければいけないというプレッシャーはなくなった。

グールンの雰囲気は、ぞっとするくらい見慣れたものだった。昼間は短く、空は恒久的に曇っており、気温は身を切るほど低い。煤けた雲が北東から飛びすさる。ぼくはずっとそこにいたいと願うくらい長く亜熱帯気候のなかで暮らしていた。グールンと止むことのない風がぼくを陰鬱な気分にさせた。数は多くないが往来を行き交うほかの人々に目を向ける。風に身を縮めながらあえて外に出てきたその少数の人たちは、自分自身の思いと、想像するに、無知蒙昧な恐怖にも身を縮めていた。車がゆっくりと通り過ぎていく。どんよりとした光が車窓に不気味に反射している。はっきりと見分けがつく無知ゆえの思いこみにぎゅうぎゅう詰めになった気がしたが、同時に、それゆえに孤独を覚えていた。

そんな不安な気持ちを抱えて、両親の死後処理を完了させるのは、まず不可能だった。銀行員や弁護士、島主庁相続課のいずれも、こちらの問い合わせに応えないか、言い訳をするか、まちがった書類を送ってくるかだった。まったくなにも片付かなかった。

さらに数日経つと、グールナックの風が止むまで時間を無駄に費やすだろうと悟った。アイアに戻ることに決めた。あそこなら少なくとも友人たちに会えるし、いまの仕事がどうなっているのか事実関係を突き止めることができる。夏がきてから、グールンへの長い帰省の旅をすればいいだろう。ぼくは荷造りをはじめた。

アルヴァスンド・ラウデバーグとの再会がすべてを変えた。フェリーに乗る予定の前日の朝、彼女はぼくの実家にやってきた。アルヴァスンドに会って驚いただけじゃなく、彼女がぼくを探してくれたのが嬉しかったし、戸惑いもした。おなじ学校に通っていたとき、かなり彼女のことを気に入っていた。アルヴァスンドは、細かな茶色い雪まじりの風に吹かれて、家に入った。

「戻っているはずだと思ってたの、トーム」アルヴァスンドは言った。「御両親のことはお気の毒でした」

家に招き入れると、ぼくはホットチョコレートを淹れ、ぼくらはキッチンの永年磨かれてきた樅《もみ》板のテーブルに隣り合って座り、飲み物をすすりながら、肩を寄せ合って友だちとしての温もりを感じあった。敵意のこもった風が町を吹き荒れ、家の軒が呻きを漏らし、ときに甲高い泣き声を上げた。二重扉の外側の扉がぎいぎいと鳴っている。家のなかは肌寒かった。

「卒業してからなにをしてたのか教えてくれよ」ぼく

は彼女に言った。「大学には、いったの?」

　午前が過ぎていった。ぼくらは卒業後現在にいたるまでのおたがいの状況を話したが、ある意味で、似通っていた。ほかのおおぜいの卒業生同様、ぼくらは逃げ出すためにグールンを離れ——ふたりとも戻ってこざるをえなくなった。おたがい、これからどうするのかについて明確な考えを持っていなかった。

　アルヴァスンドは、つい最近までムリセイに住んでいたが、仕事を失い、あらたな仕事が見つからなかった、と話した。姉が双子を産んだばかりで、家族の大半が祝うためにグールンにきているので、自分も戻ってきたそうだ。彼女は落ち着きがなく、すぐにでもグールンを出ていきたそうにしていた。ぼくはもうすぐアイアに戻るんだと伝え、ふと、アルヴァスンドが旅の共になってくれたらどれだけ嬉しいかわかった。彼女のことを考えだすと止まらなくなった。ふたりがいっしょに育ってきた過程を、自分がずっと彼女を好きだったことを、募ってきた可能性を次々と考えてしまった。だが、何度かアイアのことを口にして、そこが興味深く魅力的なところであるように聞こえるように話したものの、アルヴァスンドにはアイアが選択肢となりえないことを悟った。

「一日か二日したら、北のタレック地方にいくつもり」アルヴァスンドは言った。「そこのこと知ってる?」

「親といっしょにいったことがある。子どもの頃ね。ほんの二、三日しかいなかったけど」

「そこのことどれくらい覚えてる?」

「山がやたらあったな」もう少し詳しいことを話せたらいいのにと悔やみながら、答えた。「絶えず魚と煙のにおいがしていた。ずっと寒かった。そんな感じかな。でも、ぼくがあそこにいたのは夏だったから、たぶんタレック地方は一年中寒いんだろう。なぜそこにいきたいんだい?」

「理由はいろいろ」

「たとえば？」

「一度もフィョルドを見たことがないの」

「理由はそれだけじゃないだろ。あそこにたどりつくのは、けっこうきついぜ」

「ほかははっきりしないな。仕事をもらえる可能性があるんだけど、内容をもう少し知っておきたい。それにこないだタレック地方のどこかにヨー・トンネルがあるのを知ったんだ」

「ヨーがグールンにきていたとは初耳だ」

「ここに長くは滞在しなかったの。逮捕されて島を追放になったんだけど、山の斜面に穴を貫通する一歩手前までいったらしい。結局、途中でやめた。そこに興味を惹かれるんだ。だれでもトンネルのなかに入って、探検できるらしいよ」

アルヴァスンドはそこで急に話題を変え、自分の専攻について話した。彼女は舞台演出を学んでおり、3DCGセットやパースの作成、アニマトロニクスを利用した模型作成の技術を磨いていた。能動的インテリジェント化された舞台、とアルヴァスンドは言った。そのような装置を設置された舞台は、役者の台詞だけじゃなく、観客の反応にも即応することができるからだ。まだできたての技術であり、多くの劇場支配人は、舞台技術に関して保守的だった。

学位を取得してすぐわかったのは、仕事は見つけ難いということだった。アルヴァスンドはしばらくTV制作会社に勤務した。ムリセイにある地方のスタジオに送りこまれたが、そのスタジオが閉鎖になってアルヴァスンドは仕事を失った。その後、ムリセイの劇場を当たってみたものの、仕事は見つからなかった。

そして、いま、アルヴァスンドはムリセイに戻るまえに、グールン北部地方訪問を計画していた。

「旅の共はほしくないか？」突然、ぼくは訊いた。自然と出た提案に聞こえるように心がけた。

「アイアに戻るんじゃなかったっけ」

「そんなに急いでいるわけじゃない。ただ、この家にもういたくないだけなんだ」

「車、運転できる？」アルヴァスンドが訊いた。

「ああ」

「それで問題がひとつ解決する。ふたりでレンタカーを借りたら、あなた運転してくれる？」

「どこに泊まって、なにをするんだい？」

アルヴァスンドは真顔でぼくを見た――学校のクラスで評判だった、彼女のくそまじめさを不意に思い出した。「なんとか答えを探しだしましょう、トーム」

そう言うと、アルヴァスンドは笑い声を上げ、ぼくも笑った。何日か彼女とふたりきりになることで、親しさの深まる予感があった。泊まることができる家があり、仕事の申し出に関してやるべきことがある、と彼女は言った。その点について、彼女ははっきりしたことを言わなかった。「いまそこにはほかにだれもいないんだ」と付け加えて、また笑い声を上げた。

アルヴァスンドはそのあとすぐに帰ったが、翌日戻ってくると、ぼくらは実務面での打ち合わせをした。ぼくはフェリー乗船券をキャンセルし、払い戻し金を受け取った。アルヴァスンドはあまり高くないレンタカーの会社の所在地を突き止めていた。フィヨルドの地図を検討し、順路を選んだ。

目的の町の名は、オルスクネスといい、ヨーがトンネル掘りをおこなった場所にほど近かった。周辺の地形を表す地図に印がついていないことから、うら寂しい、風の吹きすさぶ山のなかではないのかという、薄ら寒くなる印象があった。防寒着を荷物に詰め、食料と飲み物を買い、翌朝出発することに決めた。姉の家まで歩いて帰るというアルヴァスンドに送っていくよと申し出たが、彼女は断った。

グールン・タウンの北には、目ぼしい景観はろくになく、道路はまっすぐ進んでいる。車は強風に抗いながら進んだ。ぼくらは終日車を運転し、休憩を取って、みじかい昼食を食べたが、ふたりともこの旅が全体でどれほど長くかかるか、定かではなかった。暗くなってから山道を運転したくなかった。前方に山の姿が目に入った。雪を冠したたくさんの峰がつづいている黒い色の山脈。車はあたらしい機種だったけど、ヒーターがうまく働いてくれず、北に進めば進むほど、車内の寒さが増してきた。アルヴァスンドは、旅行用毛布で脚を包んだ。ぼくは車を停め、ウインドブレーカーを着こんだ。

午後も遅くなって、最初の峠をのぼりはじめたのだが、道路は氷に覆われていて、ところどころ滑りやすくなっていた。強い吹雪がはじまって、視界を消した。古い長くはつづかなかったが、不安な気分になった。古い雪が道路の両側に降り固まっており、あらたな降雪が舗装路に積もりだしていた。およそ三十分後、道路から少し引っこんだところに小さなホテルを見つけ、ぼくらはその夜泊まるため、すぐにそちらに向かった。

高い山の峠を下って、オルスクネスに入った。真夜中近かった。太陽は低くなっていたが、明るく、紺碧の海に白い斑点が数多く浮いていた。まわりの山並みはぼくらにのしかかるように聳え、雪に覆われ、危険なほど険しく、ごつごつとしていた。一部の山のふもと付近には落石注意の標識があった。フィヨルド沿いに道路が通っているすぐそばに立てられている。小さな手描きの地図を使って、アルヴァスンドは今夜泊まることになる家にぼくを案内した。車を降りると、凍りつく風に襲われた。小さな白い雲が頭の上を飛ぶように流れていく。往来には人けがなかった。呪いの風は、ここでも感じられた。

その家は、裏がすぐ小高い丘になっていた。裏手の小さな庭を越えると、急な角度の斜面が迫っていた。

アルヴァスンドはその家の主扉にすばやく歩み寄り、鍵を取りだすと、ぼくらはなかに入った。かばんを家に運びこんだが、室内にいても、ぼくらの吐く息が白くまわりに漂った。

A字型の家で、家具はごく限られていた。広い一階の床に、薪ストーブが陣取り、石壁に沿ってきちんと積まれた薪が置かれていた。ストーブのまえには、長いカウチと毛皮の敷き物があった。キッチンとバスルームがある。すべてが清潔で、整然と片づいており、機能的だった。

上の階は中二階で、狭い木の階段がついていた。鋭角の天井の下には、大きな分厚いマットレスが床に敷かれており、キルトと長枕がその上にきちんと置かれていた。

二時間で、そこを住めるようにした。ストーブに火をつけると、カンバ材の燃える甘い香りが家を満たした。火室をとりまくウォータージャケットがパイプを通して、家じゅうに熱を運んだ。アルヴァスンドは缶入りスープを温め、ぼくらはカウチにいっしょに座ってそれを飲み、ストーブの炎を眺めた。

フィヨルドの地図を何枚か見つけており、オルスクネスが海から距離のある内陸の町であり、ほかにフィヨルドの河口により近い、オムフーヴという名の漁師町が海岸線をさらに先まで進めばあることが示されていた。もっと縮尺の大きな街路図を見ると、町を探索するのにおそらくあまり時間はかからないことがわかった。大きな通りは二本だけで、この家があるような脇道が無数に走って、こぢんまりとした迷宮をこしらえていた。港と波止場の建物は、埠頭地区の全長に沿って並んでいた。家の二重に断熱された木の壁越しにでも、ウインチやクレーンの音が聞こえた。

日没まえに町を歩きまわった。凍える北東の風にすっぽりつつまれながら。風は、だんだん狭くなっているフィヨルドに沿って通ってくると、力を増したようだった。アルヴァスンドはヨーが自分の工房を置いていたと信じられている建物をぼくに見せた――いまはネットストアになっていた――だが、かのアーティストがそこにいたときから、何十年も経っていた。ヨーの工房は、建物のどこにあったのか、わかりはしなかった。

家に戻ろうと歩いていると、波止場の近くに一軒のレストランを見つけた。開店していたので、そこで夕食を取った。ほかの客たちのなかには、好奇心を露にして、ぼくらを何度か見る者もいたが、彼らの関心に敵意はなかった。アルヴァスンドとぼくはたがいにくつろぐ方法を学びつつあり、何度か話をやめて、黙って座って食事をし、テーブル越しに相手に温かいまなざしを投げかけた。

食後、いまでは暗くなった通りを戻った。あの家を探しながら、人けのない往来に木霊するぼくら自身の足音に耳を傾ける。多くの人家のカーテンが引かれ、あるいは雨戸のおりた窓の向こうに、淡い明かりがうかがえたが、ほかに住人が住んでいるという外から見てわかる兆候はなかった。雪が降りだした。うっすらと白い降雪が荒れ狂うグールナック風に吹き飛ばされる。ぼくらは肩を寄せ合って、ますます滑りやすくなっている細道をすり抜けるようにして、歩きつづけた。

ベッドに入ったときになにが起こるか、ぼくはなんの予断も抱いていなかったが、その家にベッドが一台しかないということがぼくにとってその夜をほのかに明るくしてくれた。最初にふたりでこの旅のことを話しあったときにアルヴァスンドが突然上げた笑い声や、いっしょに旅をしているときの意味あり気なほほ笑み、レストランでわかちあった打ち解けた親愛の情を忘れられなかった。

だが、昨晩、山のなかのホテルで一泊したときは、驚きだった。いや、失望と言ってもよかった。車のイグニションをぼくが切ったとたん、アルヴァスンドは車を勢いよく降りて、渦巻く吹雪のなかを駆け、建物のなかに入った。部屋があいているという知らせとともにアルヴァスンドは戻ってくると、自分の旅行かばんを車から引っ張りだしはじめた。いったんホテルのなかに入ると、ぼくらは別々の部屋に泊まることになっているのに気づいた。それが彼女の要求なのか、それともあいている部屋がそれだけなのか、ぼくは訊かなかったし、彼女も話さなかった。それが前夜の過ごし方だった。充分快適で、充分温かかったけど、狭いシングルベッドにひとりで寝た。

いまぼくらはオルスクネスにいる。ひとつのベッドをわけあうのが明白になっている家に。いったん家のなかに入り、温かい上着を脱いで、火を掻いて、明るい炎を立たせると、お茶を淹れた。まえとおなじようにぼくらはいっしょに腰を降ろし、炎の輝きを見つめた。アルヴァスンドはレストランで観光客用ガイドパンフレットを手に入れていたため、どこにヨー・トンネルがあり、どうやればそこが見つかるか、わかっていた。あした、そこを訪れる計画を立てた。

お茶を飲み終えると、アルヴァスンドはさっさと立ち上がり、シャワーを浴びてくるけど、先に浴びる、それともあとに浴びる、とぼくに訊いた。ぼくは先に浴びるほうを選んだ。

シャワーを浴びたあと、ぼくは狭い階段をあがって、マットレスの上に這いのぼり、キルトを体に巻きつけた。期待感でいっぱいになっていた。五感がちくちくうずいた。彼女への欲望が募り、いつでもかまわない気分になっていた。ぼくがベッドに入るとすぐ、彼女は階段をのぼってきて、部屋に入ってきた。彼女はまだ服を着ており、こちらから見えるところに立った。ぼくに背中を向けて服を脱いだ。色っぽくもなんともなくそそくさと下着姿になると、バスタオルをまとって、階段を降り、シャワーブースに向かった。パイプを通して水の流れる音が聞こえ、シャワーの音も下から聞こえた。彼女が動くのに合わせて撥ねる水音が変わった。ベッド横の床に残された、小さく重なった彼女の服をぼくはじっと見た。

しばらく静かになったかと思うと、アルヴァスンドが薪ストーブになにかしている音が聞こえた。やがて彼女は一階の明かりを消して、ベッドに戻ってきた。バスタオルを巻いており、濡れた髪の毛が肩に垂れていた。

アルヴァスンドはマットレスの端に膝立ちになり、長枕を置かれていた場所から引っぱり、ベッドの縦方向に置き、真ん中でベッドを二分させた。

「わかってるよね、トーム？」アルヴァスンドは長くて重い長枕を軽く叩いて、ベッドの端から端まで確実に置かれているようにした。

「そう思う」ぼくは自分のほうに転がってきたそいつを蹴りながら、言った。「きみがなにをしているのか見える。それがぼくの理解しなければならないことだろ？」

「そう。わたしに触るなってこと。わたしたちのあいだにガラスの板があると想像してみて」

アルヴァスンドは髪の毛をつかの間タオルで拭い、それからバスタオルをするりと外した。一瞬、彼女は裸になってそこに立っていた。手の届くところに。だが、すでにまえに這い進み、キルトの下に身を滑りこませて、ぼくの隣にきた。長枕がぼくらのあいだに横たわっていた。

アルヴァスンドは、垂木からぶら下がっているコードを引っぱって、電気を消した。

ぼくは電気をつけなおし、上半身を起こした。彼女のほうに身を乗りだす。彼女は顔までぴったりキルトを引き上げて、そこに横になっていた。目は、あいていた。

「トーム――」

ぼくは言った。「ぼくはなにかを期待していたわけじゃないけど、きみのふるまいはぼくがなにかを期待していると思っているようだ」

「ばればれだよ。あなたがなにを期待しているのか」

「ぼくらのきょうしたことは――ぼくは誤解していたのかな？」

「わたしたちはただの友だち、トーム。とにかく、わたしはそうであってほしいの。あなたが勝手に思いこんでいたとしても、それはそれでかまわない」

「万が一、ぼくがそれを変えたいとしたら？　あるいはきみが変えたいと思ったら？」

「そうなれば、ふたりともわかるでしょ。お願い、とりあえず、いまは、わたしたちのあいだにガラスがあるように対応して。なんでも見えるけど、なにもその向こうには手を伸ばせない。これはわたしが大学で学んだこと。観客と舞台についてね。役者と観客のあいだには見えない壁がある。いくらでも見られるけど、真の意味での交流はない」

ぼくは反駁した。「舞台効果はこの場合関係ない！」

「わかってる。だけど、いまはだめ、いまだけは、今夜だけは」

「ぼくにきみの観客になれというのかい」

「そうね、そうとも言える」

ぼくはいま言われたことについて考えた。アルヴァスンドは、とつぜん、ずいぶんうぶな女性に思えた。どこかの演劇教師の説明した概念を採用しているものの、適用の仕方がまちがっている。ぼくは手を伸ばし、明かりを消したが、昂奮して、困っていた。少しして、ぼくはまた電気のスイッチを入れた。彼女は動いておらず、目もあけたままだった。目をしばたたく。

「きみを見ることはできると言ったよね」

「ええ」

「じゃあ、見せてくれ」

驚いたことに、それを聞いてアルヴァスンドは笑みを浮かべ、ひとことも言わずに、キルトを押しのけ、自らを晒した。ぼくはまた片ひじをついて体を起こし、すぐ間近で横になっている彼女をまじまじと見た。端正な引き締まった体が、まったくあらわに、素っ裸で目のまえにあった。彼女は片方の足でキルトを完全に払いのけ、少し体を動かして、自分のすべてをさらけ出した。

ほぼ瞬時に、そんなふうに彼女を見ているのが、差し出がましく、どういうわけかむだなことに思え、ぼくは顔をそむけた。それでも彼女はキルトを引き上げて自分にかけようとしなかったので、ぼくは明かりを消した。ややあって、彼女がキルトの下にまたもぐりこむのを感じた。何度かもぞもぞとしていたが、やがて静かに横になった。ぼくは大きな柔らかい枕に頭を載せ、力を抜こうと務めた。息が荒くなっていたけれど、懸命に自分を鎮め、冷静になろうとした。長枕がふたりのあいだに横たわっていた。

眠るのはおよそ不可能だったが、アルヴァスンドはすぐに眠りに落ちたようだった。彼女の呼吸は安定していて、聞こえないほどだった。身じろぎひとつしない。

もちろん、彼女がいましたことでぼくは様々な思いや欲望、抑制、欲求不満の渦のなかに放りこまれた。いったいなにを企んでいるんだ？　ぼくを好きな様子だったのに、まだ充分じゃなかった。彼女はぼくに自分の体を見せ、そうなるように仕向け、そのことを楽しんでいたようだったのに、ぼくを近づけるのは認めようとはせず、一種の想像上の観客席にぼくを縛りつけようとした。ぼくは面食らい、彼女の体を一瞬見たことで昂奮していた。すぐそばに体を横たえ、腕をだらんとさせて乳房を露にし、心持ち脚を開いたのだ。彼女はぼくに自分を見てもらいたがった。あるいは、少なくとも見るのを許した。

裸の女性を見たのはアルヴァスンドがはじめてじゃなかったし、いっしょにベッドに入ったのも彼女がはじめてじゃなかった。彼女はそれを知っているはずだろうし、あるいはそうだろうと推測しているはずだ。故郷を離れていた四年のあいだに、ぼくはたちまちおとなになり、あらたな自由を享受し、ガールフレンドや恋人を作った。エンジーがいた。おなじ大学に通う学生のひとりで、べつの学部で経済を専攻している若い女性だった。エンジーとぼくは、数カ月間、情熱的な肉体関係を持った。アルヴァスンドは、長い間欲望を抱いていた対象でもなかった。グールンを離れるまで、彼女のことがぼくの脳裏に浮かんだことはまずなかったからだ。彼女がぼくの人生に戻ってきたのは、まったく予想外だった。とはいえ、彼女に魅力を感じており、ますますそうなりつつあり、彼女といっしょにいるのを楽しんでいた。それなのに——

ぼくらのあいだに一枚のガラスがあった。

ぼくはガラスについて詳しかった。だが、ぼくの知っているガラスは、向こうを眺めるためのものでもなく、あいだを隔てるものでもなかった。それどころか、ある周波数での電子の流れを制御あるいは増大させるために用いられる一過性の変量効果の媒介物であり、ほかの場合には、絶縁体あるい信号圧縮器として機能していた。アルヴァスンドのメタファーはぼくにはピンとこなかった。

ぼくは一晩じゅう起きていて、彼女の肉体的な近さを感じていた。もしその近い距離を詰めようとする、つまり長枕越しに腕を彼女のほうに伸ばすか、どちらかの手をいまいましいその物体の下に滑らせるかすれば、彼女がそこにいて、すぐ横におり、手を伸ばせば届いて、手を触れることができるとわかっていた。

だがぼくはそうしなかった。寝ているぼくの上、ほんの少し離れたところにある屋根にきつく当たってくる止むことのない風に耳を傾けた。いつしか眠りこけていたのだろう、つぎにすっかり目を覚ましたら、日の光が出ていた。アルヴァスンドはベッドの隣にはいなかった。すでに着替えを終えて、下の階のキッチンでなにかしていた。ぼくは手早く着替えると、降りていき、彼女に加わった。ぼくらはどちらもきのう起こったことについて、あるいは起こらなかったことについて、なにも言わなかった。ぼくは彼女の腕に触れて、やあと言い、彼女はぼくの肩に腕をまわして、短いが愛情のこもったハグをしてくれた。

そのとき、少なくとも当分のあいだ、ぼくらのあいだにあるのは、ぼくのガラスであり、彼女のガラスではないと思った。

翌朝、風は多少厳しさを減じていたので、歩いてヨー・トンネルのある場所までいくことに決めた。アルヴァスンドが見つけたパンフレットによれば、町の中心からほんの少し離れたところにあるという。とはいえ、凍ったもろい表面の比較的幅の広い道が険しい坂になっていて、何箇所か氷が張っており、いまにも転がってきそうな石がごろごろ転がっていた。道の多くは雪に覆われていた。

まもなく、トンネルのありかが見つかった。開口部が下からは見えないように掘られていた。坂をのぼりきると、いきなりトンネルのまえにきた。ごつごつした壁に短い穴が掘られ、その先が急に下って、曲がり、光が届かないようになっている。トンネルは巨大だった。トラックやほかの車が充分通れるだけの幅があった。ガードレールがひざからふとももほどの高さにかけて設置されている。

ぼくらは入り口に立って、なかを覗きこんだ。アルヴァスンドはその光景に感動している様子だったが、正直言って、ぼくは感銘しなかった。山の横っぱらに開いた大きな穴にすぎない。

「ピンとこない？」やがてアルヴァスンドが訊いた。

「いや、ぐっとくる、と思う」

「ジョーデン・ヨーは、わたしにとってとても重要な人なんだ」アルヴァスンドは言った。「アーティストとして、ある種の理想として、わたしにとっての理想の姿。彼女はわたしがなりたいものすべての象徴だった。仕事のために生き、最後は仕事のために死んだ。彼女が完成させたインスタレーションのほぼすべてが、反対や禁止や脅迫に直面しながら、やり遂げられた。何度も投獄されている。もちろん、いまは、そんなことがなにひとつ起こらなかったかのように、彼女の作品は称賛されている。彼女が作業をおこなったどの島も、まるでそれが自分たちの考えであったかのように、作品を見せびらかしている。だけど、実際には、当時の人たち、いま島を運営しているのとおなじ立場の島の人たちにずっと嫌がらせを受けていた。ここは彼女が完成させられなかったトンネルのひとつ。のちにヨーは、ここを自分の作品として否定し、ヘッタ当局にだいなしにされたと発言している。彼女がなにを言おうとしていたのかわかる？」

「もし完成させていたとしたら、どうなっていただろう？」

「もっと長く、もっと深くなり……山の反対側に達していたと思われている。このトンネルの特色は、垂直の螺旋隧道がどこかにあるということなの」

ぼくらはしばらく入り口を眺め、それから踵を返すと、滑りやすい道を慎重にすばやく下って、町に向かって戻りはじめた。

「これがそうなのかい？」ぼくは訊いた。「きみがこの町にやってきた目的をぼくらは果たしたんだろうか？」

「どうかな。仕事の申し出について連絡があるのを待つつもり。もしまだ有効なら」

「相手は町にいるのかい、それともどうにかしてきみが先方に連絡をとらないとだめなのか？」

「わからないと言ったでしょ」

「いつだって戻って、あの穴を見られるぜ」ぼくは言った。「ほかになにもすることがない」

帰り道は、山道をまっすぐ降りて、険しい石段を下り、町の通りの一本にたどりついた。ぼくらは町の中心地域をどこにも立ち寄らずに通り過ぎた。あいている店や、カフェかなにかないかと期待していたのだけど。新聞を買って、腰を落ち着け、しばらく温まることができるような場所を探したが、なかった。家に近づくと、ひとりの若い男が姿を現した。彼はぼくらに気づかずに通り過ぎていこうとしたが、アルヴァスンドがすぐに彼に反応した。

「マース！」アルヴァスンドはぼくの手を離し、腕を掲げて、温かい歓迎の挨拶をした。彼女は足早に若者に向かって歩いた。

若者は自分の名前を呼ばれて反応し、驚いた表情を浮かべてアルヴァスンドを見た。すぐに視線を逸らし、ぼくらのまえをつかつかと通り過ぎていこうとするかに見えたが、アルヴァスンドがふたたび名前で呼びかけると、彼ははじめて彼女に気づいたようなふりをした。手袋をはめた手を掲げて挨拶した。ごく短い仕草で、あっちへいけと手を振らんばかりの態度に見えた。

男は言った。分厚いスカーフで口を覆っていたため、声がくぐもっていた。「アルヴィー……きみなのか？」

「もちろん、わたし、マース。どうしてそんなことを言うの？」アルヴァスンドはまだ笑みを浮かべて、いやがっている相手の態度を無視した。

「来週までここにはだれもこないことになっていただろ。もう家に入ったのかい？」

「鍵を送ってくれたじゃない。あるいは、局のだれかが」アルヴァスンドはもうほほ笑んでいなかった。

「きのう到着したの。予定より数日はやく。なんとか車に乗せてくれる人を見つけたので」

「わかった」マースはぼくらからあとじさりして、立ち去りたがっているようだった。とらえどころのない表情を浮かべている——こちらから見えている顔の部分は、風で赤くなっており、髪の毛はフードの下からほつれて覗いていた。

「でも、仕事はどうなるの？」アルヴァスンドが言った。「そのためにここにきたんだから」

「その件についてはなにも知らない。おれは運営面から手を引いたんだ。たんにここのオフィスをチェックしにきただけさ。臨時仕事で」

「で、わたしはどんな仕事をするの？」

「応募書類がある。家のなかにあっただろ？」

アルヴァスンドはぼくを問いかけるようにちらっと見た。ぼくは首を横に振った。

「いいえ」

「じゃあ、だれかが送るだろう」


「まだ仕事を手に入れることができるのかどうか知らないと」と、アルヴァスンド。

「連中をちょっと急かしてみるよ。ジェスラにいる人たちを。だけど——この仕事にはかかわらないほうがいい」

「マース、わたしたちが訓練を受けたのはそのためじゃない。わかっているでしょ。あなたが応募するようずっと急かしていたのに。わたしたちはいっしょにやることになっていた」

「それはまえの事情だ」

「なんのまえ？」

マースはまた一歩後退した。彼はぼくらのどちらにも目を向けていなかった。「局に連絡する」こっそりとぼくを見る。「きみも応募したのか？」

「いいや」

若者は背を向け、足早に立ち去った。両手を綿入りのカグールのポケットに深く突っこみ、前かがみになり、スカーフにあごを深くうずめていた。

マースの最後の言葉は、ぼくがその場にいることをほぼはじめて認めたものだった。ぼくはアルヴァスンドのかたわらにいて、身を切る風に震えながら、傍観者として疎外されていた。いまの出来事で自分がどれほどアルヴァスンドのことを知らないのか思い知った。あるいはぼくらが再会するまえの彼女の人生がどんなものだったのか驚くほど知らなかった。

「家に入らない？」アルヴァスンドが言った。

「荷物をまとめるよ」ぼくは言った。「グールン・タウンにまっすぐ帰るつもりだ」

家のなかに入るとすぐぼくはすばやく動きまわり、自分の服や、持ってきたほかの荷物を見つけると、大型かばんに詰めこんだ。ぼくは自分に腹を立てており、アルヴァスンドにも怒っていた。彼女はキッチンにいき、お茶を淹れた。テーブルのところで腰を降ろし、両手でカップを持って、下をじっと見ていた。

「なにが問題なの、トーム？」ぼくがグールンから持ってきたコーヒーを取りにキッチンに入ると、彼女が訊いた。

「もうここでぼくの用はないだろ。ぼくはここまで運転してきた。帰りは自分で道がわかるはずだ」

「いったいどうしたの？」

「あいつはいったい何者だい？　名前はなんだった──マースか？」

「たんに大学で知り合いだった人」

「ボーイフレンド？」

「ただの古い友人」

「じゃあ、いったいぼくはなんだ？」

「古い友人」

「だったら、ぼくと違いはないわけだ。ただし、ぼくはここに車でくるためにきみが見つけた人間だったけどな」

アルヴァスンドは目をしばたたいて、顔をそむけた。

「ごめんなさい、あんな言い方をして。すぐに無神経な発言だとわかった」

「失礼なもんだ。いまさら謝られても」

「トーム、妬いてるんだ！」

ぼくはうろつきまわるのを止め、アルヴァスンドに向き直った。「なにを妬かないといけないんだ？　きみが古い友人と会うことでぼくはなにを失うというんだ？　なにひとつ失わない。きみはなにひとつぼくにくれなかったんだから――」

「まだわたしたちははじまったばかりだと思ってたの」

アルヴァスンドはテーブルから立ち上がり、ぼくを押しのけ、部屋のいちばん広い箇所に向かった。ぼくはあとについていった。ストーブにまだ火が残っており、耐熱ガラスの向こうで深紅の光が灯っていた。室内は温かく、薪の煙の香りが濃厚に漂っている。窓は結露で半透明になっていた。ストーブ扉のまえにある分厚い敷き物の上にアルヴァスンドは座り、火に向かってまえかがみになった。ぼくはクッションの効いた椅子に腰かけたが、アルヴァスンドには体半分ずらして向かう格好にした。

アルヴァスンドはすぐに膝立ちになり、ぼくのほうに体を寄せ、唇にまともにキスをした。片手をぼくの胸に愛情をこめて置く。ぼくはあまりに頭にきて、彼女から体を引っこめた。彼女はなおも迫ってきた。

やがてアルヴァスンドは言った。「トーム、ごめんなさい。ほんとにごめん！　お願い……さっき起こったことはみんな忘れましょう。マースは大学時代の古い友人なの――もう一年以上会ったことがない。だけど、彼は変な態度をとっていて、わたしは自分がなにをしているのか忘れてしまったの」

食器棚で、アルヴァスンドは地元で蒸留され、壜詰めされたアップル・ブランディーの未開封ボトルを見つけた。封を切り、グラス二個に注いだ。

「なにが起こっているのか説明してもらわないとだめだと思う」ぼくは言った。ぼくは依然として彼女に怒っており、昨晩起こったことを考えていた。実際には、昨晩なにも起こらなかった。彼女が置いた仮想のガラス板が障壁として残っていた。「地面の穴を見るためにぼくをここに連れてきたんじゃないだろ。仕事というのは、いったいなにが真実なんだ？」

「仕事がほんとうのものなのか、一度も確認できていないんだ」アルヴァスンドは言った。「もしほんとうのものなら、わたしには理想的なものなの。給料はすごく高いし、わたしにはそれをするだけの資質がある。だけど、マースから届くのは混乱したメッセージばかり——彼は去年似たような仕事を手に入れたの。最初、マースは、仕事の枠があいたので、急いで応募するようにと言ってた——ところが、それから何週間も音沙汰なし。一時期は、わたしのことを知らないふりさえした。ところが、また彼は変わった。最終的に、ここにくるようにと言ってきたの。だけど、さっき通りでなにがあったかは見てのとおり」

「大学時代、あの男はきみのなんだったんだ？　ボーイフレンドか？」

「大昔のこと。もう一年以上経っている」

「一夜限りの情事？」

「いえ——それ以上の関係」

「だったら、長くつきあっていたんだ？」

「過去のことなんだって、トーム。重要なことじゃない……だけど、ちがうよ、長くつきあってはいなかった」アルヴァスンドは上半身を起こし、ぼくから離れた。「一ヵ月ほどいっしょにいた。だけど、彼はたった一年半で大学をドロップアウトしたの。ジェスラでのそのとんでもなく待遇のいい仕事の申し出を受けた。彼はそのことをわたしに話して、去っていった。大陸の仕事だったので、二度と彼と会うことはないだろうと思っていた。ところが、彼はわたしにeメールを送ってきはじめた――いっしょに仕事に加わってほしいと言ってきた。でも、マースは難しいところのある人だったので、わたしはまず学位を取りたいと言いつづけた。するとメッセージが混乱してきた。彼はわたしを失望させようとしているようだった。わたしを無視しようとしているようでもあった。彼はシーヴルという島で働くため引っ越した。彼を雇っている人たち、斡旋局という公共事業機関では、まだ人を募集しているのがわかった。ふさわしい人材を見つけられずにいたのだけど、わたしの資格はその仕事にうってつけだった。マースはまた態度を変えて、わたしに応募するようせっついた。しばらくは、彼のせっつきは無駄だった――わたしはまだ大学を卒業していなかった。その後、ムリセイで就職したけど、それがうまくいかなくなると、応募してみるべきじゃないかと考えはじめた。とにかく、結局、わたしは応募した。予備審査を受けなければならないの。そのあとで、仕事を手に入れられるかどうか伝えられるんだって」

「いまなんの島と言ったっけ？」

「シーヴル」

「知らないな。覚えていられないほどたくさん島がある」

「トーキー群島のひとつ。ヘッタみたいに、ファイアンドランドの沿岸に近いけれど、ヘッタとは反対側にある。ジェスラの沖にある島。ほんの小さな島なんだ。マースはタレック地方に似ていると言ったことがある――寒冷気候、短い夏、自給農業と漁業の島。えーっと、シーヴルには古い建造物があるという話。数百年まえに建てられたとか。だれもだれがそれを建てたのか知らないし、なんのための建物なのかもわかっていない。まだ、大半は現存しているものの、いまにも崩れて廃墟になりそうだとか。局の人たちは、その建物の保存をしたがっている」

「そのこととぼくらの結びつきが見えない」

「わたしはパース・イメージ作成を専攻してきた。3D映像化技術を。だけど、マースから筋の通った説明は得られなかった」

「3Dイメージ作成が遺跡の保存にどんな関係がある?」

「それは試験のためのものなの。わたしがオルスクネスにいる理由は、ここの山のなかに同様の遺跡があるから。わたしがしなければならないのは、そこにでかけて一種のトライアルをおこない、わたしの映像化装置を使って、いくつかメモを取ること。すると、わたしのなにかが先方に伝わり、彼らはそれを見ることができる。要するに、遺跡の大半はシーヴルにしかないけれど、もうひとつおなじものがここにあるということ。このタレック地方に。同時代におなじ方法で建てられたものなの。局での仕事に応募する人間は、まずそこにいかなければならない」


「その遺跡はどこにあるんだ?」

「行き方は教えてもらっている。わたしのラップトップのなかに入っている」

「では、どうしてそのことをまえにぼくに話してくれなかったんだ?」

「いまのいまになるまで、話すのが重要になると思えなかったの」

ぼくらはさらにブランディーをすすり、言い争いや詮索をやめた。アルヴァスンドはキッチンにいき、食事をこしらえてくれた。ぼくらはストーブのまえで腹ばいになってそれを食べた。あとから思い返すと、寒い天候のせいだったと思える日だった。表にいるあいだいかに寒かったという記憶ばかりが残っている。次第にぼくはまた彼女に対して気を許しはじめた――ブランディーがその助けになったのかもしれない。

外では雨が降りだした。しつこくつづく、激しい土砂降りになった。ぼくは一枚の窓に近づき、手で結露に穴をあけ、通りの暗い景色を見た。家のいたるところで雨音が聞こえた。木の屋根を激しく叩く音、コンクリート装の道に勢いよく降り注ぐ音、雨水が溝に沿って流れていく沸き立つような音。突然の雨は、グールナック風の終わりの到来の前兆であり、呪いの魔女が吐く唾だと言われていた。少なくとも、風は止んでいた。

食事を終えると、ぼくらはいっしょに敷き物の上に座り、ぼくは腕をゆるくアルヴァスンドにまわし、背中の下のほうに置いた。火の粉が明るく吹き上がって、薪がふいに崩れると、彼女はぼくにそっと体をすり寄せてきた。

だが、そんなことがあったにもかかわらず、就寝時になると、アルヴァスンドはまたしてもぼくらのあいだにガラスの板があるようにふるまった。

今回、ぼくは彼女に先にシャワーを浴びさせた。そのため、ぼくが下の階からあがってきたときには、彼女はすでにベッドに寝ていた。ぼくは彼女のまえに裸で立ったが、彼女は横になり、向こうを向いて、すでに目をつむっていた。ぼくはベッドのなかり滑りこむと、長枕が縦に置かれているのを感じた。明かりはつけたままにして、雨音に、彼女の息遣いの静かな音に耳を澄ました。やがてぼくは明かりを消した。

アルヴァスンドが暗闇のなかで言った。「わたしを抱いてくれる、トーム？」

「それがきみの望みなのかい？」

「お願い」

彼女はいきなりこちらを向き、上体を起こすと、長枕を引き寄せて、傍らに放った。それからまた横になると、裸の背をぼくに押しつけるように近づいてきた。ぼくは彼女の脚に合わせて自分の脚を押し当て、顔を彼女の髪にうずめた。片手を伸ばして、彼女の腹に置いた。彼女は温かく、くつろいでいるようだった。ややあって、彼女はぼくの手を自分の乳房に導いた。

頭のすぐ上の屋根に雨が止むことなく降り注いでいたが、家の温もりと安全のなかでは、まるで安心感を与えてくれる音に聞こえた。ぼくは彼女をそんなふうに抱いていることで昂奮していたが、すぐにまどろみはじめた。彼女の乳首は、ぼくの二本の指のあいだにはさまれた固い小さな蕾だった。

夜が深まり、暗闇のなかで彼女はぼくを起こし、キスをし、愛撫をした。ついにぼくらは愛を交わした。ぼくは目に見えないガラスの破片がだれも傷つけることなく四方八方に飛び去っていくのを愉快に想像した。

三日後、ぼくらは車でオルスクネスを出て、フィヨルドの東側にある山のなかを北に向かった。雨は夜明けまえに止んでおり、町の通りから雪も氷もはじめて消えうせていた。冷たい空気のなかで、太陽が照り輝いていた。風は止んでいた。オルスクネスを離れ、山がちな奥地にのぼっていくということは、まもなく雪線を越えるということだった。タレック地方のもっと高い高度の峰は、夏に入ってからもしばらく雪を冠したままでいることがよくある。しかしながら、道路から氷はすっかり取り除かれており、ぼくらの目のまえに、タレックの壮大なスカイラインの景色が次から次と現れた。紺碧の空の下、いくつもの峰が連なる広大な山脈だった。山につき添う白い雲が優美な横幕のように風下に向かって流れていく。

アルヴァスンドは車窓の景色にときどき目を走らせたが、彼女の関心の多くはラップトップ・コンピュータに向いていた。３Ｄ映像化をおこなうプログラムを走らせ、文化遺跡を集めたライブラリーから外挿し、標準化していた。彼女はいくつかのデモ・ルーティンをあらかじめぼくに見せてくれていた。たとえば、一本の化石化した骨から、絶滅した爬虫類の完璧な骨格見本を外挿して作り上げたり、ひとつの木片に、ある時代固有の建設技術を使うことで、ずいぶんまえに消えた建物の外観を推測できた。現実の文化遺跡で作業するのは、まだおこなっていないやらねばならないことで、そのため山中を車で通りながら、アルヴァスンドはオンライン・マニュアルとさらなるデモを検討しつづけた。

ぼくらはグールンの北の海岸に近づきつつあり、ぼくは何度か遠くの海の穏やかな冷たい青をかいま見ていた。山はこのあたりだとごつごつしたところが減っていた。まもなく雪線を下って、むきだしの岩や、ありふれた雑草の固まっている高地にやってきた。車を止め、局からアルヴァスンドに送られてきた地図を検討した。連中はやっと彼女が先へ進んで、試用任務をまっとうするのを認めたのだった。

つまるところ、その場所を見つけるのは難しくなかった。荒れ果てた塔は、なだらかな岬の上に立っており、険しい斜面の上から海に臨んでいた。たどりつくはるかまえから塔は見えた。黒い色の岩で造られた背の高い、細い建造物。ひとつきりで、付近にほかの建造物や関連したものがある気配はいっさいなかった。

ぼくは塔に歩いていける範囲内に車を止めた。アルヴァスンドは後部座席からラップトップとデジタル装置を集め、ぼくらはしばらく車のなかでじっと座って、荒地《ムア》越しに古い建造物を見つめた。その塔には、ぼくに恐怖心を感じさせるなにかがあった――あいまいで、不合理なことだったので、ぼくはそれについてアルヴァスンドになにも言わなかった。

分厚い外套を着て、ぼくらは海からの強い風に悩まされながら、でこぼこの地面を横切った。内なる不安感が次第に強まるのを感じていたが、またしてもぼくはアルヴァスンドになにも言わなかった。遺跡に近づいていくにつれ、どの程度石壁ががたがたで、ひび割れているか見えてきた。片側の頂上近くに大きな割れ目があった――なんらかの木製の床か梁がなかにあるのがかすかに見えた。割れたり、斜めにぶらさがったりしている。オレンジ色の苔が南に面した表面一体に広がっていた。塔は頑丈そうに見えたが、老朽化しており、明るい日の光を浴びても石は黒く見えた。

いったん塔のかたわらにくると、海と岩の多い海岸がおりなす広大で驚愕の景色が見えた。沿岸平原のはるか向こうに現代的な道路があり、高速で行き交う車が見えた。

「監視塔として建造されたのにちがいないな」ぼくは海を見ながら言った。

「シーヴルの塔について書かれたものを読んできたの」アルヴァスンドは言った。「窓のある塔はひとつも建てられていない。外壁と屋根があるだけ。この塔はおなじデザイン。ここでなにをやっていたにせよ、外を眺めるためじゃない」

「それを聞くとぞっとするね」ぼくは言った。

ぼくの言葉に応えるかのように、アルヴァスンドはぼくに近づき、抱き締めた。彼女の小型かばんや大型かばんがぼくの腕にぶつかる。「わたしもそんな気持ち」アルヴァスンドは言った。「さっさとやっちゃいましょう」

アルヴァスンドは装置のセッティングにとりかかった。装置というのは、固定具付きのデジタル・パノラマ・ビューアーと、短い棒の先に聴覚センサの付いたコンパイラ、ラップトップ・コンピュータだった。ぼくは彼女が、バッテリー・パックとデジタル・ビューアー用ハーネスの付いたクモの巣状の自動平衡固定ストラップを装着するのを手伝った。彼女が装置を起動させ、自己診断をおこない、塔に向かう用意が整ったことに得心するのを眺めていた。

「一周目で全部済ませたい」アルヴァスンドは言った。「ほかのあらゆるものといっしょに分析されたくないなら、あなたはわたしのうしろにいて、検査範囲から離れていてね」

アルヴァスンドはデジタル・ビューアーで数回試験撮影をおこなったが、バッテリー・パックが腕の邪魔になった。彼女はバッテリー・パックを装置から外して、ぼくに手渡した。

　アルヴァスンドは塔の基底部の最初の周回をはじめた。壁の石積みから等距離を保ってサイドステップしながらまわっていく。ぼくはバッテリーを抱えて、いっしょについてまわった。地面はでこぼこで、たくさんの石が半分土に埋まっており、塔の正面には急な下り勾配があった。何度かアルヴァスンドが躓《つまず》いて以降、ぼくはうしろから装具を支え、彼女を導いた。

　やがて、準備できた、とアルヴァスンドは言った。ぼくは彼女のまうしろにいて、バッテリー・パックをしっかりつかんでいた。ぼくらは塔の基底部の間近におり、説明のつかぬ恐怖感がまえにも増して強くなっていた。アルヴァスンドは青ざめた顔をして、髪の毛が風に吹かれ顔のまわりにまとわりついていた。

　アルヴァスンドは記録をはじめ、一定の調子でサイドステップして塔のまわりをまわった。デジタル・ビューアーを主壁に向けたままにした。ぼくは彼女につき従い、石やほかの障害物が足下にあるたびに警告した。

　最初の試行で撮りを終えた。アルヴァスンドが装置の電源を切ると、ぼくは圧倒的な安堵感に襲われた。もうすぐここから離れられるのだ。

　ぼくはほかの装置を回収に向かった。

　アルヴァスンドが言った。「画像を解析するまで戻れない」

「それにはどれくらいかかる？」

「長くはかからない」

　アルヴァスンドはデジタル・ビューアーから撮影素材をイコライザーにダウンロードし、さらにラップトップに落とした。長いあいだなにも起こらないように思えた。アルヴァスンドとぼくは装置のかたわらに立ち、顔と顔をつきあわせ、相手を見つめていた。彼女の顔にストレスが表れているのがわかった。ここを立ち去りたいという不安がうかがえた。こんな経験をしたのはぼくにとって生まれてはじめてのことだった。なんらかの焦点も理由もない恐怖、空虚な畏れ、未知の戦き。

「トーム、あそこのなかにはなにかいる。ファインダー越しに感じられたの」ある種の不安な緊張感が彼女の声にうかがえた。それはあらたに現れたもので、ぼくはふいに怖くなった。

「どういう意味だい、あそこになにかいるというのは？」

「なにか生きたものがいる。塔のなかに。ばかでかいの！」アルヴァスンドは目をつむって、首を左右に振った。「ここから逃げ出したい。怖い！」

アルヴァスンドはなすすべもなく電子機器のほうを指し示した。オンラインであることを示すライトが、残照のなかでかすかに光っていた。

「なかにいるというのはなに？　動物？」

「わからない。ずっと動きまわっていた」彼女の声は悲鳴に近くなっていた。「だけど、動物のはずがない。動物にしては大きすぎる」

「大きすぎるって？　どれくらい大きいんだい？」

「塔全体を埋めているんだって」アルヴァスンドはぼくに向かって片手を伸ばしたが、よくわからないなにかの理由から、ぼくは彼女に触りたくなくて、体を引いた。アルヴァスンドもおなじものを感じたにちがいない。同時に手を引っこめたからだ。「巨大なコイルみたいなもの。ぐるぐるまわっている。壁にぴったりくっついているか、なんらかの方法で壁のなかにいる」

ぼくらの立っているところからさほど遠くないところに、地表の高さで石積みにあいた割れ目のひとつがあった。その穴を通して、塔の内部を少し見ることが可能だった。割れた石の固まりや、レンガ積み、腐った材木が見えた。そこにはなにも生きているものはおらず、あるいはなにも生きて見えるものはなかった。なんらかのコイル状のものもない。

ちょうどそのとき、ラップトップで走らせていたインタープリタが解析を終え、短い曲が流れた。ぼくらは安堵感とともに振り向いた。アルヴァスンドがラップトップをつかんだ。

「トーム、これを見て」アルヴァスンドはぼくに見えるように画面を回した。「見えるでしょ。ほら、あそこ!」

日の光がまぶしすぎて、モニターにはろくになにも見えなかった。アルヴァスンドはラップトップを動かしつづけ、まずぼくが見えるところに置くと、ついで自分が見えるところに戻した。ぼくは彼女のかたわらに立ち、外套の一部を持ち上げて、ディスプレーに影を作った。

画面に映っているのは、超音波エコーのようなものに見えた——すこしぼやけた白黒の画像があった。上下左右なんの目印となるものもない。

「これは壁の形」そう言ってアルヴァスンドは大きな灰色の欠けらを指し示した。「そのぎざぎざの線は、そこで少し壊れているから」ぼくは顔を起こして塔を見上げ、ディスプレーに映っているものと実際の形が一致しているのを確認した。荒れ果てた塔の内部の三次元X線写真のようなものだった。

ぼくはさらに目を凝らした。壁の向こうにぼんやりした画像がある。灰色で不明瞭だが、はっきり動きまわっていた。ぴくぴくと動き、一方の端から他方の端に蠕動して移動し、収縮と伸張を繰り返している、ある種の柔軟な管だった。そのような動きがいくつもあり、少し上のほうにあがって、画面上部ではわずかにしか見えなかった。その身の毛もよだつ動きの最大の部分は、地面に近かった。

「蛇だ、大蛇だ！」アルヴァスンドは声をはりあげた。「とぐろを巻いている。あのなかで！」

「だけど、あそこにはなにもない。ここから見えるじゃないか。古いがれきの山しかない」

「いえ……絶対にあそこにいる！　ばかでかい蛇が！」

「だったら、ソフトウェアがどこかおかしいんじゃないかい？」

「このプログラムがしているのはね――生存しているものの痕跡を拾い上げることなの。プログラムは、あのなかでなにか生きているものを検知している。見て――あいつは動いている！」

アルヴァスンドは、いきなり一歩下がって、ラップトップをぼくに押し付けた。痕跡が移動していた。上へ、横に。巨大な爬虫類の頭部をぼくは想像した。目と舌と長い牙がいまにも襲いかかろうと鎌首をもたげている。ぼくもあとずさったが、壁の小さな割れ目の向こうには依然としてなにも目に見えるものはなかった。ぼくらが自分たちの目で確認できるものはなにもなかった。なにも見えず、なにもリアルではない。なのにぼくの恐怖は消えなかった。

ぼくは納得のいく説明を考えようとした――なかが中空になった壁で、内部になにかがとらえられているのだろう。もし壁になにかがいて、壁を壊してぼくらに向かってきたらと思うと、怖くてたまらなくなった。

ぼくはアルヴァスンドからラップトップを取り上げ、回転させて、いちばんよく見えるようにした。ちらっと彼女のほうを見たが、もうぼくのそばに立っていないのがわかった。どういうわけか、どこかに移動していた。ぐるっとあたりを見渡したものの、ぼくはひとりきりだった。

「アルヴァスンド？」

「トーム！」

かすかな声だったが、風に乗って届いた。すると、アルヴァスンドの姿をとらえた。彼女は塔のなかに入っていたのだ！

地面の高さにある割れ目から彼女の姿がかすかに見えた。こちらを見て、ぼくの名前を呼んでいる。だが、そんな時間はなかったはずだ。ぼくは数秒間気を失っていたのか？

ぼくは乱暴にラップトップを地面に置き、彼女のほうにどうにか近づこうとした。激しい恐怖感に抗いながら。数秒後、ぼくは割れ目にたどり着いた。しゃがみこみ、塔のなかに体を押しこもうとした。

行く手はさえぎられた。なにか硬くて透明で冷たいもの、分厚いガラス板のようなものが、その開口部に置かれていた。アルヴァスンドはそこにいた。腕を伸ばせば届くところに。だが、彼女はその目に見えない障壁の向こうにとらえられ、塔のなかにいた。彼女はぼくの名前を叫びつづけた。ぼくはガラスを押し、叩いたが、無駄だった。

アルヴァスンドは叫びつづけた。両腕を掲げ、首を左右に振り、口は恐怖と苦痛のあまりひきつって、口角が下がっていた。

どうしようもなくただ見ていると、彼女の身に急速に恐ろしい変貌が降りかかった。

彼女は歳を取っていった。目のまえで年老いていったのだ。

背丈が低くなり、体重が増えた。かさばる冬の衣服のなかにしなやかな肢体を収めていたのとは異なり、型くずれのした薄いナイトガウンのようなものをまとって、体重過剰になり、張りを失い、不健康な様子になるのをぼくは見た。髪の毛が白くなり、薄くなり、脂じみていき、ろくにまとまっていない引っ詰めにして片方の肩に垂らされる。顔は青白くなり、むくみ、片方の頰に発疹ができていた。目は落ちくぼみ、隈で縁取られた。チアノーゼを起こして唇が青くなっている。よだれがあごを汚しており、鼻血がだらだらと流れている。

アルヴァスンドは目に見えない手によって中空に持ち上げられていた。脚がだらんと下がっている。黒いストッキングを履いていた。それがずり落ちて、痩せこけた青白いふくらはぎに浮かぶ青く膨れてもつれあった静脈瘤を露にしていた。

わけもわからずに、ぼくは石積みの壁の割れ目からまろぶように引き下がり、半分埋まっている岩のひとつに躓いて、バランスを取ろうと体を回転させたが、ラップトップが置かれている地面にまともにばったりと倒れた。なにがあったのか、結果がどうなろうがろくに気にせずに、ぼくはコンピュータにつながっているすべてのケーブルを引っこ抜いた。それから下に指を伸ばし、バッテリーを見つけると、ラップトップとつながっているコードを抜いた。装置は止まった。画面にはなんの画像も現れていない。

ぼくは振り返り、インタープリタを外そうとしたが、そちらに向かって動くと、そこにアルヴァスンドがすでにいた！　彼女は塔の外にふたたび出ており、必死で装置からケーブルを外していた。見覚えのある彼女の顔、分厚いウィンドブレーカー、温かいズボンを見た。

アルヴァスンドはこちらを振り向き、ぼくを見た。

運転できる心境ではとてもなかったが、できるだけ装置を引っ張って、どうにか車にたどり着いた。装置を後部座席にぞんざいに放りこむと、前部座席にもぐりこみ、ドアを叩き閉め、ロックした。ぼくらはぶるぶるわなわな震えながら、抱きあった。アルヴァスンドの髪の毛が顔にかかり、表情を隠していた。ぼくは、あの廃墟にあったのがなんであれ、その恐ろしい脅威をまだ感じていた。いや、味わっていたに等しい。

アルヴァスンドは泣いていた。あるいは泣いているように思えた。だが、よく彼女を見ると、彼女は恐怖でまだ震えており、浅くあえぐように息をしていて、手も腕も頭もずっとぶるぶる震えていることに気づいた。ぼくは両腕を彼女にまわし、自分のほうに引き寄せた。長いあいだ、ぼくらはただそこにいっしょにいた。外出着を着てかさばり、動きにくかったが、なんであれぼくらの身に起こったことから恢復しようとしていた。

その間ずっと黒い塔、死せる塔がぼくらにのしかかるように立っていた。

ようやく車のエンジンをかける気になり、きた道をゆっくり後退させて、安全な距離まで離れた。塔は尾根の向こうに見えなくなっていた。

「あなたになにがあったの？」アルヴァスンドが言った。「いきなり消えてしまったんだよ！」彼女の声には、以前に耳にした甲高いとげとげしさがあった。「わたしたちはいっしょにあそこにいた。つぎに気づいたら、あなたはどうにかしてあの塔のなかに移動していた。わたしは外に取り残された！　あなたに手が届かなかった。あるいはあなたに声を届かせることができなかった！」

「だけど、塔のなかにいたのはきみだったんだ」ぼくは言った。

「よして！　あそこにいたのはあなた。てっきりあなたが死んじゃったんだと思った」

山の風が車の側面にぶつかってきた。

ようやくぼくは自分の見たことを彼女に話せるようになった。おなじように彼女は自分の見たことをぼくに話した。

ぼくらはまったくおなじだけど、正反対の経験をしていた。どちらも相手がどうにかして壊れた塔の内部に移動してしまったように思えた。

アルヴァスンドが言った。「あなたが急に歳を取って、病気になったようだった。それに――あなたのところにいけなかった」

「何歳くらいになっていた、どれくらい病気のように見えた？」

「見たのは――言えない！」

彼女のことを思い出し、塔のなかの彼女のイメージを思い出し、ぼくは言った。「ぼくがいまにも死にそうだと思ったんだね」

「あなたはもう死んでた。そのように見えた。わからないけど、なにかの恐ろしい事故で。顔じゅう血だらけだった――あなたを助けようとなかに入ろうとしたのに、なにか一枚の板のようなものが行く手を遮った。分厚いガラスかプラスチックの板のようなものが、割れ目を塞いでいた。そこを通り抜けることができなかった。わたしは塔に背中を向け、石かなにかを取ってこようとした。強引に割ってでも進むつもりだった。そしたらまた急にあなたが外に出ていた」

「急にきみは外にいたんだ」

「いったいぜんたいなにがあったの、トーム？」

ぼくは答えられなかった。彼女も答えられなかった。ひとつ確かなのは、彼女の人生の最後の瞬間の超自然的なイメージがぼくに終生つきまとうことだった。

ぼくらはオルスクネスに戻った。

あの塔で起こったことのせいで、ぼくらに関するあらゆることが変わった。そのことをたがいに認めはしなかったけれど。まるでぼくらは何年もまえからよく知っているような気がした。おたがいを知ろうとし、たがいに惹きつけあおうとする性急さは、後退してしまった。ぼくらは関係がはじまって数日しか経っておらず、あたらしい恋人たちが相手のことを際限なく知りたがる時期だというのに、ぼくらの好奇心は消えてしまった。ぼくらは本来知るべき以上のものを知ってしまった。その知識はすさまじいものだった。本来であれば、口にされず、詳しく探ってみないままですませる事柄だった。ぼくらはたんにそれを理解してしまったのだ。そしてあまりにも恐ろしいので、とても言葉にはできないことに気づいた。

そのため、そうした言葉はけっして口にされず、ぼくらが相手について得た知識はけっして認められなかった。だけど、それがぼくらをより親しくさせ、その恐ろしい秘密でぼくらを結びつけた。塔での大変恐ろしい記憶が、ぼくらふたりの上にのしかかっていた。

その後、やる気のかけらも出ない短い時期があった。グールン・タウンに戻るべきか、アルヴァスンドがなんらかの返事を受け取るまでオルスクネスにとどまるべきか、ぼくらは決めかねていた。アルヴァスンドは手続きを進め、試験の記録した結果をメモをつけて送ったが、局からもマースからも返事はなかった。マース自身は、もはやオルスクネスにいないようだった。アルヴァスンドがマースにeメールを送ったあとでも連絡してこなかったので、ぼくらは町で彼を見つけようとした。幹旋局オフィスで働いているとマースは言っていたが、そんな場所は見つからなかった。波止場近くの建物のひとつまであとをたどった。その建物に明かりは灯っておらず、ドアはとざされ、鍵がかかっていた。

故郷に帰りたい気分になったけど、アルヴァスンドは、もし自分が採用されるなら、すぐその仕事を引き受けたい、と言った。グールン・タウンはジェスラにフェリーで渡るには、島のなかでもっとも遠い側にあった。

外では、春の雪解けがはじまっており、小さな町は夏に向かって用意を整えはじめていた。往来を歩く人たちが増え、冬のよろい戸や雪除けが片づけられた。アルヴァスンドとぼくは相手のことに集中し、なにも言わず、自分たちにできることをやった。

やがて、アルヴァスンドの採用を知らせる連絡が届いた。

塔での体験から六日後の夜のなかごろのことだった。ぼくらはふたりとも眠くて、はやめにベッドに入ることにしていた。ぼくがシャワーを浴びて、寝室として使っているロフトに上がっていくと、ラップトップをまえにして、アルヴァスンドはあぐらをかいてマットレスに腰かけ、どうやらなにかをオンラインで読んでいた。彼女はなにも言わなかった。ぼくは彼女のかたわらで、ベッドの上に横になった。

「仕事の申し出があった」ようやくアルヴァスンドはそう言うと、画面の方向を変え、ぼくが読めるようにした。

アルヴァスンドが画面をスクロールした。ファイアンドランドのジェスラ市に拠点を置いている斡旋局からの公式文書だった。出状者は、空席になっている透視画法による実現可能モデル製作者の職に対する応募書類すべてを慎重に検討した結果、アルヴァスンドの資質が要求条件に極めて近かったと述べていた。空席を埋める必要が早急にあるため、もしただちに申し出を受けてくれるなら、広告に出している給与の五十パーセントで、試験採用をする用意ができているという。もしアルヴァスンドの仕事が満足いくものなら、常雇いにして、給与も満額支払い、過去に遡って不足分を支払うとのことだった。

「おめでとう!」ぼくは言った。「この仕事をまだ欲しかったんだろ」

「ええ、もちろん。だけど、残りを読んで、あなたの考えを聞かせて」

出状者は、オリジナルの内容紹介を再読し、手紙の下に書かれている雇用条件も読むよう念押ししていた。この仕事は危険なものでありうること、法律で定められた責任保険や、事故保険、埋葬保険、保証保険のすべてを負担するという注意書きがあった。こうした詳細はすべてアルヴァスンドの承諾を必要としていた。

「なんとしてもやり抜くんだろ？」ぼくは言った。

「お金が要るの。それに仕事はわたしが得意とする分野のものだし」

「だけど、あんなことがあったあとでは？」

「あれがなんだったのか、なにか考えがある？」

「ない」

「この仕事の根本的理由は、あの塔のなかにあるものについての正規に予算を割り当てられたはじめての科学的調査であることなの」

「本気で知りたいのか？」

アルヴァスンドは一瞬ぼくをじっと見た。見慣れた直截さだ。

「こんなチャンスは二度と手に入らないでしょう」

「ぼくらが塔にいったとき起こったことは、気にならない？」

「気になるに決まってる」アルヴァスンドはぼくの質問にとまどい、あるいはいらだっている様子だったが、一瞬、肩をすくめ、体をぼくに向かって斜めにした。「シーヴルでは情況が異なるかもしれない」そう言ったものの、自信はなさそうだった。ふたたび画面をスクロールする。「あなたが上にくるまえに読んだのは、二ページだけだったの」

ぼくは移動して、彼女の横にしゃがんだ。局が送ってきた資料をいっしょに最後まで目を通す。

アルヴァスンドは末尾の段落を差し示した。そこには最近の調査の進展に関する報告が載っていた。研究者は以前よりもはるかに安全に塔に接近できるようになった、と書かれていた。塔の内部から発せられると思しき超自然的作用から研究者を守ることが可能になったのだ、と。また有効な物理的防御手段もあるという。

「もしここに書かれているように安全なら、どうして危険性に関してあれこれ警告をするんだろうな？」

「たんに非難されないように手を打っているだけでし

ょ。リスクがどんなものかわかっているはずで、その対処法を編み出したんじゃない」

「ああ、だけど、どうやって対処するかは書かれていない」

ぼくは書類のなかの言葉を借りると〝超自然的作用〟について考えていた。ぼくらのいた塔のなかから〝発せられると思しき〟もののことを。記憶に残っている苦痛のように、どれほどひどいものだったのかあとになって想像するのは難しかったが、あれから離れたときの安堵感は、自由の贈り物をもらったかのようだった。あれにふたたび自ら進んで身をゆだねるなんて、想像だにできなかった。

ぼくらは先を読み進めた。

最後の文書は、シーヴルにある塔のイラスト付き歴史と、過去におこなわれた塔の調査を記したものだった。ぼくらが読んだものによれば、現在も二百基以上の塔が建っている。すべてがほぼおなじ建造年代のものので、すべてが過去に損傷をこうむっていた。おそらくは塔を破壊しようとした島民によってだ。損傷をこうむっていない塔はなく、修復しようという試みは過去に一度もおこなわれていない。塔がかつて建っていたが、うまく倒壊させることができた場所が二、三ある。

現存する塔はいずれも接近するのが危険で、シーヴルの一般人はけっして塔に近寄らない。多くの神話や迷信がふくらみ、塔は元来超自然のものであると、ひろく認識されている。シーヴル文学や絵画において、塔は恐怖や抑圧の象徴としてしばしば用いられている。巨人や、謎の前脚の足跡、夜の訪問者、大きな悲鳴、空に浮かぶ明かり、巨大な獣や、ずるずると這い進む獣の目撃譚など、無数の民話的物語が存在していた。

過去の科学的調査は、信頼性の高い情報を生み出すことに一様に失敗していたが、塔とのコンタクトのあと起こるほぼ同様の昂奮した報告から、ひとつのコンセンサスが生まれた。個々の塔は、なんらかの生き物あるいは知性体に占拠されているか、少なくともその住居らしい。だれもいまだかつてそれがなんなのか目撃したことがない。だれもどうやってそんな存在が生き延び、食糧を得、あるいは繁殖しているのか、まったくわかっていなかった。すべての研究者が味わっている身の毛もよだつ恐怖感は、防御手段あるいは、なんであれ、塔の内部にいる存在が放射する、近づく者を罠にかける超自然的放射である可能性を示唆していた。

「本気でこの仕事をほしいのかい？」ぼくは訊ねた。

「ええ。だけど、怖い――どうしてあなたが気にするの？」

「ぼくはきみといっしょにジェスラにいくから」

いきなり彼女はぼくの腕のなかにいた。もしアルヴァスンドがその採用通知に応じたら、それがぼくらを別れさせることになるだろう、と前々から勘づいていた。彼らは即決を求めていた。遅くともあすの朝までに決めてくれとのことだった。もしぼくがアルヴァスンドに言質《げんち》を与えなかったら、彼女はシーヴルに向かうだろうし、ぼくはグールン・タウンに、そこから最終的にアイアに向かうだろう。ぼくらはたぶん二度と会うことはない。そのことは、選択ではなく、情況によってぼくらが強いられる別れのような気がした。ぼくらはまだたがいに知りあってまもなく、離れ離れになっても自分たちをつなぎとめておくだけの気持ちの上での勢いを感じていなかった。ぼくは彼女を失いたくなかった。

そしてぼくらは愛を交わした。ベッド脇の床の上でラップトップのスクリーンが明るく光り、仕事の申し出の文言が、だれにも見られずに夜に光を放っていた。ことが終わり、ぼくらは上体を起こし、疲れは感じていたが、すっかり目を覚ました。アルヴァスンドはしばらくキーボードを叩いていたが、これから送ろうとしているメッセージをぼくに見せた。

それは申し出通りの条件で仕事を受諾するという手紙だった。あしたの朝オルスクネスを出発し、できるだけはやくジェスラに到着するつもりである、とメッセージに書き添えていた。ぼくがいっしょに旅をし、いっしょに泊まっており、ぼくらふたり分の宿泊設備が必要であると、先方に伝えた。

「送っていい?」アルヴァスンドは訊いた。

アルヴァスンドはそのメールを送った。そのあと、ぼくらは盛り上がり、愛しさと気だるさを感じ、昂奮した。それで、また愛を交わした。ぼくらは眠った。

翌朝、荷物を車に運び、掃除をして、家に鍵をかけ、鍵を局の事務所(まだ閉まっていた)に放りこんでから、海岸目指して車を進めた。

フィヨルドに沿ってつづいている道路を進む。フィヨルドでは、山が垂直に近い角度で深い入江の静かな水面に合流していた——道路は山の側面を切り開いたもので、ところどころ岩を砕いて積んだ土台の上を通っていたり、海の上に立つ岩の上を通っていた。ほかの場所では、尾根や断崖を掘り抜いた短いトンネルがあった。アルヴァスンドはトンネルを愛しており、ジョーデン・ヨーの話を再燃させた。

オムフーヴを通過し、フィヨルドの河口に小さな島が点在している海岸にようやくたどり着いた。沿岸道路を東に進み、島の北東の角のどこかにあるはずだと知っているフェリー港を目指した。しばらくすると、ぼくらが訪ねた死せる塔の姿がちらっと見えた。海から内に引っこむ形で、高くなった地面の上に聳えている。黒い石、割れ目のたくさん入った外形、周囲を草木の生えぬ、荒涼とした大地に囲まれている。道路から遠すぎて、その影響力を及ぼすことはできずにいた。あるいはできないとぼくらは信じた。だが、薄気味悪い建造物のその姿だけでも、なじみの恐怖感を感じて、そっとさせられた。

　幹線になっているハイウェイに入ると、塔はすぐに遠ざかって、見えなくなった。ハイウェイでは、上下両方の車線で車が滞りなく流れていた。ここは現代世界だった。各種産業があり、店員や銀行員や科学者たちのいる場所、トラックや警察の警邏車両やバイクのある場所、無線交信やワイヤレス通信、デジタル・ネットワークで空が忙しい世界であり、古代の悪や超自然的悪党の霊的な触手などない世界だった。

　カーラジオで音楽をかけ、海を見下ろす丘にあるホテルで、長い時間を費やして昼食を食べ、港目指して先を進んだ。

　フェリー港に到着すると、ジェスラへの便を寸手のところで逃したのがわかった。次の便は二日後にならないと出ない。その夜、小さなホテルに泊まったが、ジェスラに渡るには、出国ビザと入国ビザの両方を入手しなければならないのを知った。ジェスラは、大陸の交戦国のひとつ、ファイアンドの首都で、公式に、現実的に戦争状態にある。わが中立地域から旅するには、グールン当局からアーキペラゴを離れる許可が必要で、ジェスラ当局からは上陸の許可が必要だった。

　ファイアンド高等弁務官事務所とヘッタ島主庁を行き来して、三日間が失われた。ぼくが問題だった。役所の問い合わせの主因になっていた——アルヴァスンドは、向こうにいけば仕事があった。ぼくはたんなる彼女の同行者に過ぎない。アルヴァスンドは遅れにいらだちはじめた。彼女と斡旋局《インターセッション》のあいだでメッセージが行き交った。

　ぼくらはチェーナー行きのフェリーに乗った。そこに空港があると言われたのだが、途中で、フェリーと底引き網船との衝突事故があったと知った。おおぜいの人命が失われた。チェーナーを出入りするフェリー・サービスは中止になった。

　ぼくらはチェーナー・アンテという小さな島で下船

し、待った。さらに待った。二日後、アルヴァスンドが希望をほぼ失いかけたとぼくは思ったのだが、すべてが収まるところに収まった。フェリーが運航を再開し、チェーナーの島主庁で出国ビザを入手できた。翌日にはそこから航空便に乗ることができるはずになった。ぼくらのマイナス思考の予想に反して、飛行機の座席は手に入り、時間通りに飛び、墜落せず、時間歪曲を利用するため島の上空を驚くべき高さまで上昇し、一時間と経たぬうちにジェスラに着陸した。

ぼくらは空港を歩いて出て、日の光を浴びている樹木に覆われた小高い丘に入り、現代的な路面電車に乗って、市の中心へ向かった。ジェスラの数多くある郊外住宅地とあらたに建設されたビジネス街を通る長い移動にぼくらふたりとも驚いてから――ふたりともこんな大きな街にきたことははじめてだった――斡旋局が拠点を置いているダウンタウンの建物を見つけ、なかに入った。

シーヴル島がジェスラの南方面の景色を占めていた。灰緑色の長い島影が水平線の上に丸い背を見せ、内海の印象を与えているように見えた。起伏の多い荒地が高い高度で並んでいる様子は、幅広い湾に閉塞感を与えていた。ジェスラ市はシーヴル島の北面と海を隔てて向かいあっており、島は永遠にジェスラの陰になっていた。

ジェスラ自体は、川の三角州に築かれていた。平地は川の主流と支流のごく近くにあるが、以前は氾濫原だったところの外れからゆるい勾配の丘になっていた。たいていのジェスラ市民の話し方は、上品で、洗練され、なかなか理解するのが難しかったり、適切に答えるのが大変なほのめかしに満ちていたりすることにぼくらは気づいた。ときどき耳にし、漏れ聞こえてくる評言から、ぼくらが出会ったジェスラ市民のおおぜいが、ぼくらのアーキペラゴ独特の話し方や、アーキペラゴ特有の考え方を、魅力的だが、変わっていると思っているのを悟った。永年ファイアンドランドに対して形作ってきた先入観のすべてがおだやかに覆させられた。

アーキペラゴ特有の考え方の多くは、戦争の存在によって生み出された。実際には、ここにいるジェスラの人々がおこなっている戦争によってだ。戦場に向かう途中でアーキペラゴを通過していくジェスラ人に関心を寄せないわれわれアーキペラゴの人間の習性も同様だ。北の大陸の人間はみな、軍事政権あるいは過激主義者の政権に支配され、威圧されている国々に住んでおり、彼らの移動の自由や言論の自由は制限されていて、軍隊が毎日通りを行進し、国民はみな楽しみのないバラックのような家の建ち並ぶ街に暮らしているか、あるいは荒れはてた田舎や僻地の収容所で使い捨てられているのだという一般的な印象を抱いていた。

アルヴァスンドが同僚たちに自分のことを知ってもらおうとし、いずれ使用することになる精緻なあたらしい装置の訓練を受けているあいだ、ぼくにはこの戦争を継続しようとしている地の通りをひとりで自由にぶらつく時間がたっぷりあった。気がついてみれば、忙しく、生産性の高い都市にいた。幅広い道路と何千本もの木、ビジネス用途の現代的な高層建築が集まっている区画、膨大な数の古い建物と邸宅があった。だが、埠頭周辺を歩いていると、おそらく爆撃によって最近破壊されたと思しき区域を見た。ジェスラのほかの箇所は戦禍に遭っていないようだった。ほぼ毎日出向くようになった芸術家村があった。

ジェスラでは果てしなく土地がつづいている感覚を意識するようになった。島の生活は、端を、浜辺を、沿岸を、ほかの島のすぐ隣にある生活をいやでも意識するようになる。だが、ジェスラでは、遠方への誘《いざな》いを感じた。海を横断しなくても旅していける場所、会える人々のことを感じた。そして確実に果てしなく広がっていく世界のことを。島にはそれが欠けていた。島は物事がぐるっと循環しているという感覚を、沿岸がつねにあるという感覚を、なにを達成しようとどこにいこうと限界があるという根本的な感覚を感じさせた。自分の居場所はわかっているが、ほかにも島がある、ほかにもいられる場所があるという感覚はつねにある。ぼくはアーキペラゴが好きだったが、しばらくても、大陸塊の上で暮らしていると、たとえ大陸の縁だとしても、あらたなわくわくするような可能性の感覚を覚えた。しかしながら、その感覚を探求してみる時間はなかった。

アルヴァスンドの研修は迅速に進められた。彼女が担当することになったチームは、ジェスラから最後に出発することになっていた——ぼくらが船とビザを待ってグールンやチェーナー・アンテで時間を浪費しているあいだ、チームの面々はアルヴァスンドの到着を待っていたのだ。ほかの三チームはすでに拠点をシーヴルに移しており、塔のいくつかに予備調査をおこない、安全な距離を置いて装置で計測した結果を報告してきていた。

やがて、ぼくらもシーヴルに向けて出発する日がやってきた。ぼくはアルヴァスンドよりもこのことによることの先の展望に神経質になった。それはわたしがあの仕事に関わっていて、責任と同僚と目的を持っているからでしょ、とアルヴァスンドは言った。彼女が言おうとしてたのは、あなたには考える時間が充分あったでしょ、ということだと思う。でも、ぼくは考えごとをすると、彼女が向かおうとしている場所、やることになるであろう仕事についてつい考えてしまうのだ。アルヴァスンドの身を案じて、心配で心配でたまらなかった。アルヴァスンドの人生の最後の瞬間をかいま見たことをけっして忘れられなかった。これから彼女が調査しようとしている——あるいは、彼らが使っている隠語によれば、〝とりなそう《インターシード》〟としている、生きた存在と思われるものがぼくに投射してきたあの姿を。

なにか自分が関われるものが必要だった。アルヴァスンドがとても活動的に仕事をしているのに、自分はなにもしないでぶらついているのは楽しめなかった。要するに、仕事を見つけられればいいと願っていたんだが、そのことについてぐずぐず決断できずにいた。ジェスラでは就職可能な仕事がたくさんあった。時間をかければ、自分に合っているだけでなく、うまくこなせるであろう仕事をたぶん見つけられるはずだった。けれども、そうなると、ぼくは永遠にジェスラにいることになる。ぼくはアルヴァスンドといっしょにシーヴルにいたいというのに。話をしてみただれもが、シーヴルでは仕事が少ないと言った。何年も人口が減り続けており、経済は最低限の生活が維持できるレベルだという。

アイア・タウンのガラス加工研究所に連絡をとってみるべきだろうかと考えた。あそこはまだ名目上ぼくの雇用者だったが、いまや世界を半周ほど離れているところに思えた。まだ決めかねていると、アルヴァスンドに、あしたシーヴルに旅立つよ、と言われた。

彼女のチームのほかのメンバーとはすでに顔を合わせていた——六人の若者、男性四名、女性二名。全員大学を出ていた。ひとりは心理学の修士号を持っており、べつのひとりは地形学の修士号取得者で、生化学の修士号取得者もいた。などなど。チーム・リーダーのレフという名の女性は、医学博士で、血管異常が専門だった。アルヴァスンドはチームのなかで唯一、芸術のバックグランドを持っていたが、画像制作とパース作成、アクティブな実現可能性モデル作成の技量のおかげで、レフに次いでチームで二番目の立場になっていた。

マースも局本部ビルに勤務していた——到着した翌日に彼を見てぼくらは驚いた。アルヴァスンドもぼくもマースの見た目の変わりように衝撃を受けた。オルスクネスで短いあいだ会ってから二週間しか経っていないのに、マースは、げっそりやつれ、神経過敏で、縮んでしまったように見えた。アルヴァスンドがマースをいっしょに座らせようとし、話しかけても、彼はぼくらのどちらも認識しなかった。ろくに言葉を発さず、アルヴァスンドと視線を合わせようとせず、彼女の問いかけに、押さえた一語だけの言葉で答えた。

あとで、マースの身になにがあったのかレフに訊いたとアルヴァスンドは話してくれた。レフが言うには、去年、塔の予備調査をおこなうためシーヴルにでかけたチームのひとつにマースは加わっていたという。そのとき、作業員たちは防御装置を与えられていなかった。マースが精神病の最初の兆候を示すと、彼は作業から外された。局の幹部は、マースの状況の見極めをつけているあいだ、代わりの仕事を彼に与えた——オルスクネスへの出張はそうした仕事のひとつだったが、現在、彼の健康状態は急速に悪化していた。彼を入院させるため、目下、神経病理学の病院に空きがでるのを待っているところだった。

「いったいマースがなにを患っているのか、わかっているのか？」ぼくはアルヴァスンドに訊いた。

彼女はただまっすぐぼくを見つめ、なにも言わなかった。ぼくは彼女を抱き寄せた。

「もう二度と起こらない」アルヴァスンドは言った。「今回は。防御装置がある。たぶんマースの身に起こったことのせいで、それができたの」

「危険だよ」ぼくは言った。「どうしてもきみはその調査をやらないとだめなのか？」

「ええ」彼女は言った。

翌日の早朝、ぼくらは局のバスで港の乗降客用ターミナルに向かった。ぼくら全員ぴりぴり、わくわくして、昂奮していた。たぶん恐怖にも震えていただろう。

ぼくはチームのなかでただひとりの例外だった。ほかのみんなは、伴侶を連れてきていなかった。

ぼくらはシーヴルに渡る旅のための大型モーターボートに乗りこんだ。もっとも、最初、出国の手続きをクリアしなければならなかった。これはたんなる技術的な手続きにすぎないと予想して、浮ついた気分でグループの面々は国境警備隊の建物に入ったが、出国通路を通過しようとしたところ、引き止められた。係官がアルヴァスンドとぼくに特別関心を抱いた。なぜならぼくらがアーキペラゴ国籍であることが判明したからだ。係官はぼくらがなぜ大陸本土をこんな短期間訪問したのか、その理由を疑った。どうやってぼくらがアーキペラゴを離れる許可を得、なぜいま出ていこうとしているのか、ぼくらは国境を頻繁に往復する意図を持っているのか？

彼らは結局、アルヴァスンドが斡旋局の有給従業員であることを受け入れた。そんなものを耳にしたのははじめてだったらしいが、そのおかげで、彼女は出国ビザの受給資格を得た。係官たちはぼくの正体について、だれがぼくに給料を払っており、ぼくの意図はなんなのかについて、声に出し、いやになるくらい長く疑問を抱いていた。ぼくの役割は、彼らの用いている用語では定義されていなかった。偽りのきさくな態度で仮面をかぶった訊問は、永遠につづくかに思えた。彼らの質問に答えてぼくが話したことはなにひとつ彼らには受け入れ難いことだったようだ。

しかしながら、ようやくぼくらは全員出国許可を得た。迷路状に階段と通路がつづいているなかを通って、やっとのことで、港のエプロンに出た。スチールグレーのモーターボートが岸壁に繋留されており、コンベヤーに乗って、木枠やケースが積みこまれているところだった。その積みこみ作業が終わるまで多少の遅れがあった。すべての荷物がデッキ下に収納されると、船長がエンジンをスタートさせ、ボートはすばやく埠頭を離れた。レフが操舵室を離れるのを見た。彼女は下のキャビンに降りていった。そこにはチームのほかの面々がいた。

アルヴァスンドとぼくは上のデッキにとどまっていた。ふたりとも島々の存在感を期待していた。舳先にふたりで体を寄せあって座り、シーヴルの黒い巨体を見つめた。

ジェスラからだと、海岸からずいぶん離れた奥にある市のビジネスの中心にあるホテルからでさえ、シーヴルはとても近いところに見え、街にのしかかっているようだったが、いったんぼくらが防波堤を越えて、ひらけた海の波のよく立っている水域に入ると、島はもはや鬱陶しい光景ではなくなっていた。たんに島のひとつにしか見えなかった。アルヴァスンドとぼくがこれまで生きてきてさまざまな機会にそれぞれ通過したり、そばまで船で近づいた何百もある島のひとつにすぎない。なるほど、ふだん見えているのよりも崖はより灰色に見え、より険しく見えており、岩の多い海岸のいたるところで白波が立っていたが、ぼくらの目には、見慣れたものだった。

島にある唯一の港は、シーヴル・タウンで、南西の角にある細い入江の奥に位置していた。ジェスラのホテルに滞在中、ぼくはレセプション・エリアにあるディスプレー・パネルに貼られている海図を詳しく眺めており、ジェスラからその港にたどりつくためには、一連のごつごつした崖と、ストロム・ヘッドと呼ばれている地滑りあとを迂回しなければならないとわかっていた。モーターボートでその崖に近づいていくと、永年の歳月で多くの崖崩れが起こっていたのが明白になった。崩れ落ちた岩屑が遠くまでつづく浅瀬を形成していた。大きく方向転換をはからねばならない。それに海図で知っていたのだが、ぶつかりあう潮のせいで、ストロム・ヘッドの周辺で、海が荒れることがよくあった。島の形が、南北に潮の流れを分け、ふたつの潮流がストロム付近で再合流していた。

ぼくらの乗っているモーターボートは、現代的な、スタビライザー付きの船で、波を縫ってなだらかに、すばやく進んだ。デッキ前方でアルヴァスンドのかたわらに立ちながら、ぼくはこの旅を楽しみはじめていた。これほど長いあいだ硬い地面の上で過ごしたあと、ふたたび海の脚を取りもどしているのだという心地よい感動があった。デッキの高い側壁が向かい風からぼくらを守ってくれていた。ボートがストロム・ヘッドをようやく回りきると、こちらの予想よりも急角度で横に傾き、背の高い上部構造がまるで一対の帆のように風をとらえた。船長はエンジンの回転を上げ、波に対して角度をつけて船を押し進めはじめた。波のうねりをまともに切り裂いていく。

ぼくらがたどり着いたと気づくまえに、モーターボートは入江に入りこんでいた。崖と崖とのすきまは驚くほど狭かったが、入江の入り口を抜けると、海の幅が広まり、船をあやつる充分なスペースができた。このうねりはおだやかなものだった——船長はエンジンの回転数を落とした。たちまちシーヴル・タウンが見えてきた。小さな町だ。入江の険しい斜面には、段々畑が並び、町の立っている岩場と同様、圧倒的に灰色が勝っていた。ぽんぽんとエンジン音を立てながら、島に滑るように近づいた。

「トーム！」鋭く息を呑む音がした。アルヴァスンドがぼくの二の腕をぎゅっとつかんだ。

彼女は入江の北岸の先を指さした。そこに一基の塔が建っていた。黒く、崩れかかっており、崖の険しい斜面に築かれており、あたりの水面を見下ろしていた。崖と空との境目に達するほどの高さはその塔にはなかった。

ぼくらは四方八方を眺めた。まもなくぼくはもう一基の塔を見つけた。今度の塔は南側の岸にあった。またしても町を見下ろしていたが、空に映えてくっきり見えるほどの高さはなかった。

ぼくらのうしろで、レフとチームのほかの面々がデッキの下から上がってきた。彼らもボートの手すりのところに移動し、まわりを取り巻いている入江の険しい壁を見上げた。まもなく、ぼくらは全部で八基の塔を数えあげていた。ラジオの電波塔が並んでいるかのように、小さな町を見下ろしていた。崖の高さを越えることがないよう、低い高さで建造されたと思しき事実は、塔が群れ集い、こっそり人目を忍んでいるような印象を与え、いっそう脅威を感じさせた。

レフは双眼鏡を通して、それぞれの塔の特徴を上げ、たくみに見分けていた。英数字を使った識別子を使っており、それを男性陣のひとりがデジタルパッドに慎重に入力した。彼は確認のため、個々のコードを読み上げた。塔のなかには円形で、頂上に向かって次第にとがっていくものがある一方、もっと古い時代の建造だと信じられているほかの塔は、四角い意匠だった。最初見たときにはあらたな円形の塔だと見えたのだが、レフが言うにはきわめて異例な八角形の建造物であるとのことだった。男性たちのひとりが、ぼくの横に立って、シーヴルの塔のなかで八角形のものは九基しか知られていないけれど、ほかの塔より保存状態がいい、と言った。

ぼくはそのときアルヴァスンドにそのことでなにも言わなかった。あとでふたりだけになる時間があるとわかっていたからだ。だけど、モーターボートがぼくらを町に近づけていけばいくほど、入江の奥にどんどん入っていけばいくほど、忍び寄る不安感をますます感じるようになった。塔が意図的に町を囲むように、あるいは閉じこめるように建てられたという印象がひとつ。そのうえにぼくはとても覚えのある精神的な、あるいは超自然的な感覚を味わっていた。オルスクネスのまわりの山のなかでの身の毛もよだつ体験を思い出させるものがあった。あたかも無味無臭のガスが狭い入江に放出されたかのようだった。心をマヒさせ、恐怖を引き起こすガス。

アルヴァスンドの手がぼくの手のなかでこわばった。ぼくは彼女の顔を見やった——あごがこわばり、首の腱が緊張で浮き上がっていた。

ボートが波止場に着いた。ぼくらは荷物やチームが使う予定の機材の荷おろしに忙しくしたが、体を動かすことができるのはありがたかった。ジェスラで利用していた現代的な入渠設備に匹敵するようなものはここにはなく、なにもかも人間の手で岸に運ばなくてはならなかった。だれもなにも言わなかったけれど、ぼくらグループの人間にあらたな静けさが訪れていた。

町は静かで、車の姿はろくになかった。荷物を抱えて岸壁に群がっているぼくらにだれも関心を示していないようだ。人々はゆっくりと歩いており、顔をそむけ、ぼくらがそこにいることに気づいたそぶりを示さなかった。強い風は、ぼくらが上陸すると、ゆるやかなそよ風に変わっていた。ぼくはのしかかってくる憂鬱な気分と恐怖に負け、周囲になんの興味も覚えず、とりわけ自分のまわりの地面より遠くを、あるいはより高いところを見たいとはこれっぽちも思わなかった。上のほうにあるものを恐れていたが、それがなんであるのか知りたくなかった。

波止場で車が出迎えにくる予定になっているとレフが言ったものの、なんらかの理由から、やってきておらず、彼女は港湾事務所にでかけ、なにがあったのか突き止めようとした。やがてレフは戻ってきて、この島では携帯電話の電波をつかまえるのがまず不可能だと不平をこぼした。ぼくらはどうしたらいいのか決めかねて立ち尽くしていたが、数分後、二台の大きな車がぼくらを回収するため到着した。

アルヴァスンドとぼくはいっしょに旅してきたことで、あらたな斡旋局所有の不動産を住居として割り当てられていることが判明した。中央港からは少し離れていたが、海に近いところにある小さなアパートメントだった。これはぼくらふたりにとって好都合だとわかった。ずいぶん待たされてから、グループのほかの一行は、一時的に町の中心にあるバーの上の部屋に移動せざるをえなかった。局が管理しており、長期滞在用に特別に建てられ、設備の整った、もっと大きな建物が手に入ることになっていたが、レフもほかのだれも、どうやったらそこが見つかるかわかっていなかった。波止場でぼくらを迎えることになっていた局の代表者は、姿を現さなかった。すでにして、ぼくらの目には、シーヴルは永遠に混乱し、半分の力で動いているような場所に映っていた。

アパートメントに入り、ドアを閉めると、恐怖感覚がいきなり消えた。あまりに急で、あまりにはっきりしていたので、ぼくらは同時にそれに反応した。飛行機が下降するにつれ、空気の圧力が抜けていくような感じだった。安堵感、すっきりした感じ、背景に絶えずつづいていた感覚が消えた感じ。

ぼくらはさっそく部屋のなかを探索し、このあらたな解放感覚を大声で喜びあった。

「この建物はシールドされているにちがいない」ふたつあるメインルームを覗いて、荷物を寝室にどっかと置くと、アルヴァスンドは言った。「いろんなことがあって、わたしはそんなものを信用していなかったの。でも、ここにある局の建物は、遮断されていることになっていると言われた。ほんとにそうしてくれたみたい」

「ほかの連中のところはどうなんだろう？」

「一晩くらい大丈夫でしょう」

荷物の一部を荷ほどきしてから、ぼくらは持ってきた食べ物を食べた。キチネットの狭苦しい折り畳み式テーブルをはさんで腰を降ろす。そこにある窓から水面が見え、ぼくらのいるところからさほど下にはなかった。表では雨が降りはじめており、海の方角から入江に霧が立ち上っていた。アパートメントに入ったときの安堵感、平常であることを歓迎する気持ちについてぼくらはあれこれ話しつづけた。

アルヴァスンドは塔からの超自然的な放射をシールドするために用いられている素材をぼくに見せてくれた。それは窓の一枚一枚にぴったり押しつけられていたが、同時に両面に、上下に伸びているのも見えた。ここからは見えない層が壁の内部に隠されていた。

アルヴァスンドが言うには、この素材は一種のプラスチックだそうだ。だが、注意深く見たとたん、その正体がふいにわかった。プラスチックでも伝統的なガラスでもない。ガラス結晶にたくさんの高分子化合物《ポリマー》を融合することで作られた一種の非金属複合体だった。言い換えるなら、BPSG、ホウリンケイ酸ガラスだった。ぼくがアイアで取り組んでいたのと極めて似ている素材だ。その作り方でいくと透明なままで、伝統的なガラスの代わりに用いることができる。また、エネルギーの強力な変換器でもある。触れてみると、硬いゴムのような強い抵抗感を感じる。型に入れて成形可能であるが、割れたり、砕けたりはまずしないほど頑丈だった。

ぼくはアパートメントに使われているBPSGをもっと詳しく見た。再度触れてみて、また斜めから眺め、空からの光が通過して屈折する様子を見た。おのずと現れるハレーションの薄い網を見た。透明度の曇りを見る。これは通常の使用では感知できない、内部の多層構造をした極小分子回路によって起こるもので、一定の斜めの角度からしか見えないものだった。アイアで実験していたこの変種は、高エネルギー波を集積し、蓄え、増幅することが可能だった。実用への応用はまだ計画段階だったが、大手エレクトロニクス・メーカー二社の資金援助を受けていた。ぼくが研究所を離れたときには、ガラスに極性を持たせる実験をしているところだった。

グールンの塔での一件以来、適切に極性を持たせ、強化したその手のガラスが、正体はなんであれあの恐ろしい放射を逸らし、変換し、遮蔽すらおこなうために利用できるのではないか、という考えが念頭を去らなかった。いま、チームで働いているほかのだれかがおなじアイデアを抱いたにちがいないとわかった。

食後、チームのほかの連中と会うことになっている予定までまだ時間があったことから、ぼくらはベッドの上で横になり、休んだ。なににも邪魔されず、愛情にあふれ、リラックスしていっしょにいるのは、いいことだった。

ぼくらはどちらもアパートメントを離れたくなかった。表のシールドされていない通りに戻るのは気が進まなかった。だが、結局、チームのほかの面々を探しにでかけた。シーヴル・タウンの狭い通りや路地を抜け、あのおぞましい超自然的な恐怖感にすでにつかまれていたが、部屋に戻ればそれから逃れる術があるとわかっていたため、がまんできた。

町の大半がひどく老朽化しているように見えた――オルスクネスで目にしたような産業や目的を持った活動がおこなわれる感じがなく、ましてや繁栄している大都市であるジェスラとはほど遠かった。建物の大半は暗灰色の地元の石で造られていた。分厚く、頑丈そうで、おそらく支配的な陰鬱さを締め出そうという試みなのだろう。みすぼらしくもあった。窓やドアは細く、まにあわせのよろい戸やブラインドが取り付けられていた。亜鉛引き鉄板が入り口の多くにぞんざいに置かれていた。

野生動物はどこにもいないようだった――鳥の声が聞こえなかった。アーキペラゴのどの港にも見つかるカモメすら鳴いていない。埠頭に降りていくと、入江の海面は油が浮いて、見ても生き物がいないようで、あたかも魚も塔の放射に追い払われたかのようだった。

こんな場所で長く暮らすのは難しいといずれ気づく

だろうなとぼくは考えはじめていた。少なくともシールドがなければ。だけどそのことはアルヴァスンドには一切伝えなかった。

チームのほかの面々がこの夜泊まることになっている建物を見つけたが、予想していたように、シールドはなかった。建物は、ありふれた町のバーだった。明らかに商売を畳もうとしている瀬戸際だった。チームのメンバーは、この手配に平然としていた。局に連絡を入れて、あした移動することになっていたからだ。

暗い気分で、ぼくらはチームのほかのメンバーとともに、町を歩いて、どこか食事をとれる場所を探した。当惑しながら、食事をとった。そのあと、おざなりの別れの言葉とともに、解散した。

だけど、アルヴァスンドとぼくがアパートメントにもどったとたん、ドアを閉ざすのと同時に気分が高揚した。霧の記憶を払いのけるようなものだった。あるいはかさばる衣服を脱ぎ捨てるようなものだった。実際のところ、ぼくらは服を全部脱ぎ捨て、まっすぐベッドに向かった。

翌朝、アルヴァスンドは仕事の服に着替えた。運んできた大きなカートンの一箱から、オーバーオールと長手袋などなどを取りだした。衣服は重たい繊維で作られ、緑の迷彩模様がついていた。それらの服を自前の服の上に重ね、体の凹凸が隠れた。やがて、大きなヘルメットをかぶった。一見して、金属製だとわかった。頭部をすっぽり覆い、のど元と首もおなじく覆っていた。ガラスのヴァイザーがついていて、アルヴァスンドはそれを顔のまえにぱちりと降ろした。いつもの仕草で首を横に傾ける。ぼくにキスしてほしいとほのめかしていた。ぼくは部屋を横切って近づき、アルヴァスンドがいまとっている態度に笑みを浮かべた。

アルヴァスンドはヴァイザーをさっと撥《は》ねあげると、軽くヘルメットを叩いた。

「わたしは守られている」彼女は言った。

「まったくきみは手の届かないところにいるよ！」そう言ってぼくは、扱いにくい衣服をまさぐろうとしたが果たせず、狭いスロットに口を突っこんで、キスしようとした。

「なにを言いたいのかわかってるでしょ」アルヴァスンドは言った。

ぼくはじっとヴァイザーを見た。それがポリマー化されたBPSGでできているのに気づく。ぼくは分厚い服が許す範囲で、彼女を愛情こめて抱き締めた。

「危険をおかすんじゃないぞ、アルヴァスンド」ぼくは言った。

「自分がやることはなにかわかっていると思う。ほかのメンバーはわかっているはず」アルヴァスンドはぼくから引き下がった。そして付け加えた。「わたしのためにあることをやってほしい」

「どんな？」

「わたしの友人たちはみんなわたしのことをアルヴィーと呼んでるの。いまから、きょうから、今晩から、永遠にわたしをその名で呼んでちょうだい」

「きみはトームとぼくを呼んでくれてもいい」

「まえからそう呼んでるわ」

防御ヴァイザーをぱちりと降ろし、そのエネルギー変換ガラス越しにぼくにほほ笑むと、道路に降りていく階段を幅広い足取りでぎこちなく降りていった。

ぼくはもう一度ぎゅっと抱きしめたが、そのあと、アルヴィーは出かけた。アパートメントの窓越しに外にいる彼女を見つめた。彼女は道路の路肩に立っていた。まもなくして局の車がほかのメンバーを乗せて現れ、彼らは町外れ目指して走り去った。

ぼくはシーヴル・タウンのそのアパートメントに捕らわれている気がしはじめた。毎日アルヴィーは帰ってきたけれど、ときには早くに、午後も途中で戻ってきて、ずっと変わらずぼくに愛情を向け、愛を交わしていたが、いやおうなくぼくらの生活はおたがいから ゆっくりと離れていった。ぼくは毎日ひとりきりだった。通常の気晴らし、本やインターネットや映画や音楽といったものがあり、あるいは手に入れたものの、町じゅうにただよう超自然のオーラに立ち向かう勇気が出たときにしか外に出られないのは事実だった。目立たぬようにガラスのはまったこの建物の壁以外に身を守る術がなかった。遠くアイアにいる元の同僚たちと電子的な連絡を取り合う以外にやることがなかった。

アルヴィーは自分たちのしている仕事のことを滅多に話さなかったが、ぼくが想像するに、彼らの仕事が一定の決まりきった手順に落ち着くにつれ、彼女とほかのメンバーは、仕事のことをつねに〝取り壊し〟と言うようになっていった。ある日、小型の貨物船が港に到着した。取り壊し作業に用いられるたぐいの大型トラクターが荷おろしされた。それには局の印がついていた。運転手はトラクターをがたごと音を立て、煙を上げさせながら、狭い通りを抜けて、町から離れた丘陵地帯に運んでいった。

ぼくにとって、塔の不気味な脅威はしだいにもっとわかりやすい願望に置き換わっていった。要するに、アイアの亜熱帯の温かさのなかで楽しんでいたアウトドアの生活が恋しくなったのだ。グールンでの成長期の暮らしがぼくのなかに内向きの性質を植え付け、家にずっといて、温かくして、ひとりで時間を過ごすのが好きだったが、数年まえ、アイアを訪れたとき、自分が温和な海風やひらけた場所や、涼しい高地、植物の密生する森、熱く輝く海のほうがはるかに好きなことに気づいたのだった。

やがてぼくは毎日シーヴルを散歩するようになった。最初は、環境を変える必要を感じたためだったが、のちに町の周辺地域にますます興味を覚えるようになったからだった。もちろん、なんの防御もせず、シールドされずにいたので、塔から発せられる超自然的な力をまともに浴びたが、慣れることが可能だとわかった。塔の放射はぼくに特に狙いを定めているわけではないとわかり、そのあとでは、ほぼ無視できるようになった。それに散策の最後に、正常な生活が戻ってくるシールドされた自宅の聖域があるとわかっていた。魅力的な若い女性との幸せな肉体関係のことは言うにおよばなかった。

ぼくは日々の散策を楽しんだ。自分がまた元気になるのを感じ、体も健康になってくる感じが自分のなかで育ちはじめた。五感が研ぎ澄まされていった——以前よりもはるかによく見て聞いて味わえるようになった気がした。

こうした長い散策を二、三週間つづけると、恐怖感をまず感じなくなっていた。実際のところ、風の吹きすさぶ高台の荒地を闊歩するのをずいぶん楽しんだ。空には雲が飛ぶように流れていく。まわりには風に吹き飛ばされたまばらな草、発育不全のクロイチゴや、じっとりした苔があり、死せる塔がもたらすどんな気分も簡単に無視できた。

ある日、町からかなり離れた奥地にある丘をよじのぼっていると、無限軌道装置によって深くて平行している溝が粘土質の土壌に刻まれていることに気づいた。アルヴィーと彼女の取り壊しチームが作業していた場所のひとつに近いところにいるのだとわかった。

ぼくは溝跡をたどって、坂をのぼり、そこになにがあるのか見たかった。

やがて浅い下り勾配にたどりつく。上り坂になった荒地の頂点から下ったところで、あきらかに通常なら塔が置かれていたたぐいの場所だった。歩きまわったものの、目のまえに塔のあった兆候はいっさい見えなかったが、これはまもなく説明がついた。重機が繰り返し動いたことで地面が割れて、溝が掘られている場所にたどりついた。

黒いレンガがいたるところに横たわっていた。その一部は激しい力でばらばらになっていたが、多くは手付かずのままだった。ぼくはその場所を歩きまわり、地面を見、景色を眺め、遠くに見分けがついた海の姿をちらっと見た。超自然放射が集中していたり、強まっているのはまったく感じなかった。アルヴィーとレフやほかの面々は、どんな存在であれ力であれ、あったかもしれないものを取り除くことに成功したのにちがいなかった。かつて古い建造物があった場所のように見え、そのように感じられるだけだった。瓦礫の中央に、ひとつづきの深い溝が八角形を描くように並んでいるのを見た。

その夜、アパートメントの安寧のなかにもどると、ぼくはそのことをなにもアルヴィーに伝えなかった。彼女は落ち着いた気分でおり、そのあと、レフが訪ねてきて、ふたりが作業を小休止する必要について静かに話すのをぼくは漏れ聞いた。

アルヴィーはある時点で、声を押し殺して言った。「ついにわたしにたどりついた気がするの」レフはおだやかに答えた。隣の部屋にいても、彼女の囁き声をぼくが聞き取れることにどうやら気づいていないようだった。「メンバーのふたりは大陸本土への旅行をすでに申請している」すると、アルヴィーが言った。「だったら、わたしもいく」レフが答える。「トームはどうするの?」アルヴィーが言った。「あの人はここが気に入っていると思う」

その夜、ぼくらは元気いっぱいに愛を交わした。だが、翌日、アルヴィーがチームの輸送車にピックアップされると、ぼくは散歩用の服に着替え、破壊された塔のあった場所に出発した。

落下したレンガは、薄い土壌に埋まって動かすのが難しくなるほど長くは地面に転がっているわけではなかった。むろん、レンガは重たく、手で持つのは大変だったが、一度にひとつのレンガを動かし、そのあとしばらく休憩を取るなら、実行可能な作業だった。

その日のなかばに休憩を取ったときには、多くのレンガを八角形の溝、すなわち壁の元々の基盤に戻すことができていた。一個のレンガを持ち上げるたびに、どのレンガも嬉々として元の場所に滑って入りこんでいるかのように、そうするのが正しく、自然なことに思えた。その日の終わりには、一列のレンガがきちんと八角形に並んでおり、地表の上にわずかに姿を現し、堂々とした建造物の似姿になっていた。

ぼくは来る日も来る日も塔に戻っていった。ほとんど損傷のないレンガを使っての作業に専心した。モルタルでつなぐ手段がなかったので、個々のレンガをたがいにしっかり積み重ねる方法をとらざるをえなかった——実際には、レンガはたがいに重なり合いたがっているようだった。

まもなくすると八角形の塔は、ぼくの背丈よりわずかに高くなり、ぼくは地面で見つかった無傷のレンガをほぼすべて使い切っていた。

そのあたらしい建造物から少し離れたところに立ち、それを矯《た》めつ眇《すが》めつ眺め、そのまわりをぐるっと歩き、塔の眼下に見える谷間と遠くの海の景色を堪能した。

そののち、壁を乗りこえて、はじめてぼくは塔のなかに立った。

ぼくは塔の壁に囲まれていた。外はなにも見えない。止むことのない風だけがあった。風に吹かれた草の立てるざわざわとした音。ぼくは腰を降ろし、また立ち上がり、両手を伸ばして、内壁に触れずに目一杯腕をひろげられるかどうか確かめようとした。

それからまた腰を降ろし、暗くなりはじめるまでその姿勢でいた。

もちろん、ぼくは翌日も戻ってきた。それから毎日毎日、壁を乗り越え、八角形の小部屋のなかで決まった姿勢を取り、止むことのない荒地の風に耳を傾けた。座っているのが好きだったが、壁の向こうを見ようと体を持ち上げるのも好きだった。ぼくの塔が影響を及ぼしている島の地域を見つめるのが好きだった。座っているのと外を見るのとが同時にできずにいらだったが、しばらくして、解決策が明白になった。

トラクターがあとに残したレンガの残骸のなかに、何本かの重たい木製の梁があった。かつては根太や支持柱に使われたのがはっきりしていた。もし壁のひとつに開口部を設け、上の部分のレンガを支えるための梁を利用すれば、原始的な窓が作成可能だった。そのあとなら、内部で黙ってしゃがんでいながら、外の景色が見えるようになる。

そのためにはガラスが必要だろう。絶え間ない風から自分を守るためだけでなく、なかにいるときはかならずぼくのなかに注ぎこまれるあの感覚に集中する手段にもなるだろう。ぼくはその考えや、自分が抱いているほかの考えにわくわくした。ぼくの感覚はつねに拡大をつづけていた。塔のなかにいるときはいつも、自分がぼくのなかと外にある、なんでも見ることができ、なんでも聞くことができると感じた。過去も現在も未来も。

その夜、ぼくは町にある局の作業所にでかけ、特殊なシールド・ガラスが何枚もあるのに気づいた。ふさわしい大きさのガラスを選び、外出着の下に隠して、アパートメントに持ち帰った。

アルヴィーがレフとほかのメンバーとともにジェスラに旅立ってから何日も経っていた。彼女が戻ってくるまでにさらに長い時間がかかるだろう。いまではぼくは彼女のことをろくに考えていなかった。

翌日、ぼくはガラスを荒地に運んでいった。どうやってそれをぴったりとはめこもうか、どうやって利用しようかと夢見ていた。ぼくの考えや感じていることを凝縮して、塔から放つのとを想像する。高分子化合された素材によって、増強、蓄積、変換、変容させられるのだ。超自然的な勝利。あらゆる恐怖と希望の焦点となる。

塔のなかで、ガラスの向こうにいて、ぼくはアルヴィーの帰還を辛抱強く待つつもりだ。彼女に話すことがたくさんある。見せることが沢山ある。過去の、現在の、未来のたくさんのことが。

サンティエ　高い／兄弟

サンティエは、ミッドウェー海南部の亜熱帯地帯にある半乾燥気候の島である。巨大な死火山の火山錐が周囲を見下ろしている。死火山の名前は、島の方言では、「高い」（島の現地名でもある）だけでなく、「兄弟」という意味にもなる。サンティエは、天然資源の乏しい島で、飲み水が頻繁に不足する。大きな貯水タンクが島の景色のいたるところで見られる。ほかより乾燥している高地では、特に多い。夏には、赤道の北から吹いてくる熱風、ロソリーノが島を襲う。この風は、かつて南東香辛料交易で、船乗りたちが好き勝手に利用したものの、けっして信用されていなかったため淫売風と呼ばれていたが、現代的航行の時代においては、ロソリーノは、島々を尊大に吹き渡る際に、乾燥と粉塵をもたらしている。

僻地であることと住民のリベラルな態度から、サンティエは、バックパッカー世代に好まれている。サンティエ・シティの港周辺や大通りに沿って、数多くの安く泊まれるところや食べられる店がある。このおおぜいいる短期滞在者たちのなかに、戦争の現場から逃げてきた若い男女の兵士は、気心の知れた者同士の安全な環境を見出している。サンティエは酒とレクリエーション・ドラッグの使用に寛容な態度をとっており、すべての難民収容法が廃止されるのを認めた。

サンティエ・シティは、シティとは名ばかりの市である――港は静かで、業務利用が主で、旅行客用のマリーナとして小さな区域がとっておかれている。漁業はつづいているが、計画性を欠いた操業でしかない。ほかの島との交易は、ほとんどないものの、豊かな火山性土壌のおかげで、サンティエ産のワインは、人気が高く、たくさんの金を島にもたらしている。

大半の一般的な旅行者や観光客は内陸の小さな町カヴラーを目指す。そこには珍しい遺跡がある――サンティエは、第一次連邦侵攻で粛正された。当時の住民はみな捕虜になるか、処刑されるかした。もちろん、これは盟約成立以前の出来事である。まもなくして、盟約成立によって、軍隊は撤退を余儀なくされ、島には最終的に住民が戻ってきたが、カヴラーの町としての古い香りの多くは失われて久しかった。かつてカヴラーには、盛んに活動がおこなわれていた芸術家村があった。サンティエ唯一の川の干からびた土手に近いその狭い場所は、芸術家たちの住居やアトリエがあったところで、現在では、保護地区になっている。だれでも自由に訪れることができる。すばらしい美術館兼ギャラリーが一軒あり、バーサースト初期の作品のなかで現存する最高のものが展示されている。それ以外にも、大作だが凡庸な『復讐者の到来』を含む、より近年の作品も展示されている。旧市街にある戦禍に見舞われた建物の一部には、絵画の断片が残っている。

奇妙なことに、僻地にあり、いろいろな形で発展が遅れている島でありながら、サンティエは、科学と薬学の分野で世界的な名声を誇っており、そのどちらもカヴラーで目にすることができる。

天文学者ペンディク・ムドルノが生まれたのは、カヴラーでだった。兄弟山のクレーターの縁に世界最大の光学望遠鏡を建設するという三十年がかりの計画を推進したのは、ムドルノだった。ムドルノ自身は、兄弟山反射大望遠鏡が使用されるまで生き延び、結果的にこの望遠鏡の存在が山頂にさらなる観測所が建設され、あらゆる種類の装置が設置されることにつながった。島の中心にこの望遠鏡が存在しており、科学者や旅行者がひっきりなしに出入りすることで、永年にわたり、この地の繁栄が保証されてきた。

サンティエ出身の有名人にパントマイム・アーティストのコミスがいる。公演中に正体不明の人間に襲われて殺された。また、作家であり哲学者であるヴィスカー・デロアンヌがいる。

島の花は、四弁草で、乾燥した環境でも咲き誇る力があり、その綺麗な黄色い萼片は、乾燥して保存処理をほどこすと、幻覚を誘発する性質を持つ。

通貨──アーキペラゴ・ドル、オーブラック・タラント。

シフ　口笛を鳴らすもの

場所ははっきり知られており、その場所に観光客を案内するツアーガイドはおおぜいいるのにもかかわらず、いま生きている人間でシフを見た者はだれもいない。夢幻諸島《ドリーム・アーキペラゴ》のなかで、特異な島なのである。なぜなら、住民によって完璧に破壊された唯一の島なのだ。わずかに残ったシフの一部が波の下に沈んでから百二十五年以上が経過している。現存しているのは、海底に広がる岩まじりの広大な瓦礫のみである。比較的浅く、水は澄んでいて、ダイバーが探索することは可能だが、水面から見るのは不可能である。

いま、大半の旅行客は、底にガラスのついた船を通して、シフの遺跡を目にする。六名乗りの小型船を隣接する島ゲンセックで個別にチャーターすることができる。五十名の乗客を運ぶことができる大型船もおなじ島から毎日出ている。

シフには自由にトンネル掘りをする伝統がかつてあった。岩盤の質がトンネル掘りにふさわしいということと、島主庁の役人たちの寛大な姿勢のせいだった（彼らの多くが、自身、熱狂的なアマチュアのトンネル掘りだった）。もっとも、本格的な掘削は、インスタレーション・アーティストのジョーデン・ヨーがシフにやってくるまではじまらなかった。ヨーはアーキペラゴのいろいろな箇所で、様々な土木アート作品を発表して、すでに名を馳せていた。当初、シフの住民の一部から、驚くほどの抵抗があったが、ヨーは地質学者のチームを連れてきて、地面の下に多くの貴重な鉱物資源が、商業利用可能な量、埋蔵されていると宣言させた。ヨーは試験的な深いトンネルを掘る限定許可を得た。ヨーが金とプラチナとシェールオイルと銅の試料を掘り当てるのにさほど時間はかからなかった。シフ・タウンの鉱石分析者たちがためらっているうちに、ヨーは、燐灰石やイットリウム、蛍石を含む、希土類鉱物をも掘り当てた。彼女の掘削許可は、たちまち、修正されて、無制限の掘削が可能になった。シフの島民は、おおむねこの手のことに無知だったため、ヨーがどこでそれらの試料を見つけたのか、あるいはなぜそれ以上の脚光を浴びさせないのか、だれも疑問に思わなかった。

ヨーが生きているあいだに、シフは「口笛を鳴らすもの」という方言名を得、その名でひろく知れ渡った。島の地層の多くにトンネルが掘られた。およそ五ノットの風速で頭上のどの方向から吹いてくる風も、音楽的な音を立てるよう意図して坑道が掘られた。普段は、その音は背景に流れる心地よいハミングだった。葦笛が奏でる音色のようだった。ところが、季節的な強風の時期になると（シフはミッドウェー海北の温帯地帯に位置し、冬には低気圧がつねに移動をつづける）、島は、かん高い泣き叫ぶような音を発するのだった。近隣の島々の多くにもその音は聞こえた。

ヨーは、これを海と空の音楽と呼び、自分の野望は、夢幻諸島《ドリーム・アーキペラゴ》のすべての島を巨大な風鈴にすることだと宣言した。毎日、調べは変わるでしょう、とヨーは言った。ですが、全世界にハーモニーをもたらすのです、と。ヨーは、その壮大な主張をしたのち、ほどなくして亡くなった。

ヨーがシフにいた時期、ドリッド・バーサーストもシフを訪れている。黙示録的な傑作『最後の怒りの夜』は、「口笛を鳴らすもの」で描かれた。

この大作は、それ自体が暗号の形を取っている、とよく噂されている。神の怒りを著す人物像は、シフにやってきたバーサーストに妻を寝取られた大物政治家を戯画化したものである、と。この解釈では、神の怒りは、自分より何歳も若い妻に裏切られた男の怒りにすぎない。この説は後年確認された。X線を用いた最近の法医学的分析とその他の診断技術によって、暗号説がこじつけでないことが証明された。たとえば、油絵の塗り重ねた絵の具層の分析で、ドリッド・バーサースト の若く美しい愛人の非常に妖艶な曲線の一部が、黙示録的崩壊と破壊場面にほとんどわからないように組みこまれているのが明らかにされた。DNA鑑定でも、神の頭部の絵にたくみに塗りこめられた本物の毛が人間のものであり、バーサーストの愛人までさかのぼることができると立証された。

当然ながら、この説は当時は明確に語られていなかった。ドリッド・バーサーストは、彼によくある行動として知られている形で、シフを去った——突然、秘密裏に去ったのだ。シフには二度と戻ってこなかった。だが、バーサーストの巨大絵画が俗受けして、アーキペラゴじゅうでシフへの関心がますます広がった。また、トンネル掘りが多くの人にとって人気の高い娯楽である反面、それを実際に楽しむのを許されている場所は、きわめて限られていた。アーキペラゴじゅうからトンネル掘り愛好者たちがシフに詰めかけた。すぐに島のいたるところで、トンネル掘削がおこなわれるようになった。

最初の大規模なトンネル崩落は、バーサーストの絵が知られるようになってからおよそ一世紀経ったころ起こった。そのころには徹底的にその下を掘られていたシフ・タウンは、住民の立ち退きを余儀なくされ、それから半世紀もしないうちに、島全体がトンネル掘りのチームに明け渡された。

多くのトンネル掘りたちはそれから数年後に死ぬことになるのだが、島の蜂の巣化は、継続し、やがて悲劇的で避けがたい結末が訪れた。その最後の数年、シフは押し黙った——強風や嵐がきても、荒れ果て、あちこち割れ、崩壊をつづけている岩のかたまりと化した小さな島から、もはやひとつの調べも奏でられることはなかった。

シフの最終的な崩壊を目撃した者はごく限られていた。最後の瞬間の解像度の粗いビデオが残っており、近隣のゲンセックにある美術館で視聴可能である。見れば気分が落ちこむ代物である。その恐るべき日に、五百人以上のトンネル掘りたちが、水の押し寄せた回廊や坑道で死んだ。こんにち、亡くなった者たちの思い出の品となるたったひとつのものは、かつて容赦なく打ち寄せる波の上にシフが立っていた澄んだ浅い海の下にある。

スムージ

古い廃墟／かきまぜ棒／谺のする洞窟

アイランダー・デイリー・タイムズ紙〝旅行とバケーション特集別刷り付録〟用に同紙政治部デスク、ダント・ウィラーが執筆した記事。この短いエッセイは、紙上には掲載されなかったものの、数年間、同紙のウェブサイトには載せられ、オンラインで読むことが可能だった。

本稿は、当初本紙定例の割り当て記事として書かれることになっていた。永年にわたり、ときどき執筆していた旅行記のたぐいのものとして。政治や経済に関する本紙の中心となる記事のなかで、本稿記者の署名がたびたび現れているのを読者はご存知だろうが、ここアイランダー・デイリー・タイムズの記者はみな、ときたま旅行記事の割り当てを受ける。サンダルと日焼け止めクリームを荷物に詰めながら、だれかがそんな記事を書かねばならないのだから、とみずからを慰める。

われわれが念頭に置いている読者は、旅行や休暇を取ることを考えているかもしれない人だ。そんなことを考えていない読者向けには、目的地がどのようなところなのか、信頼に値する情報をお伝えしようと努めている。旅行記事はそれ自体は重要なものではなく、広範な社会性を持つことはめったにない——個々の記者にとっては、特ダネをものにしようとする以外にも人生には多くのことがあるという事実を、穏やかに思い出させてくれるものになりうる。

記者に割り当てられたのは、永年記者をやってきてたった三度目の旅行記事なのだが、スムージ島訪問だった。なぜスムージか、とだれもが訊いた。出発するまえに記者自身、訊いたものだ。〝旅行とバケーション特集別刷り付録〟の編集長であるジョーが言った。「きみの疑問はそれ自体が答えになっている。だれも噂に聞いたことのない場所がある。そこにいくのにそれ以上いい理由はない」

それで、隠されたもの、失われたもの、忘れ去られたもの、未知のもの、未発見のものを探しだす心構えで、スムージ探訪にでかけた。最初の難関は、その島を見つけだすことだった。

定期購読者はご存知のように、アイランダー・デイリー・タイムズでは、もう地図を出版していない。その公式理由は、アーキペラゴの大半の地図が周知のごとく不正確だからなのだが、わが社の以前の方針では、だいたい合っている地図は、なにもないよりましというものだった。しかしながら、わが社は、数年まえにこの方針を改訂せざるをえなかった。〝旅行とバケーション特集別刷り付録〟の記事が、引退した教会関係者のグループを、うかつにもテミル島の慰労休暇用軍事施設に送りこんでしまったのだ。おそらくそれは必ずしも信用に値する話ではないだろうが、そのときの教訓は身に染みた。信頼性に欠ける地図を印刷する代わりに、現在では、わが社は、目的地への行き方を伝えるのではなく、目的地の細部を伝え、記者のたどった足取りに従うかどうかは読者に委ねるようにしている。ここがいつもこの割り当て任務のもっとも難しい部分なのだ。ここアイランダー・デイリー・タイムズのオフィスで、われわれ記者には、ライバル紙が発行した信頼性を欠く地図を利用することすら認められていない。

　というわけで、スムージ捜索がはじまった。最初に記者が知っていたのは、スムージが、パネロンとウインホーのあいだの海のどこかにあり、雄大な〝ヘルヴァードの情熱海岸〟に隠れて見えないことがあるとよく言われているということだけ。捜索をインターネットではじめると――万人にとっての最初の手段だ――あるウェブサイトに、スムージは、自身の謎のなかにそれはみごとに隠れているため、こんにちでも、その島出身の人たちは、もし謎めいた故郷の島を離れ、アーキペラゴのより広い、地図のない地域にあえて出ていったなら、自分の故郷の島は到達不可能だという作り話を喧伝し、二度と帰ることができないと嘆くのだという。

　これは、ここで報告するのは多少残念なのだが、ロマンティックな作り話にすぎない。スムージは見つけられる。すぐに見つかるわけでも、すばやく見つかるわけでも、容易に見つかるわけでもないものの、ちゃんと見つかるように存在している。必要なのは、しかるべき地域のフェリー・サービスを記した小冊子のうしろに細かな字で書かれている部分に目を凝らしてみることで、そうすれば定期航路がそこに存在していることに気がつくはず。付け加えれば、おおっぴらに宣伝はしていないものの、フェリーが運航しているのは確かだ。

記者の足取りをたどっていただくようお勧めしたいため、小冊子の細かい文字に目を凝らす作業は省いてさしあげよう。記者はスケリーズ・ラインが運航する定期便でスムージに渡ることにした。スケリーズ・ラインは、アーキペラゴの当該地区で操業している比較的小規模なフェリー会社のひとつだ。

フェリーは小冊子に書かれているように記者を乗せ、出港し、時間通りに寄港地に到着した。こうした寄港地は数多くあり、実に多様性に富んでいる。乗客にとって、船の各種設備はありきたりのものだが、充分満足いく水準を保っていた。船は沈みもせず、遠回りもせず、船内放送でやかましい音楽を流しもしていなかった。船室には空調設備が備わっていた。船に乗っているあいだ、ときどきとぎれたものの、インターネットにフルにアクセスできた。日除けのかかったデッキは充分日差しを防いでくれ、乗務員のサービスは良好だった。

旅のある時点で、記者は、時間とお金があれば、残りの人生を船でゆっくりと夢幻《ドリーム・》諸島《アーキペラゴ》を巡って過ごしたいとさえ思うような満足感に浸れた。果てしないセルリアンブルーの海、心地よいそよ風、熱帯の暑さ、寄り添って飛ぶ海鳥と海面に浮かびあがるイルカ、そしてもちろん通りかかる島々や航路の難所、ガラスのような水面が繰り広げるショーを記者は愛した。夜も景観はつづいた——宝石のような家や町の明かりのきらめきをたびたび目にした。その明かりは、ときには暗い海を横切って、われわれの乗っている船まで明るく色づく光の道を届かせることがあった。それゆえ、スムージに上陸するのは、さほど嬉しいことではなかったが、現実には残りの半生を船の上で送る時間も金もなかったため、残念には思わなかった。

到着してみると、なかば予想していたとはいえ、小さな島は魅力的で、自然な姿が損なわれておらず、旅行者にとって、伝統的で期待通りの心惹かれるものが数多くあることに気づいた。島で泳ぐのは安全で、こみあっていない砂浜や入り江が選びほうだい。景色は控えめながらも、心に訴えてくるものがある。海岸のまわりいたるところにプライベート・ヨット用の静かな係留場所がある。礁でのスキューバダイビングはおすすめだ。カジノはないが、年に一度、競馬が開催される。食事に関して言うなら、記者が訪れたレストランの料理は、たいてい水準以上で、最高のものは超一流のすばらしさがある。スムージでは個人所有の車やレンタカーは認められていないが、2スト原付バイクは、一日あるいは週単位でレンタルが可能だ。スムージ・ポートで記者が滞在した数軒のホテルのオーナーは、最近インターネット設備を設置したと主張していたが、それを確認することはできなかった。

スムージは、記者が訪れた島のなかで、民族間の緊張が存在している数少ない島のひとつだ。どういうわけか、スムージは三種類の異なる方言が受けつがれており、どのひとつの方言も他のふたつの方言より優勢にはなっていない。観光客相手の商売が増加すれば、旅行者の流入によって、ほかのどこでも起こっているのとおなじ一体化効果が現地住民にもたらされるのが明白に思えるのに、そんなことはいまだに起こっていない。スムージの長くて暑い一日の終わりに見聞きできる興味深い光景が、夜の散歩道だ。そこでは、個人や家族があれこれ意見を交わしながら練り歩く。明らかに少し攻撃的な意見を、言われた相手がおそらくは理解できないものの意図するところは明白に伝わる下町の言葉でぶつけあう。雰囲気は攻撃的だが、同時にどこか気さくで、儀礼的と言っても過言ではない。無礼な手の合図が内戦を勃発させることはない！　そうした微妙なさじ加減は、興味を抱き合った若い異性間の高度の交流と言っても過言ではない。おそらく次の世代のうちに、たとえ若い異性間交流という理由のものだけでも、かかる対立は解消されるだろう。

さしあたり、スムージは感受性の強い旅行者に珍しい社会経験の機会を提供しているということである。方言の分裂は、スムージという名前自体、三つの方言解釈があることを意味している——すなわち、「古い廃墟」、「かきまぜ棒」、「蛩のする洞窟」。この三つはおおよそ交換可能だというのが一般に同意されている。

記者は丸一週間スムージに滞在する予定だったが、三日目ともなると、時間が重くのしかかってきた。この島には文化と呼べるものがほとんどなかった。スムージ・タウンには、小さな貸出専用図書館があり、娯楽小説や比較的最近の新聞を置いている。劇場が一軒あるが、もう何年も閉鎖されたままだと、地元の人から教わった。巡業興行がスムージを訪れることはめったにない、と地元民は言う。いずれにせよ、劇場の建物は、修繕を必要としている。記者は美術館にもでかけたが、三十分もしないうちに、数少ない展示物に興味が失せた。映画館も見つけたが、閉館していた。たった一軒だけあるギャラリーでは、町の色彩豊かな絵を展示していた。海水浴場と入江は、説明不要の代物で、写真で見るだけで充分である。

そして、ある日の昼、灼熱の日差しを避けて、バーで涼んでいると、もう山のなかの廃墟と化した都市にはいったかと、だれかに訊かれた。いってなかった。その夜、いけることがわかった——そこは千年以上まえに戦争で破壊されたと考えられている古代都市で、生き延びた住民は街を捨て、とどまった少数の住民は略奪され、なにもかも奪われたという。

翌朝、レンタルした原付に乗って出かけ、内陸の丘陵を目指した。案内標識はなにもなかったが、レンタル会社の人に、山道を抜けていけば、丘に囲まれた、木々の茂る広い盆地が見えてくる、廃墟はたぶんそのあたりにある、と教えられた。記者以外のだれもそこにまったく興味を抱いていないようだった。

その理由はすぐに判明した。谷間になんらかの集落があったのは確かだったが、残っている跡は、蔦植物や苔や鬱陶しい灌木がむやみやたらとはびこり、瓦礫がところどころ覗いているにすぎなかった。かつて建物か広場があったとわかるようななにかが見つからないかと期待して、一時間以上歩きまわったものの、群生する広葉樹にすっかり覆われていた。科学的な探査に値する遺跡であるのは確かだが、記者は考古学者ではなく、どこから手をつけていいのかわからなかった。いまだにそこがどの時代のものなのか、だれが建設したのか、だれが住んでいたのか、知らない。

原付バイクを置いてきた場所にとぼとぼと戻りながら、スムージについてほかに書くべき価値のあることはあるのだろうかと考えていた。そう思ったまさにその瞬間、それを見つけた。

原付バイクを降りたとき、それを停めた場所のそばに建物があることに気がついていなかった。バイクに歩いて戻っていくと、まずその家が目に入った。たんなる住宅ではなかった――ある程度の規模のある邸宅で、大きく育った木に囲まれ、その茂みのせいで、道路からほぼ隠されていた。記者が2スト原付を停めた場所から道路が広くなって、その先に背の高い金属性の門があり、あきらかに施錠され、安全を確保しようとしていた――門は、道路からはすぐには気づかれないようになっていた。カーブして視界から消えていく車道自体にはめこまれた形になっていたからだ。記者は門に近づき、興味津々でそこにあった標識を読んだ。

カウラー式実践校
六歳から十八歳まで

E・W・C直接監督指導

そこに書かれている意味が頭に染みこむまで少しかかった。

スムージで見つかると予想していたあらゆるもののなかに、カウラー専門学校は入っていなかった。その門のまえに立ちつくしたときの記者の状態は、暑くて、喉が乾き、汗まみれで、無数の虫に刺され、こんな小さくてぱっとしない島にやってきたことにおおむね苛立っているというものだった。そうした気持ちが、門の標識を見て驚いているときの記者の心のなかの最上位を占めていた。古い標識ではなかった――最近作られたもののようだった。

〝E・W・Cの直接監督〟という語句は、最初の瞬間に記者の脳裏に浮かんだものを意味しているのだろうか？　すなわち、カウラーその人がここにいて、学校で働いている？　スムージで？　個人的に監督し指導している？

ありえっこなかった。カウラーは数年まえに亡くなっていた。その出来事は、彼女からあらゆるものを奪っているように思えた。だが、彼女の死の状況には、ある謎があり、よく覚えていた。死亡証明書は、カウラーが「感染／寄生動物の体内侵入」で亡くなったことを明らかにしていた。要するに、アーキペラゴじゅうで理解されているのは、これはカウラーが致命的な虫の咬み傷、おそらくはスライムのそれをこうむったということを強く示唆していた。かかる攻撃がもたらす結果はじつに恐ろしいもので、年間数百人がこの昆虫に殺されているが、そのうえに汚名が着せられるのだ。スライム咬傷後に死亡した場合、ただちに火葬に付されるのが通常で、二十四時間以内の場合もよくあり、つねに揣摩《しま》臆測《おくそく》の的になる。

カウラーの死の状況はそういうものだったが、彼女の公人としての名声と、彼女が多くの人に愛され、尊敬されていたことから、静かに表舞台から姿を消すわけにはいかなかった。彼女の生涯は、マスコミがあらゆる形で取り上げ、アーキペラゴじゅうで称賛され、祝われた。

記者もまた、報道関係者として、カウラーの死後の情報を探る仕事に関わった。カウラーのことを知っていたり、いっしょに働いていたりした人に話を聞くため、ローザセイに派遣された。そのとき見聞きしたことによって、この偉大な女性への印象はさらに深まった。

だが、やっかいな疑問が答えられぬままだった。そのいちばん大きなものは、カウラーの死因に関するものだった。クイエチュード湾の温帯ゾーンでは、スライムの群生地《コロニー》はいまだかつて発見されたことがない。ましてやローザセイでは一度もなかった。そのため、カウラーが致命的な虫の咬傷を受けたことが明らかにされると、近隣諸島に大きな恐怖が走った。しかしながら、こういう場合定例になっている捜索と予防措置の結果、定着したコロニーは存在していないようだと確認できた。カウラーの死亡診断書は、ある意味、あいまいに書かれており、それに署名した医師が疑われることはなかったが、それでもすべてが語られたわけではないという感触が残った。

生涯を通じて、カウラーは、良好な健康状態を維持していた。だからといって、脳梗塞や心臓発作や、数多くの突然死の内在的原因となるものを免れる保証はなかった。それらのいずれもが可能性として残っていた。ちょっとありえない気がする死因ではなく、真の死因があるのだ、と。カウラーの死は、悲劇的で深く気持ちをゆさぶるものであり、彼女はおおぜいの人に心から悼まれたが、少なくとも記者は、そしてほかの多くのジャーナリストたちも、謎があるという感覚がしつこく消えなかった。

記者の調査では、カウラーは死の直前、作家チェスター・カムストンの葬儀に参列するためピケイまでだれも連れずに旅したという驚くべき情報が浮かび上がった。このこと自体異例だった——カウラーが単独で旅をすることなど、前代未聞だった。フェリーを使ってピケイに到着するまで、マスコミにしつこく追いまわされていたものの、事実上、カウラーの旅に気づいた報道機関の大半が、カウラーの旅したきわめて狭いゾーンに位置している島からやってきたものであることが判明した。どういうわけか、それ以上に情報が広がらず、記者やアイランダー・デイリー・タイムズのどの支局にも届かなかった。当時、カムストンの死という事実は、大きなニュースであり、カウラーは葬儀に参列した唯一の有名人や著名人ではけっしてなかったはずだ。当時の葬儀の様子を伝える報道にすべて目を通してみたが、個々の参列者の身元は、明らかにされないのが普通だった——〝各界著名人〟というのが、葬儀に参列を認められなかった記者たちが採用したマスコミ用語だった。

カムストンの死がその直後につづいた出来事となんらかの関係はなかったのだろうか、と記者はつい考えずにはいられなかった。

当時その疑問を口にしたマスコミ関係者は、記者だけではなかっただろう。しかしながら、あちこち調べまわり、さらにたくさんのインタビューをおこなった結果、われわれは全部の話を話されていないのは確実だが、そこに公の興味の対象になるものはなにもなく、マダム・カウラーは、生前同様、死に際してもプライバシーを守られるべきであるという結論に達した。

カウラーがここにいるということを伝える標識のそばに立ちながら、そんな思いが一気に頭のなかを飛び交った。そしてまえに進み出、インターカムの呼び鈴を押した。なにも聞こえなかった。

一分以上待ってから、ふたたび呼び鈴を押した。今度は、女性の声が小さな金属製のスピーカーからかすかに聞こえた。きんきんとした声だった。「どちらさまでしょう？」

「ダント・ウィラーと申します」緑の塗装がほどこされた網目格子《グリル》に顔を押しつけて答えた。陽を浴びて熱くなっており、小さな虫の死骸がたくさんグリルの金網にこびりついていた。

「マダム・ウィラー。お名前に聞き覚えがありません。親御さんですか？」

「いえ。新聞記者です」そのあとにつづいた沈黙に刺々しさを感じ取った。「入れていただけないでしょうか？」

女性が咳払いする音が聞こえた――スピーカーに細くかすれた音がする。彼女はなにか言いはじめたが、言葉になっていなかった。スピーカーから連続した弾けるような音が聞こえた。つい想像してしまった――心の目のなかに、年輩女性がインターカムのマイクによろよろとまえのめりになっているところが浮かんだ。

また女性が咳払いをして、かすれた音が聞こえた。

「わたしどもでは取材をお受けしません。ここの生徒の親御さんでないのなら、アポイントを取っていただかねばなりません。ですが、わたしどもでは報道機関にお話することはなにもありません。ですから、そういうお手間を取らないでください」

女性の口調にはきっぱりした意思がうかがえ、相手がこのやりとりをいまにも打ち切ろうとしているのがわかった。

「マダム・カウラーにお目にかかりたかったんです」記者は急いで言った。「ジャーナリストとしてではなく。それは可能でしょうか？」

「カウラーはここにはおりません。べつの仕事で忙しいのです」

「では、カウラーさんはふだんならこの学校におられるのでしょうか？」

「いえ。そうではありません。お名前とご用件をもう一度おっしゃってくださいますか」

「わたしはマダム・ダント・ウィラーと申します。実を言うと、わたしはアイランダー・デイリー・タイムズ紙の記者ですが、ここには休暇できています。新聞に載せるための取材をしようというのではありません。いま門の標識を読んだんです」喉の乾きと絶えず照りつけてくる暑熱が声を弱々しくさせていた。「マダム・カウラーとお話させていただけませんか？　あるいは、彼女と会うアポイントを取らせていただけませんか？」

「あなたの名前を思い出しました。ジュノでの放牧地争奪戦争の本を書いた方ですね。そうですか？　その方なんでしょうか？」

「マダム・カウラー――」

インターカムの背後に流れているヒス音がふいに消え、この短いやりとりが終わったのがわかった。五感が戻ってきた。その場にぐったりと立ち尽くす。熱気、容赦なくぎらぎらと照りつける日光、まわりの木々の枝を通り抜けていく生ぬるい風、捉えられないほどの速さで飛びまわる小鳥の羽音、昆虫のすだく声、砂利で舗装されていない道から白く照り返してくる光、背中と乳房のあいだを流れ落ちる汗、サンダルの薄い底越しに足の裏を焼く車道の石敷きの表面。

体を動かすことができず、熱帯の暑熱にやられてこの場で死ぬかもしれないと、突然気づいた。気力を振り絞って、門の金属格子にしがみついた。自分が自由に制御できるのは、気力しかない気がした。門の向こうをもっとよく見ようと体を起こそうとしたが、その位置からだと、こちらから見える母屋の唯一の部分は、白く塗られた附属建築物の隣にある煉瓦壁だけだった。

自分がカウラー本人と話していたと確信していた。

カウラーがそこにいるのは確かだと思った。ほんの少し離れたところにある建物のなかにいるのだ、と。どうしたらいいのかわからず、いずれにせよ、なんらかの判断に従って行動するのは無理な状態だった。インターカムのボタンをさらに何度か押したものの、反応はなかった。また気力が失せた。太陽の熱で首のうしろが焼け、水ぶくれができつつあるのがわかった。

すると、彼女が言った。「あなたにはこれが必要ね」

彼女は門の向こうの車道に姿を現し、わたしに向かってゆっくりと近づいてくるところだった。片手に背の高いガラスのコップを持ち、反対の手に水を入れた細口壜を持っている。水入れの側面には霜がついていた。壜の重さに彼女の腕は震えており、同心円の波が表面にできているのが見えた。カウラーはそこにいた。現実にそこにいた。記者から腕一本分離れたところに。彼女は水をコップに注いだ。その重さが手首に負担をかけているため、手が震えていた。コップの縁までなみなみと水を注ぐと、それを門の格子越しにこちらに寄越してくれた。

コップを受け取る際、われわれの指が一瞬触れ合った。

ありがたく水をごくごくと飲んでいるあいだ、カウラーは目のまえに立っていた。思っていたよりも彼女は背が高く、なめらかな肌をしていた。笑みは浮かべていなかったが、敵意を浮かべているようではなく、じっとこちらを見ていた。淡い青色の服を着て、幅広の白い帽子をかぶっていた。

カウラーは言った。「言葉にできないほど、あなたが書かれた本に感服したんですよ」

驚愕まじりの誇らしい気持ちと、それと正反対の恥ずかしさで胸がいっぱいになった。「ありがとうございます、マダム・カウラー――あの本をご存知だとは思いませんでした。わたしがここにきたのは、そのためじゃなく――」

「この暑いなかにどれくらいいたのです？」

首を横に振る。

門がウインウインと音を上げてゆっくりと開いた。どこかに隠れたモーターがあるのだ。いまやなにがあろうと、カウラーから離れることはなかった。彼女はまだ動こうとしていなかった——霜のついた冷たいガラス容器が手のなかでふらついていた。カウラーはぴんと背を伸ばして立っており、こちらを真剣な面持ちで、突然の熱心さをこめて見ていた。自分がじつにだらしない格好をしている気がした。廃墟をよじ登るのに相応しくない服を着ているし、ましてやこの人に会うにはまったく場違いの格好をしている気がした。背筋を伸ばし、できるだけ相手の真剣な視線に目を合わせようとした。ローザセイのカウラーがそこに立っている。腕一本分離れたところに。

一度もカウラーに会ったことがなく、写真すら見たことがなかった。だが、相手を見つめ返し、ふいにわかったことにめまいがした。彼女はわたしだ。われわれは似ていた！　まるで目のまえに鏡が置かれたかのようだった。わたしは片方の手を上げた。カウラーは自分の手を上げた。水入れを握っていないほうの手を。自分のなかに相手のなかに感じているのとおなじ激しさを感じた。めまいがしだした。背を伸ばした姿勢を維持できなかった。なにかが起こって、力が抜けていった。前のめりになり、地面を見下ろした。脚に力をこめる。裸足の足からサンダルが脱げかけていた。こびりついた土や埃が恥ずかしかった。足の親指のまわりやあいだに黒い筋がついていた。

カウラーはすばやくまえに進みでて、倒れかけたわたしを抱き止めた。細口壜が地面に落ち、車道の硬い表面に当たって、水を跳ねとばしながら砕け散った。カウラーはたくましい腕でわたしをとらえ、こちらの体重がかかったのをふんばろうとして、体を低くした。細口壜を手にしていなかったので、もう一方の腕でわたしをつかんだが、位置を変えようとして、ふたりの脚がもつれた。わたしはカウラーに倒れかかり、顔に彼女の服の生地が触れた。コップが自分の手から落ちるのがわかった。愚かにもまわりの割れたガラスのことをつい考えてしまった。次の瞬間、カウラーの匂いを嗅いだ。ミントあるいは花あるいは飛んでいるなにかのかすかな芳香だった。彼女の体の温もり、こちらをつかんで安心させてくれる両腕。彼女はまた体重を移動させ、こちらをもっとしっかりつかめるようにした。わたしは目をつむり、心強く思い、暑さとめまいを感じ、埃で汚れている気がして、恥ずかしくもあり、ありがたいとも思い、とりわけ彼女の腕のなかで安心を感じた。ひざから力が抜けたのがわかった。もし彼女が手を離せば、わたしは地面にばったりと倒れてしまっただろう。蟬がまわりで盛んに啼《な》いていた。太陽は相変わらず照りつけている。

次に気がついたとき、わたしはなかばひきずられるように、なかば運ばれるように移動していた。ふたりの屈強な若い男性が、わたしの両側にいた。ひとりは頭を剃り上げており、もうひとりはもじゃもじゃの髪の毛をしていた。ふたりは励ましの言葉をかけてくれ、安心させようとしていた。おだやかな言葉でわたしを促す。埃っぽい床を裸足の足が軽くこすった。両腕は男性たちの首に直接かけられていた。室内は涼しかった。よろい戸が降りており、強い風が吹きこんでいた。淡い色の敷物がそこかしこに置かれているぴかぴかの床板、背の高い鉢植え植物、テラコッタの装飾、飾りつきの衝立、クッション付きのベンチ、窓の向こうに見えるシダの長い葉。

カウラーはわたしの横に立っていた。幅広の帽子が片方に傾いで、まだ元に戻されておらず、わたしの汚れたサンダルが彼女の指からぶらさがっていた。カウラーはほっそりした女性だった。白髪で、淡い目の色、人生の晩年にさしかかっている年齢で、とてつもなく大きく静かな力を持つ存在感があった。彼女といっしょにいることで、ぼうっとなっていた。依然として彼女は先ほどと変わらぬ真剣で、人をとがめぬ視線を向けてきていた。わたしは彼女を見る勇気がなかった。自分にそっくりなその女性を。

遠く、上のほうのどこかで、なにかの動きの音が聞こえた。わたしは学校のなかにいた。

一時間後、わたしはやっと恢復した。シャワーを浴び、カウラーがわたしの着られる服を探してくれた。水をたくさん飲み、軽い昼食をいただいた。カウラーが学校でやる仕事があるとき、わたしはときどきひとりきりになった。

だが、その日の午後の終わりにカウラーとわたしはふたりきりで、一階にある彼女の書斎にいた。いっさい事前の計画もリハーサルもなくおこなわれた、そのときの熱のこもった会話で、自分がこの女性を探すために、彼女を知るために、これまでの人生の大半を過ごしてきたのだと悟った。

後刻、埃っぽい夕方の熱気と上から垂れ下がってくる木々、押し寄せるユスリカと姿を現しつつあった蛾、しだいに静かになりつつあった蝉をやりすごしながら、原付バイクでスムージ・タウンに戻った。町では、夜の散歩がはじまりかけており、広場のまわりや海岸沿いを一定の調子でそぞろ歩いている人々がいた。派手な色使いの服や突拍子もない髪型。声をかけあい、身振り手振り激しく、笑い声をあげる人々。バイクに乗った若い男たち、混みあったカフェやレストラン。ギターの調べ。

翌日、わたしは荷物を詰め、復路の船の運賃の払い戻しのため港湾事務所にいき、そのあとタクシーで学校に向かった。丘のなかの平地にあり、木々の奥、門の向こう、廃墟と化した都市のとなりにある学校に。

あとがき

このエッセイの大半は、スムージに滞在した最初の二、三日で書き上げたものである。のちに、専門学校で暮らすようになって完成させた。退職願いといっしょにエッセイを新聞社に送ったが、それが掲載されたのかどうか、いまだにわからない。載らなかったのではないかと疑っている。

マダム・カウラーとわたしは、何年もいっしょに働いた。表向き、わたしの役目は、カウラー財団を代表して、マスコミとの連絡役になることだった。まだ進行中の仕事に関して印刷されたもの、あるいは報道されたものが、確実に正確で、カウラーの意図と願望に沿ったものであるようにするのが仕事だった。現実的には、わたしの実際の仕事の多くは、カウラーの相談相手や個人的なアシスタント、ときにはアドバイザーになることだった。一、二度、旅行の負担や、おおぜいの人が寄せる圧力がとても耐えがたいとカウラーが感じたとき、わたしは彼女の代理として出席した。けっして口をひらかず、わたしの顔つきが生みだす静かな幻想以上に誤解させるような、彼女になりすますことはけっしてしなかった。カウラーの体調がついに悪化しはじめると、わたしは事実上、彼女の看護師になった。もちろん、スタッフのみで構成されている万全の医療チームを抱えていたのだが。カウラーが亡くなったとき、わたしはいっしょにいた。わたしは、カウラー自身の言葉を借りると、彼女の最も信頼する、親しい仲間になっていた。われわれはおない年で、あらゆる形でよく似ていた。

最初の偽りの死から七年が経っていた。害のない死亡詐欺は終わった。今回、カウラーの自宅の敷地内で静かな埋葬式がおこなわれた。出席者は、内輪のメンバーだけだった。

財団の人間は、みな、わたしがカウラーにいまもよく似ていると言うのだが、もはやそれはなんの役にも立たない。彼女は死んでしまった。

ウインホー　大聖堂

ウインホーは、いわゆる娼婦の島である。わくわくする自然の美しさのある場所で、西の海岸から徐々に高さを増していく山脈が聳え、内陸部の多くを占めている。残る平地と山脈の下方部分の斜面を分厚く森が覆っている。島は浅い礁湖がいくつもまわりを囲んでいる珊瑚礁になっており、海の生き物は豊かで多様性に富んでいる。森と海とのあいだの肥沃な細長い土地に、数多くの小さな町が築かれてきた。第二次ファイアンドランド侵攻まで、この地域での伝統的な産業は、農業と漁業だった。亜熱帯緯度にあることから、ウインホーは一年の大半を温かく乾いた天候に恵まれている。雨期は二ヵ月しかつづかない。島に吹く卓越風は、地元では、カディアの名で知られている。すなわち、〝山を下から吹き上げる風〟である——実際には、赤道貿易風の一部となっている。

ウインホーは中立盟約が批准され、あるいは施行されるまえの時代に二度、ファイアンドランド軍の侵攻を受けた。第一次侵攻は、ファイアンドランドによる占領と要塞化につながり、およそ十年間つづいた。連邦軍による激しい反攻の結果、やっとウインホーは解放され、軍政を解除した。民間人の人命損失は、大災害規模であり、資産への被害も甚大なものだった。

十年以上、ウインホーは比較的寛容な連邦の宗主権の下に存続していたが、盟約が形を整え、全世界的な承認を獲得すると、グロウンド軍は撤退しなければならなくなった。

ファイアンドランドがほぼ即座にウインホーを再占領した。行政手続きのミスだと言われているが、現実には、島の戦略的位置によるものだった。それに連邦側が島を基地として利用しつづけるのではないかというファイアンド側の根拠《いわれ》なき猜疑心もあった。そのころ、連邦軍はほかの場所での戦闘にかかずらっており、ウインホーは無防備のまま放っておかれた。報復の名の下に、身の毛もよだつ残虐行為が多くの住民に実行された。人体を用いた疑似科学的実験や、子どもを産める年齢の女性たちの大半の手足の切断、十歳以上の全男性の国外追放などが含まれている。深刻な貧困に苦しめられ、生き残った女性たちの多くは、島から逃げだすか、ファイアンド兵士用の慰労休暇用大規模施設が設置されたのちは、売春婦となるか、どちらかの選択肢しかなかった。

盟約の規約がふたたびファイアンドランド占領軍を撤退させたあとでも、貧困に陥った島は、経済を支えるために、軍艦の航路にあることに大きく依存している売春宿文化で有名になった。近隣諸島から手を貸そうとしてやってくる人々の大変な努力は、無に帰した。というのも、いちばん大きな問題が未解決のままであるからだ――ウインホーの拉致された男性住民の居場所を突き止めることができなかったからである。こんにちですら、彼らを埋葬した大型墓地は発見されていない。彼らが虐殺されたのは明白である。彼らの最後の安息の地を探し求める辛い捜索はいまもつづいている。

ウインホーは永年にわたりアーキペラゴ全体の関心の的だった。カウラーは彼女の専門学校のひとつを設立した。その学校はいまも存続しており、ウインホー文化の長期にわたる再成長を目指す希望の光と見なされている。カウラーは、島で発見したものに打ちひしがれたと語り、のちに、自分の仕事がすべての島に向けられるのではなく、ひとつの島に向けられなければならないなら、その島はウインホーになるだろう、とも語った。

別な時期に、チェスター・カムストンとドリッド・バーサーストがウインホーに滞在した。その時期、カムストンはこの画家の伝記を執筆するための調査をしていた。カムストンは二週間近く島にいた。ふたりが何度か会ったのが知られているのは、このときだけである。バーサーストはウインホー・タウンの波止場地区にアトリエを持ち、そこで崩壊連作の中心的油絵のうち三枚に取り組んでいた。ふたりが会ったときになにがあったのか、カムストンの説明だけが残っている。それは伝記のなかの数ページにわたり、整然として抑制された文章で記されている。そこで明らかにしなかったことを、カムストンは、自分の日記と、のちにカウラーに宛てた手紙のなかで書き記している――カムストンは、バーサーストの私生活にひどく嫌悪感を抱いたあまり、二年近く伝記に取り組むのをやめ、黙示録的風景の画家としてのバーサーストの名声が比類なきものになってから再開していた。その男の画家としての才能の偉大さに説得され、もちろん出版社からのプレッシャーもあって、カムストンは伝記を完成させた。のちに、その伝記は自分の作品のなかで最低の代物だとカムストンは語っている。今日まで、その伝記は、カムストンの公刊された作品の公式リストには一度も含まれていない。

ウインホーを訪れたもうひとりの有名人がいる。島にいたことは、当人が島を去ったずいぶんあとにならないと知られなかったのだが、作家モイリータ・ケインがその人だった。彼女と夫は、ウインホー・タウンにやってきて、湾を見下ろす丘に一軒の家を借り、二度の恐ろしい占領期間になにが起こったのか、詳細な調査を実施した。モイリータと夫がウインホーを去った際、調査の過程で出会った女性たちのうちふたりが、いっしょにムリセイまで同行し、ふたりはその後も自分たちの七人の子どもとともに、ムリセイにとどまった。

三年後、ケインは名声を確立することになる一冊の長篇を刊行した――『フエル・ヴァニール』。この作品は、たぐいまれなる傑作である。フエル・ヴァニールは、ウインホー・タウンの裏にある丘陵地帯のなかの険しい峡谷につけられた現地名で、そこにファイアンドの強制収容所が建てられていた。そこから男性住民は船で運び去られ、背の低いコンクリート製の建物のなかで、女性たちに対する残酷な実験がおこなわれた。

フエル・ヴァニールは、こんにちでは、川谷《リヴァー・ヴァレー》という月並みな名前で知られており、収容所の地上に現れている遺構は取り去られて久しい。ふたつある地下のシェルターは残っている。両シェルターはウインホーの男性たちの奴隷労働によって建設され、その後、地下作業を生き延びた男たちは連れ去られた。シェルターはファイアンドランド軍によって、武器庫として短期間利用された。ウインホー・タウンの住民は、川《せん》谷《こく》にはけっして近寄らない。

島の経済は、北あるいは南に向かう軍艦の寄港にいまだに重く支えられている。軍事大国に属していることから、これらの軍艦はアーキペラゴの法律の規制が及ばない。ウインホーは依然危機的状況にあり、悲劇的で根深い問題には、当面解決策が見えない。

適用条件の厳しい脱走兵保護法が存在しており、厳密に施行されている。最近、ビザ法規が改訂され、旅行者は最大四十八時間の滞在しか許可されなくなった。脱走兵は入国を認められず、もし発見されたら、原隊に強制的に送還される。

通貨——兵士に支払われる軍票を含め、すべての通貨が利用可能。軍票はアーキペラゴ・ドルと等価交換できる。

ヤネット　ダークグリーン／サー

ソプラノ音部《ディスカント》

ふたりの人物が小さな島ヤネットにやってきた——女と男が。ふたりとも珍しい名前を持っていた。奇妙なほど似通っている名前だった。しかしながら、ヤネットにいくまで、ヨー（Yo）という名の女とオイ（Oy）という名の男は、一度も出会ったことがなかった。

ふたりとも相手のことは意識していた。ヨーとオイはアーティストだった。大衆に誤解され、評論家に非難されていたコンセプチュアルアートとインスタレーションアートのクリエーターだった。両アーティストはふたりとも、当局にいやがらせを受け、作品発表を止められた。ふたりとも気にしなかった。自分たちのことをアート・ゲリラと考え、反対する者たちの一歩先を進み、つねにひとつのインスタレーションから次のインスタレーションに移りつづけた。人間的には、ふたりは似ていなかった。

ヤネットは小さいほう《レッサー》のセルクスとして知られている群島のまんなか、亜熱帯緯度に位置する島だった。政治的には、アーキペラゴのほかの島の大半と大差なく、封建経済がおこなわれ、名目上島主に支配されていたが、実際の運用面では、一部が選挙によって選ばれる島主庁の役人に取り仕切られていた。人口が集中している中心地はたった一箇所――ヤネット・タウンがそれで、首都であり港であり、島民がホムキー（地元方言で〝ダークグリーン〟を意味する）と呼んでいる半島の南端に位置している。町の産業は、軽工業と、エレクトロニクス関係の工房、ゲーム開発だった。高い賃金の仕事が数多くヤネット・タウンで見つけられた。

フルネームがジョーデン・ヨーである女のほうが、ふたりのアーティストのうち最初にヤネットにやってきた。上陸に際して港でヨーは島主庁の職員に自分は地質学者だと伝えた。フリーランスで仕事を引き受けている、と。それは事実ではなかった。ヨーは偽名で旅をしており、自分の話を裏付ける偽造書類をこしらえていた。税関職員に地質調査のための不特定の機械類をいくつか運びこむことになるだろうと伝えた。毎回役所での手続きを経る必要がないように白紙の積荷目録を認めるよう要請したが、当初、役人たちはそれを認可するのを渋った。しかしながら、ヨーはこの手の状況に対処するのに経験豊富で、やがて望みのものを手に入れた。

ヤネット・タウンの中心に、アトリエとして利用できる小さな建物の付随したアパートメントを見つけて、借りた。いったん落ち着くと、さっそく作業にとりかかった。

ホムキー地域を外れると、ヤネットは人口密度が低くなる。北部にかけて沿岸平野は、農業が若干営まれているが、島の大半は分厚い熱帯雨林に覆われており、天然資源が豊富で、島の条例によって、伐採者やそのほかの開発業者から保護されており、野生動物保護区として管理されている。ヤネットの海岸線は、荒々しい。あらゆる高さの潮に合わせて粗水面ができる。歴史的あるいは文化的な文物はヤネットにはほとんどなく、そのため、ヤネットを訪れる観光客はまれである。

だが、山があった。地元ではヴォールデン山として知られている（方言での意味は、敬称の「サー」である）。二、三の山麓の低い山をべつにして、ヴォールデン山は単独で聳えている。ホムキーの北端にある森から突きでている非対称形の円錐だ。麓の斜面には木が生えているが、上にいくほど、雑草に覆われ、あるいはむきだしの岩になっている。たどっていけるはっきりとした山道はなく、険しい部分は一部しかないものの、この山を登っていくのはなかなか骨が折れることになりかねない。

ヴォールデン山の頂上から、ヤネットの全景が眺められる。パノラマ状に広がる近隣のほかの島々の見事な光景もとらえられる。海は眩い陽光を浴び、銀色とサファイヤブルーに輝いている。砕ける波の白い波頭に縁取られている、濃く鮮烈なホムキー・グリーン色の島々。波立つ海に薄い雲の影がちぎれ飛んでいく。

この頂上に、ある日、ジョーデン・ヨーがやってきた。彼女は必要以上にまわりを見ずに登ってきた。頂上にたどりついたときにそこからの景色を眺めようと決めていた。途中の景色を見ないようにし、足下の道や岩に視線を集中させて登った。

長時間の登山で荒くなった呼吸を整えると、まず岩の陰にまわって、風を避けようとした。この山の頂上の気温がひどく低いことにヨーは驚いた。だが、景色を見て、気分が浮き立った。周囲の島々を眺めた。島の数を数えるのは不可能だった——小高く盛り上がった土地が多数点在して、海を埋めていた。揺るぎない光が明るく輝いている。ヨーはその光景に息を呑んだ。その光景で自分自身を充たそうとした。あるいはその光景を見て抱く感覚で自分を充たそうとした。海面に風が残していく痕跡を眺めた。フェリーが残すV字形のさざ波の航跡が重なりあう様子、島々の上空で姿を変え、移ろいゆく雲のありさまを眺める。雲は海の上に漂いでたかと思うと、風上に出ていったその雲の代わりにほかの雲が島の上に形成されていく。

ヨーは何枚も写真を撮った。三百六十度まわって、高い角度と低い角度両方の写真を撮り、ヤネット自体とまわりの島々と空と海を記録した。そののち、ヴォールデンに対する、その山に対する、実際の作業を熟考しはじめた。

ヨーはその日の風圧を測定した。一年を通して、アーキペラゴのこのあたりは、三種類の風が多く吹く。ベヌーンの名で知られている穏やかな西風は、雨を含んで温かく、断続的な風で、春にもっともよく吹いてくる。期待をかけることはできたが、頼りきることはできない風だった。ほかの二種類の風は東から吹いてくる。そのひとつは、ナリーヴァと呼ばれており、南の亜熱帯無風帯を周回して、赤道を横断し、アーキペラゴのこのあたりを吹き渡る熱風である。三つ目の風は、エンタナーの名で知られており、北の大陸の山脈から絶えず吹いてきて、諸島の長い夏の終わりの夜をずいぶん涼しくしてくれる風だった。

ヨーは、持参した携帯風速計で、その日の風を測り、方角だけではなく、風圧も測定してメモを取った——きょうの風は東向きの風で、ナリーヴァにしたら冷たすぎる。エンタナーのはしりだろうか？　どの風なのか確信が持てるようになるには、もっとこのあたりの風に詳しくなる必要があった。夢幻諸島のどこでも典型的な風に出会う日は一日もない。そのため、ヨーは中央値を用いて作業しなくてはならないだろうし、風力、頻度、方角を絶えず測定し、かかる不遜な変化要素に対して必要な調整をつねにおこなわねばならないだろう。

最後にヨーは頂上のごつごつした地面に寝そべり、自分自身を山頂に押しつけてその感触を味わった。冷たい風が吹き、登山に充分とは言えない服をはためかされ、体を冷やされて、ヨーはぶるぶる震えながら計画を練っていたが、やがて、ほんの少し泣いた。もう彼女はヴォールデン山を愛していた。その高さを、その高貴さを、その灰色の充実した中身を愛した。ヴォールデンは、強く、安定した層が積み重なり、硬く、穴を掘り進むのに安全な、穏やかな山だった——山を息づかせている風をヨーは、いままさに学びつつあった。

夕方になるまえにヨーはアトリエに戻った。骨の折れる山登りと、風の吹きすさぶ山の高みと麓の蒸し暑い平原とのあいだの極端な気温差にへとへとに疲れ切っていた。この山に対する計画が具体化しつつあった。二十日と経たぬうちに、ヨーは調査を完了させ、発注をおこない、土木および掘削工場に用意を整えておくよう指示した。

巨大な装置がヤネットに出荷されるのを待っているあいだ、ヨーはほかの準備をおこなった。

一方、オイである。

この時期、オイはセメル島の激しく波の打ちつける海岸で、小型だが、とても精密さを要求されるインスタレーション作品に取り組んでいた。ヨーとオイがヤネットで出会うまでまだ四年以上あった。セメルは大渦巻き群島と呼ばれているアーキペラゴのなかでも遠く離れた箇所にある島だった。七百以上の小さな島や環礁を抱える南半球の群島である。

オイのフルネームは、タマラ・ディア・オイだったが、姓だけで知られるようになっていた。コンセプチュアル・アートとインスタレーション・アートの創作家として、大学卒業以来、大渦巻き群島を巡って、自身の活動に都合のいい島を探して、歳月を費やしてきた。訪れる島ごとにおのれの技術と素材を使って実験を繰り返した。地元の骨材を樹脂セメントに混ぜるために利用し、もっとも硬くてつるつるした混合材を求めていた。時の経過と風雨に持ちこたえるだけでなく、他人が作品を破壊したり、損傷を与えようとする避けがたい試みにも持ちこたえてくれるものを探した。ヨーと名前が似ているのと同様、オイも訪れる場所で歓迎されないことがよくあった。半ダースの島で強制退去させられていたが、いまのところ、刑務所送りは免れてきた。また、ヨー同様、評判が広がるにつれ、変名で島に入り、急いで作業をしなければならないことがよくあるようになった。発見されたり、摘発されたりするまえにできるだけ作業を進ませ、作品を未完成のまま立ち去らねばならないようなことが。

だれにも邪魔されずにはじめて完成させた作品は、セリ島にある。広大な湾と砂浜のある、観光客に人気の高い、すこぶる暑い島で、信じがたいほど熱狂的なナイトライフを送れる島だ。オイは、シーズン外れにセリにやってきて、すぐに砂浜のひとつを見下ろす、松の木の茂みのおかげで周囲の温度が下がっているゆるいスロープに、隣り合って建てられた二軒の休暇貸し用コテージを見つけた。木々は作業中のオイの姿を隠すのに役立ってくれた。オイは二軒のコテージで作業をはじめた。まず分厚いセメントの層で内部を封印した。外見は変えなかったものの、コテージの内部にはもはや入ることはできなくなった。それからオイと職人たちは、二軒を結びつけるものを建てはじめた。

壁と屋根に似せて作ったもので、小さな二軒のコテージを三軒に、あるいはひとつに、あるいは無にした。入念に色を合わせた塗料を用いて、自身のインスタレーション作品の外部をこの島特有の白さで何層にも塗った。

オイは職人たちに支払いを済ませ、芸術作品が発見されるまえにセリをあとにした。出ていくまえに、オイは、そのインスタレーションに、足の裏で強く承認の蹴りを入れた。

大渦巻き群島の住民のいる島への次の進出は、より困難になっているのがわかったが、オイは、セット島にあるメインストリートの封印を果たし、レルトード島にある小さな教会を、審美的に満足のいく、なかに入れない卵形のドームに作り替え、艶消しの黒で塗ることに成功した。

海岸線を使った最初の作品は、トラン島の白亜の崖下に落石の列をこしらえることだった。引き潮のあいだに作業することで、オイは、岩の表面を磨いて、平らにし、それらを並べたもののあいだにセメントを注入した。そこは孤立して、人が訪れない海岸線だった。ぶらぶらやってきたり、オイのやっていることを見たりする人はいなかった。当初、オイはひとりで作業をしていたが、インスタレーションのでかさから、地元の村で職人を雇う必要が生じた。

三ヵ月も経たぬうちに、インスタレーションの大半は完成した。割れた岩が転がっていた区画は、白い平地に変えられていた。とても滑らかで、ボールを転がせるくらいだった。一様に平らにしているため、もっとも精度の高い水準器でも傾斜を測定することはできなかった。

満足して、オイは作業員たちを解放し、それからの数日間、最後の細部を詰めるため、ひとりで作業した。

二日後、べつの島に向けてトランを離れる支度をしていると、上が張りでている崖から大きな石が落ちてきて、オイがやったすべての作業を覆った。あるいは破壊した。オイはみずからその被害を見にいったが、そのあとすぐにトランを立ち去った。

最初に個人的な接触をしたのはオイだった。むろん、ずいぶんまえからヨーの評判は知っていたが、一度も会ったことはなかった。すると、ムリセイ盟約財団の理事のひとりがヨーのことに触れ、連絡先をオイに伝えた。数日後、オイはヨーにメッセージを送った。

「やあ、ヨー、おれオイ、あんたの作品知ってる、あんたもおれの作品知ってるな、いっしょになにかやるべきじゃないか、どうだい?」

ヨーはすぐには返事をしなかった。およそ六週間後、彼女はオイにメッセージを送った。

「忙しいんだ。うせろ。ヨー」

この時期、オイは、カナー・タウンのメトロポリタン・ホールの裏にあるどうやら使われていない巨大な曲線階段を見つけて、作業に取り組んでいた。その階段を、ロープを使い、水平姿勢で、下からしかのぼれない不揃いな段のつづく代物に変えようとしていた。なだらかに降りられるよう、上にある元の階段はセメントで埋めた。とても複雑なやりがいのある仕事で、毎日、ホールの職員に発見されるのを予想しながら作業をつづけた。

そこへヨーから二通目のメッセージが届いた。最初のメッセージから数日経っていた。

「おまえなんか大嫌いだ。おまえのやっていることを嫌悪し、軽蔑している。おまえは非芸術家だ。おまえが考えたり描いたり建てたり埋めたり覆ったり滑らかにしたり直したりそばに立ったり通りかかったり近くで息をしたりするあらゆるものが憎い。一瞬でもおまえが考えたりするものが憎い。おまえがしているのは、アンチ芸術だ、アンチ美しさだ、アンチ生命だ、アンチ・アンチだ。おまえのいわゆる作品は過去のあるいは未来のすべての芸術家にとって、嫌悪の対象だ。おまえといっしょに〝やろう〟とするものなどひとつもない。せいぜい何度もおまえに唾を吐きかけてやるくらいだ。ヨー」

だが、おなじ日の一時間後、三通目のメッセージが届いた。

「おまえの写真を二枚送ってこい。一枚は裸で正面から撮られたもの。もう一枚はクローズアップ写真。だけどおまえの顔のクローズアップじゃないよ。ヨー」

そのすぐあとで、四通目の最後のメッセージが届いた。

「あたしがやっていることを見にこい、オイ。あたしは気が狂っていないぞ。あたしはヤネットにいる。ヨー」

オイはその日遅くに何枚か写真を送った。二枚以上送った。ヨーは受け取ったという確認をまったく寄越さなかった。

水平階段を完成させるのにその年の残り最後までかかり、オイは見つかるまえにすぐさま島を出た。大渦巻き群島を横断し、トゥモー島に到着した。ばか騒ぎをして休暇を過ごしたのち、オイは次の作品の検討をはじめた。

水平階段はメトロポリタン・ホールの職員たちによって、公開された。どうやら彼らは最初からオイのやっていることを知っていたようだ。オイの正体を推察すると、彼らは表だっては告げなかったものの、オイに作品を完成させるのを認める賢明な決定を下したのだった。彼らはオイの階段を恒久的インスタレーション作品として、メトロポリタン・ホールの裏のエリアを占めるように作られたモダンアート展示スペースに飾った。その作品を最初に批評した評論家たちには痛罵を浴びせられたものの、階段はたちまち評判になり、一年もしないうちに、階段を実際に見て、試してみようとして、アーキペラゴじゅうから人々が押し寄せるようになった。ムリセイ盟約財団からのオイへの経済援助は、飛躍的に増加した。

ヨーは島主庁の役人たちに作業を遅延させられていた。二台の巨大なトンネル掘削装置は、彼らの反対にあって、目下、港の貨物押収施設に留め置かれていた。白紙積荷目録は役人たちの反対に有効な影響力を発揮しなかった。

この問題の解決を図ろうとするかたわら、ヨーはリュースにあるファイアンド基地から借り受けた強襲揚陸艇を使って、比較的小規模な土木機械とブルドーザーを何台か、ホムキー半島の遠隔地にひそかに上陸させることに成功していた。この作戦で、手元に残っている金の大半を使いつくしてしまい、さらなる遅延が生じて、ヨーはムリセイの財団に援助申請をした。期待していたのよりずいぶん少なかったあらたな助成金が届いたころには、トンネル掘削装置の問題をヨーは解決していた。

引退した紳士で、名誉職としてその職にある島主庁の分析検査官に、ヨーは貴金属の原鉱をいくつも差しだし、ヴォールデン山には、ヤネットの暮らしが永久に変わってしまうほど大量の富が蓄えられていると説明し、その明白な理由から自分の作業は秘密裏におこなわれなければならないのです、と伝えた。検査官のオフィスを立ち去る際に、ヨーは彼の机に小さな金塊をわざと残した。

そのあと少しして掘削装置は陸揚げされた。すぐにヨーはその先に待つ作業のため、二チームからなる職人たちの訓練にとりかかった。インスタレーション作品の場所は、何ヵ月もまえに定められており、チームは遅延なく山のそれぞれ反対側に移動した。ヨーの詳しく、かつ精力的な指示のもと、それぞれのチームは、相手に向かって岩を機械的に掘り進める用意を整えた。

このときがヨーにとってもっともストレスがかかり、非常に骨の折れる時期だった。毎日、山の両側を繰り返し訪れ、個々の装置の配置を計測し、作業の質と正確性と角度を確かめ、確認しなければならなかった。無数の試験用立坑とアクセス用立坑を掘らねばならなかった。当初、作業の進み具合は気が遠くなるほど遅かった――チームの面々を雇ってから三ヵ月経ったというのに、彼らはまだのらくらしていた。彼らは予備掘削を繰り返し、恐る恐るのそのそと前進した。ふたつの掘削装置は両方とも、山の外から見えたままだった。

とはいえ、ヨーは、ようやく全開モードで掘削を開始する命令を下せるようになった。両側の掘削装置は山のなかに入りこみ、巨大な円形ドリル面がゆっくりと岩を砕いて進んだ。

それからあまり時間が経たぬうちに、おなじみの、しかし、大きな問題が発生した。トンネルを掘り進むにつれて取り除いた瓦礫の廃棄問題である。ヨーの最初の処方箋は、過去にほかの計画で利用した方法だった――島外の請負業者に金を払って、削り屑を運び去ってもらった。かなり大量の積載物がそのようにして処分された。だが、重たく荷を積んだトラックが町を通り抜ける動きや、それを船に積みこむ作業は、現在おこなっている作業への要らぬ関心を惹くことにヨーは気づいた。すぐに取り決めをキャンセルし、請負業者に金を払って退場してもらった。

ヨーは掘りだされた瓦礫のおおよその大きさを計算し、置き場所を選んだ。まもなくすると、削り屑がヴォールデン山の麓にうずたかく積まれはじめた。もしオイが姿を現したら、その鉱滓で彼と取引できるかもしれない、とヨーは思った。

作業はゆっくり進んだ。あと三年以上の掘削が必要だった。

ヨーがトンネルを掘り進んでいるあいだ、オイはアーキペラゴのほかの場所をおなじようにゆっくりと動きまわっていた。いくつかの島に赴いたものの、興味をかきたてられたり、想像力を刺激されたりするような題材が見つからないか、あるいは地元の人に顔がばれて移動を続けざるをえなくなるかのどちらかだった。

いくつかの作品を無事完成させることに成功した。

フールト島にいった。乾いたごつごつした島で、当初、つまらない島だと思ったものの、無事上陸でき、滞在場所を見つけ、自由に動きまわれるようになった。フールトの島民はオイの顔または名前または評判を知らないのか、あるいは気にしていないかのどちらかだった。

フールトを旅してまわるなかで、島の低くなった東端にたどりついた。海岸線が長く連なる巨大な砂丘によって守られていた。深い青空と、ウルトラマリン色の海、引き潮に暗く湿って姿を現す砂との強烈な対比にたちまちオイは心を奪われた。一週間、オイは毎日砂丘にでかけ、容赦ない日差しのもと、汗だくになって、たえず高さを変える砂山をよじ登った。太陽のまぶしさに目がくらみ、乾いたむきだしの砂と表面の雑草にこんがり灼かれた。

オイは作業にとりかかった。暑い気候はけっして好きではなかったので、すばやく作業し、数人のアシスタントだけで足りる小規模なインスタレーションをこしらえる計画を立てた。

第一段階は、自前の砂丘を作るためのスペースをあけるため、既存の砂丘のひとつから砂を掻きだし、取り除くことだった。移動させねばならなかった大量の砂と砂利は、ほかの砂丘のなかにほぼ問題なく移せた。やっと岩盤が現れると、オイの職人たちは、硬い基礎にドリルで掘削し、あたらしい砂丘用の木枠を組み立てた。オイが使用している木材は、特別にほかの島から輸入しなければならなかったもので、木の外に出ている部分はすべて殺菌剤と数層分の防虫剤のコーティングをほどこした。

外皮は、製造業者が事実上破れないと保証した最強のプラスチック・シートで形作られた。オイは、火とライフルの銃弾とダイヤモンド刃をつけたメスで試してみたが、最後のものだけが、強靱な繊維をなんとか破ることができた。

そののち、偽の砂丘は、周囲の本物の砂丘とそっくりになるよう着色をほどこされた砂様のカーボン素材でコーティングされた。

職人たちが賃金をもらって解放されると、オイはひとりで電子機器の設定と調整というこみいった作業にとりかかった。まず最初に、この砂丘に砂が入りこまぬようにする必要があった。風はつねに吹いており、インスタレーションのまわりで砂がつねに吹き飛んでいた。自分の砂丘に本物の砂は不要だった。そこで、一時的に極性を与えて、外皮に近づいてくるすべての砂粒をはじきとばす鉱物性粉塵反発装置を発明した。

風の強い日には、オイの砂丘は極性を帯びた水晶結晶の渦巻く雲に囲まれた。ちくちくと肌を刺す砂でできた雲は、漏斗状に吹き上がった。

最終的に、並べた充電式電池と、砂丘の頂上近くに隠したソーラーパネルに電力を得たふたつの特別の呼び物が砂丘のなかに据え付けられた。ひとつは、音波発生器で、ランダムな時間間隔で電子的なぞっとする叫びを発するよう設計されている。もうひとつの呼び物は、日が落ちると毎晩自動的にスイッチが入る内蔵照明だった。砂丘の外皮が島のこのあたり一帯のどこからでも見えるほど輝くのだ。

オイは得心がいくまで微調整を繰り返し、やがて砂丘を封印すると、立ち去った。最寄りの本物の砂丘の深くて滑りやすい砂をかちわたっていると、音波発生器が最初のランダムな叫び声を上げた。とても大きな音で、予想外だったため、オイは驚いて顔から先に砂に倒れた。防御装置をつけていなかった耳はそれから何日か耳鳴りがつづいた。オイは満足した。

次がアイアだった。

そこではトランの落石で台無しにされた作品の複製にとりかかった。たくさんの岩の露出部が転がっている、人の手の入っていない海岸を見つけた。崖の下に浅い淵と危険な層崖があった。すばやく作業をして、まもなくすると、海岸の一部は均《なら》され、硬くて水平な表面になっているところが何カ所も現れた。それより高い岩は、覆われ、ゆるやかな角度のついた丸い小山になった。しかしながら、オイは自己模倣を昔から嫌っており、海岸を埋めるのに次第に飽きて、作業を途中まで終わったところで投げだしてしまった。

次にヒムノールに渡った。驚いたことに、地元の役人たちはオイに共感していた。町を見下ろす高い山にある古代の城郭のある要塞の壊れた壁に取り組むよう勧めてきた。すぐに役人たちが自分のことをひとつの手段として見ていることに感づいた。すなわち、崩れかけた建造物がオイの充塡によって、安価に補強されるかもしれない、と。相手の思惑に反して、オイは、要塞のダンジョンのなかに鏡とガラスの迷路を建設しはじめた。高品位カメラと、遠近法と角度をゆがめる間接照明を利用した。これはなかなかやりがいのある作品だと気づいたのだが、季節外れの嵐がきて、一夜にしてダンジョンが水浸しになり、中断を余儀なくされた。

げんなりし、欲求不満を覚え、オイはついにヤネットにいき、ヨーを探すことにした。

ヴォールデン山の主トンネル掘削は完了した。ヨーは一台を除いてトラクターを全部売却したが、二台の巨大なトンネル掘削装置はまだ買い手がつかなかった。作品の穴掘りと土木作業パートが終わり、ヨーはそこに関心をすっかり失った。仕上げにヨーは没頭した。このトンネルの複雑さに、開口部からなかに入るたびにぞくぞくする感じが体のなかを走るのだった。

トンネルはまっすぐだった。理論上は、一方の端から覗くと反対端に陽の光が見えるはずだった。ヨーは実際にそれを見て、計測したが、当面のところ、両方の入り口に分厚い幕を張っていた。アクセス用の照明を切ると、トンネルの暗闇は深かった。

最終的なグラウト詰めとトンネル壁の磨き上げは終わっていた。彼女の毎日の作業は、いまや、補強壁の滑らかさの偏執的とも言える確認と、漏れやひび割れの検知と補修から成り立っていた。そういうものを最後に発見してから数週間が経っていたものの、ヨーは確認作業をつづけた。アート作品は、いったん設置が終われば、手入れされてはならないものなのだ。

トンネルの床面の三つのエリアにポリマー液が注ぎこまれていた。トンネルの東端近くにあるそれらのエリアには、疑似天井の層が追加され、その天井は可動式で、最高到達点から液面のすぐ上までの細いスロット状になるまで下げることができるようになっていた。液面の高さは調整可能で、トンネル開口部から入ってきて、一定の水面と疑似天井の低い高さのあいだを通る風に調子を合わせることができるようになっていた。補助ベント穴の機構が、チューニングにさらなる柔軟性を与えていた。この物理的な障壁がリードのようにふるまい、いったんトンネルが完成すると、ハーモニーを奏でるだろう。

ある夜、腹が空いて、喉が乾き、うす汚れた汗に包まれ、ヨーは残っているトラクターを運転して自分のアパートメントにいき、アトリエに向かった。

ひとりの男が建物の外で待っていた。高い壁が投げる夕闇の影に潜んでいた。ヨーは一目で相手がだれだかわかり、近寄り、男のまえに立ちはだかった。ヨーのほうが相手より背が高く、がっしりしていたが、相手の男は一歳か二歳、年上だと推測した。男は、送らせた写真を欲望をこめて眺めていたのとおなじしなやかで筋肉質の体つきをしていた。

「破産したよ」ヨーは、あからさまに男を上から下まで品定めをしながら、言った。「いくらか金を持ってきたかい？」

「いいや」

「まったく金を持っていないのか？」

「あんたに渡す金はない。おれの金だ。ところで、おれはオイだ。やっとお会いできて光栄だ」

「トラクターは運転できる？」

「いや」

「かまわない。覚えるさ。ほかになにができる？」

「なにが要るんだ？」オイは訊いた。

「ふん」ヨーは言った。「やっと共通の場に立ったな」

ヨーはオイを自分のアパートメントに連れていき、ふたりはまっすぐベッドに向かった。ふたりは五日間、愛を交わしまくった。寝るときや、食べ物や飲み物を探しにいくとき、あるいはたまにシャワーを浴びるときにしか休まなかった。ふたりはなにも制約を受けていない恋人たちだった。だが、ヨーはひとつのルールを決めていた――彼女はけっしてオイに挿入を許さなかった。ヨーはオイを勃起させ、優しい手と口で満足させた。ほかに制限はなかったが、オイはけっして彼女にまたがることを許されなかった。ヨーは彼に唾を吐きかけるのを好んだ。すぐにベッドはべとつき、こぼれた体液でばりばりになった。

　このマラソン・セッションの終わり近くに、オイが言った。「トラクターの運転方法がわかった気がする」

「あたしのトンネルを見せないと」

「だからこそあんたがおれをここにこさせたがっていたと思っていたよ」

「ああ、それもある」ヨーはそう言うと、またしても、オイの均整の取れた腹筋に夢中で唾を吐きかけた。

　やっとのことでヨーはオイを自分のトンネルの西入口に連れていった。オイはトラクターのうしろに危なっかしげにしがみついていた。ヨーが幕を支え止めているチェーンのロックを外すと、ふたりはトンネル口に入っていった。内部は物音ひとつしなかった。自分たちの足音や声の反響すらしない。空気は淀んで、ひんやりしていた。ヨーは発電機のスイッチを入れ、沈黙を破った。少しして、アクセス照明が灯り、はるか遠くまで明かりの列が伸びていった。

　トンネルは白く塗られていて、滑らかで光沢のあるコーティングがほどこされていた。木製の音響用バッフル板がトンネル壁の両面に沿って置かれている。トンネルの入り口近くにはバッフル板は何ダースもあったが、奥に進むにつれ、その数は急速に減っていた。オイの目が届く限りでは、その先の大半にはバッフル板はなかった。オイは数分間、小揺るぎもせず、この完璧な眺めを見つめていた。徐々にわかってきた。ヨーが背後にいた。

「どう思う？」ヨーが訊いた。

「なかを埋めたいと思う。削り屑をみんな残しておいてくれたんだろ――」

「この野郎！」

「それがおれのやることさ。穴を見つけ、穴を埋める。穴が見つからないときは、穴を掘る」

「あたしがやっているのとおなじだね。あたしがこの穴を掘った」

「どれくらいかかったんだ？」オイは訊いた。「三年か、四年か？　まだ終わっていないんだろ？　おれはそのあいだに一ダースは作品をこしらえたぜ」

「ほぼできあがっているよ。だいたい、そんなに急いてどうしようっていうんだ。それにあたしを批判するとは、何様のつもりだ？」ヨーの目は怒りで燃え上がった。「おまえの姿勢を軽蔑しているよ、アートに対して取っているおまえの立場を軽蔑する。おまえの――――」

オイはヨーを乱暴につかまえ、肘の内側で首をはさんだ。口に手を押し当てて黙らせる。この四日間で、ヨーについてたくさんのことを学んでいた。最初、ヨーはもがき、噛みついてきたが、つぎにオイのてのひらを舐めはじめ、顔をこすりつけた。オイはしばらくそのまま彼女をつかみ、自分の体で相手を押さえつけていたが、やがて解き放った。

「あたしは気が狂っていないよ」ヨーはオイから離れ、口のまわりを汚している自分の唾を拭いながら言った。深呼吸をする。「おおぜいの人があたしは気が狂っていると思っているけど――」

「おれはそう思っていない」オイは言った。「そう思っていたけど、いまはそうじゃない。あんたはたんに変わっているだけだ」

オイの指とてのひらから血が流れていた。シャツで血を拭い、手首を強くつかんで、出血を止めようとした。

ヨーはオイにトンネル内の点検に利用している小型の電動トロッコを見せた。オイは操縦装置を担当し、ヨーの指示に合わせ、個々の特定のポイントまでゆっくりとトロッコを運転した。それぞれのポイントで、ヨーは滑らかな表面の品質を仔細に、長々と点検し、漏れの塞ぎ目をテストした。

トンネルの反対側に向かって進み、三箇所ある、天井が下のポリマー液路に向かって角度を付けて下がっている地点の最初の箇所にたどりついた。ヨーは、空気の流れをゆるめ、リードのチューニングを可能にするための、ソフトウェア制御で調整可能なベントとダクト・システムを指摘した。オイはヨーのかたわらにいて、すべてを吟味し、彼女の手腕への称賛を覚え、不満そうな声を出さないよう努めた。

実際のところ、オイはヨーに見せられたものに感動していた。あたらしい規範がここヤネットに打ち立てられたのを感じたが、ヨーの傲岸不遜な態度と自分以外の他人の作品への暴力的な軽視が、そのことについて彼女と議論するのを不可能にしていた。

点検が完了すると、ヨーはトロッコの運転を代わり、ふたりは西側の入り口に戻った。ヨーはすべての動力を切り、巨大な幕を張り直し、トラクターでアトリエに戻った。到着するやいなや、ヨーはオイをベッドに連れていき、夜と昼が過ぎていった。

それからしばらくして、ある朝、ヨーは山にひとりでトラクターに乗って向かった。オイの同行を拒んだ。終日彼女はでかけていた。その日の夜遅くに帰ってくると、疲れ果て、汚れていたが、うきうきした態度だった。ヨーはオイの質問にいっさい答えなかった。ひとりでシャワーを浴び、オイに食事を食べに旧市街に連れていくよう訴えた。

食後、ふたりはレストランから狭い通りを抜けて、港に歩いていった。

桟橋には二隻のフェリーが係留されていた。ウインチとクレーンによるいつもの騒音と混乱が生じていた。荷下ろしと荷積み、乗客と車の搭乗、航行時間と輸入制限に関するラウドスピーカーがなりたてる一連の連絡事項。ふたりはそのがやがやという騒ぎと投光照明を浴びたエプロンから離れ、長い突堤に沿って歩いて、暗闇に入った。海の向こうにある最寄りの島の黒い巨影を見つめる。島の高いところに小さな明かりが見えた。この日の夜、ヨーはほとんど口を開かなかったが、いまになってもなにも言わなかった。波が埠頭の壁の底に沈む岩にぶつかってはじける様子をじっと見下ろしている。何分かが経った。

「風が出てきた」オイが言った。

「こんどは気象予報をするわけ？」ヨーが答える。

「もうほとほとうんざりだよ。一日じゅうぶらぶらして、あんたを待っているよりもましなやることがある。すぐに次の島に移動するつもりだ」

「いや、だめだよ。おまえが必要だ」

「おれはあんたのセックス用の道具じゃない」

「あら、でも、そうなのに。あたしがいままで手に入れたなかで最高の道具」ヨーはオイに体を押しつけ、腕に片方の乳房をこすりつけた。

オイはヨーから身を引いた。「おれにはやらなきゃならない自分の仕事がある」

「わかった。でも、まだだめ。これを聞いてもらうため、ここにいてほしいんだ」

大きな波がだしぬけに岩にぶつかり、飛沫を跳ね上げた。その飛沫は温かい風に運ばれて、ふたりの上に痛いくらいに強く降り注いだ。暑い夜に気分をさっぱりさせてくれ、刺激的な飛沫だった――ヨーが好きな愛の交わし方をオイはふと思い出した。

「きのう、この風に関する文献を読んだ」ヨーが言った。「こいつはついにナリーヴァの風だ。何日も待ちつづけていたんだ。ほら――なにか聞こえないかい？」ヨーは首を左右に向け、なんらかの音を聞き取ろうとしているかのようだった。港から絶えず聞こえるエンジン音や、ラウドスピーカーの声の反響音、フェリーに乗る車の指示をしている職員の声、ウインチのうなる音、潮騒の音しか聞こえなかった。「ここはやかましすぎる！」

ヨーは町に向かって埠頭を引き返しはじめ、オイがあとにしたがった。潮が上昇してきており、風に吹かれた水飛沫をさらに何度か浴びてずぶ濡れになり、やっと方向を変えて、投光照明に照らされるメインの波止場のエプロンに入った。クレーンが林立し、待機中の車の列があり、黄色い上着と光るヘルメットを着用した交通整理員が、運転手たちを誘導し、懐中電灯を振っていた。

ふたりが旧市街の外れにある、ヨーの暮らしている通りにたどりつくと、風の存在はほとんど感じられなかった。ほかの建物に行く手を遮られていたが、通りより上にある丘に木々が生えており、夜空に暗く揺れていた。ヨーはなにごとか激しい口調でつぶやくと、オイのまえをつかつかと歩いていた。追いつくたびに、ヨーは彼に向かって腹立たしげに肩をすくめて見せ、歩調を速めた。

長い一日が終わってもまだねばつく暑さの残っているアパートメントのなかで、ヨーは歩きまわり、すべての窓を開け放ち、それぞれの窓で頭を傾け、外の音に耳を澄ました。ようやく、彼女は服を全部脱ぎ捨てた。

「ベッドにきて！」ヨーは言った。

「なにを聴いていたんだ？」オイが訊いた。

「静かにしなさい！」ヨーは部屋を横切ってオイのもとにやってくると、ひざまずき、手早くオイのズボンを脱がした。

一時間後、裸でベッドに隣り合って横たわりながら、あけた窓から届く夜の町の平和な物音に耳を傾けていると、深い震動音が建物を通して伝わってくるのにふたりは気づいた。

「ついに聞こえた！」そう言うと、ヨーは体を起こし、急いで窓辺に近寄った。「聴きな！」

オイはヨーのかたわらに立った。ナリーヴァ風はいまではまえより強く吹いており、町を横切り、通りを抜け、ゴミを吹き飛ばしていたが、振動は地面から立ち上ってきた。最初、オイはその振動を構成している音をなにひとつ聞き分けられなかったが、すぐに深くて低い唸りを、一定の音を、かすかなサイレンを聞き取った。風の強い夜で、町は暗く、よろい戸を降ろしていた。ブーンとうなる音は、強風に揺らぎながら、山のある方角から聞こえ、ときどきかすれつつも、概ね力を増していった。

数分間、次第に大きくなりつづけたのち、音は一定の音量を維持した。大きく深く轟くバッソ・プロフォンド。

「ああ」と、ヨー。

「おめでとう」と、オイ。「感動したよ」

「ほら、これこそ、おまえがここにいる理由だ」ヨーは相手の腕を体に巻きつけた。

「おれに見せつけるためにか？」

「見せつけるのに、おまえよりましなやつがいるか？おまえにこれができたか？」

「もっと手早くできただろうな。だけど、おれは物を埋める人間だ。はじめることすらしなかっただろう」

オイはヨーの笑顔をそれまでまるで見たことがなかった。

途方もない重低音は、止むことなく町に響き渡った。ふたりがいる通りに隣接した通りのどこかで、車が警笛を鳴らし、振動音に目覚め、甲高く叫びだした。警察の車あるいはほかの種類のなんらかの緊急車両が、自身のサイレンを押さえつつ、警戒のライトを煌々と点滅させながら、町を駆け抜けていったが、車体自体はふたりから見えなかった。その車両のライトの光輝が壁や屋根の上の部分をすばやくかすめていくのが見えたかと思うと、車両は港の方向にスピードを上げて走り去った。電子的な金切り音がさらに数分つづいたのち、車の警戒音は自動的に切れた。ヴォールデン山は、一音からなる暗いうめきを発しつづけた。

日の出の一時間後、風がついにゆるんで、山は沈黙した。ヨーは闇がつづく何時間もずっと幸せな気分でいて、おのれの天才さを熱狂的に言い立てるのと、アーティストとしてオイ自身が感じている欠点をあげつらって辛辣にずたずたに切り裂く攻撃をするのとを交互に繰り返していた。オイはもう彼女の毒舌を気にしていなかった。性的な熱狂に自分を駆り立てるための彼女なりのやり方だとそのころにはわかっていたからだ。

山の低い唸り声がつづいた、長い眠らない夜からなにかを学んだとすれば、次に移動する時期がまさにいまだとわかったことだ。ある意味、自分がヨーにとって役に立ってきたにちがいないと、オイはわかった。おそらくは引き立て役として。それがなんであれ、もう役目は果たされたようだった。

山が鎮まるとすぐ、ヨーは眠りに落ちた。オイはベッドに彼女を残し、シャワーを浴び、着替え、数少ない荷物をまとめた。出かけられる用意が整うまえに、ヨーが目を覚ました。上体を起こし、あくびをして背伸びをする。ヨーの顔には、ろくに眠らなかった夜の疲れが表れていた。

「まだいくな」ヨーは言った。「まだおまえにここにいてもらわないと」

「あんたの力を充分見せつけられたよ。おれに認めさせたいのはそれだろ。あんたが山でやったことはみごとだ、すばらしい、信じられない、唯一無二だ。感動した。あんなものは前代未聞だ。おれにはあんなものを作れない。そう言わせたかったんだろ?」

「いや」

「本気で言ってるんだぜ」

「だけど、まだ不完全なんだ。はじめたばかりだ。きのうの夜起こったことは、だれかが楽器をはじめて手にしたようなものだ。トランペットから音を出そうとしたことはあるか？　それがきのうの夜あたしが成し遂げたことさ。たんに自分の楽器を一音鳴らしただけだ。こんどは、ちゃんと演奏させるやり方を覚えないと」

「山に曲を演奏させるつもりか？」

「そのままの意味じゃない。だけど、少なくとも、主声のドレミファを出させるようプログラムはできる。トンネルにはベントがあり、それをひらくと渦を発生させられるんだ。そうすることでトーラス状の空気を放出できる。それがどんな音になるのか、わかっていないけど」

「わかった、だけど、おれには自分でやることがある。国歌の演奏を教えこんだら、おれはもどってきて、あんたと会ってやる。どれくらいかかりそうだ？　五年後に会おうか？」

「嫌味はよせよ、オイ。おまえの協力が必要なんだ。ほんとに要るんだよ」

「アンチ協力、アンチ芸術がか？」

「ベッドにきて、もう一度眠らせてくれ」

　結局、オイはヨーのもとに留まることに同意した。ヨーは相変わらず元のままで、気難しく、天の邪鬼で、なにかまちがったことをやったといってオイを怒鳴りつけ、ときにはひとりで作業できるようオイをほっぽり出したが、オイに頼っているのは、ほんとうのようだった。毎日、ふたりは、トンネル内の調音用ベントでいっしょに作業した。オイはそれがおもしろいのに気づいた。設定や組合せを終わることなくつづけ、風が方向と風圧を変えるのに調子を合わせていくのが。

　まもなくすると山は補助ベントの開放に反応するようになった。音を生みだすのに強風はもはや必要ではなくなった——ヨーは一連のベンチュリ管を設置した。

風がその調節管を通ると元の風速を増加させることができた。ある夜、ふたりが横になって起きていると、風向きの一定しないナリーヴァ風が吹きかかるのに合わせ、山は唸りはじめ、とてつもない大きさの複数の轟き音を発した。その音色はある種の重厚で、鈍重な美しさを獲得しだした。

だが、ヨーの創意を称賛する一方で、オイは延々とつづく重低音の響きが退屈だと気づいた。町の住民たちも文句を言いはじめていたが、いまのところ、このしつこい音の背後にだれがいるのか突き止めた者はいないようだった。

もしヴォールデン山が自分の作品だったなら、オイはとっくに島を離れていただろう。自分の作品の評言を耳にするのはいやだった。

ある日の夜明け、またしても眠らない夜が明けてから、オイはヨーに言った。「ソプラノ音部《ディスカント》が要る」

「なに？」

「もう一本のトンネルだ。もっと短くて、もっと狭く、風に対して異なる角度を取るもの。もっと高い音でハーモニーを奏でるものが」

ヨーはなにも言わず、黙ってオイを見つめてから、目をつむった。数分が過ぎていった。とじたまぶたの向こうで目がすばやく動きまわっているのがオイには見えた。あごをかたく食いしばっている。オイはヨーの首の血管が浮かび上がり、脈搏っているのが見えた。オイは心の準備をした。

やがてヨーは言った。「こん畜生、糞ったれ。糞ったれ、大糞ったれ！」

だが、今回は、ヨーの罵詈は、セックスにつながらなかった。急いで着替えると、ひとりで山に出かけた。オイは翌日まで彼女の姿を目にしなかった。

用意が整うと、ヨーはオイを山に連れていった。主トンネルよりずいぶん高いところに。山の南面に長い尾根を見つけたところに。そこでは風がほかの箇所より鋭く、冷たくなっており、むきだしの岩や深いクレバスを横切るときに、耳障りな口笛を吹くような音を立てていた。

「この尾根からなんとかあらたなトンネルを掘れるなら、残って手伝ってくれるか？」

オイは氷まじりの風にあおられ、露出した大きな岩の上でバランスを取っていた。はるか下方では、最初のトンネルが唸りをあげはじめていたが、この高さにいるとろくに聞こえなかった。

「あんたがどうにかして穴を掘れるなら、おれはどうにかして埋めようとするだろうな」

「じゃあ、なにが要点なんだ？」

「ああ――そこが要点に関する昔からの論議だ」オイは言った。「アートには要点がない。ただそこにある。おれたちは両方をできる。あんたがトンネルを掘り、おれがそれを埋める」


「気が狂っているのはあたしのほうだと思っていた」

「イエスでもありノーでもある。それもまたべつの昔からの議論だ」

ヨーはじれったげな仕草をした。「じゃあ、いったいなんなんだ？」

「なにがなんなんだ？」オイは驚くべき高所からの景色を見下ろした。ホムキー群島を、波の逆巻く海を、白い雲と雲間から射すまばゆい陽光を。はるか南で、にわか雨を降らせる雲が動きまわっていた。白く塗られた二隻のフェリーが、ふたつの島のあいだの狭い海峡を通過していた。「アートが要らない場所がある」オイは言った。「ここにあるものを見てみろ！　あんたもおれもどうやってあれをより良くできる？」

「アートはたんに綺麗な眺めだけじゃない。たとえば景色には音がついていない」

「風があるじゃないか。仮想のトンネルを作るのはどうだ？　あんたが穴を掘り、おれがそれを埋める。まったく同時にだ。おれたちがいまいるここからはじめて、尾根の反対側に抜ける。あんたは穴を穿ったら自分がなにをするかわかっているし、おれはその穴を埋めたら自分がなにをできるかわかっている。おれたちは均衡を達成するんだ。それこそ真のアートだ。均衡だ！　さあ、凍傷にかからないうちに降りようじゃないか」

「ディスカントはどうなる？　いまそれが要るんだ」

「ほかにも方法はあるよ」オイは大岩から飛び降り、硬くてでこぼこした地面にあやうく足首をくじきそうになった。「あんたはなにか考えつくさ。おれは一年か二年したら戻ってきて、あんたがなにを考えついたか確かめる」

だが、十日後、オイはまだいらいらしながらヤネットにいた。ヨーはトンネルでやらねばならないことを探しつづけており、共同でオイに作業させる方法を考えだそうとしていた。ある意味、それはオイには都合がよかった。すでに決心はかためていたものの、サレイにいくために乗る必要があるフェリーは二日まえに出港していた。次の便はしばらくやってこない。

ヴォールデン山は毎晩、風の強弱に関係なく、低音を奏でていた。ヨーはそれが不満だときっぱり言った。バッフル板を調整しつづけたがったが、耳を聾す音楽に対する町民の反応は、日に日に激しさを増していた。ふたりとも島を出ていき、ほかのプロジェクトをはじめる潮時だとわかっていた。

ヨーの計画に関係なく、オイはなにがあろうと、次のサレイ行きフェリーに乗るつもりでいた。あしたの午前中に入港する予定だった。オイはヨーがシャワーを浴びているあいだに邪魔されずに荷造りをした。

髪を濡らし、タオルを体に巻きつけてヨーが姿を現すと、ヴォールデン山が音階のない音楽を轟かせはじめた。ヨーはだしぬけにオイに向き直り、あたしを捨てるつもりなのはわかっていると叫んだ。あたしのアートだけじゃなく、自分自身のアートを裏切るんだと責めた。売り払い、あたしがやっていることを破壊しようとしているんだ――

おなじみの序曲だった。今回、これで最後になるとわかっていたので、オイはベッドに引っ張りこまれるのを許さなかった。オイはヨーに立ちはだかり、怒鳴り返した。ほんとうの怒りではなく、表現するための怒りだったが、口頭での殺戮に等しかった。ヨーはそれを激しく嫌った。ヨーはオイに唾を吐きかけた。オイは唾を吐き返した。ヨーはオイを殴った。オイは殴り返した。

最終的にオイはいつものことが起こるのを許し、ふたりはベッドの上に転がった。喧嘩しているあいだにヨーのタオルがはぎ取られており、今度はヨーがオイの服をはぎ取った。攻撃的な激しい行為であり、愛ではなく情欲だったが、以前同様、手と口による行為だった。ヴォールデン山が再度咆吼を上げた。風が奏でる音階がはじまり、ゆっくりと旋律が進行した。

ヨーが突然叫んだ。「なかに入って！　やって！」

自分の意図するものに誤解がないように、ヨーはオイを導き、ついにオイは彼女に挿入した。彼女はあえぎを漏らした。オイの耳元でかすれた叫びを上げる。指と爪をオイの背中に突き立て、口をオイの首に熱く押し当て、両脚でオイの背中と腰をはさみこんだ。

山のトンネルは音階の最上位音に達し、いつはてるともない大きな音がどんどん音量を上げはじめた。ヨーはそれに伴ってクライマックスに達し、叫び、わめいた。セックスの喜びを最高の音楽にした。

オイは彼女の上にぐったり倒れたが、彼女は抑えていた情熱の音を解き放ちつづけた。息をするたびにあらたな音を奏でた。甘く高い音を。彼女は山の音を待ち受け、そのキューに耳を澄まし、それとともに息をし、ハーモニーを奏で、快い響きのソプラノを発し、空気と空のメロディーを、調律板を通って、ベントから抜け、海と島々を横切る風のメロディーに耳を傾けた。

砂をふるいにかけて砂浜にふりかけ、海流を導き、森をそよがす風は、数多くの島を抱える大洋にその源がある。赤道無風帯から、雪の冷却効果と南の氷河で分離する氷山から、温帯地帯の予想不可能の高気圧から、熱帯の湿った大気を抱える穏やかな礁湖から、発生する。風は潮の流れに従い、山の峰をぐるりとまわり、風に触れる人々の気分や希望を変え、雨をもたらし、空気を浄化し、川と湖を作り、泉の水を入れ替え、海に波を立てる。ナリーヴァ、エンタナー、ベヌーン。それらの向こうに、無数のほかの風がある。貿易風、疾風、ハリケーン、モンスーン、嵐、気温を下げるスコール、きわめて軽やかなそよ風、夜明けの温かい風、この星を経巡り、埃をかきたて、記憶にリズムを刻み、風向計の向きを変え、帆をはらませ、愛と復讐と冒険の夢を人々の心に吹きこみ、窓とドアをがたがた揺さぶる。夢幻諸島《ドリーム・アーキペラゴ》の風は、激しく吹き、痩せた岩山や岩礁を乾かし、湿った町を生き返らせ、農地に水を落とし、北部の山々に深い雪を降り積もらせる。ヨーの澄んだソプラノの声は、風の源をひねり、そこに形と音を、物語を、生命感を与えた。

山の音がピッチを下げ、音量を落とし、やがて止むと、ヨーの歌も終わった。落ち着いた一定の呼吸になり、彼女は目をつむった。オイは抱擁から身をふりほどき、体をてこにしてベッドから離れ、ふらふらとひらいた窓に歩み寄った。

やわらかなそよ風が町を吹き渡っていた。敷居に手を置いて、身を乗りだし、その温かい空気に浸った。髪の毛が頭にべったりと張り付き、胸と脚は汗でべとついていた。深く息をする。そよ風は海と島々からやってきて、陸を通り、山をぐるっとまわって、旧市街のごみごみした通りにやってきた。夜も更け、明け方までまだ随分時間があり、日中の温もりが残っていて、翌日の好天を予想させた。

　窓の下の通りには人がおおぜいいた。群衆はヨーのアトリエの外にある一角に姿を現し、通りの両方にこぼれていた。さらにおおぜいが近くの一軒家やアパートメントから出てこようとしていた。彼らは遠くの山を見上げていた。夜空に黒い影を浮かべている山。人々は山の音楽以上のものに耳を澄ましていた。女性たちの一グループがいっしょに笑い声を上げ、寝間着を着て外に出ていた子どもたちが彼女たちにまとわりついていた。そよ風に懐中電灯の光が揺れ、何人かの男たちは酒壜を手に集まって、酒を注ぎ合っていた。

　オイのうしろ、ベッドの上でヨーは眠りこけている。休んでいる彼女の顔は無防備で、矜持や野心にガードを固めておらず、ある意味で、いまはただ慎ましやかさを表に出しており、一度も見たことのない優しさがそこにあった。彼女は安定した落ち着いた呼吸をして、ゆるやかな動きで胸が上下していた。

　オイは夜明けまでヨーのかたわらに座り、眠っている彼女を見つめ、表にいる幸せそうな人々の声に彼らが徐々に姿を消すまで耳を傾けていた。山は静まりかえっていた。太陽がのぼると、オイは着替え、港まで歩いて降りていった。サレイ行きの船がくるのを待たず、その日最初のフェリーに乗った。行く先はわからない。愛しい島々の果てしなき渦のなかに船出し、アーキペラゴの風に乗って進む船に乗った。

訳者あとがき

本書は、いまや英国SF界の重鎮になったと言っても過言ではないクリストファー・プリーストの、九年ぶりの新作 *The Islanders* (2011) の全訳です。

プリースト作品の常として、発売当初から好評を博し、翌年の英国SF協会賞およびジョン・W・キャンベル記念賞を受賞しています。前者は長篇部門での受賞であり、後者はSF長篇に与えられる賞で、第一席に選ばれています（ジョーン・スロンチェフスキーの *The Highest Frontier* との同時受賞）。ちなみにキャンベル記念賞第三席がチャイナ・ミエヴィルの『言語都市』で、なおかつ、この年のローカス賞SF長篇部門受賞作。いわば、本書と『言語都市』が二〇一一年の英国SFを代表する二作であり、それが第一期〈新☆ハヤカワ・SF・シリーズ〉に同時に収録され、おなじ年に翻訳されたのは、奇しき偶然か、はたまた必然か。ぜひ両者を読みくらべて、英国SF新旧世代の力比べを楽しんでくださると嬉しいです――と、勝手にこの叢書を宣伝。（SFマガジン二〇一三年九月号で既報の通り、第二期のラインナップも凄いですよ）

ところで、訳者は、本書が長篇として評価されていることにどうも違和感があります。長篇ですか、これ？　プリーストが永年にわたり築きあげてきた夢幻諸島《ドリーム・アーキペラゴ》という架空世界（裏返しの英国？）のガイドブックという形式をとり、共通する登場人物が何人も出てくるものの、個々の章は独立した短篇として読めるものが大半で、連作短篇集というのが正しいとらえかたではないでしょうか。最初に原書で一読したとき、連想したのが、イアン・マクドナルドの『火星夜想曲』でした。『火星夜想曲』を気に入っていただけた読者には、まさにああいう感じなので、お楽しみいただけるのでは。

と、情報と宣伝めいた文章ばかりで、なかなか訳者あとがき定番の内容紹介に入ろうとしないのは、最近読んだプリーストのインタビューにこんな発言が載っていたからです――

「さかのぼること一九七一年、ジョン・ファウルズの『魔術師』をペーパーバック版で読んだんだけど、表紙が破り取られていて（その本を貸してくれた友人が表紙に顔の載っていたマイケル・ケインが大嫌いだったんだ）、本の中身がどんなものなのかさっぱりわからなかった。そんなふうに小説を〝目かくし〟して読むのは、忘れがたい経験になるんだとわかった。だから、読者がそれとおなじように（最新長篇の）*The Adjacent* を発見してほしいんだ」

というわけで、作者の意向を汲んで、訳者も読者のみなさんになるべく目かくしした状態で本書を〝発見〟していただきたいため、くわしい内容紹介はしません。どうせいやでも表4の粗筋紹介や帯は目に入ってしまうでしょうし。最初は五里霧中でどこに連れていかれるか不安になるかもしれませんが、読み進むにつれ、プリーストお得意の「語り／騙り」に夢中になるのは請け合います。

正直言いますと、最初の「序文」が一番の難所で（夢幻諸島の概要説明が延々と続くため、ちょっと退屈なのは否めない）、「アナダック」の章までは、ガイドブック形式を遵守しようとしていて取っつきが悪いのですが、オーブラック群島の恐怖の昆虫譚から、どんどん面白くなっていきます。なんなら、最初の四十ページを飛ばしてくださってもかまわないかも。章の並び順は必ずしも重要ではなく、面白そうな章（長い章は、独立した中短篇の結構を備えています）だけ、かいつまんで読むという読書も可能でしょう。そういうつまみ食いをしたのち、最初から通して読むと、作者の「仕掛け」が浮かび上がってきて、またべつの楽しみを味わえるはずです。

ところで、本書は、ふたつの章（「ミークァ／トレム」と「ローザセイ（2）」）を除いて、すべて書き下ろしです。全体で序文＋三十五の章があるので、三十以上の短篇を書き下ろしたも同然です。元来、短篇作家ではなく、短篇の数そのものも少ない（半世紀の作家生活で本書以前に著した短篇は五十篇足らず）作者にとって、恐るべき力業です。『限りなき夏』の「日本版への序文」にて、いみじくも、「わたしの場合、短篇小説は、長篇小説とおなじように、本格的な取り組みを要し、もとめられるものが多い」のであり、「長篇二冊を書き上げるよりも、長い時間を要した」短篇もあったと語っているように、『双生児』から九年の歳月をかけて紡ぎ上げたのです。これはプリーストの主要な作品の刊行の間隔としてはもっとも長いものでした。それまではいくら長くあいだがあいても六年で次の作品が出版されています。また、本書と最新長篇にして過去最長の作品 *The Adjacent* のあいだが二年しかあいていないことを考えると、いかに作者が本書に心血を注いでいたのかがはっきりわかります。まさに畢生の作品と言えるでしょう。

なお、『限りなき夏』に収録した拙訳ドリーム・アーキペラゴ作品と本書で、訳語の異同があります。「ドリーム・アーキペラゴ」の訳語を「夢幻群島」から「夢幻諸島」に変えたのがその最たるものですが、ほかにも地名の表記を若干変えています（Muriseay「ミュリジー」を「ムリセイ」にするなど）。これは、Audible Ltdから発売されている本書の朗読版のナレーターであるシェイクスピア俳優マイクル・マロニーの発音に基づいた表記におおむね揃えたためです。既訳アーキペラゴ物をお読みの方を戸惑わせてしまうかもしれませんが、どうか諒としていただけますよう、伏してお願いいたします。

また、なくもがなの注釈ですが、「フェレディ環礁」の章の主人公が著した長篇『肯定《ジ・アファーメーション》』と同題の長篇をプリーストは実際に書いています。ある意味作者の遊びですね。遊びといえば、本書に登場する島の風景写真や書籍の表紙を実際に作ってPDF形式にして作者は販売しています。The Islanders Galleryというのがそれで、著者の公式HPから購入可能です。

最後に最新長篇*The Adjacent*について短く触れておきます。前述の作者の言葉に従い、内容紹介はしませんが、過去のプリースト作品でおなじみのモチーフ（奇術師、第一次および第二次世界大戦、飛行機乗り、H・G・ウエルズ、テロの被害者などなど）がこれでもかと注ぎこまれ、しかも夢幻諸島物でもあるという大作。本書が好評であれば、いずれ翻訳の機会をいただけるかもしれません。乞うご期待。

●主要著作リスト

1 Indoctrinaire（1970）『伝授者』鈴木博訳（サンリオSF文庫）長篇
2 Fugue for a Darkening Island（1972）長篇 ＊二〇一一年に大幅増補改訂版出版
3 Inverted World（1974）『逆転世界』安田均訳（創元SF文庫）長篇
4 Real-Time World（1974）短篇集（十篇収録）
5 The Space Machine（1976）『スペースマシン』中村保男訳（創元SF文庫）長篇
6 A Dream of Wessex（1977）『ドリームマシン』中村保男訳（創元SF文庫）長篇
7 An Infinite Summer（1979）短篇集（五篇収録）
8 The Affirmation（1981）長篇 ＊夢幻諸島シリーズ
9 The Glamour（1984）『魔法』古沢嘉通訳（ハヤカワ文庫FT／邦訳は、一九八五年の改訂版に基づく）長篇
10 The Quiet Woman（1990）長篇
11 The Book on the Edge of Forever（1994）ノンフィクション
12 The Prestige（1995）『奇術師』古沢嘉通訳（ハヤカワ文庫FT）長篇 ＊映画『プレステージ』（2006）原作（監督：クリストファー・ノーラン、出演：ヒュー・ジャックマン、クリスチャン・ベール）

13 The Extremes（1998）長篇
14 eXistenZ（1999）『イグジステンズ』柳下毅一郎訳（竹書房文庫）ノヴェライゼーション
15 The Dream Archipelago（1999）夢幻諸島シリーズ連作短篇集（六篇収録）＊二〇〇九年に大幅改訂版出版（八篇収録）
16 The Separation（2002）『双生児』古沢嘉通訳（早川書房）長篇
17『限りなき夏』（2008）古沢嘉通編訳（国書刊行会）＊日本版オリジナル短篇集
18 The Magic：The Story of a Film（2008）＊映画『プレステージ』のメイキングに関するノンフィクション
19 Ersatz Wines：Instructive Short Stories（2008）＊未発表の習作を含む、初期短篇集
20 "It" Came from Outer Space: Occasional Pieces 1973－2008（2008）ノンフィクション
＊エッセイや書評等を収録
21 Real-Time World ＋2（2009）＊4にさらに二篇追加した増補版短篇集
22 The Islanders（2011）本書 ＊夢幻諸島シリーズ
23 The Adjacent（2013）長篇

A HAYAKAWA SCIENCE FICTION SERIES No. 5011

古《ふる》沢《さわ》嘉《よし》通《みち》

1958年生
1982年大阪外国語大学デンマーク語科卒
英米文学翻訳家
訳書
『奇術師』『双生児』クリストファー・プリースト
『火星夜想曲』イアン・マクドナルド
『夢の終わりに…』ジェフ・ライマン
『シティ・オブ・ボーンズ』マイクル・コナリー
（以上早川書房刊）他多数

この本の型は，縦18.4センチ，横10.6センチのポケット・ブック判です．

〔夢幻諸島《むげんしよとう》から〕

2013年8月15日初版発行　　2014年2月15日再版発行

著者	クリストファー・プリースト
訳者	古沢嘉通
発行者	早川浩
印刷所	株式会社精興社
表紙印刷	大平舎美術印刷
製本所	株式会社川島製本所

発行所　株式会社　早川書房
東京都千代田区神田多町2－2
電話　03-3252-3111（大代表）
振替　00160-3-47799
http://www.hayakawa-online.co.jp

（乱丁・落丁本は小社制作部宛お送り下さい
送料小社負担にてお取りかえいたします）

ISBN978-4-15-335011-3 C0297
Printed and bound in Japan